BASTEI
LÜBBE

Bisher sind im BASTEI-LÜBBE Taschenbuchprogramm von JERRY POURNELLE nachstehende Bände erschienen:

22 016 König Davids Raumschiff
24 012 Black Holes
24 013 Die entführte Armee

und zusammen mit Larry Niven
22 005 Das zweite Inferno

Inhalt

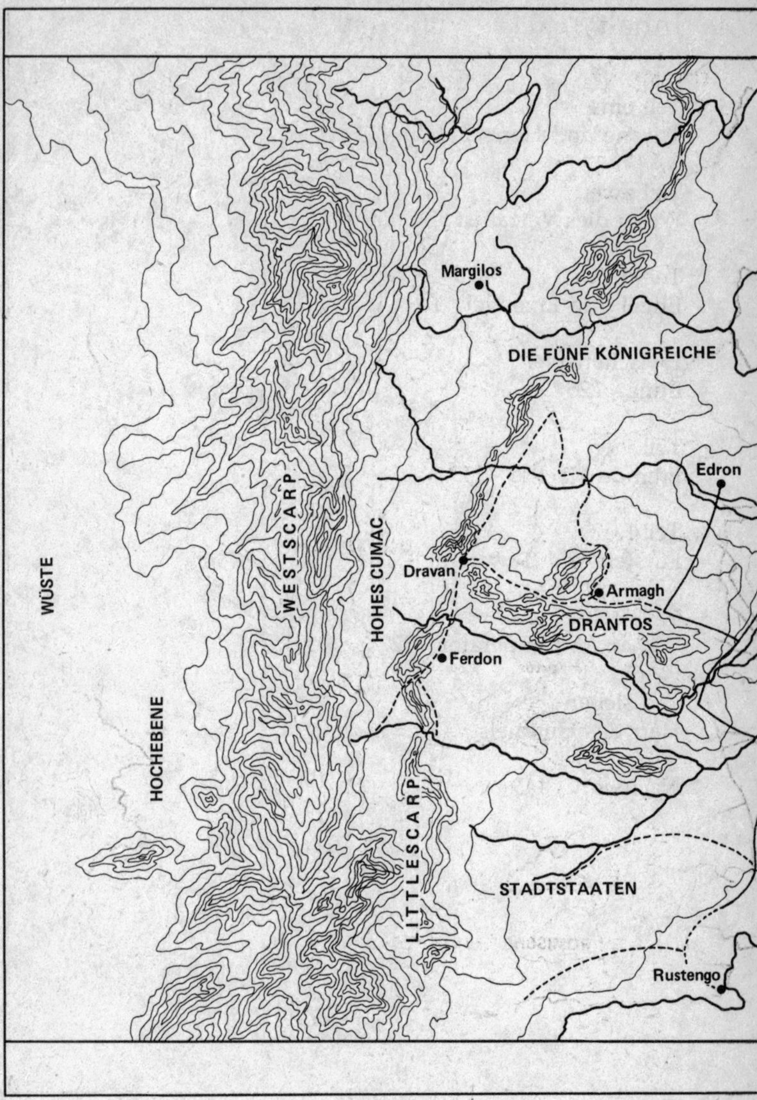

Margilos
DIE FÜNF KÖNIGREICHE
Edron
WÜSTE
WESTSCARP
HOHES CUMAC
Dravan
Armagh
DRANTOS
Ferdon
HOCHEBENE
LITTLESCARP
STADTSTAATEN
Rustengo

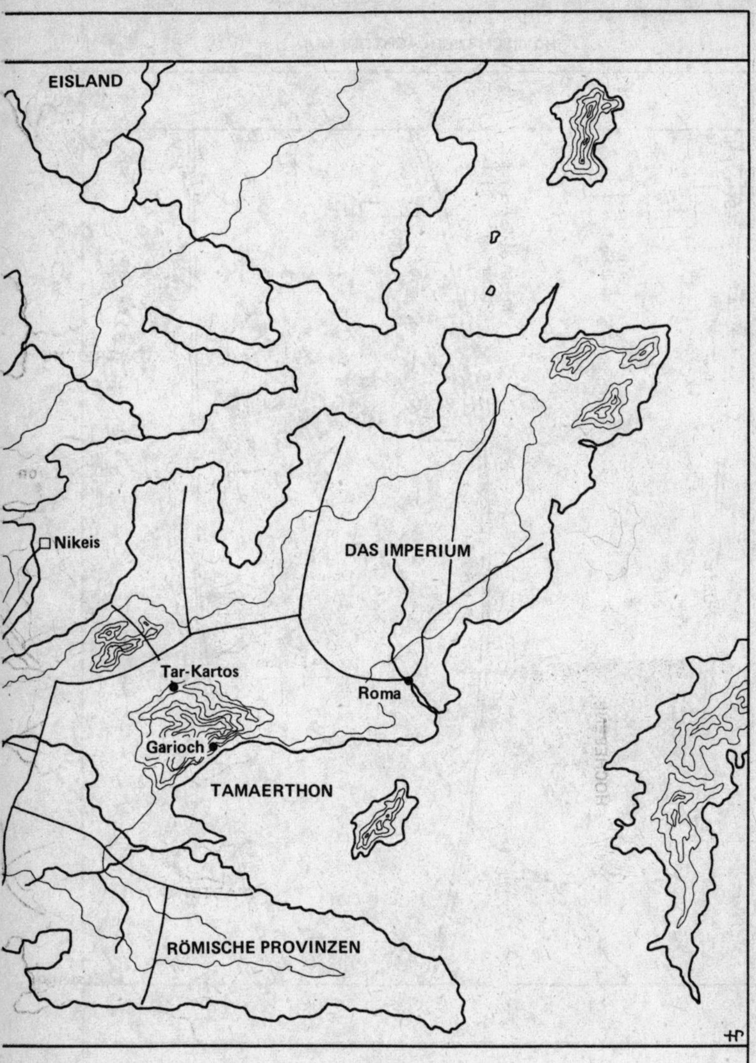
EISLAND
Nikeis
DAS IMPERIUM
Tar-Kartos
Roma
Garioch
TAMAERTHON
RÖMISCHE PROVINZEN

RÖMISCHE SCHLACHTORDNUNG

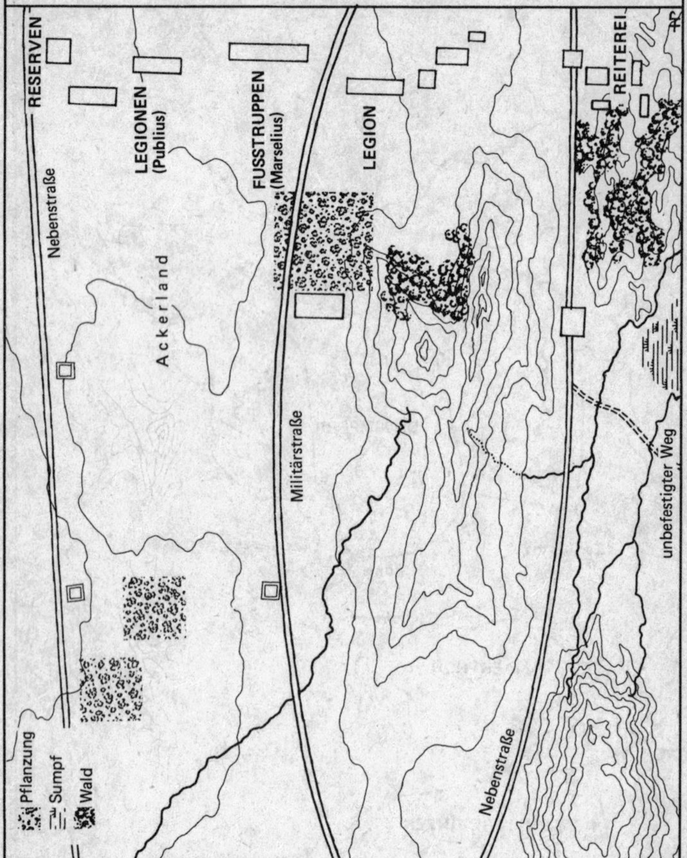

S. P. Q. R.

DER KAMPF MIT DEN WESTMÄNNERN

TEIL EINS

Throne
und
Herrschaften

1

Die Rakete spuckte Feuer und stieg dann rasch vom kopfsteingepflasterten Hof der alten Festung auf. In einer Flammensäule zischte sie davon und zog beim Aufstieg einen goldenen Funkenregen und einen leichten Schwefeldunst hinter sich her. Sie stieg und stieg und zerbarst dann unversehens in einem Silberschauer, und die staunende Menge konnte nur gaffen.

Hoch über dem Hof klatschten zwei vornehm gekleidete Knaben von etwa fünfzehn Erdenjahren begeistert in die Hände. Sie drängten sich an einem in die Mauer des Hauptturms eingelassenen Fenster, dreißig Meter über dem dumm glotzenden Pöbel. Einer der Knaben schrie laut auf, als die Rakete über Schloß Eldron explodierte.

»Schweig! Der Protektor könnte uns hören«, sagte der andere Knabe. »Er wird uns zu den anderen schicken.«

»Er ist nicht in der Nähe, Majestät.«

»Nun gut.« So etwas wie diese Raketen hatte man auf dem ganzen Planeten Tran noch nicht gesehen. Selbst Könige sollten darüber staunen dürfen, ohne Ansehen zu verlieren.

Aber, so überlegte Ganton, Könige müssen zuerst an ihre Würde denken und die Meinung des Adels berücksichtigen. Kein Monarch hat je das Wohlwollen seiner Lords so nötig gehabt wie ich. Eine zweite Rakete stieg in einem Bogen in den dämmrigen Abendhimmel. Diese zog einen Schweif von blauen Funken hinter sich her. »Oh – sieh nur!« rief er. Die Wahre Sonne war schon lange untergegangen, aber der Feuerdieb stand schon so hoch, daß er unheilvolle Schatten warf und den Sommerhimmel über der Festungshauptstadt von Drantos in blasses Licht tauchte.

Wieder jauchzte Ganton, als eine weitere Rakete zerplatzte. Er mochte Ganton, Sohn des Loron, Wanax von Drantos, sein; aber er war erst neun Jahre alt, fünfzehn nach der Rechnung des Sternenmannes Lord Rick; und es machte Spaß, die Raketen zu beobachten. »Vielleicht können wir aus ihnen Waffen machen«, sagte Ganton. »Meinst du nicht auch?«

»Lord Rick sagt, daß er es tun wird«, antwortete Morrone.

Er spricht in einem so seltsamen Ton, dachte Ganton. Das tun sie alle, wenn sie von Lord Rick reden. Wenn von mir die Rede ist, hört es sich ganz anders an. Sie haben gegen meinen Vater rebelliert. Es ist ein Wunder, daß ich überhaupt noch lebe. Dies ist nicht die Zeit, Wanax zu sein. Aber ich kann die Zeiten nicht bestimmen.

Noch mehr Raketen stiegen vom Hof des Palastes auf. Jede versprühte einen silbernen oder goldenen Funkenregen. Eine zerbarst mit einem besonders lauten Knall.

»War es so wie eben?« fragte Morrone.

»Lauter«, erwiderte Ganton. »Viel lauter.« Er brauchte nicht zu fragen, was Morrone meinte. »Es ist gerade ein Jahr her.«

»Eine ganze Armee«, sagte Morrone. »Und alle auf einen Schlag getötet –«

»Nein. Nur ihre Anführer wurden getötet. Wir mußten

immer noch kämpfen, um zu siegen. Nicht, daß es schwer war; denn Wanax Sarakos war tot, und alle Sternenmänner knieten Lord Rick zu Füßen. Aber die Armeen des Sarakos wurden von guten Kriegern aus Drantos besiegt und nicht durch Sternenwaffen.«

Morrone nickte, aber Ganton hatte das Gefühl, daß sein Gefährte ihm nicht so recht glaubte. Sarakos hatte fast das ganze Königreich Drantos erobert. Bis zur großen Schlacht hielt Sarakos die gesamte Grafschaft Chelm und das meiste Land der anderen großen Lords besetzt. Sein Wort galt überall, außer in den Hügeln, in die Ganton sich mit dem Lord Protektor und den Resten der königstreuen Streitkräfte zurückgezogen hatte. Sarakos hatte Gantons beste Truppen geschlagen und den ersten Lord Protektor getötet. Dann war der Sternenmann Lord Rick mit den wilden Stammesleuten gekommen, die dem Vater seiner Frau gehorchten, und an einem einzigen Tag, in einer einzigen großen Schlacht –

Noch mehr Raketen stiegen auf. »Du verschwendest das Feuerpulver mit vollen Händen«, sagte Morrone.

Ganton zuckte die Achseln. »Die Geburt der Lady Isobel als Erbin des größten Lords von Drantos ist ja auch kein geringer Anlaß. Außerdem hat Lord Rick selbst mir das Feuerpulver gegeben. Komm, darf ich nicht zeigen, wie sehr ich mich über die Ehre freue, die er mir erweist, indem er sein Kind in meiner Hauptstadt zur Welt kommen läßt?« Und das auch noch ohne meine Erlaubnis, obwohl ich sie ihm gern gegeben hätte.

Er spürte, das Morrone auf Distanz ging, und er fragte sich, ob sein Freund wohl verärgert sei. Ganton hatte wenig Freunde und höchstens einen oder zwei gleichaltrige; bald würde auch Morrone ihn nicht mehr als Freund, sondern als Wanax behandeln. Nur allzu bald. Das hatte seine Ordnung, aber es würde auch Einsamkeit bedeuten.

»Dort«, sagte Morrone. Er zeigte nach Süden zum Horizont. »Die Dämonensonne.«

Ganton spürte einen leichten Schauer und hoffte, Morrone werde es nicht merken. Es ist nur ein Stern, hatte der Sternenmann gesagt. Ein Stern, der sich dem Planeten Tran alle sechshundert Jahre näherte. Kein Dämon, sondern nur ein Stern.

»Es kann genauso gut ein Dämon sein«, sagte Morrone, als hätte er seine Gedanken gelesen. »Die Dämonensonne kommt, und wir leben in der ZEIT . . .« Seine Stimme verlor den Plauderton, und er sprach jetzt im Singsang eines Priesters. »Die Zeit rückt näher, da die Ozeane steigen. Stürme werden wüten, und die Götter rechten; denn wenn die Götter uns verlassen, wird es Rauch und Feuer und Zerstörung geben –« Morrone verstummte so plötzlich, wie er angefangen hatte zu reden. »Dort kommt jemand.« Er streckte die Hand aus. »Auf der Straße nach Süden. Direkt unter der Dämonensonne.«

Ganton starrte in die Dämmerung. Einer der Erdenmänner hatte ihm erzählt, der Feuerdieb sei so hell wie hundert Vollmonde, aber der Begriff sagte Ganton wenig. Er wollte gern glauben, daß ein Ort, der Erde heißt, die Heimat der Menschheit ist, aber der Gedanke hatte für ihn nichts Aufregendes. Tran war Heimat genug.

Das Licht des Feuerdiebs war so hell, daß man dabei alles sehen konnte, aber es war ein trügerisches Licht, das seltsame Schatten warf. Ja – eine größere Gruppe von Menschen ritt auf das Südtor der Stadt zu. »Ich vermute, es sind Kaufleute«, murmelte Ganton.

»Ohne Zweifel. Nach ihrer Kleidung zu urteilen, kommen sie aus den südlichen Städten. Aber was wollen sie hier?«

»Sie sind gekommen, mir zu huldigen«, sagte Ganton und kicherte.

»Könnte sein«, sagte Morrone ernst.

Ganton lachte laut. »Die südlichen Städte würden eher ihre Götter aufgeben als ihre Ratsversammlungen. Was könnten sie gewinnen?«

»Sie könnten sich unter Lord Ricks Schutz stellen«, sagte Morrone.

Wieder diese seltsame Ton, dachte Ganton.

»Karawane halt!« Der Ruf der Wache war hier oben kaum zu hören.

»Sie kommen zu spät«, sagte Morrone. »Die Tore sind schon für die Nacht geschlossen. Aber das müßten sie doch wissen . . .«

Jemand aus der Karawane rief den Wachen etwas zu. Ganton

verstand die Worte nicht, aber unten entstand Bewegung. »Der diensthabende Offizier!« schrie der Posten.

Ganton zog erstaunt die Stirn in Falten und sah seinen Freund an. »Was siehst du?« fragte er. »Wieso die Aufregung?«

Morrone schüttelte den Kopf. »Ich kann nichts erkennen.«

»Die Sternenmänner haben Werkzeuge, mit denen sie sehen können«, sagte Ganton. »Sie nennen sie – Ferngläser.« Er sprach das ihm nicht geläufige Wort nur zaghaft aus. »Ferngläser.«

»Sie müßten dir gehören«, sagte Morrone.

Ganton zuckte die Achseln. »Warum? Sie gehören zur persönlichen Ausrüstung der Sternenmänner, und auf dem ganzen Planeten Tran gibt es nur ein Dutzend von diesen – Ferngläsern. Wieso sollte ich sie haben?«

»Du bist Wanax!« sagte Morrone. »Diese Sternenmenschen sind keine großen Lords. Lord Rick selbst ist nur Eqeta von Chelm. Ja, und das auch nur durch den ersten Mann seiner Frau. Die Eqetassa Tylara verdient den Titel nicht mehr als ich. Weniger, denn ich bin der Cousin des letzten Eqeta, und sie ist nur seine Frau, und das auch nur auf dem Papier.«

Ganton starrte ihn erstaunt an. Er hatte schon Klagen gehört, aber noch nie waren sie so offen ausgesprochen worden. »Wenn du von Lord Rick sprichst«, sagte Ganton. »Deine Stimme. Du redest über ihn wie du über – über Yatar reden würdest.«

»Verzeihung, Majestät. Ich habe unbedacht geredet –«

»So geht es nicht!« schrie Ganton. »Heraus mit der Sprache. Was wolltest du mir sagen? Wenn du Beschwerden über Lord Rick vorzubringen hast, dann tu es jetzt. Sprich zu mir wie zu einem Freund –«

»Ich sage nur, was Hunderte deiner treuen Adligen auch sagen«, antwortete Morrone. »Wir achten Lord Rick, und wir würden ihm folgen – aber wir fürchten seine Familie. Wir fürchten, daß diese Emporkömmlinge Hunderte ihrer in Kilts gekleideten Barbaren nach Drantos bringen –«

»Ich wünschte, sie würden viele Hunderte von ihren Bogenschützen bringen«, sagte Ganton.

»Vielleicht. Aber wenn sie ihre Pfeile mit den Möwenfedern

abschießen, wer wird dann den grauen Federschmuck von Tamaerthon tragen? Deine Feinde oder deine Freunde?« Seine Stimme wurde leiser. »Majestät. Ganton, mein Freund. Ich weiß, daß es schwer ist –«

»Ja«, sagte Ganton. »Sehr schwer. Selbst der Protektor fürchtet Lord Rick und die Sternenwaffen. Und das mit Recht. Du warst nicht dabei, aber ich war dabei, als der andere Sternenmann, Parsons, dieser Verräter, mit Sarakos gemeinsame Sache machte und diese Waffen gegen meine Armeen richtete. Niemand war sicher. Mein Generalhauptmann starb an meiner Seite, und dabei waren wir fast eine Meile vom Schlachtfeld entfernt!

Aber das wird sich ändern«, fuhr Ganton fort. »Ich werde mich nicht bis in alle Ewigkeit gängeln lassen. Horch.«

Wieder klangen von unten Schreie herauf. Dann ein Rasseln. »Die Tore«, sagte Morrone. »Sie öffnen die Tore um diese späte Stunde! Wer?«

»Wir gehen nachschauen«, sagte Ganton. »Wir laufen um die Wette –« Er sprang von seinem Fenstersitz und war schon eine halbe Treppenflucht hinuntergesprungen, bevor Morrone ihm folgen konnte.

Lachend und schreiend rannten sie die Treppe hinunter.

Auf dem zweiten Treppenabsatz wartete der Lord Protektor auf sie. Sein narbiges, vom Wetter gegerbtes Gesicht und das einfache Breitschwert an seinem Gürtel bildeten einen scharfen Kontrast zu dem kostbaren Scharlach und Blau seiner Hofkleidung und zu seiner juwelenbesetzten Amtskette. Man sah ihm an, daß er sich im Sattel eher zu Hause fühlte als im Thronsaal.

Ganton bremste mitten im Lauf, reckte sich auf und versuchte, langsam und vorschriftsmäßig zu gehen, wobei er hoffte, Camithon habe ihn nicht rennen gesehen.

»Sire«, sagte Camithon.

Bei Yatar, jetzt geht es los, dachte Ganton.

»Sire, Ihr hättet nicht so lange fernbleiben sollen«, sagte der Protektor. »Ihr tut dem Lord und der Lady von Chelm wenig

Ehre an, nachdem sie Eurem Haus die große Ehre erwiesen haben, hier ihr erstes Kind zur Welt kommen zu lassen.«

Noch einmal, dachte Ganton. Sag mir noch einmal, welche Ehre mir erwiesen wird, und ich werde schreien und deine Ahnen verfluchen . . . »Meinem Haus ist in der Tat eine Ehre widerfahren. Aber vielleicht gab es dafür auch praktische Gründe. Hätte Lady Tylara ihr Kind in Chelm geboren, wären ihre Stammesleute in Tamaerthon gekränkt gewesen – und wenn in Tamaerthon, hätten sich dann nicht die Ritter von Chelm beleidigt gefühlt? Mein Haus war für sie günstig. Und natürlich für das Reich. Für das Reich.«

Camithon runzelte die Stirn, und die große Narbe, die sich quer über sein Gesicht zog, färbte sich dunkel. Einen Augenblick lang hatte Ganton Angst. Der alte Krieger war durchaus imstande, seinen Souverän über das Knie zu legen – allerdings war Ganton überzeugt, daß er es niemals in der Öffentlichkeit tun würde.

»Das stimmt doch«, beharrte Ganton.

Camithon nickte. »Aye, Yatars eigene Wahrheit. Aber es gibt so etwas wie die richtigen Worte zur falschen Zeit.«

»Ich habe Unruhe bemerkt«, sagte Ganton. »Ich wollte nachschauen –«

»Aye. Ein Sternenmann. Er will Lord Rick aufsuchen. Mit einem Geschenk.«

»Oh.«

Die Bedeutung dieser Angelegenheit brauchte Camithon nicht zu erklären.

Die Wände bestanden aus zinnengekrönten dicken Steinmauern. Die Tore hingen zwischen massiven Pfosten und waren aus schwerem Holz mit groben Eisenbeschlägen. Die kleine berittene Gesellschaft hatte sie kaum passiert, als sie sich rasselnd wieder schlossen. Sie hörten den Holzriegel herabfallen, einen Balken von der Stärke einer Telegraphenstange. Eine Weile ritt Ben Murphy schweigend weiter, dann drehte er sich zu seinem Begleiter um. »Zu spät«, sagte er auf englisch, »sich die Sache noch einmal zu überlegen.«

Anders als Murphy ritt der andere Mann einen Zentauren. Er sah den klassischen Zentauren nicht sehr ähnlich; der Oberkörper glich eher dem eines Affen als dem eines Menschen, während der übrige Körper genauso gut zu einem Elch wie zu einem Pferd hätte gehören können. Sein Reiter schaute sich mit halbgeschlossenen Augen um. »Ich schätze, noch könnten wir hier rauskommen«, sagte er. Dann streckte er die Hand aus und streichelte den Rücken des Zentrauren. »Dobbin und ich haben auf diesem dämlichen Planeten schon einiges erlebt. Ich glaube nicht, daß diese Stadttypen uns aufhalten können.«

»Oh, doch«, sagte Murphy. »Wir würden es nicht schaffen.«

»Und ob wir es schaffen.« Lafe Reznick schlug auf das Gewehr vom Typ Heckler & Koch, das von seiner Schulter hing. »Du brauchst es nur zu sagen, Ben, und ich halte sie in Schach, während du die Eins-null-sechs klarmachst.«

Murphy schnaufte. »Um was wetten wir, daß sie uns in diesem Moment schon im Fadenkreuz haben?« Er zeigte zum hohen Turm der Burg hinauf, der die Stadt beherrschte. Von unten vor dem Turm stieg eine Rakete auf.

»Glaubst du wirklich, der Captain würde das tun?« fragte Reznick.

Murphy zuckte die Achseln. »Vielleicht nicht. Aber was ist mit Mason? Oder mit Elliot?«

»Ja. Sergeant Major Elliot hatte ich ganz vergessen«, sagte Reznick. »Ich schätze, sie sind alle übergelaufen, als Captain Galloway Colonel Parsons erschoß. Und Elliot ist genau der Mann, der dafür sorgen wird, daß wir hier nicht wegkommen.« Er schielte zur Burg hinauf. »Dort oben – oder verdammt noch mal, vielleicht sogar in einem der Eingänge. Mit einer Maschinenpistole.«

»Die braucht er noch nicht einmal«, sagte Murphy. »Er hat doch diese verdammten Bogenschützen aus Tamaerthon. Verdammt, die könnten uns mit Möwenfedern spicken, bevor du deine H&K von der Schulter reißen kannst.«

»Du denkst immer an so lustige Dinge.«

»Was sagst du?« Einer der Reiter schloß zu Murphy auf und warf die Kapuze zurück. Es war eine Frau, sehr hübsch und

wesentlich jünger als die beiden Soldaten. »Hast du Angst?« fragte sie.

»Nein, ich habe keine Angst«, sagte Reznick. »Natürlich nicht, Honey. Ich hätte dich nicht hergebracht, wenn ich Angst hätte.«

»Ich höre deine Angst«, sagte sie. »Die Tiere merken, daß wir Angst haben.«

»Wer hat schon Angst beim Militär?« sagte Murphy. »Zurück ins Glied, Lady, wenn ich bitten darf . . .«

Das Mädchen wollte es etwas sagen, aber sie verzichtete darauf. Sie zügelte ihr Pferd und ließ Murphy und Reznick vorausreiten. Als die drei anderen Frauen zu ihr aufgeschlossen hatten, wechselte mit ihnen ein paar Worte in der Sprache der Einheimischen, aber viel zu schnell, als daß Murphy etwas verstanden hätte.

Murphy und Reznick ritten schweigend weiter, bis sie das Burgtor erreichten, das genauso massiv war wie die Stadttore und das sich jetzt öffnete.

»Wir werden schon erwartet«, sagte Murphy. »Dann also hinein.« Er stellte sich in den Steigbügeln auf und wandte sich an die Gruppe hinter ihm: »Keine Waffen«, sagte er und unterdrückte ein Lachen. Ich spreche diesen einheimischen Dialekt gar nicht schlecht, dachte er. Besser, als die Kleine englisch spricht. »Ganz gleich, was geschieht, laßt die Hände von den Waffen. Ihr habt unsere Sternenwaffen gesehen. Diese Leute werden uns genau beobachten, und ihr Hauptmann hat Waffen, die besser sind als alles, was wir aufzubieten haben.«

»Sie könnten uns leicht umbringen«, sagte Murphy. »Sag deinen Frauen, daß ich das ernst meine.«

»Habe ich schon getan«, sagte Reznick. »Verdammt, Ben, manchmal kann ich das alles gar nicht glauben.«

»Ich weiß, was du meinst«, sagte Murphy. Er schüttelte den Kopf. »Wir kämpfen in Afrika, und die Kubaner sind gerade im Begriff, uns zu erledigen, und plötzlich nimmt uns eine gottverdammte fliegende Untertasse mit. Das ergibt für mich keinen Sinn. Dieser ganze Planet, nichts von alledem ergibt für mich irgendeinen Sinn.«

»Für Captain Galloway schon.«

»Ja. Vermutlich.«

»Verdammt, Ben, du hast doch selbst gesagt, daß wir herkommen sollten . . .«

»Und du warst einverstanden«, erinnerte ihn Murphy. »Ich brauchte dir nicht erst den Arm umzudrehen.« Er grinste. »Wie dem auch sei, ich halte es immer noch für das beste. Dieses Papier, das der Captain uns geschickt hat, darin steht, daß er sich hier auskennt. Er weiß, warum es hier Menschen gibt und was die Leute mit der fliegenden Untertasse wollen, und –«

»Und davon kannst du soviel glauben wie du willst«, sagte Reznick. Er schwieg eine Weile, und dann grinste auch er. »Und ich bin verdammt sicher, daß wir sehr viel davon glauben wollen.«

»Ja. Reiten wir weiter.« Er ritt den anderen voran durch das offene Tor.

Der Innenhof roch nach verbranntem Schießpulver. Er war voller Menschen. Bogenschützen in Kilts hielten die Menge zurück und bahnten ihnen eine Gasse, so daß Murphy und seine Begleiter weiterreiten konnten. »Wie Militärpolizei«, sagte Murphy.

»Sehr schön.« Reznick schielte nach oben. »Schau jetzt nicht hin, aber im Turm über dem Tor hockt ein Scharfschütze.«

»Ja, den habe ich schon gesehen. Oben auf der Mauer sind Dutzende von diesen Bogenschützen. Jetzt bleibt uns nur noch eine Möglichkeit.«

Die Mauer vor ihnen war höher als die erste, und das Tor, das hineinführte, war so schmal, daß sie einzeln reiten mußten. Das Tor führte in einen langen labyrinthartigen Korridor mit zwei Biegungen, die für die Reittiere kaum breit genug waren. Dann erreichten sie den Innenhof, der außer einem halben Dutzend vornehm gekleideter Höflinge menschenleer war.

»Willkommen«, rief einer von ihnen. »Im Namen des Wanax Ganton, willkommen auf Schloß Eldron. Ich bin Parilios, Kammerherr des Wanax Ganton und Diener des Lord Protektors, in dessen Namen ich euch noch einmal willkommen heiße.«

»Hört sich soweit ganz gut an«, sagte Murphy. »Äh – wir kommen auf Einladung Lord Ricks, Eqeta von Chelm, Generalhauptmann der Streitkräfte von Drantos, Colonel der Söldner . . .« Er nannte den letzten Titel auf englisch. »Wir sind Benjamin Murphy do Dirstval und Lafferty Reznick do Bathis, Handelsleute aus den Sonnenländern.«

»Lord Rick ist hier und erwartet euch schon«, sagte der Kammerherr. »Ihm wurde euer Kommen angekündigt. Er befahl mir, euch zu sagen, seine Nahrung solle nur dienen, seinen Bauch zu füllen, und seine Getränke nur der Befeuchtung seiner Zunge, bis er endlich mit euch gesprochen hat.«

»Das glaubst du doch selbst nicht«, knurrte Murphy vor sich hin, um dann lauter fortzufahren: »Sagt Wanax und dem Lord Protektor und Lord Rick in unserem Namen tausend Dank, und sagt ihm, daß wir uns beeilt haben, seiner Einladung zu folgen.«

Weitere Zeremonien folgten, bevor sie zum Absteigen aufgefordert wurden. Schließlich wurden sie in einen Vorraum geführt, an dessen hinterem Ende ein helles Feuer flackerte. Auf einem Tisch standen Essen und Wein, auf einem Sideboard einige Waschschüsseln. »Ich werde euch allein lassen, damit ihr euch erfrischen könnt«, sagte ihr Begleiter. Er drehte zwei identische Sanduhren um und nahm eine davon mit. »Ich werde zurückkommen, wenn die Zeit um ist.« Der Kammerherr verneigte sich und ging.

Die Frauen fingen an zu schnattern, aber mit einer heftigen Geste gebot Murphy Schweigen. Er betrachtete die Sanduhr. »Ungefähr zwanzig Minuten. Sollen wir die Frauen mit hineinnehmen?«

»Warum nicht?« wollte Rick wissen.

Murphy zuckte die Achseln. »Dies ist royalistisches Land«, sagte er. »Hier ist es nicht wie im Süden, wo wir waren. Und die Mädchen sind nicht gerade von Adel –«

»Dirdre und Marva sind es inzwischen«, sagte Reznick. »Sie haben mich schließlich geheiratet. Dadurch sind sie so gut wie jeder andere.«

»Okay, wenn du es sagst. Wo mögen die verdammten Toiletten sein?«

»Ich nehme an, dort drüben«, sagte Reznick. Er ging zu einer kleinen hinter einem Vorhang verborgenen Tür und schaute hinein. »Ja. Es sieht aus, als ob das Ding über der

Stadt hängt. Wollen wir uns auf die Köpfe der Bürgerlichen erleichtern?«

»Captain?«

Rick Galloway wandte sich vom Fenster, als eine Rakete gerade in einem roten Feuerball explodierte. »Ja?«

»Zwei Dinge«, sagte Art Mason. »Lady Tylara sagt, Sie sollten eigentlich unten sein und dem Feuerwerk zuschauen –«

»Zur Hölle, als ob ich das nicht wüßte«, sagte Rick. Er hob den Kristallpokal mit Wein und trank ihn auf einen Zug aus. »Drei Tage lang stellen wir uns nun schon zur Schau. Tylara gefällt das ganze Tamtam.« Er grinste. »Isobel ist wirklich ein süßes kleines Ding. Ich denke, Tylara hat all diesen Trubel verdient. Ich habe allerdings keine Ahnung, warum sie so versessen darauf ist.« Er schenkte Wein nach.

Mason zuckte die Achseln. »Ich habe noch nie behauptet, daß ich was von Frauen verstehe.«

»Und das andere?«

»Murphy ist hier.«

»Murphy?«

»Ben Murphy«, sagte Mason. »Zusammen mit Lafe Reznick. Das sind zwei Soldaten, die zusammen mit Warner und Gengrich nach Süden abhauten. Sie sind eben vor dem Tor erschienen. In ihrer Begleitung sind einige Frauen und auch ein paar Typen. Murphy sagte dem Wachoffizier, daß er ein Geschenk für den Eqeta von Chelm habe, den großen Generalhauptmann der Streitkräfte von Drantos –«

»Hmmm.«

»Er trägt ganz schön dick auf, Captain. Aber ich glaube, das Geschenk wird Ihnen gefallen. Es ist ganz in Seide und Goldbrokat eingewickelt, aber es ist ungefähr so lang und hat ungefähr diesen Umfang –«

»Die Rückstoßfreie!«

»Könnte sein«, sagte Mason. »Könnte tatsächlich stimmen. Jedenfalls ist er unten in der Eingangshalle. Elliot sagte es mir, und wir haben den Kammerherrn veranlaßt, ihm Wein und Essen anzubieten. Ich habe mir gedacht, daß Sie mit ihm sprechen sollten, bevor dieser Camithon ihn sich vornimmt.«

»Ja. Gut gedacht. Ich komme.« Er ging zur Tür.

»Zuerst müssen wir Sie vernünftig anziehen«, protestierte Mason. »Warten Sie, Captain, ich helfe Ihnen in Ihre Rüstung.«

»Ich brauche keine Rüstung.«

»Und ob Sie die brauchen«, sagte Mason. »Verdammt noch mal, Captain, Sie können doch nicht ohne Ihr Kettenhemd nach unten gehen. Hier, geben Sie die Pistole her. So ist's recht. Und nun bücken Sie sich –« Gegen Ricks Protest streifte Mason ihm ein aus winzigen Metallringen gearbeitetes Hemd über.

»Das verdammte Ding ist viel zu schwer«, sagte Rick.

»Wenn es nicht schwer wäre, würde es nichts nützen«, sagte Mason. »Kommen Sie, heben Sie den Arm –« Geschickt schnallte er Rick die Pistole und das Kampfmesser unter den linken Arm. »Jetzt sehen Sie anständig aus.«

»Und ich komme mir vor wie ein Idiot.«

»No, Sir!« sagte Mason mit Nachdruck. »Sie müssen praktisch denken.«

Das habe ich mein Leben lang getan, dachte Rick. Ich handle vernünftig und halte mich dabei fast immer für einen Feigling.

Mason sah Ricks Gesichtsausdruck »Captain, Sie wissen doch nicht, was Murphy will. Ich glaube zwar nicht, daß er Ärger machen wird. Sonst würde er nicht einfach so durch das Tor kommen. Aber, Captain, dieser ganze verdammte Laden kann doch jeden Augenblick in die Luft fliegen. Botschafter aus beiden römischen Reichen. Und dieser Diplomat aus den Fünf Königreichen ist doch nichts anderes als ein Spion – verdammt, technisch gesehen befinden wir uns doch immer noch im Kriegszustand mit ihnen! Von unseren eigenen Adeligen ganz zu schweigen. Noch vor knapp einer Stunde mußte ich zwei dieser Barone entwaffnen. Dragomer und Kilantis –«

»Wer sind die?«

»Ein paar von den Baronen, die zu Sarakos übergelaufen sind«, sagte Mason. »Sie nutzten die Amnestie aus, nachdem wir Sarakos geschlagen hatten. Sie stammen aus dem nördlichen Zentralmassiv.«

»Ja, ich erinnere mich«, sagte Rick. »Sie waren den Fünf

Königreichen so nahe, daß man es ihnen nicht einmal übelnehmen kann, daß sie desertiert sind. Warum sollte man sie also entwaffnen?«

»Sie haben sich gestritten. Ich weiß nicht, worum es ging. Ich habe ihnen nur die Dolche abgenommen.«

»Sie haben im Palast blankgezogen?«

»Ja.«

»Wo war Wanax Ganton?«

»Er hat sich oben das Feuerwerk angesehen«, sagte Manson. »Verdammt, Captain, wenn die beiden in Gegenwart des Jungen oder des alten Herrn ihre Waffen gezogen hätten, wäre ihnen Schlimmeres passiert. Dann hätte ich ihnen nicht nur die Waffen abgenommen. Das wissen Sie doch genau.«

»Ja. Tut mir leid. Gehen wir also.« Er ging zu der massiven, mit Nägeln beschlagenen Tür und zog. Sie ließ sich nur schwer öffnen. Kein Wunder, dachte Rick, bei der hier herrschenden Schwerkraft muß das verdammte Ding fünfhundert Pfund wiegen. Vor der Tür standen ein paar Männer. Rick nickte seiner Ordonnanz und den Wachen zu. Dann wandte er sich an den vierten Mann, der in förmlicher Haltung ein wenig von den andern entfernt stand. »Hauptmann Caradoc.«

»Mylord.« Caradoc war mit einem Kilt in hellen Farben bekleidet. An der Hüfte trug er einen Dolch mit juwelenbesetztem Griff. Von seiner Schulter hingen Bogen und Köcher. Er war etwa in Ricks Alter. Caradoc verneigte sich tief und richtete sich erst wieder auf, als Rick seinen Gruß erwidert hatte.

»Es ist gut, dich wiederzusehen«, sagte Rick. »Wie war die Reise?«

»Ich bin zufrieden, Mylord. Ich hatte schnelle Pferde und Yatars Gunst.«

»Das freut mich zu hören.« Rick legte soviel Wärme in seine Stimme, wie er konnte. Mehr als einmal hatte Caradoc Rick das Leben gerettet – und seiner Familie. Caradoc war eigentlich einer von Tylaras Leuten, Gefolgsmann ihres Vaters und Sohn eines seiner Unterhäuptlinge. Unter den im Stammessystem von Tamaerthon hochrangigen Männern waren nur wenige loyal . . .

»Wir gehen nach unten in den Audienzsaal«, sagte Mason.

Eine der Wachen trabte voraus. Der zweite Mann ging vor Rick, während Mason sich an Ricks Seite hielt und Jamiy und Caradoc den beiden folgten.

All dieser Unfug, nur um nach unten zu gehen, dachte Rick. Allerdings gibt es *tatsächlich* nur wenige, die ich hinter meinem Rücken dulde, wenn sie bewaffnet sind.

Sie gingen eine schmale steinerne Treppe hinunter in einen großen, mit Wandteppichen behängten Raum und dann durch einen Bogengang in einen noch viel größeren Saal.

Rick hatte ihn gerade betreten, als er eine rauhe Stimme rufen hörte: »Macht Platz! Macht Platz für den Wanax von Drantos.«

Durch einen anderen Eingang betrat eine zweite Gruppe den Saal. Zuerst zwei Bewaffnete. Dann Morrone, der Gefährte des Königs, ein junger Lord, den Rick ein wenig anmaßend fand. Dann kam Camithon, der narbengesichtige Lordprotektor.

»Wer steht eigentlich im Rang am höchsten?« fragte Mason auf englisch.

»Ich muß überlegen«, sagte Rick. Die Frage war verdammt schwer zu beantworten. Als Protektor stand Camithon höher als alle anderen außer dem König. Andererseits war er, bevor er Lordprotektor wurde, Tylaras General gewesen, und sein Land besaß er als simpler Bheromann in ihren Diensten. Es war sogar noch komplizierter, denn Rick und Tylara waren hier im technischen Sinne die Gastgeber; Wanax Ganton hatte Tylara für die Zeit ihrer Niederkunft nämlich großzügigerweise seinen Palast zur Verfügung gestellt. Dadurch war Ricks Ehrengast Camithons Schutz anbefohlen –

»Mylord«, knurrte Camithon. Er verneigte sich. Auch Rick verneigte sich, und noch tiefer verneigte er sich vor Ganton, als der Knabe den Saal betrat.

»Majestät«, sagte Rick. »Ich hoffe, das Fest hat Euch gefallen.«

»Es hat«, sagte Ganton. Er ließ seine Blicke über die Vertreter des niederen Adels schweifen und über die anderen, die inzwischen den Saal betreten hatten.

Der Junge ist in Ordnung, dachte Rick. Er hat einen klaren Kopf. Und er hört auf Tylara. Aber dann sind da noch die anderen. Die Hälfte von ihnen will mich zum Gott erheben, die andere Hälfte will mir ein Messer zwischen die Rippen stoßen. »Majestät«, sagte Rick, »ich möchte eine Gunst erbitten. Die Benutzung Eures Saales für den Empfang der Sternenmänner.«

»Mein Haus ist das Eure«, sagte Ganton förmlich. »Ich trage keine Krone, solange Ihr und Eure Lady hier seid. Aber gewährt mir das Vergnügen, anwesend zu sein, wenn Ihr Eure Freunde empfangt.«

»Gern, Sire. Meinen untertänigsten Dank.«

Das eine Ende des Saales wurde von einem Thron beherrscht, der auf einem hohem Podium stand. Darunter war ein niedrigeres Podium mit weniger kunstvoll gearbeiteten Stühlen. Yanulf, der Oberpriester Yatars, des Vaters des Tages, war schon da. Auch Sigrim, Hohepriester Wotans des Einäugigen, des Gottes der Erschlagenen. Sie standen nicht auf, als Rick an das Podium trat. Als er seinen Platz auf der unteren Plattform einnahm, entstand an der Tür Bewegung. Tylara war eingetroffen.

Sie sieht blaß aus, dachte Rick. Sie ist immer noch so verdammt schön, daß es fast schmerzt, sie anzuschauen. Ihr tiefschwarzes Haar glänzte wie immer, und ihre Augen waren aufregend blau. Es war ihr kaum anzusehen, daß sie im Hause Yatars vierzig Stunden lang schwere Wehen hatte durchstehen müssen. Rick schauderte bei der Erinnerung daran. Wenn er sie verloren hätte –

Er konnte diesem Gedanken nicht weiter nachhängen. »Sweetheart«, sagte er auf englisch. Mit Rücksicht auf den Hofstaat wurde er dann förmlicher: »Mylady, wollt Ihr Euch zu mir setzen?«

»Danke.« Ihre Stimme war wie Eis, und in ihrem Lächeln lag Winter, als sie neben Rick Platz nahm.

Verdammt, dachte Rick, ich habe sie nicht abholen lassen. Ich hätte es tun sollen, aber ich habe es vergessen. »Ich freue mich, daß du kommen konntest. Ich habe mir schon Sorgen gemacht.« Und darüber müßte sie eigentlich erstaunt sein. »Kammerherr, bitten Sie unsere Gäste herein.«

»Du hast nach mir geschickt?« fragte Tylara.

»Benjamin Murphy do Dirstval und Lafferty Reznick do

Bathis, Sternenlords und Handelsleute aus den Sonnenländern«, rief der Kammerherr.

»Aha«, sagte Rick leise, als Murphy hereinkam. Jetzt erinnere ich mich an ihn. Ein Ire aus Belfast. Er hat beim Pokern so viel Geld gewonnen, daß er zuletzt keine Partner mehr fand. Niemand glaubte, er hätte betrogen. Er war ganz einfach gut. Und auch mit einer Maschinenpistole konnte er gut umgehen.

Über Reznick wußte er nicht mehr viel, außer, daß er immer mit Murphy zusammensteckte.

Murphy und Reznick gingen zum Podium. Ihnen folgten zwei Frauen und vier Männer, offensichtlich bewaffnete Diener. Die Männer trugen einen schweren unhandlichen Gegenstand, der in Seide und Goldbrokat eingewickelt war. Sie erreichten das Podium und schauten Rick ein wenig verwirrt an. Dann nahm Morrone Haltung an und grüßte militärisch.

Automatisch erwiderte Rick den Gruß. Dann lachte er. »Sie müßten sich verneigen oder niederknien oder so was«, sagte er auf englisch. Er hörte Tylaras ersticktes Grunzen, als sie versuchte, ein Lachen zu unterdrücken. »Willkommen in meinem Haus.« Rick sprach jetzt den einheimischen Dialekt und hob die Stimme. »Es ist gut, Sie wiederzusehen. Ihre anderen Freunde unter den Sternenmännern werden Sie ebenfalls willkommen heißen.«

»Ja, nun, ich bin froh, daß ich wieder bei Ihnen anheuern kann, Captain«, sagte Murphy. »Und ich habe Ihnen etwas mitgebracht –«

»Ja. Ich bin verdammt froh, daß ich die Rückstoßfreie zurückbekomme. Das ist doch die Eins-null-sechs, nicht wahr?«

»Genau die.« Murphy drehte sich um und gab seinen Begleitern ein Zeichen. Diese wickelten das Rohr aus und nahmen die Umhüllung von der Dreifußlafette. Dann befestigten sie das Rohr darauf.

»Haben Sie ihnen beigebracht, wie man mit dem Ding umgeht?« fragte Rick.

»Nicht direkt, Sir«, sagte Reznick. »Aber sie *haben* es im Einsatz gesehen.«

»Ja«, sagte Rick. »Wir werden das Gespräch unter vier Augen fortsetzen. Zuerst müssen wir diese Zeremonie hinter uns bringen. Ich werde Ihnen sagen, wie Sie sich verhalten sollen.« Mit einer Geste bedeutete er Murphy niederzuknien und sagte im einheimischen Dialekt: »Wir werden euch in unsere Dienste nehmen. Wollt ihr mir aus freiem Willen und nach den Sitten und Gebräuchen dieses Landes dienen?«

»Das wollen wir«, sagten Murphy und Reznick gleichzeitig.

»Dann sollen eure Feinde meine Feinde sein, und wer euch Unrecht antut, tut mir Unrecht an«, sagte Rick. Er streckte die Hände aus. »Legt eure Hände zwischen meine. So. Und nun sprecht dem Kammerherrn nach . . .«

»Ghu sei Dank, daß es vorbei ist«, sagte Rick.

»Wer ist Ghu?« fragte Tylara ganz ernsthaft.

»Äh – eine örtliche Gottheit zu Hause auf der Erde. Hier hat er wahrscheinlich nichts zu sagen.« Er sah Murphy und Reznick den Audienzsaal verlassen und verspürte einen übermächtigen Drang, ihnen zu folgen. Keine Chance, dachte er. Jetzt, da das Feuerwerk zu Ende ist, müssen wir Isobel jedem verdammten Bheromann und Ritter im ganzen Laden vorführen und den Segen des Königs erlangen, und – »Du brauchst gar nicht über mich zu lachen«, sagte Rick.

»Ich verstehe ja deinen Wunsch«, sagte Tylara. »Aber es wird dir nicht schaden, ein wenig Geduld zu haben. Heute abend mußt du bei mir bleiben.«

»Ja.« Und das war auch wirklich notwendig. Die Zeremonien des Abends sollten zwar in einem Fest bestehen, aber gleichzeitig sollte er offiziell seine Vaterschaft für Isobel anerkennen. Bevor das geschehen war, würde Isobel als ein kleiner Bastard gelten.

Und Isobel war das süßeste kleine Ding, daß er je gesehen hatte, und ganz gewiß sollte jeder erfahren, daß sie sein Kind war – was ihm immer noch wie ein Wunder vorkam –, aber, mein Gott, diese Lords waren so entsetzlich dumm . . .

2

»Was nun?« fragte Reznick.

»Als erstes brauche ich einen Drink«, sagte Ben Murphy. Sie wurden durch Korridore geführt, einige Treppen hoch, dann wieder eine Treppe hinunter. »Und ich weiß überhaupt nicht mehr, wo wir sind. He, Wache, wo sind unsere Begleiterinnen?«

»Ihre Ladies sind auf ihre Zimmer gebracht worden. Man erwartet Sie im Wachraum.« Der Soldat, der sie führte, sprach offenbar kein Englisch; aber sie hatten keine Schwierigkeiten, das letzte Wort zu verstehen.

Reznick lachte. »Genau wie in der richtigen Armee.« Sie folgten den Männern, bis sie schließlich einen in Stein gefaßten

Eingang erreichten, vor dem zwei mit Kilts bekleidete Bogenschützen standen. Murphy stieß seinen Begleiter an. »Wieder diese Militärpolizisten. Okay, gehen wir hinein.«

»Mützen ab in der Wachstube!« sagte eine Stimme auf englisch.

»Zur Hölle mit dir«, murmelte Murphy, aber er nahm den Hut ab. Erstaunt sah er den bärtigen Mann an, der gesprochen hatte. Mit grimmiger Miene gab der Mann den Blick zurück. »Wer – Warner? Larry Warner?«

»Derselbe.« Warner grinste breit. »Ich bin hier, um die Siechen zu begrüßen, die Geschenke bringen. Wie geht's euch, Ben? Lafe? Ihr seht gut aus. Ihr habt sogar neue Bärte.«

»Warner, um des Himmels willen. Wir dachten schon, die Einheimischen hätten dich mitgenommen, um dich zu verkaufen.«

»Das haben sie auch getan. Sie haben mich an Lord Rick verkauft.«

»Für einen Sklaven«, sagte Reznick, »siehst du ganz schön wohlhabend aus.«

»Ich bin kein Sklave«, sagte Warner. »In Wirklichkeit habe den besten Job, der hier zu vergeben ist. Wollt ihr einen Drink?« Er füllte zwei silberne Becher bis an den Rand. »Trinkt aus.«

»Ja –« Murphy trank. »Heilige Mutter Maria. Larry, was ist das für ein Zeug?«

»Ganz schön stark, was? Darauf kannst du deinen Arsch verwetten. Das ist McCleves Arbeit. Kannst du ihn dir ohne einen Destillierapparat vorstellen?«

»Nein. Was macht der alte Schluckspecht jetzt?«

»Er ist Professor für Medizin an der Universität von Tran.«

»Er ist was wo?«

»Professor für Medizin. An der Universität von Tran.«

»Aber Tran heißt doch dieser ganze verdammte Planet«, protestierte Reznick.

»Richtig«, sagte Warner. »Und jetzt hat er eine Universität. Komm, Murphy, du hast doch bestimmt schon von der Universität gehört.«

»Ach, Scheiße«, sagte Reznick.

»Ja«, stimmte Murphy ihm zu. »Das beste unten im Süden ist, daß man sich da unten nicht euren verrückten Dialekt anhören muß – He, was machst du denn da?« Warner war zur Tür gegangen und winkte die Wachen herbei.

»Ich lasse die Militärpolizei holen«, sagte er. »He, Mann, rufen Sie den diensthabenden Unteroffizier!«

»Warum?« fragte Murphy. »Bloß, weil uns euer blöder Dialekt nicht gefällt?«

»Nein, macht euch keine Sorgen. Es geht nur um eine Kleinigkeit, die vergessen wurde. Was nun die Universität anbetrifft: etwa zur Hälfte wird dort gelehrt, zur Hälfte geforscht. McCleve bringt Yatars Priestern Sauberkeit und Hygiene bei. Ich lehre Mathematik. Campbell bildet Ingenieure aus. Selbst der Captain unterrichtet gelegentlich. Im übrigen widmen sich Gruppen von Studenten und Priestern der Forschung. Seife. Ersatz für Penicillin. Schleifen von Linsen für Mikroskope. Herstellung von Salpetersäure. Alles mögliche Zeug. Und auch Geschichte.«

»Professor«, sagte Murphy. »Wir haben dich doch damals in Afrika schon ›Professor‹ genannt.«

»Und jetzt bin ich es wirklich«, sagte Warner.

»Und was ist deine eigentliche Aufgabe?« wollte Reznick wissen.

»Betrachtet mich einfach als Offizier mit besonderen Vollmachen«, sagte Warner. »Das kommt der Sache sehr nahe. Ah, da sind ja schon die Wachen. Corporal, die Waffen der Sternenlords wurden noch nicht versiegelt.«

»Yes, Sir.« Der Mann winkte, und zwei seiner Leute brachten eine Kordel und banden Murphys Schwert in der Scheide fest. Sie beendeten ihre Arbeit mit einem kunstvollen Knoten. Dann nahm der Corporal eine kleine Kupferpfanne mit rotem Wachs und hielt sie über die Lampe, die auf dem Tisch des Wachraums stand. Mit Hilfe eines flachen linsenförmigen Steins versiegelte er dann den Knoten. Das gleiche geschah mit Reznicks Waffe.

»Was zum Teufel soll das bedeuten?« fragte Reznick.

»Vorschrift«, sagte Warner. »Nehmt noch einen Drink, und dann werde ich es euch erklären.« Er wartete, bis die Einheimischen ihre Aufgabe erledigt hatten und gegangen waren. »Offiziell steht der ganze Palast unter dem Königsfrieden«, sagte Warner. »Niemand darf einen anderen herausfordern, wenn es auch Adelige gibt, die das erbliche Recht besitzen, ihre Feinde selbst im Palast zu bekämpfen. Aber da eure Waffen versiegelt sind, darf niemand euch unmittelbar zum Kampf herausfordern.« Warner zuckte die Achseln. »Das Ganze dient eurem Schutz und natürlich dem der Einheimischen . . . .«

»Was ist mit –« Murphy sprach den Satz nicht zu Ende.

»Pistolen?« fragte Warner. »Die werdet ihr hier abgeben. Äh – ich muß euch außerdem durchsuchen.«

»Du und welche Armee?« fragte Murphy.

Wieder zuckte Warner die Achseln. »Wenn ich es nicht tue, tut es Mason. Wäre euch das etwa lieber? Meinetwegen kann es auch Sergeant Major Elliot tun –«

»Auf keinen Fall«, sagte Murphy. »Ich halt' ja schon still. Hier.« Er zog einen Colt Mark IV Kaliber .45 Automatik aus der Tasche und legte die Waffe auf den Tisch. »Auch mein Kampfmesser?«

»Nein, das kannst du zu deinem Schutz behalten. Außerdem nehme ich an, daß man dir die Pistole in ein paar Tagen zurückgeben wird, wenn du die Verhältnisse hier ein wenig besser kennst.« Er bedachte Reznick mit einem mißtrauischen Blick. »Lafe, du hast doch bestimmt auch irgendwo eine Kanone versteckt. Ich gebe dir einen guten Rat. Du mußt verdammt gut aufpassen, wen du umbringst, Notwehr oder nicht. Das Zusammengehörigkeitsgefühl in den Sippen ist hier sehr stark ausgeprägt, und wenn du einen Mann umbringst, hast du seine hundert Verwandten am Hals. Vom Captain ganz zu schweigen, falls du einen Mann umbringst, den er braucht.« Warner schrieb eine Quittung für die Waffe. »Jetzt du, Lafe.«

»Ja, ja«, sagte Reznick und legte seine .45 auf den Tisch. »Okay, und was nun?«

»Nun nehme ich euch zu dieser Party mit«, sagte Warner. »Und ich werde versuchen, euch zu erklären, was hier vor sich geht. Nicht, daß ihr es begreifen würdet. Ich begreife es ja selbst nicht, und ich bin schon seit einem Jahr hier.« Er schwieg eine Weile. »Warum seid ihr überhaupt gekommen?« fragte er dann.

»Wir hielten es für eine gute Idee«, sagte Murphy. »Unten im Süden wird es langsam unangenehm. Angriffe von See her. Bewaffnete kommen in Wagenkolonnen mit ihren Familien nach Norden, und sie sind wild entschlossen, neue Siedlungsgebiete zu finden. Es sieht so aus, als stünde es tausend Meilen südlich von uns *wirklich* sehr schlecht. Hungersnot, Krieg, Seuchen – was es so gibt.«

Warner nickte. »Einiges davon haben wir schon gehört. ›Die ZEIT rückt näher, da die Meere steigen werden.‹«

»Sie sind schon gestiegen«, sagte Reznick. »In Rustengo stehen schon die halben Hafenanlagen unter Wasser, und das ganze Hafengebiet ist ein einziger salziger Sumpf.«

»Es wird viel schlimmer kommen«, prophezeite Warner. »Immerhin, ihr scheint ganz gut orientiert zu sein. Ihr tragt sogar Titel.« Er lachte. »Ich wüßte nicht, daß Dirstval städtische Adelstitel an Söldner verleiht.«

Auch Ben Murphy lachte. »Nein, aber es klingt doch gut. ›Benjamin Murphy do Dirstval‹ hört sich besser an als Soldat Murphy, CIA . . .«

»Und warum habt ihr das alles aufgegeben?«

»Haben wir das? Du hast diesem Militärposten doch gesagt, wir seien ›Sternenlords‹. Ich habe es selbst gehört.«

»Nun, es ist ein bißchen kompliziert«, sagte Warner. »Für die Einheimischen seid ihr wichtige Handelsleute aus dem Süden. Das kommt hier oben schon fast einem Adelstitel gleich. Aber an eurer Stelle würde ich dem Sergeant Major gegenüber mit größtem Respekt auftreten. Und Art Mason ist inzwischen Offizier.«

»Wir haben nichts dagegen«, sagte Reznick. »Wir wollen hier nur gut mit den Leuten auskommen.«

Murphy nickte zustimmend. »Ja. Es ist ziemlich schlimm unten im Süden, Larry. Verdammt noch mal, es wird wirklich immer schlimmer, und wir haben dort niemanden, der uns den Rücken freihält. Wir hatten nur uns und Lafes Frauen und sonst nichts.« Er schwieg eine Weile und fuhr dann fort: »Ja, früher hatte ich auch eine Frau. Sie wurde von Nomaden getötet. Lafe und ich haben die Schweine einen Zehn-Tag lang gejagt. Aber zur Hölle damit. Eines Tages hätten wir für unsere Pistolen keine Munition mehr gehabt. Oder jemand hätte uns eingefangen und gefoltert, damit wir unsere Geheimnisse preisgeben. Du kennst doch die Fabeln, die erzählen, wie sie hier mit den ›kleinen Leuten‹ umspringen?«

Warner nickte. »Ja, scheußliche Geschichten.«

»Als wir hörten, daß Colonel Parsons erledigt worden war, die übrigen Truppen in Sicherheit waren und es nicht einmal einen Krieg gab – nun, da haben wir gedacht, daß Captain Galloway schon für uns sorgen wird. Zu Hause hat er das auch immer versucht.«

Sie standen auf der Galerie hinter den Musikanten und schauten auf den großen Saal mit seinem Kaleidoskop an Farben hinab. Die granitenen Wände waren mit Gobelins verhängt und farbenprächtig ausgestattet, aber dennoch wirkte der Ort wie eine Festung. Alles auf Tran wirkte wie eine Festung.

Die Musikanten schienen gut in Form zu sein. Jemand hatte Weinschläuche gebracht, und die Leute ließen munter die Tonkrüge kreisen. Alle paar Minuten brachte irgend jemand einen Toast auf die Infantin Isobel aus. Die Musik wurde hauptsächlich von Streichern und Trommlern produziert, und Murphy hörte wenig von dem schrillen Gejaule, an das er sich im Süden gewöhnt hatte. Die Musik war zum größten Teil unverständlich, aber manchmal klangen Melodien an, die Murphy erkannte. »The Girl I Left Behind Me«, das Trinklied aus dem Bettelstudent, »Garry Owens« . . .

Murphy schätzte, daß sich dreihundert Menschen in einem Saal drängten, der nur für halb so viele vorgesehen war, und alle trugen ihre besten Kleider, das heißt ihre buntesten.

»Verdammt viele Militärpolizisten da draußen«, sagte Reznick. »Was sind das für Leute?«

»Nun, technisch gesehen gehören sie zu Mac Clallan Muirs Leibwache«, sagte Warner.

»Mac wer?«

»Mac Clallan Muir. Seht, Captain Galloway – dort steht er, erkennt ihr ihn? – Captain Galloway hat Lady Tylara do Tamaerthon geheiratet. Herzoginwitwe – nun, der örtliche Titel lautet Eqetassa, aber das ist dasselbe – von Chelm. Dadurch erlangte der Captain den Titel Eqeta. Lady Tylaras Vater ist ein alter Stammeshäuptling namens Drumold. Tamaerthon hat ein ziemlich verrücktes Titelsystem, das *niemand* versteht, aber Mac Clallan Muir ist Drumolds wichtigster Titel. Er hat seinen Schwiegersohn zu seinem Kriegshäuptling ernannt.«

»Kriegshäuptling«, sagte Reznick. »Wovon?«

»Theoretisch von ganz Tamaerthon«, sagte Warner. »Praktisch führt Captain Galloway alle Stämme an, die Drumold gehorchen. Das tun die meisten, aber nicht alle. Da. Der da drüben ist Drumold.« Er zeigte auf einen Mann in einem farbenprächtigen, mit silbernen Spangen besetzten Kilt. Er trug ein Dutzend goldene Armreifen und mehrere protzige Halsketten. Warner sah, daß Murphy grinste. »Ja«, sagte er, »ich bin ganz deiner Meinung, aber äußere dich bloß nicht darüber, wenn er es hören könnte. Der alte Haudegen schlitzt dir auf der Stelle die Leber auf, und der Captain kann nicht mal was dagegen tun.

Aber wie dem auch sei, zurück zu den Militärpolizisten. Als Kriegshäuptling des Stammes stand Captain Galloway eine Leibwache zu. Er beauftragte Art Mason damit, Leute zu rekrutieren, und der rekrutierte eine ganze Menge Leute, viel mehr, als die anderen erwartet hatten. Diese Männer setzte der Captain als Militärpolizei ein. Es waren nicht nur junge Adelige, sondern Jungs aus verschiedenen Stämmen. Selbst solche, die keinem Stamm angehörten, und freigelassene Sklaven –«

»Also ist Captain Galloway der einzige Stamm, den sie haben«, sagte Murphy.

»Ja. Genau«, sagte Warner. »Intelligent von dir.«

»So sind wir nun mal«, sagte Reznick. »Aber wo passen wir ins Bild?«

»Ihr werdet dem Hauptquartier zugeteilt«, sagte Warner. »Zuerst werdet ihr wahrscheinlich an die Universität abkommandiert, wo ihr alles aufschreiben sollt, was ihr wißt. *Alles.*

Dann gibt es noch die Wanderschulen. Aber das werdet ihr noch erfahren. Eines aber müßt ihr euch merken, Captain Galloway ist *unser* Boß. Solange wir das nicht vergessen, ist alles in Ordnung.«

»Aber diese Militärpolizisten. Entschuldige, aber dies ist Drantos. Tamaerthon ist doch nicht einmal ein Teil dieses Königreiches, oder?«

»Nein. Aber vergeßt nicht, sie bilden Captain Galloways Leibwache, und einen Zehn-Tag lang ist er hier der Gastgeber. Außerhalb des Palastes hätte Art Masons Militärpolizei keine Befugnisse, denn wir sind nicht in Tamaerthon. Aber Lord Rick – so wird der Captain hier genannt – hat sie theoretisch dem Kommando des Lordprotektors unterstellt. Das ist der da.«

Er zeigte auf einen großen narbengesichtigen Mann, der ständig eine finstere Miene zur Schau trug. »Das heißt also«, fuhr Warner fort, »daß sie im Königreich und auch im Palast die Ordnung aufrechterhalten.«

»Und Corporal Mason bekommt seine Befehle von diesem Protektor?«

»Major Mason. Ja, das stimmt«, sagte Warner. »Natürlich.«

»Das ist ja schlimmer als im Süden«, murmelte Reznick.

Warner lachte. »Wir fangen gerade erst an, Lafe. Siehst du die beiden da? Da vorn und weiter hinten im Saal –«

»Ja?«

»Das sind Römer. Der an der rechten Seite ist der Botschafter des Kaisers Flaminius –«

»Und der andere der des Marselius«, beendete Murphy den Satz. »Ja, über diese Situation haben wir dem Captain eine Menge mitzuteilen.«

»Zum Beispiel?«

Murphy wurde nachdenklich. »Larry, nicht, daß wir dir nicht trauen, aber das einzige, was wir noch zu bieten haben, sind ein paar Informationen. Wie wär's, wenn ich sie dem Captain gebe und er sie dir weitererzählt?«

Warner lachte. »Du lernst, Ben. Du lernst schnell. Und jetzt gehen wir nach unten und schauen uns auf der Party um. Versucht, nüchtern zu bleiben. Und das Wichtigste: Beleidigt niemanden!«

3

Rick wollte der Kopf platzen. Mittel gegen den Kater wirkten auf Tran nicht besser als auf der Erde. Eher weniger gut. Aspirin war hier sehr knapp, und der Alkohol enthielt wesentlich mehr Fuselöle.

»In zwei Stunden tagt der Große Rat«, stöhnte Rick. »Heiliger Yatar, mein Kopf bringt mich um –«

»Du hast es nicht besser verdient«, sagte Tylara. »Ich dachte schon, du wolltest allen Wein trinken, den es in Edros gibt.«

Da hat sie nicht ganz unrecht, dachte Rick. Es geschieht zwar nicht oft, aber gestern abend . . . Nun, ja. Was sie wirklich ärgert, ist, daß ich zu betrunken war, um mich nach der

Party um sie zu kümmern. »Du kommst doch auch zur Sitzung des Großen Rates?«

»Natürlich«, sagte sie. »Soll ich gleich mitkommen?«

»Besser nicht«, sagte Rick. »Ich glaube, ich bekomme mehr Informationen, wenn ich englisch mit ihnen rede.«

»Wie du meinst.«

»Verdammt noch mal, ich habe doch keine Geheimnisse vor dir.« Er stand auf und legte ihr die Hände auf die Schultern, aber sie schien vor ihm zurückzuweichen. »Gut«, sagte er, »ich sehe dich dann im Rat.« Als er das Schlafzimmer verließ, hoffte er, daß sie ihn zurückrufen würde, aber sie sagte nichts.

Er ging nach unten in den gemauerten Sitzungssaal, den er als Kommandostand eingerichtet hatte, eine Kopie seines Büros in Tamaerthon. Auf drei Wände hatte man Landkarten gezeichnet, aber die vierte war weiß und leer, und in der Nähe lag Holzkohle zum Schreiben. Die Mitte des Raumes füllte ein großer Holztisch aus, um den Bänke standen; Bänke waren keine sehr bequeme Sitzgelegenheit, und daher zogen sich die Sitzungen selten in die Länge. Im Gegensatz dazu war Ricks Stuhl eigens für ihn geschnitzt worden, und er hatte eine gepolsterte Sitzfläche und breite Armlehnen. Wenn nötig, konnte er das Sitzen länger aushalten als die Leute, die anderer Meinung waren als er.

»Ach-tung!« kommandierte Elliot, als Rick den Raum betrat. Die Soldaten um den Tisch herum sprangen auf. Murphy und Reznick wirkten ein wenig überrascht, aber sie machten keine Einwände. Rick sagte nichts, sondern setzte sich schweigend an das Ende des Tisches. Dann nickte er. »Setzen«, sagte Elliot.

»Ich dachte, wir hätten diesen Schwachsinn bei Parsons zurückgelassen«, murmelte Murphy.

»Jetzt reicht's aber«, sagte Sergeant Major Elliot scharf. Er mochte keine Leute, die einem Vorgesetzten widersprachen. In seinen Vorstellungen von Perfektion mußte ein Offizier, der Truppen befehligt, genau wie diese wissen, wo sein Platz war. In einem solchen System war der Sergeant Major natürlich unentbehrlich . . .

»Für diese Besprechung habe ich zwei Gründe«, sagte Rick. »Ich will feststellen, was Sie über die Lage im Süden wissen. Und ich will Sie darüber informieren, was für eine Mission wir hier zu erfüllen haben. Ich fange an.«

Aber wo? fragte er sich. Es gibt so vieles, was sie nicht wissen. Und es gibt so verdammt vieles, was *ich* nicht weiß. Humpty Dumpty befahl Alice, am Anfang zu beginnen und am Ende aufzuhören. Wenn ich das tun wollte, würde ich den ganzen Tag sitzen.

»Zunächst einmal«, sagte Rick, »ist unsere Hauptaufgabe hier dieselbe geblieben. Wir sollen hier Pflanzungen für die *Shalnuksis* anlegen, und wenn wir ihr verdammtes *Surinomaz* nicht anbauen, werden sie mit uns keinen Handel treiben, und wir bekommen keine modernen Geräte. Wir haben also keine Wahl.«

»Captain, sind Sie sicher, daß diese – diese fliegenden Untertassen wieder zurückkommen?« fragte Murphy.

»Nicht ganz«, sagte Rick. »Aber sie haben uns gesagt, daß sie zurückkommen werden, und sie haben eine Kommunikationsausrüstung hiergelassen. Der Pilot hat Gwen Tremaine gesagt, die *Surinomaz*-Ernte sei für ihn und die *Shalnuksis* wichtig.« Und *ihr* hat er ein Sende- und Empfangsgerät gegeben. Und er hat sie geschwängert. Jetzt hat sie also ein ein Jahr altes Kind, und es gibt innerhalb einer Entfernung von Lichtjahren keinen Vater dafür.

»Das Dumme ist«, fuhr Rick fort, »daß der Anbau von *Surinomaz* nicht gerade einfach ist. Die Einheimischen nennen es ›Wahnsinnskraut‹, und sie hassen das Zeug.«

»Äh –«

»Was ist, Warner?«

»Captain, kurz bevor ich die Universität verließ, erhielten wir Berichte über Hexen und Schamanen, die aus dem Wahnsinnskraut eine nützliche Droge herstellen.«

»Das werden wir prüfen müssen. Bringen Sie es bei der Tagung des Wissenschaftlichen Rats zur Sprache.« Nach der Versammlung des Großen Rates eine weitere Versammlung, dachte Rick. Ich hocke den ganzen Tag nur noch in Versammlungen herum –

»Yes, Sir.«

»Jedenfalls brauchen wir eine Menge von dem Zeug, und die Leute wollen es nicht anbauen. Wenn der Wanderstern näher herangekommen ist, wird die Wachstumsperiode länger sein, und wir werden mehr Nahrung pro Hektar produzieren können – aber wir müssen die Leute ernähren, die für uns das Wahnsinnskraut anbauen. Und das jahrelang. Wir brauchen mindestens vier Jahre lang Rekordernten von dem Zeug.

Das wäre das eine Problem. Wir brauchen Frieden, aber der Dämonenstern bringt den ganzen Planeten durcheinander. Ich habe Ihre Berichte gesehen, Murphy. Wanderungen. Nomadisierende Stämme im Süden. Ich bin nicht überrascht – es wird sogar noch schlimmer werden. Wie stehen die Chancen, die Wanderungen an den Grenzen der Stadtstaaten aufzuhalten?«

»Nicht sehr gut, Sir«, sagte Murphy. »Wenn wir es hätten schaffen können, wäre ich nicht hergekommen.«

Rick nickte. Es ist wie ein Schlangennest, dachte er. »Und wenn ich eine große Streitmacht schicke? Zwanzig Söldnereinheiten und ein paar tausend einheimische Krieger?«

Murphy zuckte die Achseln. »Das würde wahrscheinlich nicht viel nützen«. sagte er. »Erstens könnte es sein, daß die Stadtstaaten Ihren Truppen nicht kampflos den Durchzug gestatten. Aber selbst wenn Sie mit ihnen irgendeine Art von Bündnis schließen könnten – es gibt dort keine ›Grenze‹, die leicht zu verteidigen wäre.«

»Das war auch mein Eindruck«, sagte Rick. Er zeigte auf eine der Landkarten an der Wand. »Aber außerdem sieht es so aus, als würden im Süden undurchdringliche Sümpfe entstehen, denn der Dämonenstern kommt immer näher. Dann wird bald so viel Eis schmelzen, daß das Meer um zwölf bis fünfzehn Meter steigt. Bis dahin müssen wir uns mit den Gegebenheiten abfinden. Was wissen Sie über die Lage in Rom?«

»Unentschieden«, sagte Murphy. Er schaute Reznick an, der zustimmend nickte. »Zuerst siegte Marselius. Er verwendete eine neue Taktik, die er vermutlich von Ihnen gelernt hat. Aber inzwischen hat der alte Flaminius neue Legionen aufgestellt und seine Reserven einberufen. Er hält jetzt stand.«

»Okay. Ich will alles hören, was Sie wissen. Schlachtordnung, Kräfteverhältnis, alles, was Sie haben.« Rick schaute auf die Uhr. »Sie haben ungefähr eine Stunde Zeit. Fangen Sie an.«

Drumold richtete sich zu seiner vollen Größe auf. Mit seinem farbenprächtigen Kilt und den funkelnden goldenen Armreifen bot er ein imposantes Bild. Er ließ keinen Zweifel daran, daß er nicht als Ricks Schwiegervater sprach, sondern als Mac Clallan Muir, Oberhaupt der Stämme von Tamaerthon.

Seine Worte hallten durch den Versammlungssaal: »Mann, bist du von Sinnen?«

Rick versuchte zu lächeln. Es war nicht leicht. Das Echo der Stimme ließ seinen Kopf schmerzen. Er überlegte einen Augenblick, wie viele Kriege wohl ausgebrochen waren, weil irgendein König oder General verkatert an einer wichtigen Ratsversammlung teilgenommen hatte. Tylaras Vater pflegte seine Rituale, und dieser Auftritt war eines von ihnen; aber in der Ratsversammlung saßen viele Leute, die Drumold nicht kannten. Andererseits waren auch viele anwesend, die ihn kannten und die aus dem bloßen Anschein eines Streits zwischen Rick und Drumold politisches Kapital schlagen könnten. »Nicht mehr als gestern«, sagte Rick, »aber heute bin ich besser informiert.«

»Nun, meine Worte waren vielleicht etwas unbedacht«, sagte Drumold.

Mein Gott, hat es sich so wütend angehört? fragte sich Rick. Er schaute zu Tylara hinüber, aber ihre Blicke konnten ihm heute nicht helfen. Meist erkannte sie genau, welchen Eindruck Rick machte, und gab ihm das durch ihre Mimik zu verstehen. Trotz ihrer Jugend hatte sie im Umgang mit solchen Hitzköpfen viel mehr Erfahrung als er, und sie hatte in ihren eigenen Ratsversammlungen den Vorsitz geführt, bevor Rick sie überhaupt kennenlernte.

»Ja«, sagte Drumold jetzt, »wir müssen uns darüber klarwerden, was wir wollen und wie wir es erreichen können. Solange Marselius und Flaminius gegeneinander Krieg führen, können sie keine einzigen Legion gegen uns aufbieten. Wenn sie aber Frieden schließen – oder wenn einer von ihnen siegt – wie

stehen wir dann da? Rom hat schon Anspruch auf ganz Tamaerthon erhoben. Oh, ja, es gab eine Zeit, wo sie auch Drantos beanspruchten, ja, alle Länder dieser Welt Tran. Und wird Marselius immer noch ein Freund und Verbündeter sein, wenn er unbestrittener Caesar ist und uns nicht mehr braucht?

Mylord Rick, Ihr schlagt vor, daß wir diesem Krieg ein Ende setzen und Gut und Blut dafür opfern! Ich sage Euch, daß Ihr schlecht beraten seid, und ich begreife Euch nicht.«

Auf diese Worte folgte lautes Murren, aber nicht mehr, als Rick angesichts der vielen Anwesenden erwartet hatte: Es waren so viele, daß sie an dem Tisch, dem größten in ganz Drantos, nicht alle Platz hatten, so daß viele Angehörige des niederen Adels auf Stühlen sitzen mußten, deren Reihen bis an die entfernte Wand reichten.

Am Tisch selbst saßen schon zu viele, als daß die Versammlung vernünftig abgehalten werden konnte. Der junge Wanax Ganton, der zwar nominell den Vorsitz führte, ihn aber an Rick abgegeben hatte; der Lordprotektor Camithon, der aus seinem Narbengesicht jeden wütend anstarrte, der es wagte, ihm zu widersprechen oder es dem König gegenüber an der gebotenen Ehrerbietung fehlen ließ; drei der fünf großen Grafen von Drantos, vier, wenn man Rick und Tylara mitrechnete. Wie William-und-Mary, dachte Rick. Rick-und-Tylara, ein zweiköpfiges Monster, das über Chelm herrschte. Einige der reicheren Bheromänner und Ritter. Zunftmeister. Und alle repräsentierten sie das Königreich Drantos.

Dann die Priesterschaft. Der alte Yanulf in seiner blauen Robe murrte, weil der Rat sich in Streitfragen erging, anstatt sich auf die ZEIT vorzubereiten. Sigrim, der Hohepriester Wotans des Einäugigen, des Gottes der Erschlagenen, eines Kriegsgottes, den alle fürchteten und nur wenige liebten. Florali, die ältere Dame – in Ricks Augen eine Art Vestalin, obwohl sie Witwe war – die Hestia repräsentierte, die Gute Göttin der Ernten.

Die Zusammensetzung des Rates hatte sich aus einer langen Tradition ergeben. Im Kampf um das Vorrecht, im Rat zu sitzen, waren schon Männer gestorben. Die Anzahl der Ratsmitglieder zu reduzieren war fast unmöglich. König, Lords,

Bürger und Priesterstand bildeten gemeinsam den Großen Rat von Drantos, im besten Fall ein schwer zu handhabendes Instrument; aber heute waren noch viel mehr Männer gekommen. Drantos war mit Tamaerthon verbündet. Einige der tamaerthanischen Stammesleute drückten es gröber aus. Von Lord Rick angeführte tamaerthanische Krieger hatten Drantos erst vor einem Jahr vor der Besetzung durch Sarakos bewahrt, den rechtmäßigen Erben der Fünf Königreiche, und trotz der unterschiedlichen Größe der beiden Ländern fanden nicht wenige der tamaerthanischen Stammesleute, daß Tamaerthon der wichtigere Partner sei und es auch sein sollte. Deshalb mußten natürlich tamaerthanische Häuptlinge und Krieger im Großen Rat sitzen, und deshalb drängten sich an der einen Seite des Tisches mit Kilts bekleidete Stammesleute aus dem Hügelland, die von den Großen von Drantos für wenig besser als Barbaren gehalten wurden – aber diese behielten ihre Meinung für sich.

Meistens.

»Es liegt sehr in unserem Interesse, diesen Kriegen ein Ende zu setzen«, rief links von Rick eine schrille Stimme. Sie gehörte Morron, dem Vater des Gefährten des Königs, Eqeta der südlichen Zentralregion von Drantos. »Durch den Krieg wird unser Handel ruiniert«, sagte Morron. »Beide Seiten fordern von uns Tribute, und so dient unser ganzer Profit nur dazu, den Krieg zu finanzieren. Je eher die Angelegenheit bereinigt ist, um so besser für Drantos.«

»Ha!« schrie Drumold. »Jetzt erfahren wir die Wahrheit. Drantos will Tamaerthon zu seinem eigenen Vorteil verkaufen.«

»Genug!« brüllte Rick. Er schlug mit der Faust auf den Tisch. »Genug, sage ich!« Seine Hand fuhr an die Pistole. Das Stimmengewirr verstummte. Vor ein paar Wochen hatte Rick einmal ein ganzes Magazin in die Decke gefeuert, um eine Debatte zu beenden. »Drumold, mein alter Freund. Ihr tut mir Unrecht.«

Der alte Häuptling sah aus, als sei er gekränkt, aber er wirkte jetzt nachdenklich. »Aye«, sagte er zögernd. »Ich habe unbedacht geredet. Und doch kann ich eines nicht zurücknehmen: Daß die Römer miteinander Frieden schließen, liegt nicht in unserem Interesse.«

»Seid nicht so sicher. Gewiß, solange Rom gegen Rom kämpft, kann keine der Parteien uns angreifen – aber sie können sich auch nicht verteidigen. Von elf Legionen, die Rom vor dem Bürgerkrieg hatte, sind kaum sechs in der Lage, überhaupt noch zu kämpfen.«

»Ach, und wer wird Rom angreifen, solange es geteilt ist?« Dieser Einwand kam von Dughuilas, dem Häuptling der Sippe Calder. »Wenn wir es nicht tun . . .«

»Der Hohe Rexja zum Beispiel«, sagte Tylara.

Dughuilas und Drumold starrten sie erstaunt an. In Tamaerthon hatten Frauen im Rat keine Stimme.

»Er wird seinen Sohn Sarakos rächen wollen«, fuhr Tylara fort. »Wenn wir gegen die Römer kämpfen, werden die Fünf Königreiche innerhalb von fünf Zehn-Tagen in Drantos sein. Wenn wir es nicht tun – wird dann nicht Rexja Toris das römische Land mit Habgier betrachten? Er hat Bheromänner und Ritter, sogar Söhne von Wanaxxae, die auf Land in Drantos hofften. Wie sollen sie belohnt werden, da doch die Fünf hier keine Macht haben?«

»Ein Mann wie Sarakos verdient es nicht, gerächt zu werden«, murmelte Drumold. Balquhain, sein ältester Sohn, klopfte zustimmend auf den Tisch.

»Glaubst du, du wüßtest das besser als ich?« fragte Tylara.

Schweigen senkte sich über den Saal. Jeder hatte gehört, daß Tylara von Sarakos gefoltert worden sei – einige tuschelten sogar etwas von *Vergewaltigung* –, aber niemand hatte damit gerechnet, daß sie es hier zur Sprache bringen würde.

Rick machte sich die Stille zunutze. »Wir können nicht gegen Rom kämpfen, denn wenn wir nach Osten marschieren, wird Toris die Armeen der Fünf Königreiche nach Drantos führen.«

»Dann laßt uns die Fünf schlagen«, sagte jemand. »Jetzt, solange sie noch nicht kampfbereit sind.«

»Und ein geteiltes Rom hinter uns lassen?« fragte Rick. »Wo wir doch der Freundschaft *keiner* der beiden Parteien sicher sein können?«

»Wir haben Marselius geholfen«, sagte Tylara. »Er schickt uns Geschenke.«

»Aye. Wir schickten ihm Hilfe, nachdem wir ihn in der Schlacht besiegt hatten«, sagte Drumold. »Er ist ein stolzer Mann, und seine Legionäre sind noch stolzer. Nie werden sie vergessen, wie die Stämme gegen sie standen – und siegten.«

»Ein weiterer guter Grund für ein Bündnis«, sagte Rick. »Und wie sicher könnt Ihr sein, daß Flaminius nicht siegt, während wir oben im Norden umherirren? Es ist ziemlich sicher, daß Flaminius gegen Tamaerthon nichts als Groll hegt. Sollte Flaminius siegen, sind wir wie Korn zwischen zwei Mühlsteinen.«

Und jetzt, dachte Rick, wird wahrscheinlich irgendwer auf die grandiose Idee kommen vorzuschlagen, daß Tamaerthon aus dem Bündnis austritt und allein weitermacht. Da, Dragomer will sprechen –

»Das ist Wahnsinn!« Rick hörte eine Donnerstimme links direkt neben sich. Yanulf, Erzpriester des Yatar, stand trotzig mit ausgebreiteten Armen da. »Die ZEIT rückt näher. Und in der ZEIT des Brennens werden die Meere rauchen, und das Land wird schmelzen wie Wachs. Die Wasser der Ozeane werden die Berge umspülen. Wehe denen, die darauf nicht vorbereitet sind! Wehe den Ungläubigen!

Und wie haben wir uns vorbereitet?« fragte er. »Die Sternenmänner sind gekommen, genau wie es die Propheten vorausgesagt haben; die Sternenmänner selbst berichten uns von der ZEIT. Wir streiten miteinander und reden über lächerliche Kriege, während in den Eishöhlen keine Vorräte lagern. Ich sage euch, es ist höchste Zeit, daß wir die Höhlen mit Getreide und Fleisch füllen, um gegen die ZEIT gewappnet zu sein. Wir müssen aufhören, über ›Interessen‹ zu reden. Es gibt keine Interessen, die wichtiger sind als die Vorbereitung auf die ZEIT.«

»Gut gesagt«, schrie jemand. Die Zunftmeister trampelten Beifall.

»Wirklich gut gesagt«, stimmte Rick zu. »Und noch etwas steht fest: wenn der Dämonenstern nahe genug ist, sind die Länder im Süden als erste in Gefahr. Ihre Bevölkerung wird nach Norden strömen, um hier Schutz zu suchen. Das hat schon begonnen. Die Stadtstaaten des Südens können sich kaum verteidigen; sie werden nicht einmal den Versuch machen, diese Wanderungen aufzuhalten.«

»Wir können die Grenze zum Süden halten«, sagte Dughuilas.

»Vielleicht«, sagte Rick. »Aber was ist mit dem Südosten? Mit den Flußtälern dort?«

»Römisches Land«, murmelte Drumold. »Seit ewigen Zeiten halten die Römer dort Waffenruhe –«

»Es bleibt nur so lange römisch, bis die Stadtstaaten es erobern», sagte Tylara. »Bis sie es erobern und den Leuten aus dem Süden den Weg freimachen. Sie werden bald genug wünschen, daß die nomadisierenden Stämme ihr Land verlassen.«

Wieder trat Stille ein, während die Mitglieder des Rates die Landkarte studierten, die Rick auf die Wand hatte malen lassen. Die Leute von Drantos sah es zuerst. Das Flußtal mit seinen Straßen zeigte wie ein Dolch auf das Herz von Drantos – aber es bedrohte auch die Westgrenze von Tamaerthon.

»Könnte sein«, sagte Dragomer. »Die Städte hatten schon immer gute Soldaten.«

»Söldner«, sagte Duhuilas, und in seiner Stimme lag Verachtung. »Sie sind der Ritterschaft von Tamaerthon nicht gewachsen.«

»Sie waren schon einer besseren Kavallerie gewachsen, als Ihr Sie habt«, sagte Dragomer.

Das waren keine sehr klugen Worte, dachte Rick. Duhuilas war der Häuptling eines großen Stammes und führte eine mächtige Gruppierung der Oberschicht von Tamaerthon an; und Dragomer war einer der Lords von Drantos, die in ihrer Revolte gegen den Vater des jungen Ganton die Söldner der Stadtstaaten nach Drantos geholt hatten.

»Ich erinnere Euch an den Königsfrieden«, sagte Camithon. »Antwortet höflich, Eqeta Dragomer.«

»Ich brauche überhaupt nicht zu antworten«, sagte Dragomer. »Falls die Städte sich einen gemeinsamen Führer wählen –«

»Das ist ihnen noch nie gelungen.« Eine neue Stimme. Sie

gehörte Corgarff, einem Unterhäuptling, »und das wird ihnen auch jetzt nicht gelingen. Ich werde meine Söhne nicht fortschicken, damit sie in einem römischen Krieg sterben, um römisches Land zu retten. Es sei denn –« Er ließ eine lange Pause eintreten, bis alle aufmerksam zuhörten. »Es sei denn, dieser Sternenlord Gengrich, der die Lords der Sternenmänner im Süden anführt, risse die Führung auch in den Städten an sich. Vielleicht kann uns Lord Rick mehr über diesen Mann erzählen, der einst sein Gefolgsmann war.«

Das kostet ihn sein Leben, dachte Rick. Ich werde –

»Vorsicht«, sagte Tylara leise. »Er ist Dughuilas' Mann, und Dughuilas hat jeden Grund, dir übelzuwollen.«

»Das war nicht gut gesagt.« Camithon sprach jetzt ganz als Lordprotektor. »Lord Parsons hat gegen Lord Rick rebelliert. Lord Gengrich sagte sich von Lord Parsons los, und nach unserem Recht und dem der Sternenmänner bleibt er ein Rebell. Wie kann Lord Rick eine Schuld für das Blut treffen, das von Männern vergossen wurde, die gegen ihn rebellierten?«

Und doch trifft mich Schuld, dachte Rick. Ich habe sie hergebracht, und ich ließ sie wieder ziehen. Jetzt sind sie wie Wölfe unter den Schafen.

»Sie sind Rebellen, aber Lord Rick hat wenig unternommen, sie wieder einzufangen«, sagte Corgarff. Sein Tonfall verhieß wenig Gutes.

Er führt nur Befehle aus, dachte Rick. Dughuilas' Befehle. Eine ziemlich grobe Art, mich in Verlegenheit zu bringen.

»Er hat mehr getan als Ihr«, sagte Yanulf. »Und mit Yatars Segen hat Lord Rick gegen Lord Parsons die Oberhand behalten.« Er schaute Sigrim an. »Und am nächsten Tag betrachtete Wotan der Einäugige unsere Armeen mit Wohlgefallen.

Aber genug davon. Unser Gerede ist sinnlos. Edle Lords, während wir hier reden, steigt der Dämonenstern höher! Das Eis in den Höhlen wird dicker. Yatar schickt uns, was wir zum Leben brauchen, aber wir müssen es festhalten. Wir müssen Opfer bringen. Wir *müssen.*«

»In der Tat«, sagte Rick.

»Die Geschichten aus früheren Zeiten sprechen eine deutliche Sprache«, fuhr Yanulf fort. »Diejenigen, deren Burgen auf nacktem Fels stehen, werden ihre Torheit erkennen und die Höhlen des Yatar suchen. Dann wird es genug Kriege geben.

Und dann werden die Götter vom Himmel kommen und Gutes und Böses bringen. Und Feuer wird vom Himmel fallen, und die Menschen werden rauchen und brennen wie Scheiterhaufen, und ihre Wunden werden nicht heilen. Nur in den Höhlen des Yatar und seines Bewahrers gibt es Sicherheit.«

»Wie können wir das Getreide anbauen, das wir brauchen, wenn unsere jungen Männer unter Waffen stehen?« fragte Camithon.

»Die Sternenlords sollen uns beschützen«, schrie ein Zunftmeister. »Sie haben Macht, und sie sollen sie gebrauchen.«

»Aye, wir haben große Macht«, sagte Rick. »Genug Macht, das Schlachtenglück zu wenden, einmal, zweimal, mehrere Male. Aber ich glaube, nicht genug für die kommenden Schwierigkeiten.«

Eine lange Pause entstand und alle dachten über Ricks Worte nach. »Wenn die Sternenmänner uns nicht verteidigen können und wir selbst uns nicht verteidigen können –« »Marschiert nach Norden.« »Nein, marschiert nach Osten.« »Holt eure Ernten ein und vertraut auf Yatar . . .« Das Stimmengewirr wurde immer lauter.

»Euer Rat, Lord Rick?« Ganton sprach langsam und klar, und seine junge Stimme durchdrang den Lärm. Sofort wurde es still im Saal. »Wir würden Euren Rat begrüßen.«

»Majestät. Ich würde eine Delegation zu Marselius schicken. Ein starkes Rom war für die Sicherheit von Drantos schon immer wichtig. Und heute ist es doppelt wichtig. Der römische Bürgerkrieg muß beendet werden, und Marselius schuldet uns schon viel; während Flaminius uns nichts als Haß schuldet.

Um dafür zu sorgen, daß Tamaerthon darunter nicht leidet, schlage ich vor, daß Mac Clallan Muir selbst als Botschafter entsandt wird. In seiner Begleitung sollten sich befinden der Eqeta Morron und Lady Gwen und einige andere, über die Lord Camithon und ich uns einigen werden.«

Camithon wirkte nachdenklich. Er wandte sich an Drumold: »Mylord. Würdet Ihr einen Waffenstillstand zwischen den Römern und ein Bündnis mit ihnen bewirken?«

Auch Drumold schien nachdenklich zu werden. »Ein Bündnis mit Rom. Ein seltsamer Gedanke. Wirklich sehr seltsam. Und doch – ich werde mich nicht widersetzen. Aye. Was Lord Rick sagt, klingt überzeugend. In einem starken Rom liegt Gefahr, aber in einem geteilten Rom liegt zu dieser Zeit größere Gefahr.«

Es gab zustimmendes Gemurmel.

Wenigstens scheint niemand gemerkt zu haben, daß das alles ein abgekartetes Spiel ist, dachte Rick. Und das ist auch gut so. Politische Machenschaften in mittelalterlichem Stil . . .

»Dann soll es geschehen«, sagte Camithon.

»Geht mit dem Segen Yatars, des Himmelsvaters«, sagte Yanulf. »Geht unverzüglich, bevor die ZEIT über uns kommt und wir alle verderben.«

4

»Was macht dein Kopf?«

»Es geht mir schon besser«, sagte Rick. »Ich war mir nicht sicher, ob du wieder mit mir redest.«

»Du bist mein Mann. Wieso sollte ich nicht mit dir reden?«

»Hör doch auf«, sagte Rick müde. »Was ist denn nun schon wieder verkehrt?«

»Nichts ist verkehrt.«

Natürlich nicht. Das muß ich aber nicht glauben. »Ich liebe dich –«

»Ich dich auch.«

»Wirklich?«

»Gewiß.« Sie schien noch etwas sagen zu wollen, aber dann

wandte sie sich ab. »Die Versammlung fängt bald an, und ich muß mich noch um Isobel kümmern. Ich werde dort sein, wenn die Sitzung beginnt.«

»Hör zu. Gwen bedeutet mir nichts. Aber ich muß mit ihr sprechen. Sie ist die einzige, die vielleicht weiß, was die *Shalnuksis* tun werden. Und sie hat mich um ein Gespräch unter vier Augen gebeten. Begreifst du das denn nicht? Wir brauchen sie. Das ganze Land braucht sie.«

»Natürlich begreife ich das«, sagte Tylara. »Du hast ihr gesagt, daß ihrem Kind die Sterne gehören werden.«

»Das war so eine Redensart«, sagte Rick. »Unsere Kinder werden keine schlechteren Möglichkeiten haben.«

Ihr Lächeln war eisig.

»Und das gilt für die Sterne und für den Planeten Tran«, beharrte Rick. »Du brauchst auf Gwen Tremaine nicht eifersüchtig zu sein!«

»Das bin ich auch nicht.«

»Du benimmst dich aber so! Und jetzt bist du wütend, und mir tut das alles leid.«

»Habe ich denn einen Grund, wütend zu sein?«

»Tylara, bitte, das kann ich jetzt wirklich nicht gebrauchen«, sagte Rick. »Und ich muß mit Gwen sprechen.«

»Ich habe vollkommen verstanden.« Sie verließ das Zimmer.

Frauen, dachte Rick. Will sie mich eigentlich endgültig vergraulen?

Sehr nachdenklich ging er durch die gemauerten Gänge zur Gästesuite. Er blieb vor der Tür stehen und klopfte an.

»Herein.«

Gwen Tremaine stand am Fenster. Gelbes Licht floß über ihr hellbraunes Haar und ließ ihre grünen Augen aufleuchten. Sie war sehr klein, knapp einen Meter sechzig groß, und trug ein auffälliges blaues Kleid, dessen Schnitt eher pariserisch war, als daß er der hiesigen Mode entsprach. Es war aus einer Art blauer Seide gefertigt, die in der Abendsonne glänzte. Als Rick ihr Zimmer betrat, schaute sie immer noch in die einbrechende Dämmerung hinaus.

»Ich möchte wissen, was du gerade denkst«, sagte er auf englisch.

Sie lachte. »Das glaube ich dir. Ich will es dir gern sagen. Ich überlege mir gerade, was mich trauriger stimmt, daß die Erde irgendwo dort draußen liegt, oder daß der Vater meines Kindes irgendwo dort draußen ist –«

»Du vermißt ihn also?«

Sie schüttelte langsam den Kopf. »Ich weiß es nicht, Rick. Manchmal sehne ich mich so sehr nach ihm, daß ich sterben könnte. Und manchmal könnte ich ihn umbringen.« Sie wandte sich vom Fenster ab. »Ich habe ihn geliebt, wie du ja weißt. Ich könnte sagen, daß ich gekidnappt wurde, aber das stimmt nicht. Ich bin freiwillig in diese fliegende Untertasse gestiegen, weil der Mann, den ich liebte, mich darum bat.«

»Und dich verließ, als du schwanger warst.«

»Ja.« Sie ging zu dem kleinen Tisch hinüber und setzte sich auf einen der Holzstühle. »Wein? Ja, laß uns einen Schluck trinken.«

»Die eigentliche Frage ist doch: Hat Les es ernst gemeint, als er sagte, daß er zurückkommen würde?«

»Ja«, sagte Gwen, »das ist die eigentliche Frage.« Sie trank das ganze Glas Wein aus und schenkte sich noch eines ein. »Er sagte, daß er zurückkommen würde – aber, Rick, hast du schon mal daran gedacht, daß er vielleicht die ganze Zeit schon die Absicht hatte, mich hier abzuladen? Daß er mich vielleicht in jeder Hinsicht belogen hat? Gewiß, ich wurde schwanger, aber ich wollte von dieser verdammten Maschine keine Abtreibung an mir vornehmen lassen. Vielleicht war das alles für ihn nur ein geeigneter Vorwand, mich loszuwerden. Vielleicht war er mich ohnehin leid.«

»Als wir das letzte Mal miteinander sprachen, warst du noch nicht dieser Meinung«, sagte Rick. Er setzte sich ihr gegenüber auf einen Stuhl und hob sein Glas. »Cheers.«

»Cheers. Nein. Als wir uns das letzte Mal unterhielten, war ich überzeugt, daß er mich liebt. Aber jetzt – jetzt bin ich mir nicht mehr so sicher.«

»Okay. Aber immerhin hat er dir das Sende- und Empfangsgerät gegeben. Und er hat dir von der Rebellion unter den menschlichen Streitkräften der Konföderation erzählt –«

»Es ist keine Rebellion«, sagte Gwen. »Eher eine – eine Meinungsverschiedenheit. Und – Rick, hast du zu irgendwem darüber gesprochen?«

»Nein.«

»Auch nicht zu Tylara?«

»Auch nicht zu Tylara. Ich werde zu keinem Einheimischen darüber sprechen. Auch zu keinem Angehörigen der Truppe. Es sei denn, ich müßte es tun – wenn du und ich getötet werden sollten, muß es hier jemand wissen. Vielleicht Warner.«

»Ja, daran habe ich auch schon gedacht. Aber sag's ihm noch nicht.«

»Du kannst dich beruhigen. Nächstes Thema. Du weißt besser als ich, was die *Shalnuksis* tun werden. Ist dir dazu etwas eingefallen?«

»Wenig. Dort drüben – in dieser Holztruhe. Dort liegen Karten mit den Gebieten, von denen ich glaube, daß sie sich für den Anbau von *Surinomaz* eignen. Ein besonders geeignetes Gebiet liegt an der Westgrenze des Römischen Reiches.«

»Und das gehört uns nicht. Übrigens – hast du gehört, was heute morgen im Rat besprochen wurde? Ich möchte, daß du der Delegation angehörst, die wir nach Rom schicken.«

Sie nickte. »Wieder eine Reise. Wieder muß ich meinen Sohn alleinlassen.«

»Nimm ihn doch mit –«

»In einen Bürgerkrieg? Sei nicht albern. Aber du hast recht, ich muß mitgehen. Ich kann unterwegs die potentiellen Anbaugebiete inspizieren. In der Zwischenzeit müssen wir auf unserer Seite der Grenze schon mit dem Anbau des Wahnsinnskraut beginnen. Wir werden in diesem Jahr noch keine volle Ernte erzielen, aber wir sollten mit experimentellem Anbau beginnen. Wir müssen Erfahrungen mit dem Zeug sammeln. Es ist eine heikle Sache, Rick. Die Ökologie ist untrennbar mit kleinen Säugetieren verbunden, die irgendwie Ratten ähnlich sind. Diese Tiere schwärmen in die Felder aus und sterben dort, und wenn sie verwesen, düngen sie die Pflanzen. Gleichzeitig stinken sie bis zu Gottes Thron hinauf.«

»Von Leichengift und anderen Nebenwirkungen ganz zu schweigen –«

Sie nickte. »Ich denke, diese Felder sind ein ungesunder Aufenthaltsort. Das ist einer der Gründe, warum die Bauern sich weigern, das Wahnsinnskraut anzubauen. Wir brauchen Leute, die man zu dieser Arbeit zwingen kann.«

»Sträftlinge, Kriminelle –«

»Vermutlich. Und wenn wir mit Ihnen fertig sind, wenn die meisten von ihnen auf den Feldern verreckt sind, werden die *Shalnuksis* ihnen – und uns – den Rest geben.«

»Wann?«

Sie zuckte die Achseln. »Ich weiß es nicht. Solange wir *Surinomaz* haben, werden sie gewiß mit uns Handel treiben wollen, aber danach – darüber weißt du soviel wie ich. Ich denke, sie werden feststellen, wo unser kulturelles Zentrum liegt, und es zerstören.«

Rick nickte nachdenklich. Natürlich wußten sie schon einiges. Alle sechshundert Jahre, wenn *Surinomaz* unter dem Einfluß des Dämonensterns besonders gut gedieh, kamen die Shalnuksis mit neuen Scharen von Söldnern nach Tran. Mit römischen Legionären, keltischen Kriegern, Franken. Und wenn die Fremden bekommen hatten, was sie wollten, versuchten sie jedesmal, ihre Hilfstruppen auszurotten. Immer wieder war in alten Legenden vom *Himmelsfeuer* die Rede, und jeder wußte, wo es Felder aus Glas gab . . .

»Wir müssen also darauf achten, daß wir nichts bauen, was modern aussieht.«

»Das reicht vielleicht nicht, Rick. In Les' Bord-Computer sind die Sprachen Trans gespeichert. Sie sprechen mit den Einheimischen. Sie stellen Fragen, und ich glaube, unsere Universität wird ihr erstes Ziel sein.«

»Daran habe ich auch schon gedacht«, sagte Rick. »Deshalb investiere ich auch nicht viel in Steine und Mörtel. Bis dein Freund dazu kommt, Atombomben auf uns zu werden, sind die wichtigen Leute ohnehin schon lange in den Höhlen. Inzwischen bringen unsere reisenden Teams jedem Dorfbewohner in Drantos Naturkunde bei. Und – Gwen, dies ist alles verrückt! Ein galaktischer Bürgerkrieg wegen der Erde –«

»Ich sagte dir doch, daß es kein Bürgerkrieg ist«, sagte Gwen. »Nur Meinungsverschiedenheiten zwischen den Führern des

Rates der Konföderierten. Und ich finde auch, daß es verrückt ist, aber –« Sie zeigte aus dem Fenster.

»Ja.« Verrückt oder nicht verrückt, sie waren hier, auf Tran. Es war nicht die Erde. Das war eine unbezweifelbare Tatsache, was mochte nicht noch alles geschehen? »Hör zu, Gwen, dein Freund Les ist unsere einzige Chance, jemals wieder von diesem Planeten wegzukommen. Und er hat dir gesagt, daß er dich abholen wird –«

»Wenn er kann, ja.«

»Und du glaubst ihm.«

»Ich tat es, als er es mir sagte«, meinte Gwen. »Jetzt weiß ich nicht mehr recht. Aber spielt das eine Rolle? Er *ist* unsere einzige Chance.«

»Und was ist mit den anderen?«

»Ich weiß es nicht, Rick.«

»Nun, ja.« Aber wahrscheinlich würde sich Les den Teufel um die Söldner scheren. Er mochte an Gwen und dem gemeinsamen Kind hängen. Aber es gab für ihn nicht den geringsten Grund, sich wegen einer Handvoll Söldner Gedanken zu machen. »Gwen, warum wolltest du mich allein sprechen?«

»Deine Frau mag mich nicht. Ich liebe sie auch nicht gerade.«

»Sie ist eifersüchtig. Sie glaubt, daß ich der Vater deines Kindes bin. Oder hätte sein können. Dein Wunsch, mich unter vier Augen zu sprechen, hat der Situation nicht gerade genutzt.«

»Es hat ihr aber auch nicht geschadet.«

»Nein, du hast wahrscheinlich recht. Jedenfalls nicht sehr.«

»Ich wollte endlich einmal englisch sprechen können, ohne auf jedes Wort achten zu müssen, Rick. Es wird hier in Tamaerthon immer schlimmer. Ständig muß man auf der Hut sein, damit man nur nichts preisgibt –«

»Und bei mir brauchst du nicht auf der Hut zu sein? Verheimlichst du mir etwa noch was?«

»Natürlich nicht.«

Du hast mir schon zuviel verheimlicht, verdammt noch mal, dachte Rick. Und das verdammt lange – fast zu lange. Wie kann ich dir jetzt noch trauen? »Nun ja. Wie steht es mit der Universität. Gibt es da Ärger?«

»Nein. Und ich habe immer noch die Pistole, die du mir gegeben hast –«

Das war, was Tylara anbetraf, ein weiterer Streitpunkt. Sie war der Ansicht, daß André Parsons .45 Colt ihr zugestanden hätte. Aber Tylara wußte genau, wie man sich auf Tran verteidigen kann, während Gwen in dieser Hinsicht ziemlich hilflos war –

»Gefällt dir mein Kleid?« fragte sie.

»Sehr. Ich habe es gerade bewundert.«

»Den Stoff nennt man *Garta*. Larry Warner hat ihn besorgt. Er ist sehr dicht gewebt.«

»Und?«

»Wir könnten einen Heißluftballon daraus machen.«

»Soll das ein Witz sein? Aber ja, natürlich. Beobachtungsballons! Die wurden schon im Sezessionskrieg eingesetzt und im Deutsch-Französischen Krieg und – aber kannst du die Säume dicht genug nähen?«

»Ja. Wir haben ein kleines Modell getestet, und Larry hat aus Pferdehufen Leim gemacht. Es funktioniert. Der Stoff ist das einzige Problem. Er kommt aus dem Süden. Wir haben nicht genug davon, denn die Handelswege sind ein einziges Chaos. Außerdem ist er sehr teuer.«

»So sieht er auch aus. Und Warner hat ihn besorgt?«

Sie nickte.

»Und dir gegeben?«

»Er hat das Kleid für mich machen lassen«, sagte Gwen.

»Warum?«

»Das geht dich nichts an –«

»Da hast du verdammt recht«, sagte Rick.

»Captain Galloway, ich habe Sie nicht gebeten, als mein Beschützer aufzutreten. Und darum bitte ich Sie auch jetzt nicht.«

»Natürlich nicht, Gwen. Übrigens, macht Caradoc dir nicht den Hof?«

»Er mag mich –«

»Du hast ihn doch ermutigt. Damals, als du schwanger warst.«

»Möglich –«

»Und jetzt Warner. Gwen, ich brauche sie beide. Wenn du sie gegeneinander ausspielst, wird mit Sicherheit einer von ihnen getötet.«

»Nein, keine Angst.«

Und ich kann nicht viel machen. Sie getrennt halten? Unsinn. Warner und Gwen werden an der Universität gebraucht, und Caradoc besucht sie dort, sooft er kann. Wie soll ich ihn davon abhalten?

»Es gibt noch mehr Neuigkeiten«, sagte sie.

»Welche denn?«

»Ich kenne ein Dorf, wo sie aus *Surinomaz* Drogen herstellen.«

»Das habe ich auch schon mal gehört. Von Warner?«

»Wahrscheinlich. Jedenfalls gibt es einen solchen Ort. Wir wissen das von einem der reisenden Mediziner-Teams.«

»Von welchem?«

»Das spielt doch keine Rolle. Der Söldner, der dem Team angehörte, heißt Beazely, aber es war Salanos, ein Priester, der intelligent genug war, uns zu informieren.«

»Das könnte wichtig sein. Wenn irgendwo guter Gebrauch von dem Zeug gemacht wird, könnte man die Leute möglicherweise leichter dazu bringen, es anzubauen.«

»Ja. Soll ich das prüfen?«

»Bitte. Und der Ballon – das ist eine großartige Idee. Das könnte für den römischen Bürgerkrieg entscheidend sein. Beobachtung des Feindes, Leitung und Kontrolle der eigenen Streitkräfte, Feuerleitstellen für die Artillerie – Gwen, das könnte tatsächlich den Kampf entscheiden.«

»Danke.«

»Du siehst nicht gerade glücklich aus –«

»Wie könnte ich? Wieder neue Schlachten –«

»Die werden ohnehin geschlagen«, sagte Rick. »Und die Menschen werden auch in Zukunft verhungern, ganz gleich, was wir unternehmen. Aber diesmal können wir wenigstens einige von ihnen retten, und wir können dafür sorgen, daß sich die Zivilisation auf diesem Planeten so weit ausbreitet, daß die *Shalnuksis* und ihr gottverdammtes Himmelsfeuer sie nicht auslöschen können –«

»Wir können es versuchen«, sagte Gwen.

5

Tylara stand vor der schlecht gekalkten Tür des Bauernhauses, und das Bild Wotans des Einäuigen starrte sie an. Sie wartete, bis sie ein leises Klicken hörte, und sah, wie sich hinter dem einen Auge etwas regte.

»Wer begehrt Zutritt zum Haus des Wolfes?« fragte eine Stimme.

»Tylara do Tamaerthon, Eqetassa von Chelm.«

»Tretet ein, Lady«, sagte eine rauhe Stimme.

Tylara betrat das Haus, stampfte sich den Schmutz von den Reitstiefeln und sah den Mann an, der sie eingelassen hatte. »Welche Regeln hast du beim Öffnen der Tür zu befolgen, Bartolf?«

Der Mann wurde blaß wie ein Wintersonnenuntergang. Er schluckte. »Ich muß alle, die kommen, erkennen, und sie müssen mit offenen und leeren Händen kommen.«

»Hast du mich gebeten, die Hände zu öffnen?«

»Nein, aber –«

»Kein aber! Ich hätte eine als Lady Tylara verkleidete Spionin sein können. Wenn ich eine solche gewesen wäre –« Sie fuhr mit der rechten Hand in den weiten Ärmel ihres Reitkostüms. Dann riß sie den Arm hoch. Sie hielt das Kampfmesser Gerber Mark II in der Hand, das sie sich für eben diese Demonstration von ihrem Mann ausgeliehen hatte.

»Durch diesen Fehler wärest du ein toter Mann, Bartolf.«

»Vielleicht, Lady Tylara«, sagte er. »Aber wäret Ihr eine Feindin, hättet Ihr nicht lange genug gelebt, um Schaden anzurichten oder etwas zu erfahren.« Er hob die Stimme: »Bennok! Die Beeren sind reif.«

Der Vorhang an der gegenüberliegenden Wand des Vorraums hob sich, und ein dunkelhaariger pickelgesichtiger Jüngling glitt durch eine hüfthohe Öffnung, die dahinter verborgen war. Er hielt eine kleine Armbrust in Anschlag. Die Waffe war von der Art, die Edelfrauen zum Erlegen von Vögeln oder Kaninchen benutzen. Harmloses Ding, dachte Tylara, aber dann sah sie, daß die Pfeilspitze Widerhaken hatte und mit einer grünen klebrigen Substanz bestrichen war.

»Gift?« fragte sie. »Und die Spitze ist so dünn, daß sie einen Kettenpanzer durchdringen kann.«

Bartolf nickte. »Das war Moniras Idee. Den Rest hat er selbst gemacht.« Bartolf wollte dem Knaben über das Haar streichen, aber dieser trat rasch einen Schritt zurück.

»Das war eine sehr gute Idee, Bennok«, sagte Tylara. »Halten noch andere Wache?«

»O ja, Lady. Mit dem Gift am Pfeil können es alle. Wir wechseln uns ab.«

»Sehr gut.« Sie griff in die Tasche und zog eine Silbermünze hervor. »Die ist für deine gute Arbeit.«

Bennok griff nicht nach dem Geldstück. »Werden auch alle anderen eins bekommen, Lady? Sonst kann ich es nicht annehmen.«

Tylara versuchte, sich ihre Verblüffung nicht anmerken zu lassen. »Ich denke, daß es für euch alle Silber geben wird.«

»Oh, danke, Lady, jetzt können wir uns vielleicht endlich die Langbogen kaufen, die Bartolf uns nicht geben will.« Er verschwand hinter dem Wandbehang.

Bartolf war rot geworden. »Es tut mir leid, Lady Tylara, ich hätte es Euch sagen solle. Alle elf haben geschworen, wie Brüder und Schwestern zu sein und all ihr Gut miteinander zu teilen. Nur Waffen und Kleidung nennen sie ihr eigen.«

»Ich wette, auch darin war Monira die Anführerin«, sagte Tylara und lächelte, um ihm zu zeigen, daß sie sich nicht gekränkt fühlte.

Unsicher lächelte Bartolf zurück. »Als sie es uns sagten, hat sie für die anderen gesprochen. Ich weiß allerdings nicht, ob es ihre Idee war.«

»Und du weißt auch nicht, ob du es je erfahren wirst?«

»Nein. Sie behalten selbst solche Geheimnisse für sich, die sie gar nicht für sich behalten sollen.«

Eines Tages könnte das Ärger machen. Jetzt aber war es für Tylara der Beweis, daß sich ihre Idee viel erfolgreicher durchgesetzt hatte, als sie je erwartet hatte.

Gedanken verselbständigen sich manchmal. Dieser Gedanke war in bitteren schlaflosen Nächten zu Anfang ihrer Schwangerschaft geboren worden, als sie wach lag, nicht einschlafen konnte und von unruhigen Gedanken gequält wurde . . .

Sie war sicher, daß Rick Gwens Kind nicht gezeugt hatte, aber die Sache ging ihr nicht aus dem Sinn. Selbst wenn sie an Sterne und Sternenwaffen dachte, endete alles immer wieder bei dieser Frage. In jener Nacht hatte es ganz einfach damit angefangen, daß Rick ihr nachdenklich sagte, die Sternenmänner würden kommen, und es könnte nützlich sein, eines ihrer Schiffe zu kapern.

Tylara konnte sich ein Raumschiff kaum vorstellen. Sie glaubte nicht, daß sie jemals eines sehen würde. Und doch waren Rick und die anderen auf irgendeine Weise nach Tran gekommen. Alle Priester waren sich darin einig, daß die Menschheit nicht hier entstanden war. Wenn die Menschheit aber aus einer anderen Welt stammte, dann mußte es Raumschiffe geben, die zwischen den Welten verkehrten.

Und Rick brauchte eines. Er brauchte es dringend.

Wenn er ein Schiff hätte, würde er sie dann verlassen?

Oder würde er vorher allen auf Tran die Geheimnisse der Sternenwaffen und der Sternenschiffe verraten, wie er versprochen hatte? Aber das war eigentlich gar nicht wichtig. Es gab keine Möglichkeit, ein Sternenschiff zu kapern. Rick hatte selbst über diesen Gedanken gelacht. Mit seinen Sternenwaffen würde er nichts ausrichten können.

Und so lag Tylara nachts wach und dachte an Sterne und Sternenschiffe und Waffen und Kinder . . . Es gab keine gefährlichen Waffen. Nur gefährliche Männer – und gefährliche Frauen und Kinder. Wenn die Sternenmänner alle wie Rick waren, dem Töten abgeneigt, sentimental, anspruchsvoll bis zur Überempfindlichkeit . . .

Wie würde man den Leuten aus dem All überhaupt ein Schiff wegnehmen können? Auf jeden Fall mußte man sie überraschen, damit sie nicht in der Lage waren, ihre Feuerwaffen zu benutzen.

Aber angenommen, ein halbes Dutzend Kinder könnten an Bord eines solchen Schiffes gelangen. Keine gewöhnlichen Kinder. Gut ausgebildete Kinder, die fanatisch ihre Pflicht erfüllen . . . Auf ein Zeichen würden sie ihre Messer ziehen und sich auf die Besatzung stürzen. Das wäre in der Tat eine Überraschung. Kein Mensch würde etwa ein achtjähriges Mädchen für gefährlich halten, ausgenommen vielleicht ein ausgebildeter Krieger, und vielleicht nicht einmal der. Und laut Rick und Gwen würden die *Shalnuksis* keine geübten Krieger schikken. Sie würden Kaufleute schicken, die leicht zu überraschen und dann auch leicht zu töten wären.

Aber man mußte die Kinder natürlich lange vor der Ankunft eines Schiffs auf ihre Aufgabe vorbereiten. Und bis dahin müßte man die Sache natürlich streng geheimhalten. Es gab Leute auf Tran, die die Sternenmänner warnen würden, wenn sie es könnten. Lady Gwen könnte eine von ihnen sein. Und Rick wäre wohl auch nicht einverstanden. Warum sollte er es überhaupt erfahren?

Und so wurden die Häuser der Kinder Wotans gegründet, in dem durch die Kriege verwaiste Knaben und Mädchen bis zum Alter von zehn Jahren aufgenommen wurden. Von denen gab es sehr viele, und sie hätten weit mehr als die sieben Häuser füllen können, von denen jeder wußte.

In diesen sieben Häusern wurden die Kinder ernährt, gekleidet und in Handwerksberufen ausgebildet. Einige wurden Hebammen oder Näherinnen, andere Zimmerleute, Schäfer oder Schmiede. Einige lernten neue Fertigkeiten wie Drahtziehen oder Destillieren. In einem Haus wurden die Knaben zu Priestern Yatars ausgebildet, während die Mädchen dem Dienst der Herdgöttin Hestia geweiht wurden. Auch in der Nähe von Ricks Universität lag ein solches Haus.

Und es gab noch ein achtes Haus. Sechs Knaben und fünf Mädchen zwischen sechs und neun waren eigens wegen ihres wachen Verstandes, ihrer Körperkraft und ihrer scharfen Sinne ausgewählt worden. Sie sollten nur eines lernen – wie man tötet. Einige von ihnen hatten gute Gründe, das zu lernen, andere hatten ganz einfach Talent. Als Tylara sie sechs Zehn-Tage vor ihrer Niederkunft das letzte Mal besucht hatte, hatten sie alle ihre Lektionen gut gelernt.

»Aiiii, Mädchen!« keuchte ein männliche Stimme. »Hast du immer noch nicht gelernt, wie man ein Messer hält? Da – wenn es zwischen seinen Rippen steckenbleibt, kann dich nicht einmal der Strick retten, den er um den Hals hat. Schnell rein und noch schneller wieder raus! So muß man es machen.«

Tylara trat ganz in den Raum hinein. In einer Ecke lag auf dem Fußboden eine mannsgroße Puppe. Unter ihrem Oberkörper lag ein Junge und zog einen Strick fest an, den die Puppe um den Hals trug. Auf der Puppe lag das Mädchen Monira, das sein Messer der Puppe bis an das Heft in die Brust gestoßen hatte. Als Tylara hereinkam, sprang Monira auf, verneigte sich kurz und half ihrem Gefährten unter der Puppe hervor.

»Bist du verletzt, Haddo?«

»Nein, Monira, Aber ich kann kaum noch atmen.« Auch er verneigte sich vor Tylara. Dann ging er mit Monira davon, als seien Tylara und der Lehrer überhaupt nicht anwesend.

»Tut mir leid, Lady«, sagte der Lehrer achselzuckend.

»Manchmal packt es sie so, daß sie alles vergißt. Aber meistens ist es eine Freude, ihr zuzuschauen. Wenn ich ein Mädchen wie sie gehabt hätte, als ich –« Er verstummte, als ihm bewußt wurde, mit wem er sprach.

Der Lehrer hieß Chai, und er hatte jeden Grund, über seine Vergangenheit nur mit Vorsicht zu reden. Er war ein ehemaliger Dieb, der seine Fertigkeiten in den Kriegen geübt hatte, und nach einiger Zeit hatte man ihn schließlich erwischt und vor den Richterstuhl der Eqetassa geschleppt. Im Gegensatz zu anderen gewöhnlichen Dieben hatte er ausgezeichnete Fähigkeiten. Er konnte sogar lesen und schreiben. Und er war früher ein Priester Yatars gewesen. Kein besonders frommer zwar, aber in die Mysterien eingeweiht . . .

Und dann beschloß Tylara eines Morgens, diese Häuser einzurichten. Chais Name und Aussehen wurden verändert, und er wurde einer der Lehrer . . .

Tylara sah, wie Monira und Haddo sich im Schneidersitz in eine Ecke setzten und sich gegenseitig mit feuchten Tüchern die Gesichter abrieben. Monira entwickelte schon den Körper einer Frau, aber trotz ihrer dichten blonden Haare würde sie nie eine Schönheit werden. Das hatte sie ein paar Männern von Sarakos' Kavallerie zu verdanken. Da sie angezogen war, konnte man ihr nichts ansehen außer ihrer gebrochenen Nase und Narben um Kinn und an einem Ohr.

Tylara hatte ähnliches Ungemach erlitten, und zwar von Sarakos' eigenen Händen. Auch sie würde ihr Leben lang äußere und innere Narben behalten, aber verglichen mit dem, was Monira durchgemacht hatte, waren ihre eigenen Erlebnisse nur ein Kinderspiel. Kein Wunder, daß Monira manchmal statt der Puppe einen jener Männer vor sich sah. In einer anderen Ecke des Taumes stand der dritte Lehrer. Er hieß Rathiemay und trug eine Ritterrüstung. Jetzt zeigte er drei von den Kindern, wie man einen Mann in einer Rüstung angreift.

»– wenn er einen Helm wie diesen trägt, müßt ihr ihn dazu bringen, den Kopf zu beugen. Dann liegt eine Stelle in seinem Genick frei. Ja, so ist es richtig«, sagte er, als eines der Kinder bei ihm einen stumpfen Dolch ansetzte. »Ein kräftiger Stoß an dieser Stelle. Selbst wenn er noch nicht gleich tot sein sollte, dürfte es nicht schwerfallen, ihn dann ganz zu erledigen.« Er sah Tylara und richtete sich auf. »Guten Tag, Mylady.«

»Guten Tag, Lord Rathiemay. Wie machen sie sich?«

»Bessere Schüler kann man sich nicht wünschen, Mylady. Es ist, als seien sie mit Stahl in den Händen geboren worden.« Er strahlte sie an, und sein Lächeln erinnerte Tylara an den Gesichtsausdruck ihres Mannes, wenn er von der Universität oder von irgendwelchen Plänen sprach, wie das Leben auf Tran verbessert werden könne. Sie wußte noch, wie er am Anfang gemurrt hatte, weil er als Ritter bürgerlichen Kindern beibringen mußte, wie man seine Standesgenossen umbringt. Aber er war dankbar, daß die Eqetassa ihm die Chance gegeben hatte, sein Los zu bessern . . . Jetzt sah er fast aus wie ein Vater, der seinen leiblichen Kindern das Familiengewerbe beibringt.

»Wo sind die anderen Kinder?«

»Daußen im Wald. Sie lernen auf Bäume steigen.«

»Ohne Lehrer?«

»Nein, Lady. Sie lernen es von Alanis. Sein Vater war Holzfäller, und es gibt keinen Baum, den er nicht erklettern kann. Der Tag ist grau und regnerisch, so daß wahrscheinlich niemand sie sehen wird.«

Tylara zog elf Silbermünzen aus der Tasche und gab sie Bartolf. »Für die Kinder. Ich habe gehört, daß sie neue Bogen brauchen.«

»Aye, aber sie haben auch von Stiefeln gesprochen, mit denen sie auf die Bäume klettern wollen. Das werden sie selbst entscheiden müssen.«

»Du gestattest ihnen, selbst zu entscheiden, was sie kaufen wollen?«

»Oh, nicht alles, Lady. Nur die Dinge, die für sie Leben oder Tod bedeuten können. Würde ein Zimmermann sich seinen Hammer von einem Schlachter aussuchen lassen?«

Tylara dankte dem Mann, zog sich die Kapuze ihres Mantels über den Kopf, und stand draußen im Regen, ehe sie recht wußte, wie sie überhaupt hinausgekommen war. Was hatte sie getan? Die Kinder Wotans waren keine Waffe, die ruhig in der Scheide stecken blieb, bis Tylara sich entschloß, sie zu ziehen. Sie waren ein lebendes Schwert mit einem eigenen Willen, das vielleicht selbst bestimmte, wann es gezogen wurde, um Blut zu trinken.

Wessen?

Ein gefährliches Experiment. Sollte sie es lieber jetzt beenden, solange sie es noch unter Kontrolle hatte?

Oder konnte man diese Waffe benutzen? Konnte man sie gut benutzen und schon jetzt, noch bevor die Sternenmänner kamen . . .

Als Tylara zu ihrem Pferd zurückging, war sie schon hoffnungsvoller gestimmt. Als sie im Sattel saß und zu der Stelle ritt, wo sie ihre Begleitung zurückgelassen hatte, wußte sie, daß die Kinder Wotans keine Waffe für nur eine einzige Schlacht waren. Die Männer von den Sternen waren nicht die einzigen Feinde ihres Hauses.

TEIL ZWEI

Wenn dies Verrat ist …

6

Corgarff wußte, daß er Dughuilas' Gunst verloren hatte, als sein Stammeshäuptling ihm weder einen Stuhl noch einen Trunk anbot. Er stand vor dem Tisch, an dem Dughuilas mit einem anderen Mann saß, den er nicht kannte, und er kam sich vor wie ein kleiner Junge, der darauf wartet, von seinem Vater eine Tracht Prügel zu bekommen. Das einzige Licht im Keller kam von den zwei Kerzen, die auf dem Tisch standen und seltsame bizarre Schatten auf die mit Spinnweben bedeckten Steine der Mauer warfen.

»Was du vor dem Großen Rat sagtest, war nicht sehr gut«, sagte Dughuilas.

»Ich hielt es für das beste, was ich bei dieser Gelegenheit

sagen konnte. Und ist es nicht wirklich so, daß der Lord von Chelm immer noch zuviel an seine Landsleute denkt?«

»Ob er das tut oder nicht, ist nicht deine Sache«, sagte Duguilas. »Du hast schlecht nachgedacht und noch schlechter gesprochen. Wenn du noch länger zusammen mit mir im Rat sitzen willst, mußt du besser nachdenken oder weniger reden.«

»Ich werde weder das eine noch das andere tun, wenn ich nicht erfahre, warum du Lord Rick gegenüber plötzlich so nachsichtig bist«, sagte Corgarff. »War er es nicht, der grob mit dir geredet hat, als wir gegen die Römer kämpften, und der dich fast mit der flachen Hand geschlagen hätte? War er es nicht, der aus Schweinehirten und Ackerknechten Kämpfer gemacht hat. Ist er nicht –?«

»All das hat er getan und mehr«, sagte der andere Mann. Er trug einen Mantel mit einer Kapuze, und er hatte die Kapuze über den Kopf gezogen, so daß sein Gesicht nicht zu erkennen war.

Aber sein Akzent war nicht der eines Angehörigen der tamaerthanischen Oberschicht und auch nicht der eines Adeligen aus Drantos. Wer war er also? Corgarff wußte, daß es gefährlich wäre zu fragen – und daß es zu wissen wahrscheinlich den Tod bedeutete.

»Und rede leiser«, fuhr der Mann fort. »Wir können dem Schankwirt nicht trauen, wenn er glaubt, daß er etwas hat, was er verkaufen kann.« Dughuilas fuhr mit der Hand an den Dolch, aber der andere schüttelte den Kopf. »Später vielleicht, aber nicht jetzt, nur weil er etwas Nützliches gehört haben könnte. Wenn wir zu viele Ratten töten, entkommen die Wölfe.«

»Wenn Lord Rick ein Wolf ist, was schadet es dann, sich ihm im Rat zu widersetzen?« fragte Corgarff. »Und er wird unsere Söhne ausschicken, damit sie in römischen Kriegen für römische Belange sterben. Rom, dessen Sklavenhalter uns seit Jahrhunderten quälen –«

Dughuilas hob die Hand und gebot Schweigen. »Verschone mich. Die Rede kann ich besser führen als du.«

»Lord Rick wird so lange mächtig bleiben, wie er und Lady Tylara Vernunft walten lassen«, sagte der andere Mann. »Das können wir nicht ändern. Das sollten wir auch nicht ändern. Dein Freund, der so gut über Lady Tylara denkt, will nicht, daß ihr oder ihrem Blut Schaden zugefügt wird. Ohne deinen Freund können wir vieles, was wir wollen, nicht vollbringen.«

»Das hättest du nicht sagen dürfen«, sagte Dughuilas wütend. »Du hast diesem Schwätzer Informationen gegeben, die er nicht haben soll.«

»Wenn du mit Corgarff etwas vorhast, was du mir nicht mitteilst, dann darfst du wenig von mir erwarten«, sagte der andere. Seine Stimme klang so gleichmütig, daß man nicht erkennen konnte, ob er wütend war oder nicht. »Ich glaube, du brauchst meine Freundschaft genauso wie wir beide . . . unsere Freunde brauchen.«

Wer konnte er sein, daß er mit dem Häuptling in diesem Ton sprechen durfte? Aber wenn er vielleicht auch nicht wütend war, Corgarff war es bestimmt. Er hätte fast vergessen, die Stimme zu senken. »Lord Dughuilas. Ich habe vielleicht unkluge Worte gesprochen. Aber du sprichst, als sei ich ein Verräter. Wärest du nicht mein Häuptling, dem ich durch Eid verpflichtet bin, würdest du dafür mit Blut bezahlen.«

»Ich wollte dich nicht einen Verräter nennen, denn ein solcher bist du nicht«, sagte Dughuilas glatt. »Verzeih mir meine Worte, und ich werde dir deine nicht anrechnen.«

Corgarff nahm die Hand vom Griff seines Messers.

»Setz dich. Setz dich zu uns.« Dughuilas schenkte Wein ein und hob sein Glas. »Trink, Stammesbruder.«

»Aye. Ich danke dir, mein Häuptling.« Hier gab es zwei Geheimnisse. Dieser Mann, dieser Verschwörer, und hinter ihm ein mysteriöser Verbündeter. Ha! dachte Corgarff. Den kann ich erraten. Wahrscheinlich Lady Tylaras Bruder Balquhain. Ein Hitzkopf und für Drumold der Trost seines Alters. Und eines Tages würde Balquhain Mac Clallan Muir sein . . . Bei kaum einem anderen Adeligen in Tamaerthon war es so wahrscheinlich, daß er die alten Rechte der Kriegerkaste wahren wollte, ohne Lady Tylara zu schaden.

»Lord Rick hat Siege erfochten«, sagte Dughuilas' Gefährte. »Einen Sieg über Rom –«

»Ein Hohn«, sagte Dughuilas. »Was bedeutet ein Sieg um

den Preis all dessen, was uns teuer ist? Lord Rick macht Ritter aus Kätnern und Bauern. Sie gehorchen ihren Häuptlingen überhaupt nicht.«

»Es wird noch schlimmer werden«, sagte der andere Mann. »Es ist diese ›Universität‹, von der alles Übel ausgeht. Von dort kommen die gefährlichen Ideen. Ein für Lord Rick sehr wichtiger Ort. Schaden wir der Universität, dann wird ihm die Wut der Ritter nicht verborgen bleiben.«

»Wenn wir der Universität schaden wollen, kann ich helfen«, sagte Corgarff. »Der Sohn eines Schmiedes aus meinem Land arbeitet dort. Er weiß, daß sein Vater nicht mehr lange zu leben hat, und fürchtet, daß seine Mutter und seine Schwestern Not leiden werden. Für ein wenig Gold dürfte er zu kaufen sein.«

»Ist er zu der Arbeit geeignet, mit der wir ihn vielleicht beauftragen?«

»So gut wie jeder andere seiner Herkunft.«

»Das hätte Lord Rick nicht gesagt«, sagte der andere Mann.

»Zur Hölle mit Lord Rick!« knurrte Dughuilas.

»Wie Yatar will«, sagte der andere ruhig. »Aber ich denke, er wird eher uns zur Hölle fahren lassen, wenn wir nicht geeignete Mittel finden und sie geschickt einsetzen.«

Dughuilas nickte mürrisch. »Aye. Aber ein Mann von altem Blut muß diesen Bauernjungen überwachen. Du, Corgarff.«

»Aye, Häuptling.« Er schwieg eine Weile. »Vielleicht gibt es eine Möglichkeit. Es heißt, daß die Universität eine neue Maschine baut. Sie soll durch die Luft fliegen können! Daß Männer fliegen wie die Möwen!«

»Ah!« Dughuilas sah ihn erstaunt an. »Kann das wahr sein? Wenn Krieger fliegen können, dann wehe unseren Feinden –«

»Wozu brauchen wir dann noch Ritter?« fragte Dughuilas' Begleiter.

»Aye, so ist es«, sagte Dughuilas. »Lord Rick päppelt die Bauern auf, während Männer von Geblüt zu kurz kommen. Das darf nicht sein.«

Corgarff nickte grimmig. »Ich hätte es nicht geglaubt, aber es stimmt. Die Universität wird schon von den Söhnen von Kätnern bewacht. Sogar von Freigelassenen. Von bewaffneten Freigelassenen! Aber was mir auffällt: Bislang ist die Universität, wenn eine neue Maschine gebaut wird, für jeden geöffnet, der zuschauen will. Lord Rick scheint es gleich zu sein, ob jemand seine Geheimnisse erfährt.«

»Er ist ein Narr«, sagte Dughuilas.

»Das fragt man sich«, sagte der andere. »Vielleicht spielt er ein Spiel, das wir nicht verstehen. Wir wären Narren, wenn wir damit nicht rechneten.«

»Wir sind keine Narren«, sagte Dughuilas. »Und unsere Sache ist gerecht. Lord Rick würde alles zerstören, für das wir gelebt haben. Es ist unser gutes Recht, ihm Widerstand zu leisten. Laßt uns die Universität und alle ihre Künste zerstören. Für immer und ewig. Schwört!«

Die drei standen auf. »Wir schwören«, sagten sie wie aus einem Mund. Dann hoben sie die Gläser, tranken sie aus und ließen sie auf dem Fußboden zerklirren.

Die Universität lag in einer Stadt an der Nordwestgrenze von Tamaerthon. Der Ort war für seine Heilquellen berühmt, und es gab hier einen kleinen Yatar-Tempel, in dem Priester ausgebildet wurden; ein Ort wie geschaffen für ein Zentrum von Wissenschaften, aber ungeschützt und sehr verletzlich.

Rick hatte die Verteidigungsanlagen der Stadt wiederherstellen lassen, und jetzt war eine richtige Stadtmauer im Bau. Es gab außerdem einen Mörser und ein leichtes Maschinengewehr. Es war unwahrscheinlich, daß die Universität einem Feind anheimfallen würde.

Larry Warner verschloß die Tür zur Waffenkammer und erwiderte den Gruß der Bogenschützen, die davor standen. Er war auf dem Weg in sein Quartier, als jemand nach dem Aufsichtführenden rief. Warner änderte sofort seine Pläne und ging zum Torbereich. Er sah eine Gruppe von Leuten heranreiten.

»Wer kommt?« rief einer der Wachen.

»Sergeant Major Elliot.«

Verdammter Mist, genau der war es. Und dazu noch mit einem ziemlich großen Gefolge. Verdammt, dachte Warner. Da Gwen Tremaine mit der Delegation gegangen war, war Warner der Dienstälteste gewesen. Er führte gern das Kommando. Und jetzt kam Elliot. Scheiße.

»Lassen Sie den Sergeant Major herein«, befahl Warner. Vielleicht sollte ich ihn draußen lassen – aber das ist zu albern, als daß man daran auch nur denken könnte. Wer bin ich denn? Bin ich hier etwa eine Art König? Dumm. »Und bitten Sie ihn, mich in meinem Quartier aufzusuchen, nachdem man ihn ins Gästequartier gebracht hat.«

»Hallo, Sarge, was führt Sie her?«

»Der Captain hat mich nach Süden geschickt«, sagte Elliot. »Um von diesem Gara-Tuch zu kaufen, das euch so gut gefällt. Ich habe Ihnen eine ganze Menge davon mitgebracht.«

»Nicht schlecht.« Rick Galloway hatte die Idee mit den Ballons gut gefallen, als Warner ihm auf Schloß Eldron davon erzählt hatte. Das Tuch war das eigentliche Problem gewesen, und es konnte nur aus dem Süden kommen. Warner hatte schon gefürchtet, selbst in den Süden geschickt zu werden, um es zu kaufen. Statt dessen hatte Rick Warner und die beiden neuen Leute zur Universität zurückgeschickt, wo Warner zwei Zehn-Tage lang das Kommando geführt hatte . . . »Dann muß ich anfangen, an dem Ballon zu arbeiten.«

Elliot nickte zustimmend. »Ich habe die entsprechende Order. Der Captain will in einem Zehn-Tag ein Modell haben.«

»Das schaffe ich nicht.«

»Sie können es doch versuchen!«

»Sergeant, ich tue mein Bestes, aber das Ding kann man nicht an einem Zehn-Tag zusammennähen! Wissen Sie überhaupt, wie groß so ein Ballon ist?«

»Nein –«

»Er ist sehr groß. Das können Sie mir glauben. Äh – Sergeant, weshalb sind Sie hier?«

»Befehl vom Captain. ich bin hier der neue Aufsichtsführende.«

»Sie?«

»Ja. Ich zeige Ihnen morgen den schriftlichen Befehl.«

»Scheiße. Und was soll ich machen?«

»Verdammt, Professor, ich behandle Sie als Zivilisten. Sie sind mein Boß – solange es sich nicht um eine militärische Situation handelt. Kommt eine militärische Situation, ziehen Sie wieder die Uniform an. Wie ein Wochenendsoldat. Das steht alles in den Befehlen.«

»Oh.« Das war nicht schlecht. Gar nicht schlecht. Es machte auch Sinn. Elliot war Parsons Mann. Während er für Parsons arbeitete, hat er viele Soldaten aus Drantos getötet. Es mußte sehr viele Adelige geben, die mit ihm für ihre toten Verwandten noch eine Rechnung zu begleichen hatten. Blutrache und Ähnliches. Es war vernünftig, Sergeant Major Elliot aus Drantos fortzuschicken, und die Universität war wirklich wichtig genug.

»Ich soll Ihnen außerdem bei der Buchhaltung helfen«, sagte Elliot. »Für die reisenden Mediziner.« Er zog die Stirn in Falten. »Bringt das Ganze überhaupt etwas, Professor?«

»Aber ja. Sehen Sie, wir schicken einen Söldner, ein paar örtliche Krieger und einige junge Priester Yatars aus. Sie zeichnen Karten und machen Aufzeichnungen über Bodenschätze. Allein deshalb lohnt es sich schon. Die Karten hier sind ein Problem für sich. Die meisten zeigen das eigene Land größer als das Römische Reich, verdammt noch mal!

Aber das ist noch nicht alles. Sie gehen in die Städte und unterrichten die Leute in Hygiene. Die Theorie, daß Keime Krankheiten verursachen. Antiseptische Praxis.«

»Funktioniert das?«

»Ja, manchmal«, sagte Warner. »Und manchmal wohl auch nicht. Manchmal kommen die Leute mit der alten Geschichte: ›Was gut war für Großmutter –‹«

»Und dann wird Großmutter bekehrt«, sagte Elliot.

»Richtig. Oder wir versuchen es wenigstens.« Er trank noch einen Schluck Wein. »Sergeant, mir fällt gerade was ein. Der Captain hat Sie gern in seiner Nähe. Will er seine Expedition nach Rom von hier aus organisieren?«

»Das wird er vielleicht müssen.«

»Scheiße.«

»Gefällt Ihnen das nicht?«

»Ich möchte nicht, daß dieser Ort irgendwie in einen Krieg

verwickelt wird«, sagte Warner. »Ich weiß, das hört sich komisch an, wenn ich es sage, aber es stimmt.«

»Da muß ich Ihnen sogar recht gegen«, sagte Elliot. »Wichtiger noch, das tut auch der Captain. Aber was bleibt ihm anderes übrig. Jeder andere Ort wird von den Lords kontrolliert – Larry, warum hassen die Lords Captain Galloway eigentlich so sehr?«

»Das würde ich an deren Stelle auch tun«, sagte Warner. »Lord Rick kommt her, und schon sind seine Bogenschützen und seine übrigen Bewaffneten besser als die Ritter, und bald werden sich die Truppen fragen, was die schwere Reiterei tut, das sie so wichtig macht. Das ist übrigens eine gute Frage.«

»Wie schlimm ist es nun wirklich?«

»So schlimm, daß Captain Galloway lieber eine Rüstung tragen sollte, wenn die tamaerthanischen Lords in der Nähe sind«, sagte Warner. »So schlimm, daß auch Sie und ich sehr aufpassen müssen.«

»Ja. Okay, das tue ich auch. Heh, haben Sie nicht einen Drink für mich? Der Ritt über die Bergpfade war ziemlich heiß.«

»Gern.« Warner klatschte in die Hände, und ein Mädchen von vielleicht achtzehn Jahren kam herein. »Sara, kaltes Bier, bitte. Danke –«

»Sieht gut aus«, meinte Elliot.

»Soll ich sie Ihnen leihen?«

»Ist sie eine Prostituierte?«

»Nein, eine Sklavin«, sagte Warner. »Ja, ich weiß, der Captain hält nichts von Sklaverei. Ich hab' sie freigelassen, Sergeant, aber sie will nicht gehen. Wohin sollte sie auch gehen? Eines Tages wird ein Freigelassener sie heiraten, wie ich vermute, aber bis dahin arbeitet sie hier, und sie arbeitet gern für Sternenmänner –«

»Nun, Larry, ich habe niemanden, der bei mir aufräumt –«

»Ich werde sie rüberschicken, damit sie Ihnen hilft, solange sie noch kein ständiges Personal haben. Eines nur, seien Sie bitte höflich zu ihr. Das bin ich auch immer – ah. Danke, Sara.«

Sie stellte zwei Krüge auf den Tisch und machte einen Knicks. Sie tranken. »Gutes Bier«, sagte Elliot. »Der Dienst scheint hier oben ganz angenehm zu sein.«

»Das würden Sie nicht sagen, wenn Sie mich heute gesehen hätten«, sagte Warner. »Ich hab' am Treibstoff für den Ballon gearbeitet. Heiße Luft ist in Ordnung, aber ich glaube, es wird mir gelingen, für den nächsten Wasserstoff herzustellen. Ich brauche nur einen guten Klebstoff, damit der Ballon absolut dicht ist.«

»Wasserstoff? Was ist denn los, Professor? Haben Sie Angst, daß Ihnen nach dem ersten Ballon die heiße Luft ausgeht?«

»Haha. Jedenfalls ist das Tuch hier, und ich kann mich sofort an die Arbeit machen. Hatten Sie übrigens unterwegs Schwierigkeiten?«

»Ich habe nie Schwierigkeiten, Professor.«

»Nein.« In Wirklichkeit, dachte Warner, muß es eine verdammt strapaziöse Expedition gewesen sein. Söldner, Einheimische, tamaerthanische Bogenschützen, Packtiere für die Handelsware, weitere Packtiere für das Futter – einen solchen Zoo auf schlammigen Straßen und durch das Bergland zu führen, kann kein Picknick gewesen sein.

»Der normale Markt für dies Zeug ist Rom«, sagte Elliot. »Also haben wir es zu einem vernünftigen Preis bekommen.«

»Wo? In Rustengo?«

»Etwa hundert Kilometer nördlich davon fanden wir ein ganzes Lagerhaus voll. Da die Straßen nach Rom blockiert sind, waren die Leute froh, daß sie davon verkaufen konnten.«

»Hmm. Und den Römern gefällt das Zeug tatsächlich?«

»Das hat man mir gesagt.«

»Vielleicht eine gute geschäftliche Möglichkeit für Miss Gwen. Wir sollten sie morgen durch Boten benachrichtigen.«

»Von mir aus. Ich habe noch ein paar andere interessante Dinge.«

»Gut. Aber jetzt im Ernst, gab es wirklich keine Schwierigkeiten?«

Elliot grinste. »Keine, mit denen ich nicht fertig geworden wäre, Professor. Ein paar Banditen in den Hügeln vor Viys. Ungefähr zweihundert.«

»Das ist doch fast eine ganze Armee, verdammt. Jedenfalls nach hiesigen Maßstäben.«

»Wir ließen die H&Ks in Stellung bringen«, sagte Elliot.

»Kein Problem.« Noch die Erinnerung daran schien ihm Spaß zu machen. »Wir haben nicht einmal viel Munition verbraucht. Danach wollte sich keiner mehr mit uns anlegen. So was spricht sich immer schnell rum.«

»Ja. Was von Gengrich gesehen?«

»Nein. Mit ihm hätten wir tatsächlich Schwierigkeiten kriegen können.«

Larry Warner nickte. »Ich habe gehört, daß er sich als Piratenkönig etabliert. Mit ihm werden wir uns eines Tages auseinandersetzen müssen. Mehr Bier?«

»Gern. Und vergessen Sie nicht, dem Mädchen zu sagen, daß ich sie mir ausleihen werde. Was Gengrich anbetrifft, haben Sie recht. Dort unten haben sie Angst vor ihm. Aber sie haben vor allem Angst. Der ganze Süden redet über die römische Situation. Die Hälfte der Leute will, daß die Römer ihren Krieg gegeneinander fortsetzen. Solange der Krieg andauert, sind die römischen Grenzstationen nicht besetzt, und die Leute aus dem Süden wissen, wohin sie die Flüchtlinge schicken können, die ins Land strömen.

Und dann sind da die anderen, die sich über den darniederliegenden Handel beschweren und darüber, daß alles zum Teufel geht. Und die Priester Yatars jammern über die ZEIT und daß man doch Vorräte gegen jahrelange Hungersnot einlagern solle –«

»Da haben sie auch recht«, sagte Warner. »Das ist ein Grund für die Existenz dieser Universität. Wir sind gleichzeitig eine landwirtschaftliche Forschungsstation. Und dann haben wir noch unsere Reise-Teams –«

»Richtig. Der Captain meint, ich soll Ihnen helfen, sie zu organisieren.« Elliot reckte sich. »Larry, die Dinge stehen gar nicht schlecht, wenn man bedenkt, in welche Klemme die Kubaner uns gebracht hatten.«

»Das stimmt«, sagte Warner.

»Sie können sich beruhigen. Captain Galloway weiß ganz genau, was er tut.«

»Hoffentlich«, sagte Warner. »Das kann man verdammt nur hoffen.«

Rick legte Sergeant Elliots Bericht weg und nickte zufrieden. Tylara kam und nahm ihn vom Tisch auf. Sie rätselte an jedem Wort herum.

»Wenn du willst, lese ich ihn dir vor«, sagte Rick.

»Darum werde ich dich später bitten«, sagte sie und las weiter.

»Dein Englisch ist schon sehr gut«, sagte Rick. »Ich bin stolz auf dich.«

»Danke.« Sie brütete weiter über dem Pergament, und ihr Finger verharrte bei jedem Wort. Endlich schaute sie vom Blatt auf. »Du hast deine Vermittlung in den römischen Kriegen angeboten«, sagte sie. »Elliot hat es in unserem Namen versprochen.«

»Ja.«

»Du hast mich darüber nicht konsultiert, obwohl das Versprechen im Namen des Eqeta von Chelm gegeben wurde –«

»Verdammt noch mal, ich brauche dich nicht zu konsultieren! Ich bin der Eqeta von Chelm!«

»Soviel zu deinen schönen Versprechungen«, sagte sie. »Wir herrschen als Gleichberechtigte. Aber du bist vielleicht noch ein wenig gleichberechtigter als ich.«

»Ich bin außerdem der Generalhauptmann von Drantos, Kriegsherr von Tamaerthon und Colonel der Söldner«, sagte Rick. »Alles Posten, die ich schon hatte, bevor ich dich heiratete. Erzählst du mir denn alles, was du tust?«

»Auf jeden Fall die wichtigen Dinge. Müssen wir uns streiten?«

»Das wollte ich dich gerade fragen.«

»Dann lassen wir es doch. Übrigens wollte ich dir sagen, daß ich mit deinem Trick unten im Süden einverstanden bin. Auf diese Weise haben wir das Tuch billiger bekommen, und die Leute haben keine Möglichkeit zu prüfen, ob du dein Versprechen hältst oder nicht. Du weißt, wie man Geschäfte macht, darin kann dir bald niemand auf Tran mehr etwas vormachen.«

Obwohl Tylara strahlend lächelte, war Rick nicht ganz sicher, ob ihre Worte als Kompliment gedacht waren. Er runzelte die Stirn. »Ich beabsichtige mein Versprechen zu halten, und ich werde Friedensverhandlungen aufnehmen, wenn wir Marselius schon nicht zum Sieg verhelfen können.«

Sie starrte ihn an. »Das ist unmöglich. Wie kann es in Rom nach drei Kriegen Frieden geben?«

»Ich gebe zu, daß es schwierig sein wird«, sagte Rick. »Aber wenn Marselius eine Proklamation veröffentlicht, stehen die Chancen vermutlich besser. Er sollte verkünden, daß er niemanden für Taten bestrafen wird, die dieser im Gehorsam gegenüber einem proklamierten Caesar begangen hat. Ich habe dem Botschafter schon vorgeschlagen, daß Flaminius dasselbe tut. Eine gegenseitige Amnestie für alles, was während des Krieges passiert ist.« Das geschah auch in den Rosenkriegen, als das Englische Parlament durch Gesetz beschloß, daß kein Mann dadurch Verrat üben könne, daß er einem gekrönten König gehorcht. Wenn das nicht geschehen wäre, hätte weder ein Anhänger des Hauses York noch einer des Hauses Lancaster überlebt.

»Marselius ist vielleicht einverstanden. Und vielleicht läßt er seinem Einverständnis auch Taten folgen. Flaminius nicht. Der Mann ist ein Narr. Sonst hätte er Marselius gar nicht erst in die Rebellion getrieben.«

»Vielleicht würde Flaminius nicht von sich aus einverstanden sein«, sagte Rick. »Aber kann er sich gegen alle seine Kommandeure stellen? Sie verlieren Soldaten, Söhne, Ländereien. Einige von ihnen müssen besser wissen als er, was getan werden muß, um sich auf die ZEIT vorzubereiten. Wenn sie nicht mehr um ihr Leben zu fürchten brauchen, wer weiß, welchen Rat sie dann geben? Ich weiß es nicht.«

»Es bleibt Verrat, was hier amnestiert wird«, sagte Tylara. »Wollen wir den Rebellen ihr Los erleichtern?«

»Es gibt verschiedene Arten von Rebellen, wie mir scheint. Marselius mit seinen Legionen ist nicht dasselbe wie ein paar zerlumpte Banditen in den Bergen.«

»Jedenfalls nicht in deinen Augen. Hoffentlich bedeutet das nicht, daß alle Sternenmänner ihren Eid so wenig ernst nehmen wie Parsons.«

Rick seufzte. Wenn sie so scharfzüngig wurde, mußte er entweder das Thema wechseln oder sich auf einen Streit einrichten. Aber ein Streit lohnte sich jetzt nicht. Was die Behandlung der Rebellen anbetraf, mußt er sie ganz allmählich, wenn überhaupt, zu seinem eigenen Standpunkt bekehren. Es würde viele geben, wenn die ZEIT heranrückte. Die ZEIT allein würde auf Tran genug Menschen umbringen. Wenn Großzügigkeit bei der Handhabung der Amnestie den Verlust an Menschenleben und Vermögenswerten verringern half, war sie dann nicht einen Versuch wert?

Das wäre natürlich nicht Tylaras Art. Bei ihr wie den anderen Dynasten von Tran galt für Rebellen die Regel »Erst aufhängen, dann Fragen stellen«. Wieder etwas, das geändert werden mußte. Wenn möglich.

Die Karten an seinen Bürowänden zeigten immer mehr Einzelheiten, und er sammelte ganze Schubladen voll Papier.

So war zum Beispiel dieses Frühjahr das wärmste seit Menschengedenken gewesen. Einige Bauern hatten auf Yatars Priester gehört und früh gepflanzt, und sie konnten feststellen, daß ihre Ernten prächtig gediehen. Andere warteten ab. Allen gemeinsam drohte das Risiko starker Regen- und Hagelfälle. Auf Tran veränderten sich sämtliche landwirtschaftlichen Gegebenheiten.

Ricks Forschungs-Teams schwärmten über das Land aus und lehrten und sammelten Daten.

Nach den Berichten hatten sie mehr Daten gesammelt als Unterricht gegeben; aber sie hatten die erste landwirtschaftliche Gesamtuntersuchung in der Geschichte des Planeten Tran vorgenommen. Was wird hier geerntet? Was wurde im vergangenen Jahr geerntet? Benutzt ihr die neuen von der Universität eingeführten Pflüge? Welche Düngersorten?

Wer die neuen Pflüge benutzte, brachte die Saat so rasch in den Boden, daß er von der Hoffnung auf zwei Ernten reden konnte. Diejenigen, die die neuen Pflüge schon im Vorjahr benutzt hatten, redeten sogar noch lauter. Weil sie für den Winter mehr Futter gehabt hatten, waren ihre Zugtiere stärker als sonst.

Rick sammelte alle Informationen und verwendete sie für

seine Statistik. Die Rohdaten gingen an die Universität. Langsam wuchs sein Datenbestand.

Außerdem diktierte er Briefe. Einer ging an Gwen; den schrieb er selbst. Außer Tylara konnte keiner der Eingeborenen von Tran Englisch lesen. Für Botschaften an Gwen und an die Söldner war es deshalb besser als ein Kode. Da lohnte sich schon die Mühe, selbst zu schreiben.

> Stelle bitte fest, ob Marselius uns etwa ein Dutzend ausgebildete Schreiber oder Schriftkundige schicken kann, die nicht nur gut schreiben, sondern auch Verschiedenes lehren können, zum Beispiel allgemeine Registraturarbeiten. Es mag natürlich sein, daß es die römische Beamtenklasse aus der Zeit des Septimius Severus nicht mehr gibt, aber ich denke doch, daß irgend etwas Ähnliches sich erhalten haben muß. Wie sonst hätte selbst dieses Restreich sich so lange halten können. Im übrigen hat man mir erzählt, daß die römischen Schriftkundigen zaubern können. Wahrscheinlich handelt es sich nur um eine simple wissenschaftliche Ausbildung, aber was immer es sein mag, wir können es gebrauchen.

Und das würde Gwen dazu veranlassen, unter den römischen Rebellen nach Bürokraten zu fahnden. Yatars Priesterschaft war ein weiteres Problem. Sollte es Rick gelingen, eine römische Allianz zu schmieden, würden dann die Priester mitmachen? Die Römer waren Christen, die Yatar und Wotan den Einäugigen als heidnische Gottheiten verfolgten. Mein Gott, dachte Rick, was soll ich nur tun? Ich *brauche* Yatars Hierarchie, um die Wissenschaft im Land zu verbreiten. Und werden die Christen mitmachen?

Die Priester Yatars waren der Schlüssel zum Überleben. Sie mußten eine mächtige Organisation haben; denn sonst hätten die Tempel den Dämonenstern und das nukleare Bombardement nicht überlebt, und das war ihnen sogar dreimal gelungen. Mit Yanulfs und der Priesterschaft Hilfe konnte viel erreicht werden, ohne sie wäre Rick in großen Schwierigkeiten.

Es war die reinste Ironie, daß er sich soviel Mühe gab, die Bürokratie neu zu erfinden. Aber hier auf Tran hatte die ganze

Idee ein anderes Gewicht; denn hier konnten vielleicht Tausende von Menschen gerettet werden, weil man hier nicht für jeden Vorgang drei Kopien benötigte.

Rick legte den Stift hin und stützte den Kopf in die Hände. Mehr als je zuvor empfand er den Druck, der auf ihm lastete. »Immer wenn ich etwas tun will, muß ich zuerst zwei andere Dinge tun, von denen eines unmöglich ist!« schrie er. »Den Tiger am Schwanz packen, verdammt! Ich habe zwei Tiger, und ich muß sie zusammenbekommen, damit ich auf ihnen reiten kann. Mit einem Fuß auf jedem!«

Hier hörten ihn nur die Wände seines Büros, und die antworteten nicht. Rick seufzte und nahm den Stift wieder auf. Er mußte noch an Warner schreiben und den Brief zur Universität schicken . . .

7

Der Stuhl knarrte unter dem Gewicht von Caius Marius Marselius, einstmals Präfekt der Westlichen Sümpfe, jetzt Caesar kraft Eroberung und Proklamation durch die Legionen. Er hatte den Titel nicht angestrebt, aber da die Proklamation nun einmal erfolgt war, mußte er für ihn kämpfen – oder sterben. Nicht nur er. Auch sein Sohn. Sein ganzes Haus. Flaminius würde keinen am Leben lassen.

Und wenn Marselius im Triumph in Rom einzog, was würde dann aus dem Haus des Flaminius werden? Aber darüber konnte man nachdenken, wenn es soweit war.

Draußen wurden die ersten Straßenlaternen angezündet. Am Fuß des Hügels, auf dem seine Villa lag, sah er sie eine nach der anderen aufleuchten. Beneventum war eine große Stadt, die drittgrößte im Reich und in mancher Hinsicht genauso angenehm wie Rom, aber es war nicht Rom, und ein Kaiser, der nicht Rom besaß, war nur ein Rebell.

Marselius beugte sich vor und starrte auf das Pergament, das er in der Hand hielt. An diesem Spätnachmittag wurde es rasch dunkel. Lucius, sein Freigelassener, schrieb eine klare Handschrift, aber in letzter Zeit fiel Marselius das Lesen schwerer.

Nun, keiner wird jünger, und seine Augen waren nicht mehr das, was sie einmal waren. Er befahl einem Diener, Lampen zu bringen, und wartete, bis der Mann gegangen war, bevor er den Brief wieder entfaltete. Nicht, daß er seinen Dienern nicht traute, aber dies war zu wichtig. Der vertrauliche Bericht über die Delegation, die vom Lord und der Lady von Chelm und vom Königreich Drantos zu ihm kommen sollte, geschrieben von dem einzigen Mann, dem er vorbehaltlos vertraute . . .

> . . . Drumold, Vater der Eqetassa Tylara, erscheint wie ein typischer Barbarenhäuptling. Er ist allerdings sehr intelligent, und Lord Rick traut ihm voll und ganz. In seiner Loyalität dem Eqeta gegenüber hat er sich unter den Stammeshäuptlingen seines Landes Feinde geschaffen, was auf einen unter Barbaren ungewöhnlichen Mut hinweist. Sie sind oft tapfer in der Schlacht, aber sie begreifen selten die höheren Bürgertugenden, und noch seltener zeigen sie sie.

Lucius, Lucius, mein alter Freund, dachte Marselius. Du hast zu lange als Lehrer meines Sohnes Publius gearbeitet. Und jetzt *willst* du dozieren, ob es nötig ist oder nicht. Oder vielleicht schwätzt du auch nur, wie alte Männer es häufig tun. Nun, bevor der erste Schnee fällt, werden wir beide in der Welt so hoch stehen, daß uns alle zuhören müssen, solange wir es wollen, oder wir werden für immer verstummen.

> Lady Gwen Tremaine gehört zu den Sternenmenschen, aber sie ist in Geschichte bewandert und kann gut Latein lesen. Sie soll sehr intelligent sein, aber gewiß ist sie ein wenig jung für ihre Position in der Delegation. Sie soll sie der Tatsache

verdanken, daß sie nach dem Tode ihres Mannes Lord Ricks Geliebte wurde.

Marselius überflog die Angaben über weitere Angehörige der Delegation und las dann den Absatz über Sternenwaffen. Gut. Sie wollten eine mitbringen, für die man Feuerpulver verwendet. Zu viele seiner Offiziere, darunter sein Sohn, betrachteten die Sternenwaffen mit Skepsis, so daß eine Demonstration dringend erforderlich war. Auch er selbst hätte gern mehr über diese neuen Kriegsmaschinen gewußt, um für den Fall des Zustandekommens einer Allianz seine Kriege richtig planen zu können.

Er hatte zwei eigene gut ausgebildete Legionen in voller Kriegsstärke und eine dritte, die qualitativ geringer einzuschätzen war. Außerdem hatte er genügend Kohorten von Bogenschützen und anderen Bewaffneten, um weitere zwei Legionen zusammenstellen zu können, wenn man Fußsoldaten diesen Ehrentitel überhaupt zugestehen konnte. Dann hatte er noch die leichte Reiterei und örtlich rekrutierte Kundschafter. Kein Mangel an Männern.

Wenn Lord Rick allerdings außer Sternenwaffen eine starke Streitmacht schickte, würde er mehr von seinen eigenen Männern zur örtlichen Verteidigung zur Verfügung haben. Die Reservisten der Legionen, die in der Nähe der Grenze zwischen den beiden Caesaren zu Hause waren, würden besser kämpfen können, wenn sie ihre Familien in Sicherheit wußten. Weitere Milizionäre würden sich melden, und auch die Südgrenze mußte gehalten werden. Was Rick ihm schickte, würde er wahrscheinlich gut gebrauchen können – und man durfte einen Mann niemals unter dem Eindruck lassen, die eigene Freundschaft sei billig zu kaufen. Nein, wenn Lord Rick von Rom jemals eine Legion fordern wollte, müßte er zuerst bereit sein, selbst eine Armee zu schicken.

Marselius stand auf und ging vor der großen Landkarte an der Wand auf und ab. In Gedanken stellte er die eine oder andere Kohorte hier oder dorthin und schickte Tribunen aus, um weitere Milizionäre auszuheben. Alles würde natürlich ausführlich im Kriegsrat diskutiert werden, den er vor der

Ankunft der Delegation einzuberufen gedachte, aber vorher wollte er sich gut vorbereiten. Je älter er wurde, desto wichtiger war es, unfehlbar zu erscheinen, und desto schwerer war es, das zu schaffen.

Gwen Tremain reckte sich wohlig und ließ sich in das heiße Wasser gleiten, bis nur noch ihr Gesicht herausschaute. Für einen Swimming-pool war der mit Fliesen gekachelte Tank nicht ganz groß genug, aber im übrigen entsprach er in jeder Hinsicht dem, was man sich unter einem »Römischen Bad« vorstellte. Es war das erste wirklich angenehme Bad, daß sie nahm, seit Les sie auf Tran abgesetzt hatte.

Es hatte sie überrascht, wieviel wichtiger diese kleinen Annehmlichkeiten der Zivilisation einem erschienen, wenn man auf sie verzichten mußte. Manchmal kamen sie einem sogar bedeutender vor als die wirklich wichtigen Dinge. Sie wußte, daß ein Loch im Zahn dazu führen mußte, daß dieser gezogen wurde, und das ohne Betäubung, außer mit Äthanol. Und sollte sie noch ein Baby bekommen, bei dessen Geburt ein Kaiserschnitt erforderlich war, würde sie wahrscheinlich sterben müssen, und das Baby hätte keine sehr viel bessere Chance. Solche Risiken konnte sie akzeptieren, wenigstens intellektuell.

Heiße Bäder waren etwas anderes. Man vermißte sie jeden Abend und jeden Morgen und immer wenn man verschwitzt oder schmutzig war. Das Gleiche galt für Vivaldikonzerte, kaltes Bier, Brathähnchen, Nylonstrümpfe –

»Lady Gwen?« rief eine dünne Stimme von oben.

Gwen widerstand dem lächerlichen Impuls wegzutauchen. Sie richtete sich auf und verschränkte die Arme vor der Brust. »Ja?«

»Ich heiße Octavia. Man hat mich hergschickt, um Ihnen beim Baden zu helfen.«

Gwen war nicht überrascht. Als sie das Bad betrat, hatte sie eigentlich damit gerechnet, daß dort schon jemand auf sie warten würde. Wenn Marselius ihr schon die Höflichkeit erwies, sie allein baden zu lassen, würde er doch nicht Dienerinnen, Handtücher und Duftöle vergessen.

»Danke, Octavia.« Gwen tauchte noch einmal unter, um sich die letzten Seifenreste aus den Haaren zu spülen, und stieg aus dem Bad. Octavia klatschte in die Hände, und zwei ältere Mädchen erschienen mit angewärmten Handtüchern. Als die Mädchen sie dann in eine Robe aus feiner Wolle hüllten, wußte Gwen, daß sie die Zivilisation wiedergefunden hatte. Schließlich wurden die anderen hinausgeschickt, und Gwen war mit Octavia allein.

Wer war sie? Während die anderen sie abtrockneten und ihr die Haare kämmten, hatten Gwen das Mädchen genau beobachtet. Octavia sah aus, als sei sie zwölf oder dreizehn, und dabei war sie schon mindestens fünf Zentimenter größer als Gwen. Bei ihren groben Knochen würde sie wahrscheinlich sogar noch größer werden. Sie war rothaarig, aber abgesehen davon hatten ihre ausgeprägten, aber nicht gerade hübschen Züge viel mit denen Marselius' gemeinsam.

Und obwohl sie tadellose Manieren zeigte, ließ ihr Tonfall ihre Bitten als Befehle erscheinen, denen unbedingt zu gehorchen war. Gwen betrachtete den Saum ihres Gewandes, der mit einem hübschen Muster aus Goldfäden und etwas, das aussah wie blaues Email oder Seemuscheln, bestickt war.

Als die anderen gegangen waren, fragte Gwen: »Du bist mit Marselius Caesar verwandt, nicht wahr?«

Das Mädchen ließ das Handtuch fallen und wurde so rot wie ihr Haar. Sie schien nicht zu wissen, wohin sie schauen sollte, außer daß sie Gwens Blick auswich. Endlich sagte sie mit einem fast gelungenen Versuch, ihre Stimme unter Kontrolle zu bringen: »Sind Sie eine Hexe?«

»Nein. Aber du bist Marselius wie aus dem Gesicht geschnitten, und dein Gewand sieht nicht gerade aus wie die Kleidung einer Dienerin.«

Octavia schaute auf den Saum ihres Kleides, aber röter konnte sie nun nicht mehr werden. »Großvater wird böse sein, weil ich mich nicht umgezogen habe. Er selbst vergißt so etwas nie. Ich nehme an, daß auch Sie gelernt haben, darauf zu achten. Als Sie Soldat waren.«

»Ich bin kein richtiger Soldat«, sagte Gwen. »Mein Mann war einer. Als er getötet worden war, brauchten sie jemanden, der alle möglichen Bücher lesen mußte, damit wir über unsere Feinde besser informiert waren. Ich war schwanger, und sie wollten mir helfen und gaben mir den Job.« Gwen hatte diese Geschichte schon so oft erzählt, daß sie sie fast selbst glaubte. Sie lächelte. »Du glaubst doch nicht etwa, ich könnte in einer Rüstung mit Federhelm und gezogenem Schwert an der Spitze meiner Truppen reiten?«

»Wenn wir solche Soldaten wie Sie in Rom hätten, könnte ich selbst einer werden«, sagte Octavia. »Ich lese gern. Mein Vater sagt sogar, daß ich zuviel Zeit mit Büchern verbringe.«

Impulsiv nahm Gwen das Mädchen in den Arm. Octavia schrak zusammen, aber sie entzog sich ihr nicht. »Entschuldigung. Aber du hörst dich so an wie ich, als ich in deinem Alter war. Mein Vater sagte dasselbe von mir.«

Glücklicherweise hatte sie auch noch zu anderem Zeit gefunden, als zu lesen und in der Schule gute Noten zu bekommen. Zum Beispiel hatte sie Hühnerfarmern altes Brot verkauft und andere Dinge gemacht, die Geld einbrachten. Sie hatte auch immer genügend Freunde gehabt, aber kaum einer verabredete sich öfter als dreimal mit ihr, denn spätestens dann merkte jeder, daß sie gescheiter war als er. Octavia würde nicht viel anderes tun können, als ihre Bücher lesen, bis sie im heiratsfähigen Alter war. Das würde nicht mehr lange dauern. In Caesars Familie muß schnell geheiratet werden, um Bündnisse zu zementieren . . .

»Bist du eine Spionin?« fragte Gwen.

Octavia kicherte. »Ja, aber nicht so, wie Sie denken.« Sie überlegte eine Weile und sagte dann impulsiv: »Lady Gwen, wenn Sie mir versprechen, es niemanden zu erzählen, will ich Ihnen sagen, warum ich hier bin.«

Was für ein Angebot! Gwen zögerte keinen Augenblick. »Bei Yatar dem Himmelsvater und bei Hestia schwöre ich, niemandem außer Lord Rick zu erzählen, was du mir zu sagen hast, und auch Lord Rick werde ich es nur sagen, wenn er es unbedingt erfahren muß. Ich kann meinen Eid ihm gegenüber nicht brechen, das mußt du verstehen. Soll ich bei noch etwas anderem schwören?«

»Nein.« Octavia war nachdenklich geworden. »Irgendwann

müssen Sie mir von Yatar erzählen, und ich werde Ihnen von Christus erzählen.« Dann lächelte sie zum ersten Mal richtig. »Wissen Sie, mein Vater Publius will mit Ihnen schlafen. Deshalb hat mein Großvater mich gebeten, mich oft in Ihrer Gesellschaft aufzuhalten. Auf diese Weise wird es meinem Vater nicht gelingen, allein mit Ihnen zu sprechen. Er würde sich schämen, Sie zu bitten, mit Ihnen ins Bett zu gehen, wenn ich dabei bin.«

»Das will ich doch hoffen!« sagte Gwen empört. Dann lachte sie. Sich dieses liebenswerte zwölfjährige Mädchen als Anstandsdame einer Gwen Tremain vorzustellen, konnte mit völlig unbewegtem Gesicht nicht gelingen. Wenn Octavia nur wüßte, wie Gwen gelebt hatte . . .

Wenn es sie allerdings davor retten konnte, entweder Publius zurückzuweisen oder sich ihm hinzugeben, hatte der Gedanke gar nichts Komisches mehr. Sie hatte noch nie gehört, daß man Publius als einen Don Juan bezeichnete. Aber sie wußte, daß er arrogant und ein Hitzkopf war. Diese Sorte von Männern hatte es oft gar nicht gern, abgewiesen zu werden, und die jeweilige Frau konnte sich leicht Mißhelligkeiten einhandeln. In diesem Fall würde es ganz bestimmt Ärger geben.

Eines Tages würde Publius Caesar sein, wenn Ricks Pläne gelangen, und das würden sie wahrscheinlich.

Eigentlich war das Angebot sogar schmeichelhaft. Caesars Erbe mußte doch reichlich Frauen zur Auswahl haben. Und Caesars Geliebte zu sein konnte nur Vorteile bringen . . . aber nicht auf einem Planeten ohne Empfängnisverhütung, außer nach der Rhythmusmethode, und mit sehr geringen Kenntnissen in Geburtshilfe! Wenn sie einen Mann fürs Bett gewollt hätte, dann wäre Caradoc schon vor einem Jahr bereit gewesen, sie zu heiraten. Oder Larry Warner, der freundlich und sanft und intelligent war und der sich bei der Verwaltung der Universität als hervorragender Partner erwiesen hatte. Oder –

»Woher wußte dein Vater, daß er mich attraktiv finden würde?« fragte Gwen.

»Er sah Sie bei der Ankunft. Als Ihre Reisegesellschaft von den Offizieren des Kaisers begrüßt wurde, hatte sich mein Vater unter die Wachen gemischt. Das tut er öfter.«

»Ich verstehe.« Also intelligent. Und hinterlistig. Wenigstens wußte Publius um den Wert von Informationen. »Ich fühle mich geschmeichelt«, sagte sie. »Aber eigentlich bin ich noch in Trauer um meinen Mann. Manchmal ist es schwer zu glauben, daß er tot ist. Du mußt wissen, daß seine Leiche nie gefunden wurde.« Wieder ein Geschichte, die sie schon so oft erzählt hatte, daß sie sich mit Gewalt dagegen wehren mußte, sie selbst zu glauben.

»Das macht es noch schlimmer, nicht wahr?«

»Ja.« Aus diesem Mädchen konnte man etwas machen. Caesars Enkelin. »Hast du Brüder?« fragte Gwen, obwohl sie ganz sicher war, daß sie gehört hatte –

»Nein. Ich bin das einzige Kind meines Vaters. Zu seiner großen Enttäuschung.« Sie senkte die Stimme. »Seit er krank war, hat er auch keine illegitimen Kinder mehr gehabt.«

Wahrscheinlich Mumps, dachte Gwen. »Dann bist du ja ein wichtiges Mädchen.« Außerdem entfällt damit ein Hauptgrund dafür, ein Angebot von Publius abzulehnen. Wir werden diese Karte spielen, wie sie kommt.

»Es heißt, das werde ich noch. Wenn es Großvater gelingt, Rom zu erobern, wird mein Gatte eines Tages Caesar sein.« Octavia machte ein ganz ernstes Gesicht. »Und wer das sein wird, darüber werde ich wohl kaum viel mitreden dürfen. Haben Sie sich Ihren Gatten selbst ausgesucht?«

»Ja. Wo ich herkommen, sucht jede Frau selbst ihren Mann aus.« Und es scheint nicht besser zu funktionieren als bei arrangierten Ehen. »Octavia, du mußt mir auch etwas schwören, genau wie ich es dir geschworen habe. Auch du darfst nicht über das reden, was ich dir gesagt habe, außer mit deinem Großvater und mit deinem Vater. Dann können wir Freundinnen werden.«

»Muß ich es denn meinem Vater sagen? Großvater erzählt ihm viele Dinge nicht, von denen er glaubt, daß er sie wissen müßte. Ich habe Vater schon oft darüber fluchen hören.«

Also traute Marselius seinem Sohn und mutmaßlichen Erben nicht recht. Diese Information war sehr viel wert – so viel, daß Gwen fast Schuldgefühle hatte, weil sie sich mit dem Mädchen angefreundet hatte. Sie war so offensichtlich einsam und suchte so verzweifelt nach intelligenter Gesellschaft, bei der sie ihre Talente nicht zu verstecken brauchte, daß –

Im nächsten Augenblick machte Octavia alles noch schlimmer. »Ich bin froh, daß wir Freundinnen sein werden, Lady Gwen. Es wird sehr viel leichter sein, meinen Vater von Ihnen fernzuhalten, wenn Sie wissen, was ich tue. Das habe ich schon meinem Großvater gesagt, aber es schien nicht zu verstehen, worüber ich redete.«

»Er muß über so vieles nachdenken«, sagte Gwen zerstreut. Und selbst wenn es das nicht müßte, Marselius Caesar schien nicht der Mann zu sein, der sich die Klagen seiner Enkelin anhört.

Sie braucht eine Freundin, dachte Gwen. Und das könnte ich für sie sein. Unsere Sache ist ihre Sache, und eines Tages wird sie das vielleicht selbst erkennen. Und sie braucht einen Lehrer, einen, der ihr erklären kann, welche Veränderungen sich auf Tran anbahnen. Falls – *wenn* ihr Großvater erst unbestrittener Caesar ist, wird Octavia genug Macht haben. Macht während der ZEIT und Macht für zwei Generationen danach. Und das in Rom, der bestorganisierten Nation auf Tran. Ich werde sie so wenig täuschen wie möglich, aber ich habe eigentlich keine Wahl. Diese Gelegenheit –

»Bei den Heiligen Matthäus, Markus, Lukas und Johannes und bei der Heiligen Mutter Maria schwöre ich, daß ich über das, was Lady Gwen mir erzählt hat, mit niemandem sprechen werde, außer mit meinem Großvater Marselius Caesar«, sagte Octavia. »Und auch mit ihm nur, wenn er mich fragt.«

»Gut«, sagte Gwen in ganz normalem Tonfall. Sie war das Flüstern leid. Nun ließ sie ihren Bademantel auf die Couch fallen und fing an, sich anzuziehen. »Und du darfst mir von Christus erzählen«, sagte sie.

Schließlich wurde ich christlich erzogen, dachte Gwen. Und wenn ich überhaupt eine Religion habe, dann ist es diese. Wenn ich mich von den Römern bekehren lasse – werde ich mit Rick darüber sprechen müssen. Es könnte nützlich sein.

Marselius Caesars Stuhl knarrte nicht ganz im Rhythmus mit seiner Feder. Die Niederschrift des Briefes an Lucius konnte man keinem der hohen Beamten anvertrauen. Wenn er ihn mit einem Vogel oder der Flugmaschine eines Sternenmannes hätte schicken können, hätte er es getan.

. . . wären ohnehin bereit gewesen, uns zu helfen, aber gewiß hat die Dummheit Flaminius', dieses Schwachsinnigen, die Dinge noch beschleunigt. Er hat der Delegation nicht nur das Betreten des von ihm beanspruchten Landes verboten, er hat sich sogar geweigert, ihr sicheres Geleit zu gewähren. Als Lord Drumold das erfuhr, kannte seine Wut keine Grenzen.

Der Stammeshäuptling hatte der Grenzkontrolle gegenüber deren Caesar und alle seine Vorfahren seit der Gründung Roms mit so starken Worten beleidigt, daß es fast zu einem Kampf gekommen wäre.

So werden wir also Lord Ricks Hilfe in dem Ausmaß bekommen, in dem wir sie brauchen. Ich hoffe aber immer noch, daß wir überhaupt keine Hilfe benötigen. Flaminius ist vielleicht nicht mehr Herr seiner Entschlüsse; jene üble Nachricht mag von Senatoren oder Offizieren gekommen sein, die fürchten, daß sie alles verlieren, wenn er sich mir unterwirft. Es ist zu hoffen, daß diese Männer Vernunft annehmen, wenn wir eine Generalamnestie proklamieren. Ich denke nicht, daß der Senat lange zögern wird, diese Proklamation zu veranlassen, obwohl es einige Opposition gibt.

Er wollte schon hinzufügen ›der auch Publius angehört‹, aber dann entschied er sich anders. Lucius kannte Publius schon seit dieser ein Junge von sechs Jahren war; mit solchen Details konnte er die Geschichte selbst ergänzen.

Viel Ehre gebührt auch Lady Gwen. Sie hat gute Arbeit geleistet, besonders bei der Auswahl der Schriftkundigen, die wir laut Vertrag nach Drantos schicken. Die Westlichen, die um diese Leute gebeten hatten, haben manchen im Senat davon überzeugt, daß wir es nicht mit Barbaren zu tun haben, so wie die Feuerpulverwaffen die Armee überzeugt haben. Lady Gwen versteht so viel von der Arbeit der Schriftkundigen, daß man sich fragt, wie eine Frau von Ritterstand solche Kenntnisse überhaupt erlangen kann.

Sie hat sich auch mit Lady Octavia angefreundet. Das begrüße ich. Außer dir ist keiner von ihren Lehrern ihrer würdig gewesen. Da Octavia schon in anderthalb Jahren im heiratsfähigen Alter sein wird, hat dieses Problem einige Sorge verursacht.

Weitere Alterserscheinungen – die Sorge darüber, ob die Enkelkinder zur Ehe geeignet sind.

Dann widmete er sich wieder Dingen, von denen er mehr verstand.

Was wir von den Westlichen bekommen könnten, ist wahrscheinlich mehr, als wir brauchen. Allerdings könnten wir sie um zwei Legionen Fußsoldaten bitten, eine Legion Bogenschützen und eine mit Speeren bewaffnet. Vielleicht auch Reiterei und berittene Bogenschützen in Stärke einer Legion. Wir werden Feuerpulverwaffen bekommen, die sich für einen längeren Feldzug eignen.

Ich hoffe aber, daß es nicht zu einem langen Feldzug kommt. Mit der so erreichten Stärke können wir mit guter Hoffnung auf Sieg Flaminius in einer einzigen Schlacht entgegentreten. Ein einziger solcher Sieg würde dazu ausreichen, Rom zu gewinnen, bevor die Männer und das Vermögen verloren sind, die wir brauchen, um die ZEIT zu bestehen.

Laß uns um Christi Beistand beten und um die Hilfe des Heiligen Michael.

An Lucius, einen Freien dieses Hauses,
Caesars Freund,
Ehre und Gruß.

Caius Marius Marselius Caesar

8

Larry Warner schaute zu dem Ballon hinauf und fand, daß er so gut aufgeblasen war, wie er es je sein würde. Er nickte dem Mann zu, der neben ihm stand.

»Okay, Murphy.«

Ben Murphy hob beide Hände. »Laßt das obere Seil los. Zweite Mannschaft, Seil einziehen!«

Fünf Männer am Fuße eines etwa fünfzehn Meter hohen Mastes ließen das erste Seil los und traten zurück. Am Fuße des zweiten Mastes auf der anderen Seite des Heißluftballons fingen fünf andere Määnner an zu ziehen. Das Seil glitt durch einen Ring an der Spitze des ersten Mastes, dann durch eine Schleife oben auf dem Ballon, achtzehn Meter über dem Boden.

Schließlich glitt es durch einen Ring an der Spitze des zweiten Mastes und fiel auf die Männer herab, die daran zogen. An der Art, wie sie lachten und fluchten, erkannte Warner, daß sich keiner von ihnen verletzt haben konnte.

Er verschränkte die Arme vor der Brust und hoffte, daß Murphy den nächsten Befehl von sich aus geben würde. Ben sollte die Erste Ballonschwadron (ein Ballon und etwa vierzig Mann) in etwa drei oder vier Zehn-Tagen in den Kampf gegen Flaminius Caesar führen. Es wäre für Warner einfacher gewesen, selbst zu fliegen, aber Captain Rick hatte den strikten Befehl ausgeben, niemanden von der Fakultät der Universität in den Kampf zu schicken. Murphy und Reznick hatten darum geknobelt, und Reznick hatte gewonnen. Oder hatte Murphy gewonnen? Die Frage wollte Warner lieber nicht stellen.

Es spielte ohnehin keine große Rolle. Larry Warner war schon froh, daß niemand auf ihn schießen würde. Außerdem war er selbst als erster oben gewesen, der erste Aeronaut in der Geschichte von Tran! Das hatte jeden beeindruckt, einschließlich aller Mädchen und sogar Gwen Tremaine. Heldentum hatte schon seinen Lohn –

Aber alles in allem hatte ein Universitätsprofessor ein besseres Leben. Besonders an dieser Universität, wo er als Boß die gesamte Kontrolle hatte.

Seit das obere Seil weg war, schwankte der Ballon ein wenig mehr, aber die Männer am Bodenseil hatten das Fahrzeug im Griff. Das zwischen den beiden Masten angebrachte obere Seil hatte den Ballon festgehalten, während die heiße Luft von dem Feuer unter der Startplattform in den Füllschlauch strömte und den Ballon aufblähte. Warner hatte die Vorrichtung selbst ausgetüftelt und war ganz stolz auf seine Erfindung.

»Füllschlauchseil anziehen!« schrie Murphy. Ein paar Männer zogen an dem Seil, mit dem man den Füllschlauch, der vom Ballon herabhing, enger machen konnte. Nun sah der Ballon aus wie ein riesiger Pilz mit einem etwas deformierten Hut und mit einem sehr kurzen Stengel. Warner prüfte die Ausrüstung und ging zur Plattform. Die restliche Arbeit konnte Murphy allein schaffen, mit Ausnahme des endgültigen Startkommandos »Leinen los«.

»Feuer abdecken!« Die Männer, die den Schlauch zugezogen hatten, schoben eine Messingplatte über das Loch in der Plattform. Warner kletterte auf die Plattform, als die Männer den Beobachtungskorb auf die Messingplatte wuchteten. Beim Aufstieg mußte der Ballon den Beobachtungskorb senkrecht mitziehen. Das Schleifen des Korbes war beim Aufstieg und bei der Landung eine wirkliche Gefahr. Deshalb war für den Ballon auch soviel Bodenpersonal nötig.

Aber die Vorteile! »Nächstes Mal bist du an der Reihe, Ben«, rief Warner.

»Okay. Bist du sicher, daß du mich diesmal nicht brauchst?«

»Ja. Ich will nur verschiedene Dinge überprüfen.« Nicht, daß Murphy das nicht auch gekonnte hätte, aber das wäre schlecht für Warners Image. Und dann war da noch das neue Telegraphensystem, das aus einem dünnen Drahl bestand, der vom Ballon aus, um ein Tau gewickelt, nach unten führte. Die einzigen Universitätsangehörigen, die morsen konnten, waren Larry Warner und zwei Männer aus seiner Mannschaft, aber die wiederum konnten kein Englisch . . .

Warner prüfte den Beobachtungskorb mit seinen Geräten noch sorgfältiger als seine eigene Ausrüstung. Heute sollte ein Ausdauer-Test stattfinden. Es sollte festgestellt werden, wie lange sich der Ballon in der Luft halten konnte, wenn man einen Mann zurückließ und dafür zusätzlichen Ballast und Brennstoff mitnahm. Warner hatte zusätzliche mit Harz bestrichene kleine Strohballen mitgenommen, die während des Fluges als Brennstoff benutzt wurden. Sie hingen in einem Netz über dem Korb. Wenn Funken aus dem am Boden des Korbs angebrachten Brennofen sie erreichten, konnte das Netz abgeschnitten werden, bevor der aus Schilfrohr hergestellte Korb selbst in Brand geriet.

Das alles war improvisiert, und das alles hatte Warner erfunden. Gewiß, er hatte Hilfe von anderen bekommen, aber nicht viel. Und er hatte die ganze Arbeit erledigt, bevor Gwen aus Beneventum zurückkam.

Alles schien in Ordnung zu sein. Einige Männer aus der Mannschaft hielten Warner für einen Zauberer und den Ballon für seinen Hausgeist, der ihn über jede Nachlässigkeit von seiten der Mannschaft informierte, die diese sich vielleicht bei den Startvorbereitungen zuschulden kommen ließ. Warner sollte eigentlich jedem Aberglauben entgegenwirken, und das würde er auch tun – später. Vorläufig aber war es ganz gut, daß sie so dachten. Der Weg nach unten, falls etwas schiefging, war weit.

Warner kletterte in den Korb, stemmte sich mit den Füßen ab und hielt sich an dem Netz über ihm fest. Die Männer ließen das Seil ein wenig kommen, und der Korb erhob sich um ein paar Zentimeter von der Plattform. Warner grinste. Er hatte viele Gründe, diesen Flug zu unternehmen, darunter einen, den er nicht zugab: Er hatte ganz einfach Spaß an der Sache. Es war fast wie richtiges Fliegen . . .

Von seiner langen Dauer abgesehen, müßte dieser Flug fast schon Routine sein. Es sah so aus, als sei der Wind oben ein wenig zu stark, aber hier im Windschatten des Ben Hakon war man ziemlich sicher. Warner überlegte kurz, nach wem der Berg eigentlich benannt worden war, aber er kam zu keinem Ergebnis.

Die Männer, die den Korb auf die Plattform gehoben und die Seile bedient hatten, nahmen jetzt ihre Plätze an der Kurbel der Winde ein. Wenn Campbell die entsprechende Vorrichtung für die Winde hätte bauen dürfen, wären für die Bedienung der Winde keine zwölf oder fünfzehn Männer nötig gewesen. Aber dem hatte die Befehle Captain Ricks entgegengestanden: »Ich will das Ding nicht perfekt, ich will es am Donnerstag!« So war für die Kurbeln der Winde ein Dutzend Männer nötig, wenn der Ballon gefüllt war, und der Ballon selbst hatte keine Reißleine und auch kein oberes Ventil. Er stieg und sank durch die Luft in seinem Innern und die Kraft der Männer an der Winde.

Dies war allerdings erst der Mark I, und seine Leute arbeiteten schon an Mark II. Wenn Murphy in die Schlacht ziehen mußte, würde er wahrscheinlich fertig sein.

Er prüfte noch einmal die Ausrüstung. »Sieht gut aus«, rief er. »Laßt das Seil noch ein wenig kommen.« Murphy nickte. Der Ballon hob sich um etwa einen Meter von der Plattform, bevor die Mannschaft an der Winde ihn stoppte. Es war schon ein primitives Gerät, aber es war der einzige Ballon auf Tran. Wer sollte da Einwände haben?

Warner atmete tief durch und fing an zu singen, während die Männer an der Winde den Ballon aufsteigen ließen. Er hatte schon beim ersten Aufstieg gesungen, damit er nicht vor Angst mit den Zähnen klapperte. Einige seiner Männer hatten das Lied für eine Hymne an Yatar den Himmelsvater gehalten, und jetzt erwarteten sie, daß er jedesmal sang, wenn der Ballon aufstieg. Er fragte sich, wie Murphy sich wohl verhalten würde. Nun, ja.

Wir fliegen in wilde blaue Fernen
Wir fliegen der Sonne entgegen . . .

Während die Plattform unter ihm wegsank, sah er Gwen an einem der Masten stehen und sich das Lachen verbeißen. War es sein Lied oder war es sein Gesang?

Therrit wollte seinen Auftrag erfüllen, während der Ballon noch stieg. Lord Corgarff hatte gesagt, dann wäre der Schaden am größten. Lord Corgarff wußte allerdings nicht, wie viele Männer an der Winde standen, wenn der Ballon aufstieg. Therrit traute Lord Corgarff nicht. Wenn Therrit erwischt würde, bevor seine Arbeit erledigt war, würde Lord Corgarff seiner Familie niemals das versprochene Gold auszahlen.

Deshalb hielt sich Therrit im Hintergrund, bis der Ballon nicht größer war als seine vor die Nase gehaltene Faust. Dann stießen die Männer an der Winde ein langes Stück Holz unter die Trommel, damit sie sich nicht mehr drehte. Das Holz konnte hineingeschoben und rasch wieder hinausgezogen werden, ohne daß man unter die Trommel greifen mußte, wobei man sich die Handgelenke hätte brechen können.

Als der Ballon gestoppt wurde, war noch die halbe Seillänge auf der Trommel. Therrit erkannte, daß der Ballon wieder steigen würde, wenn er das Holz herauszog, und genau damit hatte Lord Corgarff ihn beauftragt. Wenn er das Holz entfernte, mußte es wie ein Unfall aussehen. Dabei dürfte er natürlich selbst nicht gesehen werden, und dazu brauchte er eine Menge Rauch. Dann würde niemand es bemerken. Die Männer an der Winde glaubten, der Ballon können sprechen, aber Therrit wußte es besser. Warner hatte es ihm oft genug gesagt.

Schade nur, daß Professor Warner sterben mußte. Er war ein freundlicher Herr, der auf seine Diener Rücksicht nahm. Aber Warner hatte kein Gold, das Therrits Schwestern vor dem Hungertod retten konnte. Sie hätten zwar in Warners Dienste treten können, aber die Sternenlords hatten keine Ahnung, was sich für die Töchter freier Bauern schickte und welche Arbeit nur für Sklavinnen und freigelassene Frauen geeignet war. Er könnte – er könnte Therrits Schwester an Lord Elliot verleihen, wie er es mit seiner Sara schon getan hatte!

Nein. Die einzige Sicherheit für seine Familie lag in dem Schutz, den der Stamm ihr bieten konnte. Lord Corgarff würde solche Aufträge nie erteilen, ohne daß Dughuilas zugestimmt hätte, und Dughuilas konnte jeden beschützen!

Therrit wartete noch so lange, bis er Lady Gwen zu ihrem Zelt zurückgehen sah. Es schien Corgarff gleichgültig zu sein, ob die Lady verletzt wurde, aber Therrit wollte keinen Krieg gegen Frauen führen, ganz besonders nicht gegen diese. Sie behandelte die Söhne und Töchter von freien Bauern, als seien sie Kinder von Rittern.

Therrit wartete ein wenig *zu* lange, denn plötzlich merkte er, daß Lord Corgarff ihn anschaute, statt wie alle anderen zum Ballon hinaufzustarren. Der Lord schien mit seiner Geduld am Ende zu sein. Therrit ging vorsichtig zur Plattform hinüber und zog einen Ziegel Himmelsfeuer aus seinem Beutel. Er sah aus wie jeder andere Ziegel, aber das lag nur an der dünnen, mit Harz bestrichenen Außenschicht aus Stroh. Im Innern bestand der Ziegel aus einer Lederhülle. Das Leder enthielt neben Feuerpulver andere Substanzen, die Rauch erzeugen. Therrit ging langsam weiter, bis er neben dem unter der Plattform glimmenden Feuer stand. Dann warf der den Ziegel unbemerkt in die Glut.

Das Feuerpulver verursachte soviel Rauch, wie er erwartet hatte, und es gab einen Knall wie damals, als ein Blitz in die Scheune seines Vaters einschlug, und es roch wie die heiße

Quelle hinter der Universität. Alle außer Therrit waren völlig überrascht. Die Leute, die in der Nähe der Plattform standen, fuhren zusammen, und einige rannten. Therrit warf einen zweiten Ziegel in das Feuer, und wieder gab es einen Knall, und wieder stieg Rauch auf, und jetzt rannten alle.

Er durfte nicht warten, bis der Rauch sich verzog, und rannte sofort zur Plattform. Noch im Laufen zog er sein Messer. Wenn alles andere mißlang, mußte er in der Lage sein, das Seil zu durchschneiden.

Er mußte zweimal ziehen, um das Holz unter der Trommel herauszureißen. Er sah, daß die Kurbeln anfingen, sich zu drehen, und sprang zur Seite. Die Winde rasselte, und die Kurbeln drehten sich so schnell, daß sie einem unvorsichtigem Mann die Knochen gebrochen hätten. Therrit riß den Metalldeckel ganz vom Feuerloch und fluchte laut. Er hatte sich die Finger verbrannt. Rasch warf er die letzten beiden Ziegel in die Flammen. Die Explosion ließ die Plattform erzittern, und der Rauch wurde so dicht, daß Therrit nichts mehr sah und kaum noch atmen konnte. Er hustete und benutzte das Holz wie ein Blinder seinen Blindenstock. Rasch entfernte er sich von der Plattform.

Warner wußte, daß etwas nicht stimmte, als er die Explosionen hörte und Rauch aufsteigen sah. Was es war, wußte er erst, als der Ballon plötzlich wieder stieg. Aber selbst jetzt war er eher interessiert als erschrocken. Daß die Winde außer Kontrolle geriet, hatte er schon erlebt, wenn auch nur einige Minuten lang. Seine Mannschaft war ganz in Ordnung, zumal wenn man berücksichtigte, daß er der einzige war, der je vor sechs Zehn-Tagen schon von Ballons gehört hatte.

Dann sah er, daß die Männer an der Winde auseinanderstoben und daß der Qualm immer dichter wurde. Was immer geschehen sein mochte, er hoffte nur, daß die Winde nicht völlig zerstört war.

Wie eine Maus, mit der die Katze spielt, schoß der Ballon plötzlich seitwärts. Warner stieß einige vulgäre Flüche aus. Dann mußte er sich an den Korb klammern. Seine Hände reichten dazu kaum aus, und er wäre in diesem Augenblick sehr gern ein Affe gewesen, der nicht nur vier Hände hat, sondern auch noch einen Schwanz.

Er war aus dem Windschatten des Ben Hakons geraten. An der Bewegung des Grases auf dem Hügel erkannte er, daß der Wind mit halber Sturmstärke wehte. Wieder fluchte er. Er hätte Leute auf den Hügel schicken sollen, um die Windstärke zu prüfen; er hätte mehr Ballast mitnehmen sollen, damit der Ballon nicht weiter steigen konnte –

Wieder fuhr ein Ruck durch den Ballon, und Warner kam sich vor wie ein Fisch an der Angel. Kaltes Wasser ergoß sich über ihn, als einer der mitgeführten Schäuche platzte. Jetzt war der Ballon noch leichter, und das war das Letzte, was er jetzt gebrauchen konnte. Der Rand der Korbes knarrte, und am Netz rissen einige Fäden. Wenn das noch lange so weiterging, würde der ganze Korb auseinanderreißen, und er –

Plötzlich stieg der Ballon wieder. Warner hielt sich krampfhaft fest und schaute über den Rand. Das Seil hing lose herab, und irgend jemand klammerte sich an das freie Ende. Warner sah den Mann zu Boden fallen und liegen bleiben. Der Ballon schoß weiter nach oben. Der Korb schwankte immer noch gefährlich, aber da das Seil lose herabhing, wurde er nicht mehr so stark belastet. Warner ließ sich auf den Korbboden gleiten und wünschte, er könnte jetzt singen. Gerade jetzt mußte Yatar der Himmelsvater versöhnt werden! Warners Mund war so trocken, daß er selbst dann keinen Ton herausgebracht hätte, wenn ein Flintenlauf auf ihn gerichtet gewesen wäre.

Therrit war gerade ein Stück von der Plattform entfernt, als das Seil sich ganz von der Trommel gewickelt hatte. Sein Herz hämmerte wie wild, und er hatte das Gefühl, daß alle ihn anstarrten und im Begriff waren, ihre Schwerter zu ziehen.

Er blieb stehen und sah, wie Murphy verzweifelt dem Seilende nachjagte. Er jubelte, als der Sternenlord es erwischte, und er stöhnte auf, als es Murphys Griff entglitt und dieser stürzte.

Murphy lag wie tot im Gras.

»Du warst es!« schrie eine Stimme Therrit fast ins Ohr. »Ich hab' es gesehen! Verräter!«

Therrit wirbelte herum und sah Lord Corgarff, der mit gezogenem Schwert auf ihn zusprang. Wild starrte Therrit seinen Herrn an, und für ihn brach eine Welt zusammen. Sein eigener Häuptling beschuldigte ihn! »Nein, Herr! Ihr müßt mich schützen!«

»Ich schütze keine Verräter!« brüllte Corgarff.

Therrit fluchte. Wohin sollte er entkommen? Er zögerte zwar, die Waffe gegen seinen Herrn zu erheben, aber er mußte es tun oder auf der Stelle sterben. Und wer sollte dann für seine Schwestern sorgen?

Er hatte seinen Dolch wieder in die Scheide geschoben, und Corgarff griff ihn so schnell an, daß er ihn nicht mehr ziehen konnte. Aber er hielt immer noch das Holz von der Winde in der Hand. Krachend traf das schwere Holz Corgarffs Schwertarm, und Corgarff mußte die Waffe fallen lassen.

Therrit hob sie nicht erst auf. Ein paar Männer hatten Corgarff gehört und rannten auf ihn zu. Ein Kampf wäre aussichtslos. Und doch – wohin sollte er fliehen?

Konnte ihn denn keiner schützen? Warner hätte es vielleicht können, aber er war hoch oben im Ballon und schon so gut wie tot. Murphy? Der Sternenlord lag immer noch im Gras. Er konnte nicht helfen. Aber wer?

Lady Gwen könnte ihn schützen. Er mußte zu ihr rennen, sie auf Knien um Gnade für seine Familie bitten. Er selbst war verloren, aber Lady Gwen würde vielleicht seine Schwestern schonen . . .

Als Gwen die Explosionen hörte, rannte sie zum Eingang ihres Zeltes. Sie sah gerade noch, wie der Ballon in die Höhe schoß und wie Murphy mutig versuchte, ihn festzuhalten. Sie schickte eine der Wachen zu Sergeant McCleve, der dem Verletzten helfen sollte. Einem zweiten Mann befahl sie, Sergeant Elliot zu holen. Dann ging sie zurück zum Zelt, um den Schreiber fortzuschicken und ihren Mantel anzuziehen.

So stand nur noch eine Wache vor dem Zelt, als Therrit

herbeirannte und sich Gwen zu Füßen warf. Die Wache versuchte, ihn zurückzureißen, aber er umklammerte ihre Knie. »Lady, Lady, retten Sie mich! Lord Corgarff will mein Blut, aber ich habe ihm nur für Gold gehorcht. Meine Familie wird verhungern, wenn sie nicht –«

»Warte!« sagte Gwen. Bei seinem Gejammer konnte sie kaum vernünftig denken. »Lord Corgarff hat dich dafür bezahlt, daß du den Ballon fliegen läßt?«

»Ja.«

»Und nun will der dich töten, damit du nicht redest?«

»Ja. Wenn Sie mich retten, sage ich –«

»Da ist dieser verfluchte aus Dreck geborene Veräter!« war eine Stimme von draußen zu hören. Gwen sprang zurück und wäre fast gestürzt, weil Therrit sie am Kleid festhielt.

»Laß mich los, du Narr!«

»Lord Corgarff«, sagte die Wache, »Lady Gwen hat –«

»Lady Gwen wird keinen Verräter schützen, es sei denn, der Hohe Rexja hätte auch sie gekauft!«

»Sie dürfen nicht hinein, Lord – ahhhggghhh!« Dann hörte man, wie blanker Stahl in Fleisch und Knochen fuhr.

Der Mann mußte seine Loyalität mit dem Leben bezahlen, aber dadurch hatte der Schreiber Zeit, unter einen Tisch zu kriechen, und Gwen konnte ihre Pistole ziehen. Sie konnte die .45 kaum mit beiden Händen halten, aber sie zielte auf den Eingang, als Corgarff in das Zelt stürzte.

Der Anblick einer Sternenwaffe in der Hand einer Frau ließ ihn einen Augenblick innehalten. »Lady Gwen, steckt die Waffe weg. Ihr habt sie für eine schlechte Sache gezogen –«

»Ich habe gehört, was Ihr denkt, Corgarff«, sagte sie. Als sie merkte, daß ihre Hände nicht zitterten und daß ihre Stimme ruhig klang, fuhr sie fort: »Ich werde diesen Mann schützen, bis er mir alles erzählt hat –«

Corgarffs Schrei war der eines Tieres. Zum Glück verfehlte sein erster Hieb das Ziel und fuhr in den Zeltmast. Er riß sein Schwert zurück und holte aus, um Gwens Kopf zu treffen, und in diesem Augenblick erschien Elliot im Zelteingang.

»Keine Bewegung, du Hundesohn!«

Verzweifelt fuhr Corgarff herum und hob sein Schwert

gegen Elliot. Sergeant Major Elliot lachte, als er aus dem Weg sprang.

»Töten Sie ihn nicht!« schrie Gwen.

»Kein Problem.« Elliots Colt bellte zweimal auf, und Corgarff kreischte laut, als die Kugeln ihm in den Oberschenkel und ins Bein fuhren. Er trat einen Schritt vor und sank zu Boden. Elliot schlug ihm seine Waffe hart über den Kopf, um sicher zu sein, daß er nicht wieder aufstand.

»Ist es vorbei?« fragte Gwen.

»Soweit ja«, sagte Elliot. »Außer, daß der Kerl uns doch noch abkratzt.« Er hob die Stimme: »Holt die Sanitäter!«

Gwen hielt sich am Zeltmast fest, um nicht zu fallen. Elliot fing sie auf, bevor sie das Zelt umreißen konnte, und führte sie zu einem Stuhl. Er prüfte ihre Pistole. »Miss Tremaine«, sagte er, »Sie sollten mit dem Ding tatsächlich ein wenig mehr üben. Die Waffe war gesichert. Er hätte Sie durchbohrt, bevor Sie auch nur einen einzigen Schuß hätten abfeuern können.«

»Tatsächlich?« Gwen lachte über ihre dumme Bemerkung, aber dann riß sie sich zusammen. »Holen Sie McCleve und mehr Wachen. Keiner, den wir nicht kennen, darf in die Nähe dieser beiden kommen, bevor ich mit ihnen gesprochen habe. *Keiner*, Sergeant Major.«

Automatisch nahm Elliot Haltung an. Ihm war nicht entgangen, daß jetzt der Offizier sprach. »Yes, Ma'am.«

»Danke. Und wir müssen Boten nach Garioch und Drantos schicken.« Sie schluckte. »Habe ich etwas vergessen?«

»Nicht, daß ich wüßte, Ma'am.« Er beugte sich über Corgarff. »Aber dieser Mann braucht erste Hilfe, oder er verblutet, bevor McCleve hier ist.«

»Okay. Sie passen auf. Keiner darf das Zelt betreten, Sergeant. Ich will versuchen, ihm zu helfen.«

Was Corgarffs blutige Kleidung verbarg, war so schlimm, wie Gwen befürchtet hatte. Irgendwie gelang es ihr, die Geschosse zu entfernen. Sie stellte fest, daß es nicht schwerer war, als Zwiebeln und grünen Pfeffer für eine selbstgemachte Pizza zu schneiden. Vielleicht war sie tatsächlich schon im Begriff, sich an ein Leben im Mittelalter anzupassen. Und was blieb ihr auch anderes übrig?

9

Das wär's also, dachte Larry Warner. Verdammter Mist! Da kommt man mit einer fliegenden Untertasse zu diesem Planeten, um hier in einem Heißluftballon zu verrecken.

Der Ballon stieg weiter. Die Luft in seinem Innern hatte sich ein wenig abgekühlt, so daß er an Auftrieb verloren hatte, aber wegen seiner leicht abgeflachten Form erhielt er durch die Aufwinde zusätzlichen Schub. Warner hockte in einer Ecke des Korbs, während er darüber nachdachte. Endlich hatten sich seine Nerven so weit beruhigt, daß er über den Rand nach unten schauen konnte.

Die Bodengeschwindigkeit war schwer zu schätzen. Er versuchte, sich an den Entfernungen zwischen Bauernhöfen zu orientieren, die er überflog, als der Ballon über das Tal fegte, und schaute dabei auf seine Armbanduhr. Es war nicht einfach, denn es gab kaum Straßen und keine klaren geometrischen Umrisse. Tran war ein Planet mit Pferden – und Zentauren – und Leiterwagen, aber leider einer ohne Automobile.

Nach mehreren Versuchen bekam er zweimal dasselbe Ergebnis. Der Ballon bewegte sich wahrscheinlich mit einer Geschwindigkeit von etwa fünfunddreißig Meilen in der Stunde, viel schneller als jeder Rettungstrupp sich fortbewegen könnte. Selbst wenn er nicht länger als eine Stunde in der Luft blieb, wäre er fast einen Tagesritt von der Universität entfernt. Die einzige Hoffnung auf schnelle Rettung lag darin, irgendwo zu landen, wo man ihm nicht feindselig begegnen würde – aber das war nicht sehr wahrscheinlich, da er die Höhe nicht bestimmen konnte.

Er konnte noch ein wenig höher steigen, wenn er Ballast abwarf, aber den Ballon landen zu lassen, bevor die Luft so weit abgekühlt war, daß er ohnehin seinen Auftrieb verlor, war unmöglich. Dafür hatten die Ballons auf der Erde aufreißbare Kammern.

Theoretisch konnte er auf das Netz hinaufklettern und den Ballon aufschlitzen, damit ein wenig von der warmen Luft entweichen konnte, aber als er sah, wieviel Luft zwischen ihm und dem Boden lag, ließ er diesen Gedanken rasch fallen. So verzweifelt war er noch nicht.

Das beste Verfahren war, den Ballon von selbst abkühlen zu lassen. Wenn nötig, könnte er den Abstieg verlangsamen, indem er Ballast abwarf. Das wäre besser, als das Feuer anzuzünden. Inzwischen wollte er das Seil heraufziehen und das Ende zu einer Schlinge knoten. Er hoffte, daß er das Knotenbinden, das er bei den Pfadfindern gelernt hatte, noch einigermaßen beherrschte, damit die Schlinge auch hielt. Dann konnten die Leute auf dem Boden das Seil besser festhalten.

Dann – warten, bis er so tief über ein Dorf flog, daß das Seil den Boden erreichte. Das Seil hinauswerfen und den Leuten Anweisungen zuschreien und hoffen, daß sie ihn verstanden. Nur mit Glück würde er dieses Manöver überleben, mit noch sehr viel mehr Glück den Ballon selbst retten.

Er schaute in alle Richtungen, wobei er sich vorsichtig bewegte und sich immer am Korbrand festhielt. Als er nach Nordwesten schaute, stieß er einen Schrei aus, der in einer Entfernung von einer halben Meile jede Seemöwe erschreckt hätte. Dann brüllte er einen Fluch, der die Namen sämtlicher Götter von Tran enthielt.

Er hatte gar nicht an die Labyrinthkette gedacht, ein Gewirr von schroffen Felsen und undurchdringlichem Dickicht am Ende des Saronischen Golfs. Diese Bergkette trug ihren Namen deshalb, weil von den Leuten, die versucht hatten, sie zu durchqueren, nur wenige am Ziel angekommen waren. Wer vernünftig war, machte um sie einen weiten Bogen.

Warner hatte keine Wahl. Die Bergkette erstreckte sich über siebzig Meilen, und es gab nicht die geringste Möglichkeit, einen freischwebenden Ballon zu steuern. Er mußte über die Berge hinwegfliegen.

Wie hoch? Eine der Aufgaben der Universität bestand darin, den Planeten kartographisch zu erfassen, und ihre geodätischen Aufzeichnungen waren die einzigen, die es gab. Er hatte ein paar Einheimische mit primitiven Geräten ausgeschickt, die Höhe der Berge zu messen –

Und wenn er sich recht erinnerte, war die Labyrinthkette dreitausend Meter hoch.

Dreitausend Meter und mehr. Viel höher als er jetzt war. Vielleicht doppelt so hoch.

Sollte er lieber eine Landung versuchen? Nein. Nicht bei diesem Wind. Weder er noch der Ballon würden das überleben. Ich muß einfach darüber hinwegfliegen –

Es war wirklich nicht sehr komisch, aber vielleicht sollte er trotzdem lachen und einfach nicht daran denken.

Er schaute noch einmal nach unten, und dann traf er seine Entscheidung. Der Boden stieg schon leicht an, und der Ballon näherte sich den Ausläufern der Labyrinthkette. Er würde auf mindestens dreitausenddreihundert Meter Höhe gehen und diese Höhe eine Stunde lang einhalten. An ihrer breitesten Stelle war die Labyrinthkette fünfunddreißig Meilen breit. Wenn er innerhalb der Bergkette niederging, würde er erfrieren oder verhungern, bevor man ihn fand, falls überhaupt Leute bereit waren, nach ihm zu suchen und falls er die Landung auf einem Gletscher überlebte . . .

Zuerst das Seil einziehen. Das kann ich nicht abwerfen. Ich brauche es. Ich muß auf der anderen Seite landen.

Und dort lag das Piratenland, das zwar offiziell von Rom beansprucht wurde, das aber praktisch jedem offenstand, den es dort hinzog. Die Leute waren die Truppen nicht wert, die man brauchen würde, um dort eine Garnison einzurichten. Und dahinter lagen Salzsümpfe, die sich zu weit ausdehnten, als daß er sie hätte überqueren können. Entweder das Piratenland oder gar nichts . . .

Er mußte das Wichtigste zuerst erledigen. Ein Feuer anzünden und das Seil heraufziehen. Er nahm drei Ziegel aus seinem Vorrat und warf sie in den Feuerbehälter. Sein Feuerzeug war mit Kerosin gefüllt, und er hatte Schwierigkeiten, es anzuzünden, aber als es endlich brannte, fingen die Ziegel sofort Feuer. Das Harz in den Ziegeln stammte aus einer Pflanze, die von den Einheimischen Vulkanbusch genannt wurde. Sie wuchs stellenweise in den Wäldern des Südens. Im Spätsommer war diese Pflanze voll Harz, und wenn dann ein Blitz einschlug, so hieß es, konnte eine ganze Gruppe solcher Büsche hochgehen wie eine Bombe.

Er mußte noch sechs weitere Ziegel nachlegen, bevor der Ballon die Steiggeschwindigkeit erreichte, die Warner für nötig hielt. Vielleicht hatte er zuviel aufgelegt, denn es dauerte immer eine Weile, bis der Ballon Auftrieb bekam. Aber die Berge kamen immer näher, und es war besser, zu hoch als zu niedrig zu fliegen . . .

Das Feuer verströmte immer mehr Hitze. Er mußte sich ganz an die Korbwand drücken, damit er nicht versengt wurde. Er hoffte nur, daß der Metallbehälter, in dem das Feuer loderte, nicht sprang oder daß der ganze Korb in Brand geriet.

Jedenfalls schien es über der Labyrinthkette genügend Wind zu geben. An einem der vor ihm liegenden Gipfel sah er Schnee aufstieben. Unglücklicherweise hatte er die Höhe dieses Gipfels noch nicht erreicht. Er legte noch einen Ziegel auf und zählte den Restbestand. Er hatte schon die Hälfte verbraucht. Er mußte zur Abwechslung Ballast abwerfen. Er hatte noch den zweiten Wasserschlauch, aber er hatte immer nur gelernt, daß Trinkwasser das allerletzte ist, das man fortwirft. Er warf zwei Sandsäcke ab, dann waren die Berge da.

Der Ballon kam der Bergkette immer näher; dann plötzlich fing er an zu steigen; er schoß geradezu nach oben, viel schneller als Warner es je gesehen hatte.

»Aufwinde!« jauchzte er. Natürlich mußte es an der dem Wind zugewandten Seite der Berge Aufwinde geben. Der Ballon wurde so schnell hochgetragen, daß Warner Nasenbluten bekam. Seine Ohren schmerzten, bis er ein paarmal schluckte. Selbst die Plomben in seinen Zähnen machten sich bemerkbar.

Gegen Mittag hatte er die Labyrinthkette überquert, und zwar einige hundert Meter höher als die höchsten Gipfel. Jetzt war die Kälte das Problem. Er hatte sich für einen Sommertag in Tamaerthon angezogen, und die Temperatur hier oben lag ein ganzes Stück unter dem Gefrierpunkt. Die dünnere Luft auf Tran bedeutete, daß die Temparatur mit zunehmender Höhe schneller sank. Es bedeutete außerdem, daß seine gegenwärtige Höhe der der höchsten Gipfel der Alpen oder der Rocky Mountains auf der Erde entsprach, so hoch, daß das Atmen schwerfiel.

»Hoo-hah!« schrie er. »Diese verdammten Idioten. Geh zur Armee und lern die Welt kennen, haben sie gesagt. Aber sie haben nicht von *anderen* Welten geredet. Rekrutierungsoffiziere. Sie lügen *immer* –«

Er verspürte einen ungeheuren Drang, irgend etwas zu *tun*, aber er war gerade noch vernünftig genug zu wissen, daß er unter Sauerstoffmangel litt. Lieber still sitzen und die ganze Welt verfluchen. Und dann fing er an zu singen: »The Friggin' Falcon«.

Als der Ballon auf eine geringere Höhe abgesackt war, konnte Warner wieder klar denken. Er hatte nur wenige Möglichkeiten. Sein Vorrat an Brennmaterial war fast verbraucht, und wenn er hier nicht landete, würde er in die Salzsümpfe geraten.

Die kalte trockene Luft hatte ihn durstig gemacht. Er zog den Stöpsel aus dem Wasserschlauch und trank, bis sein Kopf wieder völlig klar war und er Hunger bekam. Er kaute ein Stück Trockenfleisch aus seinem Proviantbeutel und nahm sich vor, das nächste Schiff der *Shalnuksi* zu veranlassen, ein paar Fallschirme für die Ballonschwadron mitzubringen.

Seine Finger waren nun nicht mehr so klamm, und er konnte das Seilende zu einer Schlinge knoten. Es war auch höchste Zeit. Der Ballon sank jetzt so schnell, daß er sehr hart aufschlagen mußte. Er warf den letzten Ziegel in das Feuer, und der letzte Ballast ging über Bord. Dann warf er das Seil mit der Schlinge über die Kante. Der Boden unter ihm war jetzt bewaldet. Wenn er die Schlinge um eine Baumspitze werfen könnte, würde er sich selbst herabziehen können, und er würde Elliot etwas zu erzählen haben. Der Sergeant konnte mit dem Lasso genauso gut umgehen wie mit dem Sturmgewehr. Auf eine Wette hin hatte er einmal sogar einen Zentauren mit dem Lasso gefangen.

Warner war nicht Elliot, aber schließlich waren die Baumwipfel auch keine Zentauren. Sie bewegten sich nicht. Warner hatte Glück. Die Schlinge legte sich um einen Ast und zog sich zu. Inzwischen hatte der Ballon nur noch so wenig Auftrieb, daß Warner ihn mit Muskelkraft zum Baum hinunterziehen konnte. Sobald der Korb die Höhe eines starken Astes erreicht hatte, packte Warner diesen Ast mit beiden Händen und schwang sich in den Baum.

Prompt bog sich der Ast unter seinem Gewicht, und er verlor den Halt. Der nächste Ast fing ihn auf, aber er rutschte weiter, und vom nächsten Ast glitt er zu Boden. Er fiel etwa drei Meter tief auf Blätter und Nadeln und landete mit einer Fallschirmspringerrolle.

Als er wieder Luft holen konnte, küßte er zuerst den festen Boden. Dann schaute er auf.

Vier bärtige Männer starrten ihn an. Sie trugen einfache selbstgewebte Hosen und Lederhemden. Zwei trugen Armbrüste und einer einen Speer. Der vierte war mit einer Axt bewaffnet. Sie schienen nicht die Absicht zu haben, ihre Waffen zu gebrauchen, aber sie sahen auch nicht freundlich aus.

Wieder beugte sich Warner vor und küßte den Boden. Dann stand er auf und breitete die Hände aus, um zu zeigen, daß er keine Waffen trug. Nach einer Weile legte der Mann mit dem dichtesten Bart seine Armbrust ab und küßte ebenfalls den Boden. Die anderen folgten seinem Beispiel. Der Anführer zeigte zum Ballon hinauf, der jetzt über den Bäumen hing, dann zeigte er auf Warner. Warner nickte. Der Anführer machte eine Geste, die Warner als eines der Zeichen zur Abwehr böser Geister erkannte, und hob die Armbrust.

Warner schüttelte heftig den Kopf. Sie hielten den Ballon vermutlich für ein Ungeheuer, das ihn entführt hatte. »Nein«, sagte er laut. »Tut ihm nichts.« Er hoffte, daß sie ihn verstanden. Die meisten Leute auf Tran sprachen Dialekte ein und derselben Sprache, aber diese Dialekte unterschieden sich zum Teil ganz erheblich voneinander.

»Ist – ist es deins?« fragte der Anführer.

Warner brauchte die Unterhaltung also nicht in Zeichensprache zu führen. »Ja. Das ist mein Himmelstier. Ein Zauberer, der mein Feind ist, hat es verhext, so daß es vom Himmel fiel. Ich muß einige Tage bei euch bleiben, bis ich andere Zauberer zur Hilfe rufen kann. Sie werden kommen, den bösen Fluch bannen und euch belohnen, wenn ihr mir helft.«

Er sah sie streng an. »Sie werden euch auch bestrafen, wenn ihr mich nicht gut behandelt. Das Tier wird alles sehen, was hier bei euch geschieht, und es den Zauberern sagen.«

»Du hast nichts zu fürchten«, sagte der Anführer. »Wir sind aus dem Dorf Zwei Quellen und leben nach dem Gesetz.« Er griff in seinen Beutel und zog einen Fladen heraus, der aus gemahlenen Nüssen zu bestehen schien. Warner aß die Hälfte davon. Außer Nüssen schien der Fladen auch Nußschalen zu enthalten, aber das spielte keine Rolle. Sie hatten ihm zu essen gegeben, und dadurch war er zu ihrem Gast geworden. Wenn sie ihm jetzt irgend etwas antaten, würde ihnen Schlimmeres passieren, als von unbekannten Zauberern bestraft zu werden.

Er drehte sich zu dem Ballon um, riß die Arme hoch und zitierte auf englisch einige Armeevorschriften. Dann lächelte er die Männer an. »Das Tier hat gesehen, was ihr getan habt, und es hat sich gefreut. Laßt uns jetzt in euer Dorf gehen.«

»Wird dein Tier hier in Sicherheit sein?« fragte einer der Männer.

»Jetzt ja, denn jetzt ist es auf dem Boden«, sagte Warner. Das letzte, wozu er jetzt Lust gehabt hätte, wäre, eine Gruppe von primitiven Dorfbewohnern dazu zu bringen, seinen Ballon aus dem Wipfel eines fünfzehn Meter hohen Baumes herunterzuholen. Was er jetzt brauchte, waren ein Drink, eine Mahlzeit und ein Mädchen. Und an den Ballon mochte er eine Zeitlang wirklich nicht mehr denken.

10

»Sie tragen ein neues Parfüm?« sagte Warner und spielte mit seinem Glas. Gwen lächelte und nahm den Weinkrug, um nachzuschenken.

»Ja. Marselius Caesar hat es mir geschickt. Er sagt, es sei ein Geschenk von Lady Octavia.«

»Wie geht es ihr?«

»Ihr geht es gut, aber sie ist traurig darüber, daß ich die Armee nicht begleite.«

»Ich bin froh, daß Sie nicht mitgehen.«

»Ich nicht«, sagte sie scharf. Warner nahm einen Schluck aus seinem Glas und wischte mit einem Stück Brot über seinen Teller.

Es war frustrierend. Offensichtlich hatte sie eigens zu seiner Begrüßung dieses Dinner arrangiert und ihr schönes blaues Kleid angezogen. Sie sah gut aus, sie roch gut, und er war verdammt sicher, daß sie sich auch gut anfühlte, wenn er ihr nur nahe genug kommen könnte. Bisher aber hätte dieses blaue Kleid genauso gut eine Rüstung sein können.

Dann kicherte sie.

»Ja?« fragte er.

»Ich dachte an das Mädchen. Das am zweiten Abend.«

Warner wußte nicht gleich, was sie meinte. »Ach, Sie meinen das Mädchen, das Angst hatte, das Himmelstier könnte uns sehen.«

»Ja. Hat sie wirklich geglaubt, daß das Himmelstier es den anderen Zauberern gesagt hätte?«

»Ich glaube nicht, daß sie sich wegen der anderen Zauberer Sorgen gemacht hat. Ich glaube, sie hatte Angst, der Große Ballongott würde es ihrem Mann erzählen.«

»Oh.« Wieder kicherte sie.

Er fragte sich, was mit Gwen los war, außer daß sie mehr Wein als gewöhnlich getrunken hatte. Sie erkundigte sich neugierig nach allem, was er im Dorf Zwei Quellen erlebt hatte, und sie fragte auch nach dem Mädchen, mit dem er geschlafen hatte. Man hätte denken können, sie sei eifersüchtig.

»Wissen Sie, ich finde, ich hätte es vorher erkennen müssen«, sagte sie. »Die Leute halten den Ballon tatsächlich für einen Zauber. Selbst einige von den Leuten in der Nähe der Universität, die doch sehen könne, daß es eine Maschine ist. Wenn einer mit dem Ballon in die Dörfer fliegt, werden die Leute ihn für einen Zauberer halten. Sie werden auf ihn hören! Wir können ihnen dann all die Dinge beibringen, die sie sonst nicht lernen wollen!«

Warner sah sie erstaunt an. Sie hatte irgendwie recht. Wenn die Lehrer mit dem Ballon ankämen, würden sie mehr Aufmerksamkeit erregen und hätten mit den Leuten leichteres Spiel.

»Die Verarbeitung von *Surinomaz*!« rief Gwen, und sie sah aus, als wollte sie vom Stuhl aufspringen. »Wir könnten in dem Dorf anfangen, wo die Hebammen aus *Surinomaz* Medizin herstellen können. Wenn sie dem Zauberer ihr Wissen mitteilen, könnten wir beweisen, daß *Surinomaz* nützlich ist. Die Leute würden es dann anbauen *wollen*. Larry, Sie haben vielleicht gerade einen ganzen Planeten gerettet.«

Warner stand auf und ging um den Tisch herum. »Gwen, Sie sind genauso klug, wie Sie hübsch sind. Sie haben sich überlegt, was man mit dem Ballon anfangen kann. Ich habe damit sozusagen nur einen Ausflug gemacht.«

Warner legte seine Arme um sie und beugte sich zu ihr hinab, um sie auf die Wange zu küssen. Erst dachte er, sie wollte sich abwenden, aber dann hob sie den Kopf und ihre Lippen trafen sich. Gwens Lippen zitterten, dann öffneten sie sich. Er hielt sie fester. An verschiedenen Teilen seines Körpers brannte ein Feuerwerk ab.

Er hielt sie eng an sich gepreßt, und seine Hände glitten nach unten.

»Tun Sie es nicht.«

»Was nicht?«

Sie seufzte. »Vielleicht meine ich ›doch‹. Es ist schon so lange her. Aber nur für einen Augenblick möchte ich in den Armen gehalten werden, ohne daran denken zu müssen, was als nächstes geschieht.«

»Das paßt mir gut«, sagte er. Er hielt sie fest, und so blieben sie eine Weile stehen.

Das kann gefährlich werden, dachte Warner. Sie ist ein verdammt aufregendes Mädchen. So etwas gibt es hier nicht noch einmal. Und außerdem haben wir hier ganz hervorragend zusammengearbeitet. Wird es nicht Zeit, daß Warner endlich in feste Hände kommt?

Aber wie würde das aussehen? Treue? Die würde sie bestimmt verlangen. Die einheimischen Mädchen nahmen es da nicht ganz so genau. Auf Monogamie würde sie auf jeden Fall bestehen. Und sie weiß, daß ich kein großer Zauberer bin. Aber eigentlich wäre es nicht schlecht, und außerdem muß ich das ja nicht sofort entscheiden. Und von der Ewigkeit hat bisher noch niemand gesprochen, nur von heute abend –

Wieder beugte er sich herab, um sie zu küssen.

Ein Krachen! Holz schlug gegen Stein, und Metall klirrte.

»Hund!«

Eine wütende Stimme hallte durch den Raum. Etwas traf Larry Warner am Kopf. Der harte Schlag ließ ihm die Ohren klingen. Gwen schrie auf.

Warner stürzte wie bewußtlos zu Boden. Sobald er unten war, rollte er sich unter den Tisch. Dann rollte er sich noch einmal herum, um den Tisch zwischen sich und den anderen zu bringen. Als er wieder stand, zog er seine Walther .380 Automatik und wünschte, es wäre seine .45, die bei seiner Jacke an der Wand hing. Die Walther mußte eben genügen. Er stellte sich breitbeinig hin und hielt die Waffe mit beiden Händen. Über die Visierlinie sah er eine mit einem Kilt bekleidete Gestalt –

»Larry! Nein!« schrie Gwen. »Nein!« Sie sprang durchs Zimmer und ihm in die Schußlinie.

Er hätte beinahe abgedrückt! Er riß die Waffe hoch, und in

seiner Wut feuerte er einen Schuß in die Decke. In dem geschlossenen Raum klang der Schuß sehr laut.

»Larry!« schrie Gwen noch einmal. Dann sah sie, wohin die Pistole gerichtet war.

»Verschwinde!« befahl Warner. »Kein Hundesohn rückt mir hier auf die Bude! Ich puste den Bastard weg –« Er hörte auf zu schreien, als er sah, wer der Eindringling war. »Caradoc?«

Der Captain der Bogenschützen hatte den Suchtrupp befehligt, der Warner gefunden hatte. Er war zurückgeblieben, um dafür zu sorgen, daß der Ballon sicher auf die Packtiere geladen wurde. Und wie Warner erkannte, hatte er die Arbeit nicht nur in Rekordzeit erledigt, er mußte auch wie der Teufel geritten sein. Warum? Um Gwen aufzusuchen. Und außerdem war er vielleicht sogar auf Warner eifersüchtig.

Jetzt stand er trotzig vor ihm. »Wenn Sie Ehre im Leib haben, werden Sie mir eine Waffe zugestehen«, sagte Caradoc. »Sie können Ihre Sternenwaffe nehmen und ich meinen Bogen . . .«

Warner lachte. »Sie reden von Ehre, Sie Pfadfinder. Ich nicht. Ich kämpfe gegen Bezahlung. Und Sie sind tot.«

»Larry, das können Sie nicht tun.« Gwen schrie nicht mehr.

»Warum nicht?«

»Weil Captain Galloway Sie dann erschießen lassen wird.«

»Ich brauche keine Frau, die um mein Leben bittet!« schrie Caradoc.

»Sie brauchen etwas, was Sie nicht haben«, sagte Warner. »Außerdem müssen Sie mir erklären, wie Sie hereingekommen sind.«

»Miss Tremaine!« Der Ruf kam aus dem Vorraum.

»Mein Himmel, das ist Elliot«, sagte Warner. Er hob die Stimme: »Hier drinnen, Sergeant Major.«

Elliot betrat den Raum. Er hielt seine .45 in Anschlag. Erst schaute er Warner an, dann Caradoc. »Okay, Professor, was ist passiert?«

»Nichts«, sagte Gwen. »Es war nichts. Bitte gehen Sie.«

»Das kommt mir aber sehr unwahrscheinlich vor.«

»Alles okay, Sergeant«, sagte Warner. »Wir haben Captain Caradoc ein paar Tricks gezeigt, und dabei habe ich aus Versehen in die Decke geballert.«

Elliot sah die Anwesenden mißtrauisch an. »War das wirklich alles?«

»Ja.«

»Es ist schon in Ordnung«, sagte Gwen.

»Okay. Wenn Sie es sagen.« Er sicherte seine Waffe und steckte sie wieder weg. »Wenn Sie es sagen.«

Warner sprach erst weiter, als Elliot gegangen war. »Ich warte immer noch darauf, daß Sie mir sagen, wie Sie hier hereingekommen sind, Captain«, sagte er schließlich. »An den Wachen vorbei. An meinen Wachen. Sie durften niemanden hereinlassen. Niemanden! Aber ich weiß schon. Sie haben Sie dazu veranlaßt, mein Vertrauen zu enttäuschen. Da Sie ihr Kommandeur sind, konnte Ihnen das gelingen. So, und nun erzählen Sie mir mal, warum ich die Männer und Sie nicht vor Gericht bringen soll?«

Zum ersten Mal sah Caradoc besorgt aus. »Dafür gibt es keinen Grund«, sagte er endlich. »Sie sind im Recht, aber den Männern sollte man keine Vorwürfe machen.«

»Larry –«

»Yes, Mylady?«

»Larry, das dürfen Sie nicht tun. Er – er hatte jedes Recht anzunehmen, daß er hereinkommen darf.«

»Ich verstehe.«

»Ich sagte es schon einmal«, sagte Caradoc. »Ich höre mir das nicht mehr länger –«

Er wird es versuchen, dachte Werner. Er wird sich auf mich stürzen. Er ist einer von diesen Berserkertypen, und er wird mir gleich die Pistole wegreißen. Wenn er das tut, wird es schwierig. Eine .380 ist nicht gerade der letzte Schrei. Aber keine Spielerei. Ihm einfach das ganze Magazin in den Wanst knallen und dann höllisch aufpassen. Müßte funktionieren.

Aber verdammt noch mal, ich will ihn doch überhaupt nicht erschießen.

Mit einer heftigen Bewegung steckte Warner die Waffe weg.

»Was tun Sie da?« fragte Caradoc. »Haben Sie Ihre Ehre entdeckt, oder –«

»Hauptsache, ich bin unbewaffnet«, sagte Warner. »Und

Sie, mein Freund, werden sich auf keinen unbewaffneten Kampf mit mir einlassen. Sie haben mich üben sehen.«

Caradoc fingerte an seinem Schwert. »Nehmen Sie sich eine Waffe«, sagte er. »Irgendeine. Caradoc, Sohn des Cadaric, mag ein Narr sein, aber nie wird jemand von ihm sagen können, er habe einen unbewaffneten Mann erschlagen.«

»Niemand wird hier erschlagen«, sagte Warner. »Gwen, würden Sie uns bitte allein lassen?« Dann sprach er englisch: »Ich habe diesem Muskelprotz was zu sagen.«

»Sind Sie sicher, daß alles in Ordnung ist?«

»Ja. Jetzt gibt es keine Probleme mehr.«

»Ich muß Ihnen beiden ein Versprechen abverlangen«, sagte sie. »Daß Sie nicht kämpfen werden.« Sie sah ganz elend aus.

»Ich schwöre, daß ich gegen diesen Mann keine Waffe ziehen werde«, sagte Caradoc, »es sei denn in allen Ehren und nach altem Zeremoniell.«

»Das genügt mir«, sagte Warner. »Ich werde auch nichts unternehmen.« Ich habe nicht geschworen, daß ich keine Waffe ziehe, wenn er tätlich wird, dachte Warner. »Gwen?«

»Ja. Ich gehe schon.« In der Tür blieb sie noch kurz stehen. »Es – es tut mir sehr leid.«

»Nehmen Sie Platz«, sagte Warner. Er zeigte zum Tisch hinüber. »Da stehen Wein und Gläser. Trinken Sie doch etwas.«

»Sie verfügen über den Tisch der Lady, als ob – als ob es Ihr eigener wäre.«

»Nein«, sagte Warner. »So ist es nicht. Aber verstehen Sie bitte, daß Lady Gwen und ich aus demselben Land stammen. Ich kenne sie seit vielen Jahren. Ich weiß, daß sie selbst wünscht, daß wir uns hier wie zu Hause fühlen!«

Caradoc ging an den Tisch und setzte sich. Er wartete bis Warner für beide eingeschenkt hatte. Dann leerte er sein Glas auf einen Zug. »Es ist noch nicht erledigt«, sagte er endlich.

»Vielleicht doch«, sagte Warner.

»Sie haben manchmal wie ein Freund gehandelt«, sagte Caradoc. Er starrte mürrisch in sein Glas. »Und ich glaube, ich bin ein Narr gewesen.«

»Das sind wir alle gelegentlich«, meinte Warner.

Caradoc atmete tief durch. »Lord Warner«, sagte er förmlich, »was bedeutet Ihnen Lady Gwen?«

»Warum wollen Sie das wissen?«

»Ich müßte es nicht unbedingt wissen. Und doch – wenn sie für Sie mehr als eine Freundin war, ohne daß Sie ihr eine rechtmäßige Ehe versprochen haben, will ich Ihr Blut.

Nein, lassen Sie mich ausreden«, sagte er, als Warner antworten wollte. »Ich weiß, daß Lord Eqeta Rick meinen Kopf fordern wird, wenn ich Sie töte. In seinen Plänen für die Bewältigung der ZEIT sind Sie soviel wert wie zehn Männer meines Schlages. Vielleicht hat er sogar recht, wenn er Sie so hoch einschätzt.

Eines aber weiß ich. Kein Lord kann von mir verlangen, daß ich wie ein Kapaun dastehe, während Sie bei Gwen den Gockel spielen. Ich liebe sie. Wenn sie mich nicht liebt, soll sie es mir sagen, und dann hat sie die Freiheit, zu schlafen mit wem sie will. Bevor sie sich aber entschlossen hat, hüten Sie sich vor meinem Schwert.«

Warner nickte. Nobel gesagt, dachte er. Sentimental, aber nobel. Larry, mein Junge, du hast es nicht zu Ende gedacht. Der Alte hier ist nicht nur ein Rivale, wenn es um eine kleine Turnübung geht. Er will das Mädchen heiraten.

Aber daran hast du vorhin doch selbst schon gedacht –

Das war, als sie hier im Zimmer war und wir fast schon im Begriff waren, nach drüben zu gehen.

Er meint es ernst. Er wird mich zum Kampf auffordern, wenn er glaubt, daß ich ihm Unrecht getan habe. Und, zum Teufel, ich könnte verlieren. Mit dem Schwert ist er gut und mit dem Bogen noch besser. Und wenn ich gewinne? Dann zieht mir Captain Galloway das Fell ab. Und Caradoc hat Verwandte, und alle werden sie meinen Kopf wollen. Und er hat verdammt mehr Verwandte als ich Patronen. Früher oder später wird einer von ihnen mich erwischen. Wenn Captain Rick Caradocs Familie nicht mit Geld entschädigt. Das würde er vielleicht tun, und dann wird er mich in irgendeinen Turm sperren und mir hin und wieder ein Mädchen schicken, wenn ich ein braver kleiner Zauberer bin . . .

Was sagte Samuel Johnson noch über Sex?

»Die Kosten sind ruinös, die Stellung ist lächerlich, und das Vergnügen ist flüchtig.« Ja. In diesem Augenblick kann ich dem zustimmen.

»Ich habe Ihnen keine Hörner aufgesetzt«, sagte Warner. »Darauf gebe ich Ihnen mein Wort.«

Warner war froh, das gesagt zu haben, denn Caradoc schien sehr erleichtert zu sein. Verdammt, Gwen war zwar in Ordnung, aber es gab auch noch andere Mädchen, und, mein Gott, der Bogenschütze schien sich tatsächlich in sie verliebt zu haben.

Warner schenkte Wein nach. »Caradoc, ich mag Gwen. Ich mag sie sehr. Sie ist intelligent und hübsch, und ich kann mit ihr über viele Dinge reden, über die ich mit keinem anderen reden kann. Aber ich liebe sie nicht. Und sie liebt mich nicht. Wenn es außer ihrem verstorbenen Gatten einen Mann gibt, den sie liebt, sind Sie es.« Er hoffte, daß er nicht zu dick aufgetragen hatte.

»Zwischen uns ist nichts geschehen«, fuhr er fort, »über das Sie sich Sorgen machen müßten. Und es wird auch nichts geschehen. Wenn Sie es schaffen, sie zu heiraten, werde ich auf Ihrer Hochzeit tanzen und Ihre Kinder in meinem Ballon mitnehmen.«

Caradocs Gesicht zuckte. Er wollte etwas sagen, aber nichts geschah.

»Sie meinen das ernst –« sagte Caradoc endlich.

»Gewiß.«

»Aber –« Caradoc seufzte. »Und doch ist es zu spät.«

»Warum im Namen von Yatars Pissoir ist es zu spät?«

»Ich habe das Vertrauen gebrochen –«

»Nicht meines«, sagte Warner. »Wenn jemand Ihnen das vorwerfen kann, dann ist es die Lady.« Er lachte. »Gehen Sie doch zu ihr, Sie yatarverdammter Idiot!«

Gwen saß in einem Stuhl neben ihrem Bett und stützte den Kopf in die Hände. Sie hatte Angst, sie schämte sich, und sie fühlte sich schuldig, und das alles zugleich. Sie wußte nur nicht, welches von diesen Gefühlen das schlimmste war.

Nach ihren eigenen Maßstäben hatte sie falsch gehandelt, von denen auf Tran ganz abgesehen. Sie hatte mit Larry Warner nur gespielt, und das war etwas, das sie gewöhnlich zu vermeiden versuchte. Gewöhnlich gelang ihr das auch, besonders wenn sie einen Mann so gern hatte wie Larry. Caradoc hatte sie sogar noch schlimmer gekränkt und ihm gegenüber noch viel dummer gehandelt. Sie hatte noch *nie* einen Mann gegen einen andern ausgespielt. Das verdiente auch niemand, nicht einmal die Versager, die sie im Sommer während ihrer Arbeit als Sekretärin kennengelernt hatte. Und ganz gewiß verdiente Caradoc das nicht.

Soweit ihre eigenen Maßstäbe. Nach den Maßstäben, die auf Tran galten, und nur die zählten hier, hatte sie sich sogar noch mehr ins Unrecht gesetzt. Auf diesem Planeten war eine Frau entweder Gattin, Tochter oder Mutter eines Mannes. Eine Zeitlang konnte sie auch Witwe sein, aber für sie war diese Zeit fast abgelaufen. Aber selbst wenn das nicht so wäre, Witwe zu sein gab ihr nicht das Recht herumzuflirten, nachdem ein ehrbarer Mann ihr eine ehrbare Ehe angeboten hatte. Adelige Frauen hatten hier mehr Rechte, als Gwen erwartet hatte, aber dieses gehörte nicht dazu.

Wenn sie so weitermachte, würde sie sehr bald Rang und Ansehen verlieren. Sie hätte dann keine Chance mehr, eine ehrbare Ehe einzugehen. Statt dessen würde sie einen Antrag nach dem anderen bekommen, aber keiner wäre auch nur annähernd standesgemäß. Wenn sie einen dieser Anträge akzeptierte, wäre sie kaum besser als eine gewöhnliche Prostituierte. Wenn sie aber ablehnte, würde sie Ricks Schutz gegen wütende Männer brauchen, und dagegen würde vielleicht Tylara Einspruch erheben.

Ich könnte mich zurückziehen. So etwas wie ein Äbtissin der Universität.

Der Gedanke brachte sie fast zum Lachen. Der Zölibat wäre wohl kaum das Richtige für sie. Und sie würde unglücklich sein.

Auch Caradoc würde unglücklich sein, der Mann, der sie liebte.

So ist es nun einmal, sagte eine Stimme in ihr. Du kannst hier nicht deine eigene Frau sein.

Als ob ich das nicht wüßte.

Okay, aber wenn ich schon nicht meine eigene Frau sein kann, warum werde ich dann nicht die Frau des besten Mannes weit und breit?

Kann ich ihn bekommen?

Jemand klopfte an die Tür.

Vielleicht habe ich ihn schon, dachte sie. Wenn er es war, wüßte sie schon was sie sagen sollte –

Caradoc kam herein, trat die Tür ins Schloß und fiel sofort auf die Knie. Sie hatte sofort alles vergessen, was sie sagen wollte. Wenn ein Mann vor einer Frau kniete, gab er sich ganz in ihre Hand. Er würde sich von ihr jede Beleidigung anhören, jeden ihrer Befehle ausführen und auf ihr Geheiß seine Familie, seine Ehre, ja sogar sein Leben aufgeben. Er gab ihr absolute Macht über sich, im Vertrauen, daß sie sie nicht mißbrauchen werde.

Er fing an zu sprechen, als sie ihm mit den Fingern durch das Haar strich. Sie bemühte sich so sehr, nicht zu weinen, daß ihr fast alles, was er sagte, entging. Sie erinnerte sich nur noch an einen Satz wie: »Meine Leute fragen sich langsam, wo mein Verstand geblieben ist.«

»Caradoc«, sagte sie und wiederholte seinen Namen, bis er aufschaute.

»Ja, Mylady.«

»Nicht Lady. Nur Gwen.« Sie atmete tief durch. »Caradoc, Sie wissen, daß die Leiche meines Mannes nie gefunden wurde, nachdem die Schlacht zu Ende war, in der er getötet wurde.«

»Aber – vor mehr als einem Jahr?«

»Caradoc, er war so – so voll Leben. Wie Sie. Wenn Sie stürben, und niemand fände Ihre Leiche, wie lange würden Ihre Leute sich über Sie Gedanken machen?«

Zum ersten Mal lächelte er. »Ich glaube, sehr lange. Besonders meine Tante, die überzeugt ist, daß ich eines Tages hängen werde.«

»Nun, das gilt auch für meinen Gatten. Ich bin bis heute nicht bereit gewesen, an einen anderen Mann zu denken.«

Das Lächeln verschwand aus seinem Gesicht. »Aber – nun?«

»Bin ich dazu bereit.«

Dann weinte sie. Glücklicherweise war Caradoc da, der seine Arme um sie legte und an dessen Schulter sie weinen konnte, auch wenn diese von schlammverklebter, nach Schweiß riechender Wolle bedeckt war. Sie fühlte sich in seinen Armen so wohl, daß sie gern mitgegangen wäre, wenn er sie jetzt zum Bett geführt hätte.

»Nein.«

»Nein was?«

»Nein, ich werde meine ehelichen Rechte heute abend nicht einfordern, sondern erst, wenn ich aus dem Krieg zurückkomme.«

»Aber – wenn du nun nicht zurückkommst?«

»Dann haben wir um so mehr Grund, getrennt zu schlafen, bis wir mein Schicksal kennen. Du bist die Mutter eines Kindes, das seinen Vater nie sehen wird. Willst du die Mutter eines zweiten werden?«

Natürlich hatte er recht. Aber – »Es heißt, die Priester Yatars wissen –«

»Ich lasse mir nicht von Priestern sagen, wann ich mit meiner Frau schlafen darf!« Er küßte sie. »Es genügt, wenn ich als dein künftiger Gatte gegen Flaminius reiten kann. Meine Leute werden schwören, dich zu beschützen, wenn ich nicht zurückkehre, oder ich will wissen, warum!«

Ah. Diese Verbindung war sinnvoller als jede andere. Es gab keinen Mann auf Tran, dem Tylara mehr verpflichtet war. Solange Gwen unverheiratet war, konnte Tylara etwas dagegen haben, daß Rick an der Universität arbeitete, aber Tylara do Tamaerthon würde es nicht wagen, den Mann zu beleidigen, der sie aus der Gewalt Sarakos' befreit hatte.

Selbst wenn Caradoc getötet wurde – nein. Daran will ich gar nicht denken.

Und Les? Der Vater deines Kindes?

Aber Les war weit weg, und Caradoc war hier; und Gwen war lange sehr einsam gewesen. Zu lange. Sie holte tief Luft. »Nun gut, ich füge mich deinem Wunsch.«

»Gut. Nun kannst du mir helfen, ein Bad zu nehmen. Entweder das, oder steck mich in den Keller, und ich bringe mit meinem Gestank die Ratten um.«

11

Dughuilas ließ eine Handvoll Münzen auf den Tisch fallen, ohne sie zu zählen, warf sich den Mantel über die Schultern und trat auf den Korridor des ersten Stocks hinaus. Er schaute sich nicht um. Das war das Mädchen nicht wert. Es war auch höchstens einen Bruchteil des Preises wert, den die Herrin des Hauses gefordert hatte.

Natürlich mußte irgend etwas an ihr sein. Sonst hätte sie nicht lange genug herumhuren können, um sich ein eigenes Mädchen zu leisten. Das Mädchen war eine kleine Blonde, die sehr nett gewesen wäre, von ihrer gebrochenen Nase abgesehen. Wahrscheinlich war sie eine Kriegswaise, und Dughuilas vermutete, daß sie weit interessanter gewesen wäre als ihre

Herrin. Solche Sachen wollte die alte Echenia in ihrem Haus allerdings nicht dulden, und damit hatte sich das erledigt.

Dughuilas hatte einen Geschmack im Mund wie bittere Galle. Der Krieg würde in weniger als einem Zehn-Tag beginnen, und das war falsch. Es wäre viel weiser, die Römer übereinander herfallen zu lassen wie hungrige Wiesel in einem Käfig. Warum konnte Drumold das nicht begreifen? Er war von diesem Kriegsherrn und Emporkömmling zu fasziniert, der dazu noch sein Schwiegersohn war.

Und ich muß ihm gehorchen. Einem Feigling, der sich noch nie in der Schlacht bewährt hat. Nicht einmal in der römischen Schlacht – ja, ja, ein großer Sieg für Lord Rick – selbst dort mied er den Kampf. Er rannte zu den Lanzenträgern, anstatt sich wie ein Mann auf die Römer zu stürzen!

Dughuilas schauderte bei der Erinnerung. Lord Rick hatte ihn vor der ganzen Armee blamiert, als er seine Sternenwaffe abfeuerte, um Dughuilas zu erschrecken. Fast wäre er dabei vom Pferd gefallen. Er hatte Angst gehabt – richtige Angst – ausgerechnet vor Rick, einem Mann, dessen Blut sich in Wasser verwandeln würde, wenn er in einer richtigen Schlacht dem Gegner auf Schwertlänge gegenüberstehen würde. Er regierte von Tylaras Bett aus statt aus dem Sattel, und wie konnte ein Mann einem solchen Häuptling gehorchen?

Wenigstens hatten sie ihnen bei der Universität durch diesen kleinen Trick mit der Himmelsmaschine ein wenig Angst eingejagt. Was immer Corgarff unter der Folter auch aussagen mochte, es würde nicht ausreichen, Dughuilas vor den Stammeshäuptlingen anzuklagen. Schlimmstenfalls konnte er einen Zweikampf gegen seinen Ankläger verlangen, und da das entweder Lord Rick oder Drumold sein würde, die ihm beide nicht gewachsen waren –

Plötzlich wurde Dughuilas von etwas Hartem am Hals getroffen. Es schmerzte wie ein Rattenbiß, und als er mit der Hand an die schmerzende Stelle faßte, fühlte er eine Pfeilspitze. Irgendein Kinderstreich mit einer Armbrust. Zur Hölle mit Madam Echenia. Sie konnte offenbar in ihrem eigenen Haus nicht Ordnung halten. Er und seine Stammesleute würden jedenfalls nicht mehr zu ihren Kunden zählen.

Er ging eine Stufe weiter hinunter, aber unerklärlicherweise trat er ins Leere und stürzte. Er riß die Arme nach vorn, um den Sturz abzufangen, und unterdrückte einen Schrei. Niemand durfte sehen, wie ungeschickt er sich anstellte.

Nun schoß ihm der Schmerz in die Arme, und auch sein Gesicht hatte er nicht ausreichend schützen können. Er schmeckte Blut, und ein abgebrochener Zahn hatte ihm die Zunge aufgerissen, aber irgendwie schmerzte es nicht so sehr, wie er erwartet hatte. Nichts fühlte sich überhaupt noch normal an. Seine Zunge kam ihm dick und geschwollen vor, und sie schien seinen ganzen Mund auszufüllen. Jetzt versuchte er zu schreien, aber ihm gelang nur ein Krächzen.

Gift. Gift auf der Pfeilspitze.

Die Männer des Hohen Rexja, eine Verschwörung, um Tamaerthon zu vernichten! Er mußte am Leben bleiben, um Drumold zu warnen, bevor es zu spät war – oder könnte es sein –

Er dachte diesen Gedanken nicht mehr zu Ende sondern wälzte sich herum, um seinen Dolch zu ziehen, aber er blieb auf dem Rücken liegen. Seine Arme wollten ihm nicht mehr gehorchen. Von der Kerze oben auf dem Treppenabsatz fiel Licht auf blondes Haar. Eine andere Gestalt beugte sich über ihn, und Hände tasteten nach seinem Beutel und nach seinem Schwert. Schwach, wie vom Grunde eines Brunnens, hörte er Leder reißen und Riemen knacken.

Dann hielt ihm eine kleine behandschuhte Hand den Mund zu. Er versuchte zuzubeißen, bekam Leder in den Mund und spürte, wie sich ihm der Magen umdrehte. Etwas Kaltes stieß ihm ins Auge, und er versank in einer Welle von Schmerz. Dann hörte der Schmerz auf, und alles war vorbei.

»Der Dolch ging Dughuilas durchs Auge direkt ins Gehirn«, sagte Tylara. »Er war sofort tot. Seine Mörder nahmen seinen Beutel, sein Schwert und seine Stiefel. Sie müssen schon weit weg gewesen sein, als die Leiche gefunden wurde.«

»Weiß man, wer es getan hat?« fragte Rick. Der Bote mit der Nachricht von Dughuilas Tod war gekommen, als er und Tylara gerade schlafen gehen wollten.

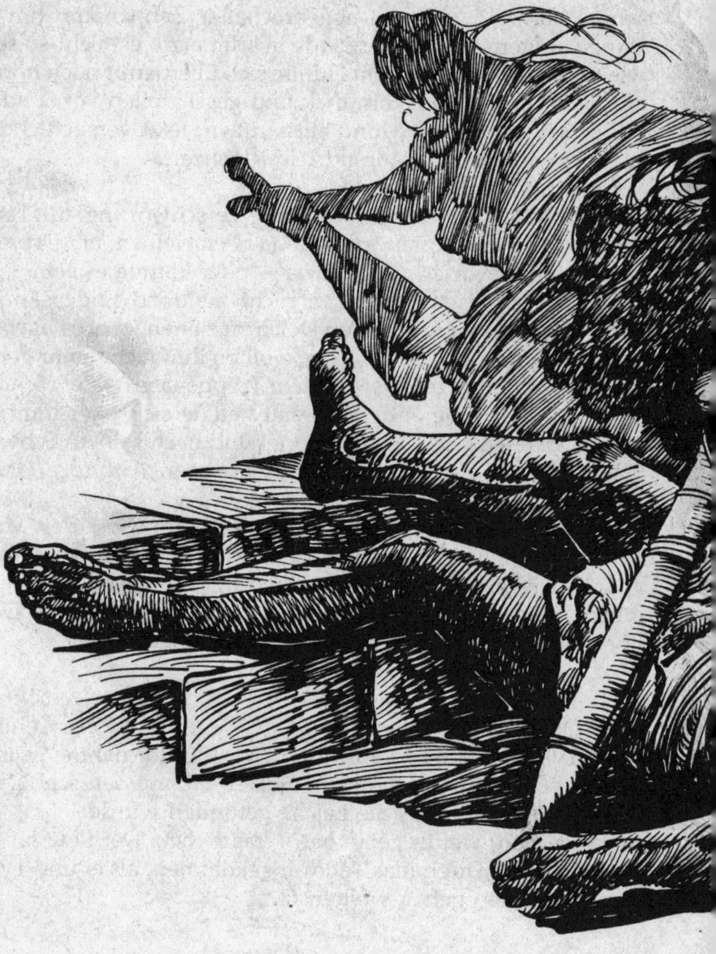

»Das Mädchen einer der Frauen dieses Hauses ist verschwunden«, sagte Tylara. »Sie mag mit den Killern zusammengearbeitet haben oder auch selbst erschlagen worden sein. Aber sie ist fast noch ein Kind; die Kleine kann es also nicht selbst getan haben.

Davon abgesehen, wer kann es dann gewesen sein? Wir wissen, daß sowohl der Hohe Rexja als auch Flaminius Spione zu uns geschickt haben. Dughuilas war Stammesführer, also ein bedeutender Mann. Aber wahrscheinlich war es irgendein persönlicher Feind. Er hatte genug Feinde, und alle wußten, wie er seine Nächte verbrachte, bevor er in die Schlacht zog.«

Sie sagt das Richtige, dachte Rick, aber sie scheint nicht sehr bestürzt zu sein. Einer unserer Offiziere tot . . . ein Mann, den ich noch nie mochte. »Er war ein wichtiger Truppenführer, und sein Stamm wird ihn rächen wollen«, sagte Rick. »Ein kriegserfahrener Hauptmann –«

Tylara sah ihn an. »Erfahren in den Kriegen, wie wir sie früher führten! Die Art von Krieg, die uns noch vor einem Jahr vernichtet hätte. Für die Art von Krieg, die du uns gelehrt hast, wäre es gut, möglichst wenig Leute wie Dughuilas zu haben.«

»Bis zu einem gewissen Grade, ja. Aber ich kann nicht überall zugleich sein.«

»Ein Grund mehr, Dughuilas nie dort zu lassen, wo du nicht gerade bist.«

»Bist du denn froh, daß er tot ist?« fragte Rick.

»Ich bin nicht so unglücklich darüber, wie du es anscheinend bist. Warum, verstehe ich eigentlich nicht. Er ist weder dein Freund noch der deiner Sache.«

»Immerhin war er ein tapferer Mann. Ein bewährter Truppenführer . . . und wenn die Leute merken, daß wir uns wenig Mühe geben, seine Mörder zu finden, werden sie wissen wollen warum. Du sagst, Dughuilas hatte Feinde. Das stimmt. Aber er hatte auch seine Stammesleute, die ich während der Schlacht im Rücken haben werde.«

»Die Leibwache wird schon aufpassen.«

»Wie viele Männer des Stammes Calder können wir uns leisten zu töten?«

»Natürlich gar keine. Ich bezweifle, ob wir auch nur einen

einzigen töten müssen. Dughuilas' Mörder werden gefunden werden.«

»Und wenn sie nicht gefunden werden?«

Sie zuckte die Achseln. »Das liegt in Yatars Händen.« Sie schlüpfte ins Bett und deckte sich zu. Das Bett war groß, so daß zwischen ihr und Rick ein wenig Raum blieb. »Wotan der Einäugige hat uns damit keinen schlechten Dienst erwiesen.«

»Genau das werden alles sagen«, meinte Rick. »Er war unser Feind, und er ist tot. Es ist kein großes Geheimnis, daß Dughuilas den Ballonzwischenfall geplant haben soll.«

»Es ist auch kein großes Geheimnis, daß Dughuilas sehr oft die Hand im Spiel gehabt hat, wenn die Ritter und die Bheromänner etwas gegen dich unternahmen. Sind dir deine Pläne so unwichtig, daß du dich über den Tod des Mannes grämst, der ihr schärfster Gegner war?«

»Nein. Aber es gibt ehrenhafte und es gibt unehrenhafte Methoden –«

Sie machte ein Gesicht, als wollte sie ausspucken, ihn gar anspucken. »Du bist hier nicht der einzige, der zu beurteilen hat, was ehrenhaft ist. Auch ich muß für uns und unsere Pläne und unsere Kinder beurteilen, was die Ehre erfordert. Oder hatte André Parsons vielleicht recht? Bist du tatsächlich zu weich gegen deine Feinde, als daß du unter uns leben könntest?«

»Genug!« Rick sprang vom Bett auf. »Ich gehe in meine Räume. Ich habe mich noch nie an dir vergriffen, aber bei Gott – « Er ging steifbeinig zur Tür, blieb stehen und drehte sich um. »Ich habe länger überlebt als Parsons«, sagte er. »Aber das liegt vielleicht daran, daß ich ein Feigling bin. Los, sag's ruhig. Das haben alle anderen auch schon gesagt.«

Er fummelte an den Riegeln der schweren Tür. Ich schaffe nicht einmal einen vernünftigen Abgang, dachte er. Scheiße.

»Mein Liebling.« Sie stand neben ihm und sah ganz traurig aus. »Verzeih mir, mein Liebling.« Sanft nahm er sie in die Arme und hielt sie fest, während ihre Tränen in den Pelzbesatz seiner Robe flossen. Seit ihrer Genesung vom Kindbette war der seidige Glanz in ihr Haar zurückgekehrt.

»Verzeih mir, mein Liebling«, sagte sie noch einmal. »Weder

ich noch sonst jemand zweifelt an deinem Mut oder an deiner Ehrenhaftigkeit. Nur du selbst. Du hast Zweifel, aber es sind dumme Zweifel, denn du bist der mutigste Mann, den ich je gekannt habe.«

»Unwahrscheinlich.«

»Ich finde jedenfalls, daß du mutig genug bist. Und nun komm ins Bett. Wie können wir zulassen, daß ein Mann wie Dughuilas unsere letzten gemeinsamen Nächte vergiftet? Komm ins Bett, mein Liebling . . .«

Nachdem sie sich geliebt hatten, blieb er noch lange wach. In wenigen Tagen würde er eine Armee in den Krieg führen. Wotan der Einäugige sollte wieder über das Land kommen. Und wie viele seiner Soldaten hielten den Krieg für einen gerechten? Alle?

Jetzt muß ich kämpfen, und ich weiß nicht, ob meine Pläne durchgeführt werden, wenn ich fallen sollte. Ich bin unentbehrlich. Ich muß am Leben bleiben, oder alle werden sterben. Es ist sehr leicht, sich das einzureden. Leichter als alles andere.

Es hört sich alles sehr logisch an.

Hah! In dem Eqeta von Chelm steckte immer noch der Mann, der sich gefragt hatte, ob er ein Feigling sei, weil er sich im College statt für den Football für die Leichtathletik entschieden hatte.

Aber ich kann ihre Meinung ändern. Ich kann mich beweisen. Wenn ich das nicht tue . . .

Rick mußte an Dundee denken, John Graham of Claverhouse, Viscount of Dundee, den einzigen Mann seit Bruce, der die Hochlandschotten einigte; der Mann, der England gegenüber Schottlands Unabhängigkeit hätte wahren und den Stuarts den Thron retten können. Er hatte gewußt, daß er unentbehrlich war, und das hatten auch die Stammeshäuptlinge gewußt.

Aber bei Killiecrankie hatte er persönlich die Armee angeführt. »Einmal«, hatte er seinen Alliierten versprochen. »Nur einmal. Denn bevor sie wissen, daß ich die Ehre verdiene, sie anzuführen, kann ich sie nicht dorthin führen, wohin wir gehen müssen.«

Und er war bei Killiecrankie gefallen, und die Sache der Hochlandschotten war verloren . . .

Ich muß ihren Respekt erringen. Wie, weiß ich nicht. Aber ich muß etwas unternehmen. Jetzt, nachdem Dughuilas ermordet wurde, ist es noch notwendiger. Und ich muß mit mir leben.

Sie bewegte sich, und er deckte ihren nackten Arm zu. Er widerstand dem Impuls, sie zu wecken und sich an sie zu verlieren. Dann starrte er wieder gegen die Decke.

TEIL DREI

Engel
und
Erzengel

12

Unter Trommelwirbel und Dudelsackgedröhn marschierte Ricks gesamte Armee über den Paradeplatz.

»Augen – RECHTS!«

Das Erste Lanzenregiment marschierte vorbei. Zu Ehren Ricks und der anderen auf der Tribüne hielten die Männer die Lanzen schräg und senkten das Regimentsbanner, das drei Schlachtenwimpel trug; das eine, zur Erinnerung an Sentinius, mochte unter den gegebenen Umständen Ärgernis erregen, aber die meisten von Ricks Einheiten waren dort gewesen, und sie waren stolz darauf.

Er schaute nach rechts zu Publius hinüber, aber dem Römer war nicht anzusehen, was er dachte. Publius war ein Rätsel;

wenn er mit Rick zusammen in der Öffentlichkeit auftrat, waren seine Manieren perfekt, aber die Spione berichteten, daß er die Barbaren verfluchte, wenn er auch nur den geringsten Anlaß sah. Er war sehr an Frauen interessiert, und seine Erfolge als Don Juan beeindruckten selbst die lüsternsten unter den tamaerthanischen Lords.

Und was, fragte sich Rick, mochte Bischof Arrhenius von seinem künftigen Kaiser denken? Die Römische Christliche Kirche schien sich weit weniger mit Keuschheit zu beschäftigen als ihr Gegenstück auf der Erde, aber immerhin *gab* es das Sechste Gebot . . . Wichtiger noch, was hielt Seine Exzellenz von all diesen heidnischen Alliierten? Was immer er denken mochte, er sagte nichts. Prächtig angetan mit Mantel und Mitra stand er neben Publius, und wenn er überhaupt mit dem Gedanken spielte, unter Ricks Soldaten zu missionieren, so gab er das nicht zu erkennen.

Das Zweite Lanzenregiment marschierte vorbei, dann das Dritte und Vierte. Sie hielten einigermaßen die Formation, obwohl sie sich auf dem Paradeplatz nicht gerade zu Hause fühlten. Wieder fragte sich Rick, welchen Eindruck er wohl auf die römischen Offiziere machte. Seine Armee war nicht sehr einheitlich ausgestattet; es sah so aus, als hätten kaum zwei Männer die gleiche Ausrüstung. Einige hatten Brustpanzer, andere Kettenhemden. Einige trugen römische Helme, wieder andere eine römische Ausrüstung, die sie so abgewandelt hatten, daß sie kaum noch als solche zu erkennen war. Ein paar Leute trugen überhaupt keine Rüstung, sondern nur ein Lederwams. Sie waren Leichtbewaffnete, die in der Lage sein mußten, schnell zu marschieren und dann lange zu kämpfen. Rick kannte ihren Wert; aber würden diese hochmütigen römischen Offiziere das richtig einschätzen?

»Präsentiert – die Waffen! Augen – RECHTS!« Die Banner wurden hochgerissen und dann zum Salut gesenkt. Wieder Trommelwirbel und das Schrillen von fünfzig Sackpfeifern. Dann defilierten die Bogenschützen.

Rick sah, wie Publius ernst nickte, als sie vorbeimarschierten. Sie waren ein eindrucksvoller Anblick mit ihren erhobenen Langbogen und den Köchern auf ihren Rücken, in denen die knapp einen Meter langen Pfeife steckten, deren Spitzen aus naher Entfernung selbst eine Rüstung durchschlagen und noch aus zweihundert Metern Entfernung ein Pferd töten konnten. Es gab nie genug Bogenschützen; ihre Ausbildung dauerte Jahre, die sie in den Schießständen verbringen mußten, anstatt etwas Nützliches zu tun. Viele, die reich genug waren, Bogenschützen zu werden, wollten es nicht. Sie betrachteten sich als Angehörige der Ritterschaft von Tamaerthon und lernten reiten und mit Lanzen kämpfen, wobei sie die Kunst des Bogenschießens vernachlässigten. Die meisten Bogenschützen waren Söhne von Freibauern und Pächtern, Leute also, die man als die Mittelschicht von Tamaerthon bezeichnen konnte.

Die Bogenschützen trugen in hellen Farben gehaltene Kilts und bunte Hemden. Viele trugen Schmuck, besonders Armbänder. In Ricks bisherigen Schlachten hatten sie sich gut geschlagen, und da sie leicht bewaffnet und beweglich waren, hatten sie zusätzliche Beute machen können, obwohl Rick befohlen hatte, die Beute gleichmäßig zu verteilen.

Selbst die Römer wußten diese Truppe zu schätzen; allerdings argwöhnte Rick, daß Publius den Wert kombinierter Streitkräfte nicht begriff. Er verstand nicht, wie nützlich es sein kann, wenn etwa Kavallerie, Leichtbewaffnete und Bogenschützen als eine Einheit kämpfen, wobei jede Waffengattung die Schwächen der anderen ausgleicht.

Hinter den Bogenschützen kamen die Ritter Tamaerthons. Auch sie waren eindrucksvoll in ihrem Hochmut, aber sie waren nicht so gut beritten wie die Ritter und Bheromänner von Drantos – und ganz gewiß nicht so gut wie die schwere Reiterei der Römer, die gepanzerten Elitetruppen, die es Rom einst ermöglicht hatten, fast diesen ganzen Kontinent zu beherrschen. Auch ihre Rüstungen waren nicht so gut; in der Schlacht hatten sie an vorderster Front eigentlich nichts zu suchen. Mit der entsprechenden Ausbildung waren sie brauchbare Kundschafter. Rick hatte etwa zweihundert von ihnen zu einem Husarenregiment zusammengefaßt. Die übrigen waren dafür zu stolz.

»Ihr habt hauptsächlich tamaerthanische Truppen mitge-

bracht«, sagte Publius. »Ich sehe nur wenig von der Kavallerie von Drantos.«

»Ihr habt recht, Mylord«, sagte Rick. »Ich sah wenig Bedarf für weitere schwere Reiterei. Eure Legionen sollten dafür ausreichen. Statt dessen hat der Lordprotektor Hilfstruppen geschickt. Leichte Infanterie und Kavallerie. Und Wagen und Vorräte und Belagerungsingenieure. Wir werden ohnehin genug Mühe haben, diese Armee zu verpflegen; warum die Schwierigkeiten vergrößern?«

Publius runzelte die Stirn. »Es sind die gepanzerten, die Schlachten entscheiden«, sagte er. »Andere Truppen mögen nützlich sein, aber die Kriegskunst besteht darin, gepanzerte Reiter an der richtigen Stelle zu haben und sie richtig einzusetzen.«

Bisher stimmt das, dachte Rick. Ich hoffe das zu ändern . . . »Aye, Mylord. Aber die Reiter von Drantos halten keinen Vergleich mit Euren Legionen aus. Es wäre sinnlos gewesen, sie mitzubringen, wo wir doch Wagen und sonstige Transportmittel dringender brauchen.«

Und dabei höre ich Drumold schon mit den Zähnen knirschen, dachte Rick. Er weiß, daß seine Kavalleristen den Römern nicht gewachsen sind, nicht einmal im Einzelkampf – und schon gar nicht beim Aufeinandertreffen ganzer Einheiten.

»Das ehrt uns«, sagte Publius. »Aber – ich sehe hier sehr wenig Soldaten –«

Weniger als diese haben eure Legionen geschlagen, dachte Rick. Und das gelang ihnen gleich in ihrer ersten Schlacht. Und jetzt sind sie stolz, und sie *wissen*, daß sie einem römischen Angriff standhalten können . . .

Die tamaerthanischen Husaren trabten vorbei. Nominell war Tylara ihr Kommandeur; heute wurden sie von Teuthras, einem ihrer Vettern, angeführt. Nach vielen Protesten hatte Tylara eingesehen, daß eine vertrauenswürdige Person zurückgelassen werden mußte, um Schloß Dravan, ihren Stammsitz zu halten. Rick hatte ihr die meisten Söldner mit ihren Waffen und ihrer Munition mitgegeben. Die Waffen wurden von tamaerthanischen berittenen Bogenschützen bewacht, die je zur Hälfte königstreue Truppen aus Drantos und Tamaerthon waren. Rick zweifelte nicht daran, daß auch das Dutzend Söldner, die er ihr mitgegeben hatte, loyal bleiben würden – aber man mußte sie nicht unbedingt in Versuchung führen.

Hinter der leichten Kavallerie marschierten die Ingenieurstruppen mit ihren Belagerungsgeräten einschließlich Wurfgeschützen und Katapulten – und ganze Wagenladungen Munition, Tontöpfe mit Schießpulver und aus Scherben hergestelltem Schrapnell.

Und endlich die Söldner: Sergeant Major Elliot, Corporal Bisso und ein Dutzend Männer in Tarnanzügen, die Gewehre und Handgranaten trugen.

»Ich denke, wir haben genug Truppen mitgebracht«, sagte Rick zu Publius. Diese Männer allein können jede Schlacht gewinnen, die wir vielleicht bestehen müssen. Jeder von ihnen hat das Leben von tausend Männern in der Hand.

»Das wäre noch nicht die gesamte Armee des Flaminius.«

»Wenn Ihr sehen würdet, daß tausend Eurer Männer plötzlich und gewaltsam sterben, ohne daß Ihr den Grund erkennen könnt und während der Feind noch eine Meile entfernt ist, wäre das nicht entscheidend?«

Publius schauderte. »Allerdings«, sagte er.

Und du überlegst dir, wieviel davon du glauben sollst, nicht wahr? Nun, das wirst du schon früh genug erfahren.

Sie waren schon fünf Tagemärsche weit in von Flaminius beanspruchtes Territorium eingedrungen. Es hatte keine Gefechte gegeben; nur eine endlose Serie von geringfügigen Krisen. Entscheidungen waren zu treffen und Plünderer zu bestrafen –

»Wir kommen als Befreier und Verbündete, nicht als Diebe und Feinde!« hatte Rick seine Leute angebrüllt; aber wenn die Militärpolizei nicht gerade in der Nähe war, nahmen die Soldaten alles, was sie tragen konnten. Sie raubten Hühner, Schweine, Schafe und Rinder. Gleichgültig, ob es etwas Eßbares war, sie stahlen alles.

Aber wenigstens steckten sie nichts in Brand; und nachdem Rick zwei Männer hatte aufhängen lassen, hörten die Vergewaltigungen auf. Es gab natürlich die unklaren Fälle, wo die Verwandten eines Mädchens behaupteten, eine Vergewaltigung sei geschehen, während der Soldat behauptete, er sei verführt worden. In solchen Fällen hatte er meistens zugunsten des Soldaten entschieden. Rick erinnerte sich an ein Urteil eines amerikanischen Militärgerichts: »Im oberen Bett wurde noch niemand vergewaltigt.« Wenn es auch nur den Anschein hatte, daß das Mädchen nicht mißbraucht worden war, fand dieses Prinzip auch hier Anwendung.

Sie ritten weiter. Gegen Abend kam Corporal Mason mit zwanzig Bogenschützen angeritten, die als Miltärpolizei eingesetzt waren. »Wieder Ärger, Captain«, sagte er auf englisch.

»Worum geht's denn?« fragte Rick müde.

»Leute vom Clan Calder. Sie reden immer noch.«

Dughuilas' Clan. Rick konnte sich denken, was die Leute redeten. Daß die Streitkräfte von Tamaerthon von einem Feigling angeführt wurden, einem Mann, der zwar ihren Stammeshäuptling im Kampf geschlagen, aber noch nie einem Feind Auge in Auge gegenübergestanden hatte.

»Irgendein bestimmter?« fragte Rick.

»No, Sir. Ich habe besonders auf Dwyfyd geachtet, aber er scheint es nicht gewesen zu sein.«

Dwyfyd war Dughuilas' ältester Sohn; jetzt trug er außerdem den Namen Dughuilas, wenn ihn auch noch nicht jeder so anredete. Eines Tages würden sie es tun. Im Augenblick wurde viel über den Zwanzigjährigen geredet, der die Führung eines der größten Stämme übernommen hatte. Er war ein guter Freund von Tylaras Bruder Balquhain, was nützlich sein konnte oder auch nicht.

»Gibt es schon Vermutungen darüber, wer Häuptling Dughuilas umgebracht hat?« fragte Rick.

Mason schüttelte den Kopf. »Die meisten meinen, ein Mann muß nur oft genug in ein Hurenhaus gehen, um eines Tages etwas zu bekommen, das er gar nicht haben will.«

»Das ist nur allzu wahr.«

»Da kommen die Husaren«, sagte Mason. »Ich werde –«

»Nein, bleiben Sie und warten Sie die Berichte ab.«

»Okay. Wie Sie meinen.«

Die Offiziere von der leichten Kavallerie kamen herbeigeritten. Heute war die Streitmacht von Balquhain, Teuthras und Drumold selbst angeführt worden.

»Heil, Mac Clallan Muir«, sagte Rick förmlich.

»Heil, Schwiegersohn.«

»Hat man schon was von Marselius gesehen?«

»Nein, nur Feinde. Davon aber mehr als genug. Plänkler, Marodeure, leichte Kavallerie –«

»Wir haben sie in die Flucht geschlagen«, sagte Balquhain.

»Unter Verlust von sieben Soldaten«, sagte Drumold. »Das war nicht wohl getan, Junge.«

»Ich bin kein Junge«, protestierte Balquhain. »Und wann hat Mac Clallan Muir je zum Rückzug geraten, ohne daß wir vorher gekämpft hätten? Wir haben sie davongejagt und fast zwanzig von ihnen getötet. Kein großer Sieg – aber ein Sieg.«

»Eigensinnig, eigensinnig«, sagte Drumold. »Bursche, Bursche, weißt du denn nicht, daß es wichtig ist, die Schlacht zu gewinnen. Nicht diese kleinen Scharmützel! Sie nützen uns überhaupt nichts. Ist es nicht so, Lord Rick?«

»Wir brauchen die gesamte leichte Kavallerie, die wir haben«, sagte Rick langsam. »Und wir brauchen eher Informationen als diese unwichtigen Siege.«

»Es überrascht mich nicht, daß Ihr das sagt«, rief ein junger Offizier.

»Tethryn!« sagte Drumold scharf.

Tethryn. Dwyfyds jüngster Bruder, ein weiterer junger Lord vom Stamm Calder.

»Das war nicht gut gesprochen«, sagte Balquhain. »Lord Rick hat seltsame Methoden, aber er erringt Siege . . .«

»Männer, die *kämpfen*, erringen Siege«, sagte Tethryn. »Zauberer mögen andere Methoden haben.« Er riß sein Pferd herum und ritt davon.

Nachdem sie mit Publius zu Abend gegessen hatten, ritten Rick und Drumold ins Lager zurück. Eine Weile ritten sie schweigend durch den leichten Regen. Drumold hatte den Männern befohlen, ein paar Pferdelängen hinter ihnen zu reiten, denn er wollte sich mit Rick besprechen können, ohne daß jemand zuhörte; aber dann sagte er lange Zeit doch nichts.

Endlich ritt er an Rick heran. »Hat meine Tochter dir neue Würmer in den Leib gepflanzt, Rick? Oder frißt dich immernoch der alte?«

»Der alte. Sie glauben alle, daß ich ein Feigling bin. Ich muß ihnen das Gegenteil beweisen. Aber wie?«

»Das hast du nicht nötig, Junge. Wir wissen –«

»Du vielleicht.« Oder vielleicht auch nicht. »Die andern nicht. Ich muß etwas unternehmen. Aber ich komme nicht einmal auf zwanzig Stadien an einen Kampf heran!«

»Wenn wir auf Flaminius treffen, wirst du nicht mehr so weit von einer Schlacht entfernt sein.«

»Dann könnte es zu spät sein.«

Der ältere Mann wischte etwas Unsichtbares von der Mähne seines Pferdes. »Ich glaube, du quälst dich mehr als sonst«, sagte er. »Zweifellos hat Dughuilas' Tod auch mehr Gerede als sonst provoziert, und auch das hast du gehört. Oder – hat meine Tochter dir wieder übel mitgespielt? Wenn das der Fall ist, werde ich sie verprügeln. Ich werde kein Wort gegen dich sagen, und ich werde auch nicht zulassen, daß andere es tun.«

Rick seufzte. »Und wie lange würde es dauern, bis Tylara es mir mit Zinsen heimzahlt? Es ist keine leichte Sache, wenn man Hand an deine Tochter legt.«

»Aye, als ob ich das nicht wüßte«, sagte Drumold nachdenklich. »Junge, du machst dir noch um etwas anderes Sorgen.«

»Ja. Wir hatten heute Nachricht von Marselius. Er marschiert von Norden heran – östlich des Flusses Pydnae. Und wir haben den Fluß noch nicht erreicht. Wenn es Flaminius gelingt, uns abzuschneiden –«

»Vielleicht trifft Marselius zuerst auf ihn.«

»Auch darüber mache ich mir Sorgen. Wir dringen immer tiefer in das Reich ein. Ich möchte mich nicht ohne Hilfe Flaminius' gesammelter Streitmacht gegenübersehen.«

»Ich auch nicht. Nicht einmal mit deinen Sternenwaffen.«

»Sie könnten ausreichen. Oder auch nicht.« Wieder seufzte Rick. »Heeressäulen zusammenzuführen, ist selbst bei guten Nachrichtenverbindungen schwierig. Ohne könnte es zur Katastrophe kommen. Wir riskieren eine Niederlage durch Abkommandierung.«

»Das Wort verstehe ich nicht«, sagte Drumold.

»Ein militärstrategischer Begriff. Wenn man seinen Gegner in kleinere Einheiten aufsplittern und alle einzeln bekämpfen kann –«

»Aha!«

»Und genau diese Gefahr droht uns«, sagte Rick.

»Glaubst du, Marselius hat uns verraten?« fragte Drumold.

»Nein. Dazu hat er keinen Grund. Und wir haben seinen Sohn als Geisel.« Rick lachte. »Eigentlich hat bisher alles geklappt, mein alter Freund. Wir haben die festgesetzte Zeit sogar unterschritten.«

»Und dennoch machst du dir Sorgen –«

»Ja.«

»Ich verstehe. Du suchst die Armee des Flaminius und die des Marselius. Und du willst den Übergang über den Fluß erzwingen.« Drumold wirkte nachdenklich. Dann grinste er. »Ich denke, ich werde morgen früh mit Fieber aufwachen.«

»Mit Fieber?«

»Aye. Mit leichtem Fieber, mit einem Fieber, das mich davon abhält, mit den Kundschaftern zu reiten. Ich werde bei dem Gros der Truppen bleiben und dich dort vertreten. *Du* kannst statt meiner die Kundschafter befehligen, und niemand wird sich auch nur eine Sekunde fragen warum.«

Rick dachte nach. Mit Glück könnte es wenigstens ein vernünftiges Gefecht mit Flaminius' Patrouillen geben. Der Kaiser konnte ganz einfach nicht immer mehr Land aufgeben. Am Fluß könnte es zu einem harten Kampf kommen . . .

Ich werde an der Spitze der Armee stehen, dachte Rick. Wenigstens ein paar Tage lang. Ich werde an vorderster Front sein. Ja.

»Und wenn meine Tochter etwas dagegen einzuwenden hat, dann schick sie zu mir«, unterbrach Drumold seine Gedanken. »Sie mag jetzt eine so große Lady sein, daß sie glaubt, ihren Mann herumkommandieren zu können – aber wir werden sehen, was sie ihrem Vater sagt, der sie kannte, als sie nackt auf seinem Schoß saß und ihn naßmachte.«

13

Den ganzen Tag über fiel leichter Regen. Die Kavallerie wollte bei diesem Wetter nicht ausreiten. Schließlich würde auch die römische Kavallerie nicht ausreiten.

Aber Rick sah, daß sie es nicht ganz ernst meinten. In Wirklichkeit schmeichelte es ihnen, daß Rick, ihr Kommandeur mit ihnen ritt. Aber der Regen dauerte an und wurde stärker, so daß er die Männer neben sich kaum erkennen konnte. Vom Feind war nichts zu sehen.

Am nächsten Tag in der Morgendämmerung kamen Kundschafter. Marselius stand tatsächlich jenseits des Flusses Pydnae und marschierte jetzt durch das flache Hügelland östlich des Flusses nach Süden. Direkt vor Rick gab es weitere Hügel und spärlichen Baumbestand, ein für eine Schlacht gut geeignetes Gelände. Im Norden und Osten allerdings lagen Sümpfe. Wenn die beiden Armeen sich vereinen wollten, mußten sie es östlich des Flusses tun.

Wo war Flaminius? Seine Generäle konnten genauso gut Karten lesen wie Rick . . .

»Aufsitzen!« befahl Rick. »Parforceritt zur Brücke. Ein gemischter Verband von Lanzenreitern und Bogenschützen muß vor der Dunkelheit den Fluß überquert haben.«

Der Himmel war grau von tiefhängenden Wolken. Die Pferde suchten vorsichtig ihren Weg über schlammiges Gelände, als die Kundschafter rechts und links von der befestigten Straße durch das Feld ritten. Rick führte zweihundert Husaren. Außerdem waren Caradoc mit zwanzig Angehörigen der Leibwache und Elliot mit zwei weiteren Söldnern dabei.

Sie hatten etwa sieben Kilometer zurückgelegt, als ein Mann aus der Vorhut zurückgesprengt kam.

»Frischer Mist, Mylord. Von Pferden und einigen Zentauren.«

»Hmm. Wie sind die Tiere beschlagen?«

»Mit Hufeisen«, sagte der Kundschafter.

Das bedeutete Kavallerie. Römische Bauern machen sich nicht die Mühe, ihre Pferde zu beschlagen. Es war an der Zeit, Eintragungen auf der Karte zu machen. Wenigstens hatte er brauchbare, von Römern gezeichnete Karten. Der Feind konnte ihn überraschen, das Gelände nicht – jedenfalls nicht sehr. Der Maßstab der Karten ließ zu wünschen übrig: Die kleine Lichtung vorn war nicht verzeichnet. Der Fluß mit seiner Brücke lag nicht mehr weit.

Rick ritt bis zur Mitte der Lichtung und brachte sein Pferd zum Stehen. Dann hob er die Hand und gebot Halt. Der vielbefahrene Feldweg führte über die Lichtung hinweg in den Wald auf der anderen Seite.

Er hatte gerade die Karte herausgeholt –

»Heh! Vorsicht, verdammt noch mal!« schrie jemand hinter ihm. Er hörte drei Pistolenschüsse in schneller Folge. Dann mischten sich die Schreie seiner Truppen mit den Schlachtrufen der Römer.

Rick steckte die Karte rasch in die Satteltasche zurück und richtete sich in den Bügeln auf, um das Stück des Weges zu überblicken, das sie gerade hinter sich gelassen hatten. Schlammbedeckte Männer in römischen Helmen brachen zwischen den Bäumen hervor, und Rick sah ihre Schwerter zwischen den Kundschaftern aufblitzen. Einer der Söldner lag am Boden, und zwei andere feuerten von ihren Pferden herab und verschwendeten Munition.

Die römischen Soldaten schlugen mit ihren Schwertern auf die Pferde ein, während die Bogenschützen aus dem Hintergrund ihre Pfeile auf die Reiter abschossen. Von seiten der Söldner fielen keine Schüsse mehr. In dem Getümmel gab es keine eindeutigen Ziele mehr.

»Feuer einstellen!« schrie Rick auf englisch. »Elliot, kommen Sie heraus auf die Lichtung. Waffen abladen und feuerbereit machen. Richten Sie sich auf Kavallerie ein! Die kommt bestimmt.«

Wieder wechselte er die Sprache. »Caradoc! Sie und die Wachen bleiben bei Elliot. Passen Sie auf die Waffen auf!« Dann wandte er sich an seine tamaerthanischen Kundschafter: »Hier entlang! Folgt mir!« Er ritt zum Rand der Lichtung hinüber.

Ich muß die Leute aus der Frontlinie herauskriegen, Ordnung in das Durcheinander bringen. Um die Angreifer kann Elliot sich kümmern. Verdammt, diese Römer sind wirklich gut!

Sie hatten fast den Rand der Lichtung erreicht, als aus dem Wald zu beiden Seiten des Weges Bogenschützen hervorbrachen und ihre Pfeile sirren ließen.

Zu spät, dachte Rick. Wir hängen schon wieder mitten drin. Wir müssen Elliot so viel Zeit verschaffen, daß er die Waffen feuerbereit machen kann. »Angriff!« befahl er. »Vorwärts!« Er sprengte auf den Feind zu.

Pfeile zischten durch die Luft. Zwei prallten an Ricks Rüstung ab, aber ein dritter traf das Pferd an der Schulter. Es sprang und schrie, aber der Pfeil saß nicht tief genug, um eine größere Wunde zu verursachen. Rick hob seine M-16 und feuerte sechs Schüsse ab. Er glaubte, drei Männer getroffen zu haben. Dann hatte er den Rand der Lichtung erreicht.

Er hängte das Gewehr über den Sattelknopf und zog seinen Säbel. Zwischen den Bäumen war der Säbel genauso gut wie eine Feuerwaffe. Er hieb auf einen Mann ein und traf ihn an der Schulter. Dann war er vorbei und im Wald.

Er merkte, daß der Wald stank. Die meisten Bäume waren niedriger und buschähnlicher als die auf der Erde; aber hier und da standen Bäume, die aussahen wie europäische Zwergeichen.

Er wandte sich nach rechts. Dort mußte die Straße liegen, und einige seiner Kundchafter arbeiteten sich durch das Dickicht. Hinter ihm erklang eine Trompete; es waren die hohen Töne der tamaerthanischen Hörner und nicht das dumpfe Dröhnen der römischen Signale. Jemand hatte Befehl erteilt, die Vorhut zurückzurufen. Wer? Auf jeden Fall war es eine richtige Entscheidung. Rick selbst hätte den Befehl geben sollen, aber er war von seinem Stab getrennt. Er hörte Männer hinter sich und hoffte, daß es seine Leute waren.

Er hörte krachende Laute, und dann ritt jemand von hinten an ihn heran und dann nach links. Mit erhobenem Schwert drehte er sich im Sattel um.

»Halt, Mylord!«

Es war Jamiy, sein Adjutant. In diesem Augenblick erreichten sie die nächste Lichtung; das Waldstück zwischen der Lichtung, auf der sie angegriffen worden waren, und dieser konnte nicht breiter als fünfzig Meter sein.

Vorn ertönten Rufe und Schreie. Die Männer von der Vorhut galoppierten über den Pfad auf die Lichtung. Berittene Römer waren ihnen hart auf den Fersen. Als Rick und Jamiy auf die Lichtung ritten, stieß die Vorhut zu ihnen, während ein halbes Dutzend Männer, die Jamiy gefolgt waren, jetzt ebenfalls das freie Gelände erreichte.

Die Römer vor ihnen waren nicht die legendären gepanzerten Reiter, sondern Leichtbewaffnete mit runden Schilden, die eher der traditionellen römischen Reiterei der älteren Zeit glichen. Sie hatten sich bei der Verfolgung der Vorhut zerstreut, während Ricks Leute jetzt eine einigermaßen geordnete Formation bildeten –

Eine organisierte Angriffsformation setzt sich gegen jede nicht organisierte Streitmacht durch. Welcher trockene Instrukteur hatte das viele Lichtjahre entfernt vor einem halben Leben gesagt? Aber wahrscheinlich stimmte das. Und dann war da noch Ricks Trompeter –

»Fertig machen zum Angriff!« befahl er. Er nahm sein Gewehr vom Sattelknopf und eröffnete langsam und gezielt das Feuer. Er schoß auf die Männer in der Gruppe der Römer, die wie Offiziere aussahen. Er traf fünf von ihnen. Die übrigen Römer kamen näher. Mein Gott, was für Soldaten!

»Zum Angriff blasen!« befahl er. »Vorwärts!«

Seine leichte Kavallerie bewegte sich in Linie vorwärts und drang auf die zahlenmäßig stärkeren, aber verstreuten Römer ein. Unentschlossen hielt Rick sein Gewehr in der Hand. Es wäre besser, wenn er zum Schießen anhielt, aber das ging nicht, weil er seine Truppe hinter sich hatte. Er mußte es wieder an den Sattel hängen und Säbel und Pistole benutzen.

Sie hatten die Römer erreicht, schalteten ein paar weitere Offiziere aus und waren schon im dichtesten Getümmel. Immer mehr von Ricks Männern schlossen von hinten auf, während immer mehr Römer aus dem Wald hervorpreschten. Rick verlor rasch den Überblick und wußte nur noch, was ihm selbst geschah. Dies war keine Schlacht. Es war eine Reihe von Einzelaktionen, bei denen zwei oder drei Mann aufeinandertrafen und sich so rasch bewegten, wie die Pferde und Zentauren sie tragen konnten.

Und das Treffen geriet außer Kontrolle. Es war sinnlos, sich zum Fluß durchzuschlagen, denn er hatte nicht genug Truppen, den Übergang zu erzwingen. »Auf der ersten Lichtung sammeln!« befahl Rick. »Wir müssen uns um die Sternenwaffen kümmern. Signal ›Mir nach!‹ blasen!« Er riß sein Pferd herum, um zum Wald zurückzureiten, und der Rest seiner Truppen folgte ihm – wie viele Männer? Er hatte keine Ahnung. Über hundert, dachte er. Im Reiten hörte er hinter sich den Schall der Trompete.

Sie erreichten den Rand der Lichtung, als aus dem Wald auf der anderen Seite weitere Römer hervorbrachen. Rick hatte keine Zeit, sie zu zählen, aber es waren viele. Genug, um Ricks kleine Truppe ernsthaft zu gefährden –

Und hinter dieser ersten Welle leichter Reiterei spiegelte sich das Licht der Wahren Sonne in silbernen Kettengliedern! Gepanzerte Legionäre, reguläre Kerntruppen. Von den Sternenwaffen abgesehen, hatte Ricks Kavalleriekommdo nichts, womit es solche Kämpfer aufhalten konnte.

Nun, dachte Rick, ich habe Flaminius' Armee gefunden. Nun muß ich nur noch am Leben bleiben, damit ich es berichten kann. Und so schnell wie möglich weg!

Sie erreichten die erste Lichtung. Elliot hatte die Lage unter Kontrolle; er hatte mitten auf der Lichtung eine Feuerstellung eingerichtet und holte Verwundete und Versprengte in ihren Schutz. Im Wald standen immer noch römische Bogenschützen, und Elliots Stellung lag gerade noch in Reichweite ihrer Geschosse; aber auf der einen Seite ein Gewehr mit Zielfernrohr, von einem liegenden Schützen abgefeuert, und auf der anderen Seite ein Bogen, den ein Mann nur im Stehen benutzen konnte – das war ein ungleicher Kampf. Die Römer würden bald keine Bogenschützen mehr haben.

»Es kommen noch mehr Truppen«, sagte Rick. »Gepanzerte. Wir werden ihren Angriff zurückschlagen und dann sofort verschwinden!«

»Yes, Sir«, sagte Elliot. »Legen Sie sich lieber hin.«

Zu spät, dachte Rick. Der Rest seiner Husaren kam in wilder Flucht auf die Lichtung geritten. Es waren mehr Leute übriggeblieben, als Rick erwartet hatte, über hundert. Sie waren schon mitten auf der Lichtung, als die Römer aus dem Wald hervorbrachen.

»Caradoc!« schrie Rick. »Schicken Sie vier Männer zu Drumold zurück! Er soll sofort die übrige Kavallerie bringen. Wir haben die Hauptarmee des Feindes gefunden.« Caradoc sagte etwas, das als Bestätigung gedeutet werden konnte.

Rick feuerte fünf Schüsse auf die vorrückenden Römer ab. Drei Reiter stürzten aus dem Sattel, und ein vierter wurde abgeworfen, als sein Pferd über eine der Leichen stolperte. Rick wünschte, er hätte die H&K statt der M-16 benutzen können. Das leichtere Geschoß durchschlug zwar eine Rüstung genauso gut, wenn es direkt auftraf, wenn aber nicht, wurde es um so leichter abgelenkt.

Dann preschten die fliehenden Husaren vorbei, und die Römer waren schon ganz nahe. Rick gab seinem Pferd die Sporen; besser ein bewegliches als ein stehendes Ziel. Mit gefälltem Speer ritt ein römischer Soldat auf ihn zu, aber Rick konnte ausweichen und feuerte aus nächster Nähe auf den Mann.

Er verfehlte ihn, aber der Knall erschreckte den Mann, so daß er den Speer wieder hochriß. Dann hatte er einen Reiter mit dem Brustharnisch eines Offiziers vor sich, der mit eingelegtem Speer auf ihn zutritt, bereit, Rick zu durchbohren. Rick preßte sich an den Hals seines Pferdes. Der Speer senkte sich, aber zu weit, so daß die Spitze dem Tier in die Weichen fuhr, bevor die Pferde aufeinanderprallten. Ricks Pferd strauchelte. Er warf sich aus dem Sattel und versuchte, von dem stürzenden Tier freizukommen.

Das ausschlagende Tier verfehlte ihn um einen Meter. Rick stürzte hart auf die M-16. Er holte sie unter sich hervor und stellte fest, daß die Waffe so voll Schlamm war, daß sie nicht mehr zu gebrauchen war. Er griff nach seiner Pistole. Seine Hand war von dem Sturz so taub und sein Daumen so geschwollen, daß er beide Hände brauchte, um die Waffe zu entsichern. Aus kurzer Entfernung schoß er auf den römischen Offizier, und die schwere Kugel aus der .45-Waffe durchschlug dessen Panzer. Jetzt wurde Rick von einem Römer auf einem Zentauren angegriffen. Der Mann bot kein gutes Ziel, und Rick zielte auf den Körper des Zentauren und drückte zweimal ab.

Das Tier kreischte auf, ein fast menschlicher Laut, hob die stumpfartigen Arme mit den mißgestalteten Händen und griff sich an die Wunde. Auch der Römer schrie. Er schrie vor Wut und vor Grauen und Verzweiflung. Er sprang zu Boden, stürzte auf Rick zu und riß sein Schwert hoch. Rick feuerte einmal, dann noch einmal, und mit letzter Kraft ließ der Mann das Schwert herabsausen. Es traf nicht. Es prallte von einem Rundschild ab, der vor Rick gehalten wurde; Jamiy war von

links hinten herangesprungen, das Schwert noch blutig vom Zweikampf.

»Danke«, ächzte Rick.

Seine Ordonnanz antwortete nicht.

Die Römer griffen noch einmal an, aber sie wurden von Elliot und seinen Söldnern niedergemäht. Selbst römische Disziplin reichte nicht aus, sie zu einem weiteren Angriff zu bewegen. Sie zogen sich in den Wald zurück.

Ricks Angriff hatte ihn fast bis an den Rand der Lichtung getragen. Ein römischer Reiter preschte vorbei, und Rick schoß ihn aus dem Sattel. Sein Pferd bäumte sich in vollem Lauf und blieb stehen. Rick steckte seine Pistole weg, ergriff die Zügel des Tieres und wollte aufsteigen. Bevor das Tier reagieren konnte, hatte er schon einen Fuß im Steigbügel.

Dann weitere Schreie. Ricks Leute kamen herbeigeritten, um ihrem Anführer zu helfen. Ricks neues Pferd wurde nervös und schlug aus. Rick wurde nach vorn geschleudert und hing über dem Sattel wie ein Sack voll Korn. In Galoppsprüngen versuchte das Tier den Wald zu erreichen.

Rick war mitten unter den Römern. Einer ihrer Männer holte zu einem Schlag gegen seinen Kopf aus, aber das Schwert glitt von seinem Helm ab. Rick mühte sich, wieder in den Sattel zu kommen und seine Pistole zu ziehen, aber er wußte, daß es dafür zu spät war. Kein Jamiy würde diesen Schlag abfangen. Seine Ordonnanz lag irgendwo hinter ihm, vielleicht tot, vielleicht auch nicht, und Rick war allein, abgesehen von zwei Männern von der Leibwache und einem tamaerthanischen Offizier, der direkt vor ihm zusammengekrümmt am Boden lag.

Der Römer drang auf ihn ein, um den letzten, tödlichen Schlag zu führen.

Wie dumm, dachte Rick. Das hast du davon, daß du die verdammte Armee selbst anführen wolltest. Du stirbst, und wer soll jetzt das Kommando übernehmen?

Schwankend stand der tamaerthanische Offizier auf. Er konnte kaum stehen, aber er fing den zweiten Schwerthieb des

Römers mit der Schulter ab. Dann stach der Stammeskrieger auf das Pferd des Römers ein.

»Tethryn!« schrie Rick.

Das Pferd des Römers sprang hoch, als Tethryns Messer ihm in den Leib drang. Der Römer griff dem Tier in die Zügel, und sein nächster Schwerthieb mißlang. Rick konnte aufsitzen und seine .45 ziehen. Im Magazin war nur noch ein Schuß. Rick hielt die Pistole dicht an die Brust des Römers und feuerte. Der Römer schrie auf und kippte nach hinten weg. Wieder galoppierte Ricks Pferd davon, diesmal aus dem Wald hinaus und über die Lichtung in den schmalen Feldweg hinein, der zur zweiten Lichtung führte. Verzweifelt versuchte Rick seine Pistole wegzustecken, um sie nicht zu verlieren.

Auf der zweiten Lichtung sah Rick nur Tote und Verwundete. Sein Pferd ermüdete und wurde langsamer. Als sie die andere Seite erreichten, war es Rick gelungen, seine Pistole wegzustecken und die Zügel in beide Hände zu nehmen. Das Pferd wurde immer ruhiger; es konnte nicht mehr lange dauern, bis er es wieder unter Kontrolle hatte –

Aber er wurde immer weiter in unbekanntes Gebiet hineingetragen, und immer mehr näherte er sich der römischen Armee.

14

Der Wald jenseits der zweiten Lichtung war nicht sehr dicht, und sein spärlicher Baumbestand zog sich bis zum Ufer des schnellfließenden Pydnae hinunter. Ricks Pferd war schon ermüdet, bevor er den Fluß erreichte, aber als er am Ufer ankam, hatte er das Tier wieder unter Kontrolle.

Ein Dutzend Soldaten unter Caradocs Führung trabte von hinten heran. »Geht es Euch gut, Mylord?« fragte Caradoc.

»Jetzt einigermaßen«, sagte Rick. »Abgesehen von denen da.« Er zeigte.

Nicht ganz dreihundert Meter zu seiner Linken war eine Brücke aus Holzbohlen, die über steinerne Pfeiler führten. Zwischen ihm und der Brücke standen weit über zweihundert römische Gepanzerte. Ihr Offizier, der an seinem scharlachroten Helm gut zu erkennen war, zeigte auf Rick, aber die Truppe bewegte sich nicht. Hatten die Männer Angst vor Sternenwaffen?

Unsinn. Sie hatten den Auftrag, die Brücke zu sichern. Aber am anderen Ufer waren keine Truppen zu sehen, und das bedeutete –

»Caradoc, lassen Sie Ihren schnellsten Kundschafter zur Hauptarmee zurückreiten. Ich will die gesamte tamaerthanische Armee so rasch wie möglich hier haben. Sie sollen in Formation bleiben, aber ich brauche sie schnell.«

»Auch Lanzen?« fragte Caradoc.

»Besonders die Lanzen. Schicken Sie einen zweiten Kundschafter zu Publius und lassen Sie ihm ausrichten, er soll so viele Einheiten schwere Kavallerie schicken wie möglich. Lassen Sie ihm auch ausrichten, daß die Brücke über den Pydnae intakt ist, wenn wir nur genügend Truppen hinüberschicken können, um sie zu halten.«

Caradoc ritt zurück, um die Kundschafter auszuwählen.

Rick und der römische Offizier standen sich in einer Entfernung von etwa dreihundert Metern gegenüber. Der Römer unternahm immer noch nichts.

Er versucht, sich zu einer Entscheidung durchzuringen, dachte Rick. Wie alt er wohl sein mag? Der Hinterhalt ist ihm perfekt gelungen, aber seine Einheit wurde von Waffen demoralisiert, deren Wirkungsweise er nicht kennt. Er müßte selbst entsetzt sein, und doch steht er da, verteidigt seine Brücke und überlegt sich, ob er dort stehenbleiben oder mich angreifen soll. Er kann nicht wissen, wer in der Begegnung auf der Lichtung gesiegt hat oder wie viele Truppen auf jeder Seite noch übrig sind. Aber er weiß, wo seine Hauptarmee steht –

Plötzlich traf der römische Offizier seine Entscheidung. Ungefähr die halbe römische Streitmacht formierte sich und ritt im Trab auf Rick zu. Hundert Mann gegen sein Dutzend Leute; ungleiche Chancen, auch mit dem neuen Magazin in seiner Pistole. »Wir verschwinden hier!« rief Rick und zeigte zu den Bäumen hinüber.

Die Männer von der Leibwache rissen ihre Pferde herum und

sprengten den Weg zurück, auf dem sie gekommen waren. Etwa die Hälfte der Römer riß die Bogen hoch und ließ die Pfeile fliegen; der Rest ritt mit gesenkten Speeren in scharfem Trab weiter! Ricks Pferd war erschöpft und schaffte kaum noch eine trabende Gangart. Rick fluchte und schlug dem Tier die Sporen in die Weichen. Es war unmöglich, den Wald noch rechtzeitig zu erreichen. Er zog den Colt, und wieder fluchte er, als er ihn mit dem geschwollenen Daumen entsichern mußte.

Ein ganzer Schwarm von Pfeilen zischte vorbei, dann noch einer. Er fühlte stechenden Schmerz, als einige Spitzen gerade noch seine Rüstung durchdrangen, und er spürte, wie sein Pferd zitterte. Diesmal kam er aus dem Sattel, bevor das Tier stürzte, aber dennoch fiel er unglücklich. Ein schlimmerer Schmerz als der, den die Pfeile verursacht hatten, schoß ihm durch den Fußknöchel. Mit Mühe kam er auf die Beine und zielte auf den römischen Kommandeur. Viel Glück, Tylara –

In vollem Galopp kam Elliot auf die Lichtung geritten. Er führte ein Ersatzpferd am Zügel. Gleichzeitig wurde aus dem Wald das Feuer eröffnet, und die Bogenschützen schossen ihre Pfeile ab. Vier Römer gingen zu Boden, aber die anderen setzten den Angriff fort. Elliot riß seine H&K von der Schulter, stellte auf Automatik und feuerte ein ganzes Magazin leer. Diesmal war die Wirkung nicht zu übersehen. Die römische Spitze stob auseinander, und ein Dutzend Pferde waren verwundet. Sie stürzten oder bäumten sich auf, und die ganze römische Formation geriet in Unordnung. Der Offizier schrie etwas, und die Reiter drehten ab und ritten zur Brücke zurück.

Elliot ritt mit dem Ersatzpferd zu Rick hinüber. »Brauchen Sie ein Pferd, Captain?«

»Ja, und das sofort.« Rick stieg auf, und die beiden Männer ritten in den Wald. Endlich hatte Rick Zeit anzuhalten und seine Verfassung zu überprüfen. Nichts gebrochen. Hoffentlich nicht. Sein Knöchel schmerzte wahnsinnig, und in seinem Daumen pochte es unangenehm, aber für das alles hatte er jetzt keine Zeit. »Danke, Sergeant.«

»Kleinigkeit«, sagte Elliot.

»Ja, Sergeant. Haben Sie die Eins-null-sechs bei sich?«

»Yes, Sir.« Er zeigte nach vorn. Etwa fünfzig Meter entfernt sah Rick Bisso bei der Waffe stehen. »Soll ich die Brücke zusammenschießen?«

»Himmel, nein! Wir brauchen die Brücke. Nein, ich habe an etwas anderes gedacht. Wir müssen uns einen Weg freischießen, damit ein Teil unserer Truppen den Fluß überqueren kann. Wenn wir das tun, haben wir die Römer in der Falle.«

»Ja. Warum ziehen sie sich nicht zurück?«

»Ich weiß es nicht, aber ich kann es mir denken. Sie wollen nicht zu Flaminius Caesar gehen und ihm sagen, daß sie sich vor einer Horde Barbaren zurückgezogen haben. Sie sollten wahrscheinlich diese Seite der Brücke halten, damit Flaminius mit seiner Armee den Fluß überqueren kann.«

»Glauben Sie, daß seine Armee in der Nähe ist?« fragte Elliot.

»Es sieht so aus. Warum sonst sollten denn außer Kundschaftern auch Legionäre hier sein? Ich glaube, wir sind auf ihre Vorhut gestoßen, und dieser Offizier ist natürlich im Bilde. Er wartet auf Verstärkung, und er weiß, daß er sie bekommt.«

Elliot wurde nachdenklich. »Wenn noch viele kommen, werden wir es schwer haben, sie aufzuhalten.«

»Ich weiß. Ich habe die ganze Armee angefordert. Als erstes muß ich mir Ihre H&K ausleihen. Gut. Und nun wollen wir sehen, ob wir über die Brücke kommen.«

Elliot stieg ab und schrie Befehle. Bisso und seine Leute gingen an den Waldrand und brachten dort die 106 in Stellung. Die Römer unternahmen inzwischen überhaupt nichts.

»Was geht da vor?« fragte Bisso.

»Sie wollen sich immer noch nicht zurückziehen«, sagte Rick. »Nicht vor Barbaren. Aber dieses letzte Magazin hat sie doch so beeindruckt, daß sie auch nicht mehr angreifen wollen – bringt das leichte Maschinengewehr hier drüben in Stellung.«

Elliot beschäftigte sich mit dem Visier des Maschinengewehrs und beugte sich dann über die Rückstoßfreie. »Hinten alles zur Seite«, sagte er. »Alle weg! Bewegt euch, verdammt noch mal. Alles klar, Captain, Sie brauchen es nur zu sagen.«

Rick drehte sich zu seinen Leuten um, die inzwischen abgestiegen waren. »Bleibt ruhig. Wenn dieses Ding hier losgeht, wird es verdammt viel Lärm geben. Das wird den Pferden nicht gefallen, haltet sie also fest. Wenn ihr den Knall hört, müßt ihr wie die Teufel zur Brücke reiten. Wir müssen über die Brücke weg. Haltet euch nicht lange mit den Leuten auf, die sich euch entgegenstellen. Die Hauptsache ist, ihr kommt über die Brücke. Okay, Sergeant Major, halten Sie sich bereit. Wir warten, solange wir können. Ich hätte gern Verstärkung.«

»Okay, Sir.«

Aber wie lange können wir noch warten, dachte Rick. Flaminius' Armee wird auch bald kommen. Oder vielleicht entscheidet sich diese Abteilung dafür, sich über die Brücke zurückzuziehen, und dann ist der Weg frei. Ich sollte es jetzt tun –

Ja. Jetzt! Bevor du die Nerven verlierst und es überhaupt nicht mehr schaffst. Wer bist du denn? Napoleon an der Brücke von Lodi?

Während Elliot noch einmal die Zieleinrichtung prüfte, kamen zehn oder zwölf Bogenschützen mit Nachschub an Pfeilen. Sie waren zu Fuß gekommen und brachten eine Nachricht von Caradoc. Der Überfall war abgewehrt worden, und frische Truppen waren im Anmarsch. In den Wäldern waren noch sehr viele Römer, aber sie bildeten keine organisierte Streitmacht mehr.

Das Gros der Armee war im Anmarsch, aber es würde noch eine Stunde oder länger dauern, bis Infanterie eintraf. Drumolds tamaerthanische schwere Reiterei würde früher eintreffen. Von den Römern war noch keine Antwort gekommen.

Und Rick glaubte weit hinten auf der Straße jenseits des Flusses Staub aufsteigen zu sehen. Flaminius? Oder Einbildung? Was immer es sein mochte, es wurde Zeit.

»Aufsitzen, Männer! Elliot, sind Sie feuerbereit?«

»Yes, Sir.« Er beugte sich über die Zieleinrichtung.

»Haltet eure Pferde fest!« rief Rick. »Schuß frei!«

»Feuer!« schrie Elliot. Das rückstoßfreie Geschütz fegte hinten in einem Dreieck die Blätter von den Bäumen. Die Pferde bäumten sich auf.

Die Granate explodierte direkt an der Brücke zwischen den

Römern. Pferde schlugen aus oder stürzten, und eine ganze Abteilung römischer Kavallerie galoppierten in wilder Flucht davon. Einige Römer lagen am Boden.

»Gleich beim ersten Schuß«, sagte Elliot stolz.

Die römischen Truppen liefen ungeordnet durcheinander, und der Offizier schrie seine Leute an.

»Feuer!« schrie Rick.

Diesmal schlug die Granate in der Nähe des römischen Offiziers ein. Weitere Pferde und Männer gingen zu Boden.

»Reiten!« befahl Rick. »Zum Angriff blasen!«

Trompeten schmetterten, und die Männer ritten im Galopp vorwärts. Es blieb keine Zeit, auf irgendwen zu schießen, und es gab auch nichts, auf das man hätte schießen können. Rick hatte seinen Säbel gezogen; er hielt die Spitze nach vorn gerichtet und drückte sich an den Hals seines Pferdes. Dabei hoffte er, daß seine Leute hinter ihm waren.

Er galoppierte auf die Brücke zu und über sie hinweg. An einer Stelle fehlten einige Querbretter, aber sein Pferd konnte gerade noch über die Lücke springen. Dann war er auf der anderen Seite. Er wandte sich nach rechts und brachte sein Pferd abrupt zum Stehen.

Zwanzig seiner Männer waren ihm gefolgt und befanden sich noch auf der Brücke. Jamiy, den Schwertarm in einer Schlinge vor der Brust, führte sie an. Er ritt auf seinem Lieblingszentauren. Er schrie dem Tier etwas zu, und es drehte sich um und trat neben Rick.

»Absitzen!« befahl Rick. »Absitzen und die Brücke halten!«

Der römische Offizier erkannte jetzt die Gefahr und versuchte seine Truppen zum Angriff zu sammeln. Etwa zwanzig Männer näherten sich dem Brückenzugang. Sie fielen, als Elliots leichtes Maschinengewehr losstotterte. Rick nahm die H&K von der Schulter und wartete; zwei Römer hatten die Brücke erreicht. Er schoß sie ab und schämte sich, als er es tat.

Wieder sammelte der römische Offizier seine Truppen und stellte sie fünfzig Meter von der Brücke entfernt zu einer Kolonne auf. Aus dem Wald kam wieder Gewehrfeuer, und einige Römer stürzten zu Boden. Inzwischen waren Ricks Leute abgesessen und hielten ihre Bogen bereit.

»Ihr habt keine Chance!« schrie Rick. »Ihr könnt euch ehrenvoll ergeben!«

Der römische Offizier stellte sich in die Steigbügel und machte eine Handbewegung nach vorn. Die römische Formation attackierte. Gleichzeitig senkten sie ihre Speere, als sie auf die Brücke zuritten.

Wieder stotterte Elliots Maschinengewehr los, und Rick schoß mit seiner H&K dazwischen. Er stellte fest, daß er Schwierigkeiten hatte, etwas zu erkennen. Es lag ihm wie ein Nebel vor den Augen. Mein Gott, was für Soldaten! Er zielte tiefer und hoffte, keinen der Römer mehr töten zu müssen.

Der Angriff wurde abgeschlagen, aber dennoch gelang es noch einem halben Dutzend römischer Soldaten, die Brücke zu erreichen. Sie ritten weiter, und jetzt blieb nichts anderes übrig, als sie im Hagel von Pfeilen und Kugeln niederzumachen.

Die übrigen Römer zogen sich zurück. Ihr Offizier lag halb unter seinem Pferd.

Ein Dutzend Reiter der tamaerthanischen schweren Kavallerie brach aus dem Wald hervor. Drumolds Banner flatterte ihnen voran. Weitere tamaerthanische Ritter folgten. Sie griffen die Römer an.

»Nein!« brüllte Rick. Er bemühte sich, rasch auf sein Pferd zu kommen. »Du! Ischerald! Du übernimmst das Kommando. Bleib hier halten. Jamiy, folge mir!« Rick galoppierte über die Brücke zurück.

Er erreichte die andere Seite. »Kümmert euch um ihren Offizier«, rief Rick Jamiy zu. »Holt einen Diener Yatars. Schnell, verdammt noch mal! Der Mann ist viel zu gut, als daß er auf diese Weise sterben darf!«

Er ritt schräg weiter, bis er zwischen Drumold und den Römern war. Dann führte er die tamaerthanischen Truppen vorwärts. Die Römer ritten davon. Nur die letzten wurden in die Enge getrieben und hatten jetzt den Fluß im Rücken. Einige entledigten sich ihrer Rüstung und sprangen hinein. Sie verschwanden im schnellfließenden schlammigen Wasser, und Rick konnte nicht erkennen, was aus ihnen wurde.

Sie sind wahrscheinlich verloren, dachte er. Eine der unangenehmeren Lebensformen auf Tran war die Hydra, ein tintenfischähnliches Weichtier, das bis zu sechs Meter lang werden konnte. Die großen Hydren bevorzugten klares Wasser, das langsamer floß, aber in fast allen tieferen Flüssen lebten kleinere Arten. Auf Tran überquerte man Flüsse nur mit größter Vorsicht.

Die übrigen Römer saßen trotzig auf ihren Pferden. Höchstens fünfzig waren übriggeblieben, und nun standen sie fünfzig Reitern der schweren tamaerthanischen Kavallerie und doppelt so vielen berittenen Bogenschützen gegenüber. Aber sie hatten ihren Stolz nicht verloren.

Rick ließ seine Truppen hundert Meter von den Römern entfernt halten.

Drumold ritt nach vorn. »Ich bin so schnell wie möglich gekommen«, sagte er.

»Danke«, sagte Rick. »Wir müssen Verstärkung über die Brücke schaffen und sie auf der anderen Seite verteidigen.«

»Das dürfte nicht so einfach sein«, sagte Drumold. »Als ich drüben auf dem Hügel war, sah ich Rüstungen aufblitzen. Vielleicht zwanzig Stadien entfernt. Vermutlich Legionäre.«

»Dann haben wir um so mehr Veranlassung, die Brücke zu halten«, sagte Rick. Er dachte einen Augenblick nach. »Wir müssen hinausreiten und uns den Römern zeigen, bevor sie nahe genug sind zu erkennen, daß wir nur so wenig Leute am anderen Ufer haben. Das sollte sie für einen Tag aufhalten. Kannst du deine Leute veranlassen, sich zu zeigen und sich dann nach hier zurückzuziehen?«

»Aye, wenn sie sich auch nicht gerade darüber freuen werden. Aber sie werden es tun – Rick, man hat uns schon von deinem Angriff auf die Brücke berichtet. Und vorher auf der Lichtung. Niemand wird dich jetzt noch einen Feigling nennen.«

Ja, das weiß ich. Und um das zu erreichen, mußten viele gute Leute sterben. Verdammter Mist.

»Und was machen wir jetzt?« fragte Drumold und zeigte auf die Römer.

»Ich reite hinüber und rede mit ihnen.«

»Und wenn sie dich töten?«

»Dann übernimmst du das Kommando.« Rick ritt allein weiter und zeigte seine leeren Handflächen. Als er sich ihnen bis auf fünfzig Meter genähert hatte, hob er die Hände. »Heil, Soldaten Roms.«

Eine lange Pause entstand. Endlich ritt ein römischer Soldat ihm entgegen. »Heil, Barbar.«

»Legt eure Waffen nieder«, schrie Rick. »Ihr habt ehrenhaft einen aussichtslosen Kampf gegen unsere Sternenwaffen geführt. Jetzt akzeptiert eine ehrenvolle Niederlage und unseren Pardon.«

»Aus wessen Händen?« wollte der Römer wissen.

»Im Namen von Marselius Caesar«, erwiderte Rick. »Ihr werdet von der Amnestie gehört haben, die er allen gewähren wird, die bereit sind, einem rechtmäßig gekrönten Caesar zu folgen. Auch ich beschwöre es. Ich bin Rick Galloway, Colonel der Söldner, Eqeta von Chelm, Kriegsführer der Tamaerthaner, Kriegsherr von Drantos, Verbündeter und Freund von Marselius Caesar.«

Der Römer schien darüber nachzudenken.

»Bogenschützen!« schrie Drumold hinter ihm. »Legt die Pfeile ein.« Ein Teil der Männer stieg ab. Sie zogen ihre Langbogen aus den Hüllen.

»Ihr wißt, was die tamaerthanischen Bogenschützen verrichten können«, schrie Rick. »Ihr würdet sinnlos sterben. Was nützt es Rom, wenn seine besten Soldaten getötet werden? Legt eure Waffen nieder.«

»Platz, gebt den Weg frei!« rief jemand von hinten.

Einige Soldaten und Diener Yatars gingen zu Rick hinüber. In einer Decke trugen sie den verletzten römischen Offizier.

»Euer Tribun lebt«, schrie Rick. »Wir versorgen seine Wunden. Er befiehlt euch, die Waffen niederzulegen.«

Der römische Dekurio schaute sich zu seinen Leuten um. Dann ritt er langsam weiter. Ein paar Meter entfernt hielt er an, zog sein Schwert und stieg ab. Mit dem Knauf übergab er sein Schwert. Dann kniete er in einer Geste der Unterwerfung.

Drumold führte die tamaerthanische Kavallerie über die Brücke und den Weg hinunter, während die Bogenschützen die Waffen der Römer einsammelten. Eine halbe Stunde später erschienen die ersten Einheiten der Leichtbewaffneten. Rick schickte sie über die Brücke, damit sie auf der anderen Flußseite Stellung bezogen.

Und jetzt gab es nur noch Warten. Und Schmerzen. Durch das Blut aus den Pfeilwunden klebte seine Unterkleidung am Körper, sein Fußknöchel begann anzuschwellen, und sein Daumen und die ganze rechte Hand waren schon geschwollen. Er hatte vergessen, seinen Ring abzunehmen. Jetzt würden sie ihn abschneiden müssen, und das bald, denn sonst würde er den Finger verlieren. Auch die anderen Beulen und Quetschungen spürte er jetzt, nachdem der Adrenalinausstoß aufgehört hatte.

Aber wir haben gesiegt, dachte er. Es war ein ruhmreicher Sieg . . .

Caradoc kam mit dem Rest der Leibgarde angeritten.

»Sie sind persönlich verantwortlich für die römischen Gefangenen«, sagte Rick. »Ich habe ihnen ihre Sicherheit garantiert. Abgesehen von den Waffen behalten sie ihr gesamtes Eigentum, und sie müssen gut behandelt werden. Alle. Und sie müssen von genügend Leuten bewacht werden, um ihnen jeden Fluchtversuch unmöglich zu machen. Und keinem von ihnen darf auch nur der geringste Schaden zugefügt werden. Ist das klar?«

»Ja, Lord«, sagte Caradoc.

Und es gibt nicht verdammt viele Leute, denen ich einen solchen Befehl erteilen und bei denen ich sicher sein kann, daß er auch ausgeführt wird.

»Können Sie jetzt kommen?« fragte Caradoc. »Da ist ein Mann, den Sie sehen müssen.«

Rick seufzte müde. »Ist es dringend?«

»Sehr dringend, Lord. Es ist Tethryn.«

»Lebt er?«

»Vorläufig lebt er noch. Die Priester meinten, man solle ihn nicht transportieren, aber er bestand darauf, mit Ihnen zu sprechen, und ist gekommen.« Caradoc schwieg eine Weile.

»Es spielt eigentlich keine Rolle mehr, ob wir ihn transportieren oder nicht.«

»Ich komme«, sagte Rick. »Ich verdanke ihm mein Leben.«

Tethryn lag in einer Pferdesänfte am Rand der Lichtung. Sein Bruder Dwyfyd beugte sich über ihn. Sie sehen sich so ähnlich, dachte Rick. Und sie sind beide noch so jung. Dwyfyds Augen waren naß von Tränen.

»Lord Rick.« Die Worte des sterbenden Jungen waren kaum zu hören.

»Heil, mein Freund und Gefährte –«

»Ich danke Euch.«

»Ihr müßt Euch ausruhen.«

»Dazu ist jetzt keine Zeit, Lord. Ich werde bald Gast in der Halle Wotans des Einäugigen sein. Aber ich hoffe – daß Ihr nicht glaubt, Ihr hättet jetzt nur noch Feinde – im Stamm Calder. Einige – einige der niederen Häuptlinge . . .«

»Einige von ihnen hätten es wohl gern, daß ich das glaube, damit sie weiter gegen mich intrigieren können?«

Der Junge schwieg so lange, daß Rick schon glaubte, er habe das Bewußtsein verloren oder sei gestorben. Dann endlich nickte er.

»Aye. Ich konnte Euch nicht sterben lassen – damit sie sich freuen. Denn – sie haben gelogen. Mein Vater hatte unrecht. Ihr seid – kein Feigling.«

Tethryn schloß die Augen, und Rick ging davon, um Dwyfyd mit seinem Bruder alleinzulassen.

Verdammt! Oh, verdammt! Der Junge war noch keine achtzehn Jahre alt.

»Ist es vorbei?« fragte Rick.

Dwyfyd nickte stumm.

»Er war ein mutiger Kampfgefährte«, sagte Rick. »Er wird in Wotans Halle keinen geringen Platz einnehmen.«

»Lord –«

»Ja?«

»Darf – darf ich in Tethryns Namen eine Gunst erbitten?«

»Ja.«

Dwyfyd zögerte keine Sekunde. »Corgarffs Leben, Lord.«

»Warum?«

»Er ist mein Stammesbruder. Und – es gibt andere Gründe.«

Aha. Du weißt also, daß dein Vater an der Verschwörung zur Sabotage an dem Ballon beteiligt war. Wahrscheinlich hat er sogar Corgarff mit der Durchführung beauftragt. Und du willst das an Corgarff wiedergutmachen.

»Ihr erweist ihm keinen guten Dienst«, sagte Rick. »Er wird ein Krüppel bleiben.«

»Dennoch, ich schulde es ihm. Und seiner Familie.«

Und du hast wahrscheinlich auch das Gold an die Familie dieses Kätners ausgezahlt. »Der Stamm Calder hat einen ehrenwerten Häuptling«, sagte Rick. »Caradoc, lassen Sie einen schnellen Boten losreiten. Er soll Lady Gwen ausrichten, daß ich Corgarff begnadigt habe. Lassen Sie ihr sagen, daß ich den schriftlichen Befehl folgen lasse. Sie soll das Beil des Henkers aufhalten.«

»Aye«, sagte Caradoc.

Und du bist damit überhaupt nicht einverstanden. Aber du wirst trotzdem den schnellsten Mann schicken, nicht wahr? Das ist wahre Loyalität. Solange noch Zeit ist, Corgarff zu retten, wirst du es tun, obwohl du ihn lieber sterben sehen würdest.

Schade, daß wir keine Funkgeräte haben. Ein paar solcher Geräte würden sehr viel ausmachen. Optische Telegraphen? Spiegeltelegraphen? Telegraphentürme? All das könnten wir bauen. Ich muß darüber nachdenken. Gewiß könnten wir so die wichtigsten Orte miteinander verbinden, um innerhalb weniger Stunden Nachrichten austauschen zu können.

Und es gab tausend Details, die noch heute abend besprochen werden mußten; denn sie waren auf Teile mindestens einer Legion gestoßen. Schlachten waren zu planen und Königreiche waren zu regieren, und er hatte noch nicht einmal die erste Anpflanzung von *Surinomaz* geplant, und, mein Gott, wie ihn jedes Gelenk und jeder Muskel schmerzte!

Aber einige Probleme waren gelöst. Die Brücke war in ihrer Hand. Es würde schwierig werden, sich mit Marselius zu vereinen – ja, Flaminius könnte sogar zwischen die beiden Armeen geraten. Dann würde Rick wieder kämpfen müssen.

Und es gab auch politische Siege. Der Stamm Calder war jetzt ein Verbündeter. Oder wenigstens war sein Häuptling es. Die Römer, die ich heute getötet habe, dachte Rick, sind nicht sinnlos gestorben. Es gibt jetzt weniger Dolche, die gegen meinen Rücken gerichtet sind, und je länger ich lebe, um so mehr kann ich noch für diese Welt erreichen –

Wie vielen ist die Chance vergönnt, eine ganze Welt zu verändern? Und ihm war diese Chance jetzt gegeben. Durch jeden Mann, der heute sterben mußte, wurden für die nächsten paar Jahre Hunderte anderer gerettet.

Das alles sagte er sich, als er sich in den Sattel schwang. Das würde er sich immer wieder sagen, und vielleicht würde er es eines Tages sogar glauben. Und durch das alles hindurch hörte er immer noch die leise Stimme in seinem Innern, die ihn fragte: »Rick Galloway, bist du sicher, daß du nicht *doch* ein Feigling bist?«

15

Der monotone Lärm der Kesselpauken hörte auf. Das Zweite Lanzenregiment verteilte sich, und die Männer bezogen ihre Posten. Die Männer sollten Wache stehen, während das Dritte Lanzenregiment mit der Errichtung eines provisorischen Lagers begann. Römische Ingenieure überwachten die Arbeiten, während die Männer, unterstützt von Bogenschützen, Pfähle einschlugen und einen Graben aushoben.

»Verdammte Energieverschwendung«, hörte Rick jemanden hinter sich murmeln. Einer der tamaerthanischen Ritter.

»Hier wird ja nicht *deine* Energie verschwendet«, sagte ein anderer Ritter. Dwyfyd, dachte Rick. Es war allerdings besser, so zu tun, als hätte er nichts gehört.

Wenigstens bestand keiner der Ritter darauf, abzusteigen, um sich auszuruhen, während die Fußsoldaten ihr Lager bauten.

»Aye, wir haben von den Römern gelernt, wie man nachts gut schlafen kann, ohne überrascht zu werden. Und das, Mylords, ist nichts Geringes.«

Natürlich Drumold, dachte Rick. Aber seine Stimme schien von weither zu kommen. Plötzlich schwankte er im Sattel . . .

»Mylord.«

Rick mochte die Augen nicht öffnen. Ein heißer Geruch hing in der Luft. Lampenöl. Warum sollten sie am Nachmittag Lampen anzünden? Er öffnete ein Auge. Gelbes Licht. Braune Wände. Er versuchte sich aufzurichten.

»Bleibt ruhig liegen, Mylord.«

Endlich konnte Rick wieder normal sehen. Ein junger Diener Yatars. Und Rick lag auf einem Feldbett in seinem eigenen Zelt. Es war schon so spät, daß die Lampen hatten angezündet werden müssen.

»Ist er wach?« fragte Drumold von draußen.

»Ja, Lord. Ich hole den Priester.«

»Tu das.« Drumold kam herein und setzte sich neben Rick. »Ist alles in Ordnung, Junge?«

»Sicher.«

Er wollte sich aufsetzen, aber er hatte ein seltsam leichtes Gefühl im Kopf. »Ich weiß gar nicht, was passiert ist –«

»Haha! Du bist ganz schön verbueult. Aus drei Wunden hast du Blut verloren. Dein Daumen ist so dick wie der Kopf einer Möwe und dein Fußknöchel so dick wie ihr Körper. Außerdem hast du den ganzen Tag auf dem Pferd gesessen, und da wunderst du dich noch, daß du in Ohnmacht fällst? Ruh dich aus, mein Junge.«

»Das kann ich nicht«, sagte Rick. »Wo ist Publius?«

»Er hat ganz in der Nähe sein Lager aufgeschlagen. Es ist alles in Ordnung, Rick.«

»Habt ihr von Marselius gehört?«

Drumold zögerte.

»Ihr habt also von ihm gehört?«

»Aye. Aber –«

»Drumold, wir müssen eine Schlacht planen!«

»Das hat noch einen Tag Zeit.«

Das hat es nicht, wollte Rick sagen, aber statt dessen ließ er den Kopf auf das Kissen zurücksinken.

Am nächsten Morgen wachte er bei Trompetenschall auf und hörte Männer durcheinanderschreien. Er versuchte, von seinem Feldbett aufzuspringen, aber sein verletzter Knöchel wollte ihn nicht tragen. Mason kam herein und half ihm auf das Bett zurück.

»Was –«

»Machen Sie sich keine Sorgen, Captain. Irgendein hohes Tier von Marselius' Armee. Er wird von einer ganzen Legion begleitet.«

»Von einer ganzen Legion? Dann muß es Marselius selbst sein!«

»Vermutlich«, sagte Mason.

»Ich muß mich mit ihm treffen –«

»Wie denn?« fragte Mason. »Sie können doch kaum lange genug stehen, um sich anzuziehen.«

»Verdammt noch mal, ich kann Caesar doch nicht vom Bett aus begrüßen! Geben Sie mir meine Kleider!«

»Zur Hölle mit den Kleidern«, sagte Mason. »Sie gehen nach draußen, und da tragen Sie Ihre Rüstung. Und vorher essen Sie etwas heiße Suppe.«

Suppe. Das hörte sich gut an. Aber Rüstung? Ja. Nicht aus dem Grund, an den Mason gedacht hatte. Nicht aus Furcht vor einem Mordversuch! Aber es wäre schon passend, Marselius Caesar in einer Rüstung zu empfangen. Keine Frage, daß Marselius seine beste tragen würde. »Okay, dann helfen Sie mir in meine Rüstung. Ich nehme die glänzende.«

»Wie wäre es mit dieser?« fragte Mason. »Sie ist vor einer Stunde angekommen.«

Es war eine ganz neue Rüstung mit einem Brustharnisch, wie römische Offiziere ihn liebten. Eichenblätter aus Bronze –

nein, bei Gott, diese waren aus Gold! Sie waren auf die Schultern gelötet. Dazu ein Kettenhemd, das man darunter trug. Die Kettenglieder waren versilbert. Eine schönere Rüstung hatte Rick noch nie gesehen.

»Wirklich sehr schön«, sagte Mason.

»Ein fürstliches Geschenk«, sagte Rick. »Von Marselius?«

»No, Sir. Von Publius. Um Sie dafür zu ehren, daß Sie die Brücke genommen haben.«

»Ich will verdammt sein –« Von Publius? Von diesem Esel? Die Rüstung paßte wie angegossen. Wer von Ricks Leuten hatte Publius seine Maße gegeben? Aber das spielte kaum eine Rolle. Auf jeden Fall war dies der geeignete Aufzug . . .

»Heil Caesar«, sagte Rick.

»Heil, Freund und Verbündeter.« Marselius lächelte und kam näher, um Rick an der Hand und Schulter zu packen. Es war eine echte Umarmung, die Rick zusammenzucken ließ. »Eure Vergebung –«

»Es ist nichts«, sagte Rick, aber er war froh, daß er die Rüstung trug.

Beide Armeen waren im hellen Licht der Wahren Sonne angetreten und schauten zu, wie ihre beiden Kommandeure einander begrüßten. Wein wurde eingeschenkt, und Rick und Marselius tranken. Dann tauschten sie die Pokale und tranken noch einmal. »Albernes Ritual«, sagte Marselius. »Aber vermutlich ein notwendiges – gehen wir hinein, während Publius und Drumold hier weitermachen?«

»Ja.« Er folgte dem Römer in das Kommandeurszelt. Auf dem Tisch waren schon Karten ausgebreitet.

Am Tisch saß ein Mann, und neben ihm standen zwei von Marselius' persönlichen Leibwächtern.

»Ich glaube, Ihr kennt Aulus Sempronius noch nicht«, sagte Marselius. »Er ist der Tribun, der Flaminius' Truppen an der Brücke befehligte.«

»Heil«, sagte Rick. »Ich freue mich, Euch lebend zu sehen.«

»Das habe ich wohl Euch zuzuschreiben. Ich danke Euch.«

»Ihr werdet also genesen?«

Er sah nicht gut aus. Sein linkes Bein streckte er steif vor sich hin. Es war mit Leder geschient, und er trug den linken Arm in der Schlinge.

»Ich weiß es nicht«, sagte Sempronius. »Eure –« Er kämpfte mit dem Wort, bis er es endlich herausbrachte. »Eure *Priester* sagen es. Unsere Heilkundigen sind da nicht so sicher. Eure Rituale sind seltsam, aber sie scheinen wirkungsvoll zu sein –«

Marselius sah besorgt aus. »Der Bischof muß jeden Augenblick kommen«, warnte er. »Geht es dir gut, Sohn meines ältesten Freundes?«

»Ihr nennt ihn selbst jetzt noch Euren Freund?«

»Gewiß. Daß dein Vater seine Pflicht darin sieht, Flaminius zu dienen, macht seine Freundschaft nicht weniger wertvoll. Eher wertvoller.«

»Ah.« Aulus Sempronius schwieg eine Weile. »Ich glaube nicht, daß Euer Sohn Eure Ansicht teilt. Ihm ausgeliefert, wäre ich jetzt in den Händen der Richter.«

»Niemals«, sagte Rick. »Ihr habt euch mir ergeben. Wer euch etwas antut, wird sich mir gegenüber verantworten müssen.«

»Mit welchem Recht sprecht Ihr so zu Caesar?«

Publius war hereingekommen. Rick drehte sich langsam um. Was ich am liebsten sagen würde, du großspuriger kleiner Bastard, steckt im Magazin dieses Colts. Aber das wäre nicht besonders gut –

»Mit dem Recht jedes ehrenhaften Mannes«, sagte Marselius. »Mit dem Recht der Ehre. Heil, Publius.«

»Heil, Vater. Heil, Lord Rick.«

»Hast du nicht mehr zu unserem Verbündeten zu sagen?« fragte Marselius.

Publius nickte mit zusammengepreßten Lippen. Dann sagte er rasch: »Ich erbitte Eure Verzeihung. Ich hätte nicht so sprechen dürfen, wie ich es tat.«

»Warum hat er nicht angegriffen?« fragte Publius. Er wandte sich an Aulus Sempronius. »Warum nicht?«

»Das kann ich nicht beantworten –«

»Aulus«, sagte Marselius. »Aulus, ich habe allen, die das akzeptieren wollen, volle Amnestie versprochen. Es gab keine Bedingungen, und es wird auch keine geben. Aber – willst du dich mir nicht als deinem Kaiser unterwerfen? Willst du mir nicht helfen, diesen Krieg zu beenden? Wie kann es Rom schaden, wenn dieser Krieg endet?«

Aulus runzelte die Stirn. »Und doch – ach, wie kann das eine Rolle spielen?« sagte er. »Er braucht keine Schlacht. Und das müßt Ihr doch wissen.«

Rick nickte. »Die Brücke wurde von viel zu schwachen Kräften bewacht. Wir *sollten* den Fluß überqueren.«

»Eure Spione haben gut gearbeitet«, sagte Aulus bitter.

»Nein«, sagte Rick. »Es war doch ganz offensichtlich, daß die Kräfte nicht ausreichten, die Brücke lange zu halten. Aber ihr habt so gut gekämpft, daß wir erst jetzt darauf gekommen sind. Und wenn wir nach Rom marschieren –«

»Wird er euch vorrücken lassen. Dann nehmen wir die Brücken wieder ein und halten euch so lange auf diesem Ufer fest, bis ihr verhungert seid. Darf ich noch Wein haben? Danke. Er lindert die Schmerzen.«

»Er ist aber nicht gut für Sie«, sagte Rick.

»Gehört das auch zu Yatars Zauberkünsten?« Er schenkte seinen Pokal voll und trank ihn aus. »Ihr werdet eure Armee ohnehin verlieren. Denkt an die vielen Deserteure.« Aulus lachte laut. »Wenn wir unsere nicht vorher verlieren.«

»Gibt es bei euch denn viele Deserteure?« fragte Rick.

»Wie bei euch.«

»Davon haben wir noch nicht viel gemerkt«, sagte Rick. Er sah Publius an. »Sind sie zu Euch gekommen?«

»Sie gehen nicht zu Marselius Caesar«, sagte Aulus. »Sie gehen nach Hause, um ihre Familien vor Banditen zu schützen. Und vor Sklavenaufständen und vor den Legenden von – von –«

»Von der ZEIT«, sagte Rick leise. »Davon wißt ihr also auch.«

Aulus nickte und trank sein drittes großes Glas Wein.

»Unsere Bischöfe sagen, daß Gott diese Welt strafen wird.«

So kann man es auch sehen. Wie viele Deserteure hat Publius wohl gehabt? Wir haben keine gefangen, aber wir haben eigentlich auch nicht nach ihnen gesucht.

»Flaminius wird also nicht angreifen«, sagte Marselius.

»Das wird er nicht tun, Caesar«, sagte Aulus Sempronius. »Aber sprecht nicht von Flaminius; der ist nämlich gar nicht hier.«

»Wer hat denn den Oberbefehl?«

»Titus Licinius Frugi.«

»Gah«, sagte Publius.

»Das habe ich befürchtet«, sagte Marselius. »Mein bester Legat. Er hat mit mir zusammen bei Sentinius gekämpft . . .«

Bei Sentinius. »Dann werden meine Lanzenreiter und Bogenschützen für ihn kaum eine Überraschung sein«, sagte Rick.

»Nein«, sagte Aulus.

»Und er kennt mein Geheimnis. Das Geheimnis jeder Igelstellung. Wenn der andere sie nicht angreift – wie können wir dann in der Schlacht der Kavallerie auf den Leib rücken? Wir könnten seine Kavallerie nicht einmal *stellen*. Und wenn er wartet, bis wir in Marschformation sind, und dann einschwenkt –«

»Dann marschieren wir auf Rom«, sagte Marselius. »Wenn er keine Schlacht will, wollen wir auch keine.«

»Aber je weiter wir marschieren –« sagte Rick.

»Desto mehr Rekruten werden wir haben«, sagte Publius. »Wir kommen dann unseren heimischen Gütern näher und in Landstriche, wo man Flaminius, diesen Schwachkopf, nur allzu gut kennt.«

»Titus Licinius Frugi wird die Ernten verbrennen«, sagte Rick.

»Wie könnte er das?« fragte Marselius. »Seine eigenen Truppen würden das nicht zulassen. Auch Flaminius nicht. Und auch nicht die Kirche. Nein, wir marschieren weiter, und wenn er angreift, haben wir ihn.«

Oder er hat uns, dachte Rick, aber es hatte keinen Zweck, das laut auszusprechen. Wie hieß es doch noch?

Die Schotten sollen fort sich kehren,
Im Hügelland von Moos sich nähren.
Bauholz soll nur für Waffen dienen,
Daß keine Feinde drohen ihnen.
Die Felder soll'n in Brand sie stecken
Und ihren Vorrat gut verstecken.
So sieht der Feind nur ödes Land,
Aus dem das Heer der Schotten schwand.
Dann nächtens aus dem Hinterhalt
Den Feind sie schlagen mit Gewalt.
Sie soll'n ihn mit dem Schwert verjagen,
Daß er sie niemals mehr kann plagen.
So König Robert in der Tat
Im Testament verfüget hat.

Aber Flaminius konnte unmöglich von Robert the Bruce gehört haben. Oder vielleicht doch?

Zwei Tagesritte bedeuteten für Rick zwei Tage voller Qualen. Sein Knöchel war immer noch geschwollen, so daß er sich nicht in den Steigbügeln aufrichten konnte. Er erinnerte sich an den alten Witz: Handbuch für die Kavallerie: *Vierzig Meilen im Sattel*, von Major Arschbrenn. Mit jeder Meile wurde ihm die Bedeutung bewußter.

Aber ich kann die Armee nicht von einem Wagen aus führen, dachte er. Allerdings werde ich es müssen, wenn das so weitergeht.

Sie rückten weiter in Flaminius' Territorium vor; und je weiter sie in sein Gebiet eindrangen, um so hungriger wurden sie. Ganz im Gegensatz zu Marselius' Überzeugung *waren* die Felder verwüstet worden, und es gab wenig oder nichts zu essen. Alle Vorräte waren weggeschafft und die Felder verbrannt worden.

Sie wurden auch in anderer Hinsicht geschwächt. Für jeden Rekruten, den sie anwarben, mußen sie zwei Mann als Garnison zurücklassen. Als sie den Marsch antraten, hatten sie drei Legionen Schwerbewaffnete, zwei Legionen Veteranen, eine

Legion Milizionäre und zwei Kohorten römische Leichtbewaffnete, die dem Standard der Veteranen, die Rick ins Feld führte, bei weitem nicht entsprachen. Jetzt waren sämtliche Legionen unter Sollstärke, und sie hatten nur noch eine Kohorte Leichtbewaffnete.

Außerdem hatten sie mit drei *cohortes equitatae* angefangen, einer gemischten Kampftruppe, in der zu jedem leichtbewaffneten Kavalleristen zwei leichtbewaffnete Infanteristen gehörten. Die Infanteristen liefen neben ihrem Reiter her und hielten sich an der Mähne seines Pferdes fest, um auf gleicher Höhe zu bleiben. Theoretisch eine ausgezeichnete Idee; Rick fragte sich, wie gut sie wohl ausgebildet waren. Aber wie gut auch immer, jetzt hatten sie nur noch zwei Kohorten; die dritte hatten sie zur Bewachung der Brücke am Pydnae zurücklassen müssen.

Die ganze römische Armee war nicht viel größer als Ricks Streitmacht; von Flaminius dagegen hieß es, er habe fünf Legionen, drei von ihnen Veteranen, und außerdem zahlreiche Milizionäre und Hilfstruppen.

»Mylord.«

Rick sah einen seiner Kavallerieoffiziere vor sich. »Ja?«

»Fünf Stadien vor uns, Lord. Dort liegt eine Villa, die uns ihre Tore nicht öffnen will.«

Rick runzelte die Stirn. »So?«

»Mylord, Balquhain wollte die Tore niederreißen lassen, aber Lord Drumhold befahl mir, Euch zu suchen. Die Villa wird nur von Frauen und loyalen Sklaven verteidigt. Balquhain forderte sie zur Übergabe auf, sonst würden sie den Soldaten überlassen. Sie schlugen ihm das Tor ins Gesicht. Dann kamen Lord Drumold und Lord Caradoc.«

»Ich verstehe. Sag Drumold, ich komme, so schnell ich kann.« Er schaute auf den Weg zurück. Art Mason und Jamiy waren dicht hinter ihm. Jamiy trug noch immer den Arm in der Schlinge. Müde winkte Rick sie heran und gab seinem Pferd die Sporen zu einem schnellen Trab. Das Resultat waren höllische Schmerzen.

Und ich kann mit niemandem über mein Problem reden . . .

»Ergebt euch im Namen von Marselius Caesar«, schrie Rick.

»Meine Lady sagt, daß sie ihr Tor niemals Barbaren öffnen wird.«

War dies eine absichtliche Wortspielerei? Die doppelte Bedeutung war offensichtlich, aber ganz gewiß war es nicht scherzhaft gemeint. Und zweifellos drückte es die tiefsten Ängste der Matrone aus, die diese Villa bewachte.

»Hier brauchen wir Tylara«, sagte Rick.

Drumold nickte. »Deshalb habe ich dich holen lassen.«

»Ja«, sagte Rick. »In einem Sieg über Frauen liegt wenig Ehre. Aber es könnte leicht Vorfälle geben, die für Flaminius mehr wert sind als eine neue Legion.«

»Das habe ich meinem Sohn auch schon gesagt«, murmelte Drumold.

Balquhain senkte den Kopf. »Aye. Jetzt sehe ich das auch ein. Ich war ein Narr.«

Das erste verdammte Zeichen von Weisheit, das ich bei dir gesehen habe, dachte Rick. Aber dafür war jetzt keine Zeit. »Mason, holen Sie die Eins-null-sechs.«

»Habt Ihr einen Plan?« fragte Balquhain.

»Ja. Und du bist Teil dieses Plans. Jedenfalls jetzt. Hört zu . . .«

»Feuer!« schrie Reznick. Die 106 Rückstoßfreie blitzte auf, und das Geschoß traf das massive Tor der Villa.

In diesem Augenblick, als die größere Waffe abgefeuert wurde, schossen Rick und Mason mit Hilfe der auf ihre H&K-Gewehre aufgesetzten Granatenabschußvorrichtung Druckgranaten ab. Sie zischten über die Mauer und detonierten im Innenhof.

In diesem Augenblick ritten Balquhain, Caradoc und zehn ausgesuchte Männer an das Tor. Sie sprangen von ihren Pferden. Das Tor hatte sich in seiner Verankerung gelockert, und vier Männer warfen sich gleichzeitig dagegen. Die obere Angel löste sich. Sie stürzten in den Innenhof.

Rick ritt heran stieg ab und kletterte unter Schmerzen über das zerstörte Tor hinweg. »Meine Damen!« schrie er. »Sie sehen, daß wir Ihre Verteidigungsanlagen durchbrochen haben. Aber nur Offiziere stehen in Ihrem Hof. Meine Armee bleibt draußen. Ihnen wird nichts geschehen. Im Namen Marselius Caesars, kommen Sie heraus –«

Von der äußeren Mauer brachten Caradoc und zwei Soldaten Gefangene herüber; zwei junge Männer, offensichtlich Sklaven, und einen anderen, der allenfalls zehn Jahre alt war. Der Junge wehrte sich, aber er konnte sich aus Caradocs Griff nicht lösen.

Die Tür der Villa öffnete sich, und eine Frau von etwa fünfunddreißig Jahren rannte ins Freie. »Rutilius!« schrie sie.

Rick nickte zufrieden. Das ist ein Sieg, auf den ich stolz sein kann. Warum können nicht alle Siege so sein?

Es war schon spät am Tage, und Rick schlug bei der Villa ein Lager auf. Nur seine Offiziere durften den Innenhof betreten, und bevor sie eintraten, erbat Rick in aller Form die Erlaubnis der Herrin des Hauses.

»Wir werden für alles bezahlen, was wir verzehren«, sagte Rick zu ihr. »Wir sind Verbündete des rechtmäßigen Kaisers und keine Eroberer.«

Sie zuckte die Achseln und lächelte bitter. »Es gibt hier wenig genug zu verzehren.«

Sie hieß Aemelia, und ihr Gatte Marcus Trebius war Offizier in Flaminius' Armee.

Sie wußte nicht, ob er tot war oder noch lebte, aber einige Tage zuvor hatten Titus Frugis Soldaten alle waffenfähigen Sklaven und Freigelassenen aus der Villa geholt. Sie hatten auch fast alle Lebensmittelvorräte mitgenommen und den Rest verbrannt.

»Sie scheinen sehr wenig Liebe zu Flaminius zu empfinden«, sagte Rick.

»Sehr wenig.«

»Warum haben Sie sich dann nicht Marselius ergeben?«

»Ihr seid nicht Marselius«, sagte sie.

»Aha. Meine Barbaren –«

Sie wurde rot. »Man sagte uns – sagte uns, daß es weit besser sei, Publius in die Hände zu fallen, als unter die Barbaren zu geraten.«

»Aha –«

»Aber ich habe Euch unrecht getan«, sagte sie. »Ich – danke Euch. Ihr habt meinen Sohn gerettet. Ihr habt mein Haus verschont.« Sie trat näher an ihn heran. »Willkommen in meinem Haus und an meinem Herd . . .«

»Captain . . .«

Was zum Teufel? Aemelia regte sich neben ihm in der Dunkelheit. Sie war starr vor Angst.

»Captain.«

Es war Masons Stimme. Sie kam aus der Halle. Rasch stand Rick auf und ging durch die Verbindungstür in den anderen Raum. Dabei warf er sich seine Robe über. »Hier. Was gibt es denn?«

»Ein Bote, Captain. Von Marselius. Er kann nicht bis morgen warten. Es sei zu wichtig, sagt er.«

»Ich komme –«

»Die Rüstung, Captain. Ich helfe Ihnen –«

»Ich brauche fünf Minuten«, sagte Rick müde. »Dann können Sie mir helfen.« Und wie gut *bist* du eigentlich mit Tylara befreundet?

Lucius, Freigelassener und vertrauter Freund Marselius Caesars, stand in der Bibliothek der Villa. Drumold, Elliot, Balquhain, Caradoc und ein weiteres Dutzend Offiziere waren ebenfalls gekommen.

»Heil, Lord Rick.«

»Heil, Lucius. Ihr bringt eine Botschaft von Caesar. Wahrscheinlich ist er auf Flaminius' Hauptarmee gestoßen.«

»Ja. Höchstens vierzig Stadien entfernt. Ein Teil marschiert auf uns zu. Seine leichten Reiter sind überall –«

Rick beugte sich über die Karte. »Das Gelände ist gut geeignet. Sie werden versuchen, an uns vorbeizukommen, um uns von hinten und vorn anzugreifen. Und weitere Truppen haben sie auf dem Hügel neben der Straße, auf der wir vorrücken.«

Und schlimmer noch. Hier gab es eine Anzahl von Parallelstraßen, und Marselius' Armee war in drei Marschkolonnen aufgesplittert. Rick führte die linke an, Marselius selbst die mittlere und Publius die rechte. Mit Glück konnte Flaminius auf eine der flankierenden Kolonnen stoßen und sie schlagen, bevor Marselius zur Hilfe eilen konnte. Oder er könnte ein Umfassungsmanöver versuchen und ihnen auf diese Weise schwer zu schaffen machen. Oder –

»Es ist klar, daß wir wissen müssen, was Flaminius macht«, sagte Rick. Er wandte sich an die Offiziere: »Schickt die Husaren aus. Nicht einzeln, sondern in einer kompletten Einheit. Sie sollen patrouillieren und dann zurückkommen. Sie dürfen sich nicht auf Gefechte einlassen. Sie sind unsere Augen, und wir brauchen sie.«

»Ich werde selbst mitreiten«, sagte Drumold. »Sofort?«

»Ja«, sagte Rick. »Elliot, ordnen Sie Alarmbereitschaft an, aber lassen Sie die Truppen im Lager. Bevor wir wissen, was Flaminius unternimmt, wäre alles andere unsinnig –«

»Und doch müssen wir weiter vorrücken«, sagte Lucius leise. »Wir haben keine andere Wahl. Sonst haben wir bald kein Korn mehr für die Pferde.«

»Ja«, sagte Rick. Pferde fressen viel und Kavalleriepferde noch mehr. Wenn sie hier eine Woche blieben, würden sie überhaupt keine schlagkräftige Truppe mehr haben.

»Caesar befiehlt, daß wir morgen marschieren«, sagte Lucius. »Ich habe seinen Schlachtplan mitgebracht.«

Der Schlachtplan war überhaupt keiner. Weiter vorrücken und auf Gott vertrauen. Nicht, daß Rick eine bessere Idee gehabt hätte.

»Ich habe noch eine Botschaft«, sagte Lucius. »Ich habe gewartet, bis wir allein sind.«

Rick füllte zwei Gläser mit Wein.

»Ja?«

»Euer Offizier Tethryn soll den Speer ohne Spitze bekommen.«

»Ah.« Die Römer auf Tran hatten also diese uralte kaiserliche Ehrung bewahrt. »Dwyfyd wird glücklich sein, ihn den Insignien am Grabmal seines Bruders hinzuzufügen.«

»Publius wollte statt dessen Geld geben.«

»Hatte er dafür einen Grund?«

»Er sagte zu seinem Vater: ›Wenn ich dem Purpur so nahe wäre wie du, würde ich römische Ehrungen nicht an tote Barbaren verschwenden.‹« Lucius lächelte. »Caesar erwiderte: ›Wenn ich meine Freunde nicht ehrte, wäre ich dem Purpur nicht so nahe, wie ich es bin.‹«

»Und was geschieht, wenn Caesar in der Schlacht fällt?«

Lucius zuckte die Achseln. »Publius ist nicht schlecht. Er ist ein seltsamer Junge. Sehr gebildet. Vielleicht war ich zu streng. Ich weiß es nicht. Aber – nun, wir können zu den Heiligen beten, damit Marselius lebt und den Thron erlangt. Und auch Publius mag sich eines Tages Roms würdig erweisen.«

Die Kavallerie kehrte eine Stunde nach Tagesanbruch zurück.

»Wir haben nichts gefunden«, sagte Drumold. Er zeigte auf die Karte, die Rick auf seinem Feldtisch ausgebreitet hatte. »Wenn ich mich nicht irre, haben wir die Ausläufer dieses Hügels erreicht.«

»Gut zehn Stadien weiter als die Stelle, an der ihr in einen Hinterhalt hättet geraten sollen.«

»Aye.«

»Ich meine damit, daß es dort einen Hinterhalt geben wird, wenn die gesamte Armee vorbeizieht«, sagte Rick. »Darauf kannst du dich verlassen.«

»Was also sollen wir tun?« fragte Balquhain.

»Was würdest du denn tun?« fragte Rick.

Balquhain breitete die Hände aus.

»Ich weiß es wirklich nicht. Es gab eine Zeit, und sie liegt noch nicht lange zurück, da wäre ich die Straße entlanggeritten und hätte mich sicher gefühlt. Jetzt – jetzt sehe ich die Gefahr, aber ich weiß nicht, was wir tun könne.«

Ich auch nicht, dachte Rick. Er wollte gerade sagen, daß –

»Mylord!« unterbrach Jamiy. »Lord, der Captain der Wache schickt eine Botschaft. Aus dem Westen kommen neue Truppen.«

»Neue Truppen?«

»Soldaten aus Drantos, Lord. Königliche Garde.«

»Was zum Teufel?« fragte Drumold. »Könnte es etwa sein, daß – nein, nein, daran möchte ich nicht einmal denken.«

Ich auch nicht, dachte Rick. Herrgott noch mal. Und in der letzten Nacht habe ich sie betrogen. Könnte es sein, daß Tylara kommt? Oder ist ihr etwas passiert? Oder . . . Ich bin ein verdammter Narr.

Camithon stand an der Tür. Er hielt den Kopf gesenkt, und der alte Soldat stammelte doch tatsächlich: »Lord – Lord, ich weiß nicht, wie ich ihn daran hindern sollte. Aye, unser junger Wanax ist größer geworden –«

»Ihr habt ihn also mitgebracht.«

»Aye«, sagte Camithon. »Was wäre meine Pflicht gewesen? Ich bin Soldat. Ich weiß sehr gut, daß ich der ›Protektor‹ des jungen Ganton bin, nicht der des Reiches, das ich nicht regieren könnte. Und als unser Wanax diese verrückte Idee hatte, während Lady Tylara nur einen Tagesritt von der Hauptstadt entfernt war, schickte ich Boten, die ihr sagen sollten, sie möge als höchster Beamter in Drantos bleiben, während ich den Wanax begleite. Was hätte ich sonst tun sollen, Lord? Denn er wollte unbedingt kommen. Um ihn daran zu hindern, hätte ich Gewalt anwenden müssen – und ich kann nicht glauben, daß seine Adeligen und seine Garde das zugelassen hätten. Soll ich denn deshalb einen Bürgerkrieg anfangen?«

»Nein. Wo ist der König?«

»Seine Diener errichten gerade ein Zelt für ihn, und er nimmt gerade seine Waschungen vor – in Wirklichkeit versteckt er sich, bis ich ihm melde, wie Ihr seinen Besuch aufgenommen habt. Ich glaube, er fürchtet sich ein wenig vor Euch.«

»So sehr kann er mich nicht fürchten, sonst wäre er nicht hier. Was für Truppen habt Ihr mitgebracht?«

»Hundert Lanzen, Lord.«

Dreihundert Mann schwere Kavallerie. Wahrscheinlich mehr. Jede Lanze wurde von einem Ritter geführt, und viele dieser Ritter hatten wahrscheinlich ihre Knappen und andere Bewaffnete mitgebracht. Ohne Zweifel ausgesuchte Leute.

Mann für Mann so gut wie die Römer. Möglicherweise besser. Aber weniger diszipliniert. Hundert römische Panzerreiter wären diesen dreihundert mehr als gewachsen.

Aber sie waren schwere Kavallerie, und sie waren dazu ausgebildet, drei Meter tief gestaffelt zu kämpfen und dabei eine drei Meter breite Front abzudecken. Sie könnten eine Front von über dreihundert Metern halten, wenigstens für eine gewisse Zeit.

»Und Diener«, fuhr Camithon fort, »und fünfzig Träger, die hundert Packpferde führen.«

»Und wie steht es mit den Rationen? Wie lange können die Leute leben, ohne Nahrung beschaffen zu müssen?«

Camithon zuckte die Achseln. »Vielleicht ein paar Tage. Im Kielwasser dieser Armee waren so gut wie keine Lebensmittel zu finden.«

Rick nickte. Vierhundert weitere hungrige Mäuler zu füttern. Dazu noch die Pferde, die Korn und Heu brauchten. Elitetruppen aus Drantos hatten keine Zentauren.

Wieder eine verdammte Sorge mehr.

»Dies ist in erster Linie eine tamaerthanische Expedition«, sagte Rick. »Und ich führe hier das Kommando. Ist das klar?«

»Aye, Lord. Das ist mir klar – und Seiner Majestät auch.«

»In Ordnung. Dann habt die Güte, Seine Majestät zu informieren, daß der Oberkommandierende den Wanax gern sprechen möchte, sobald er mit seinen Waschungen fertig ist.«

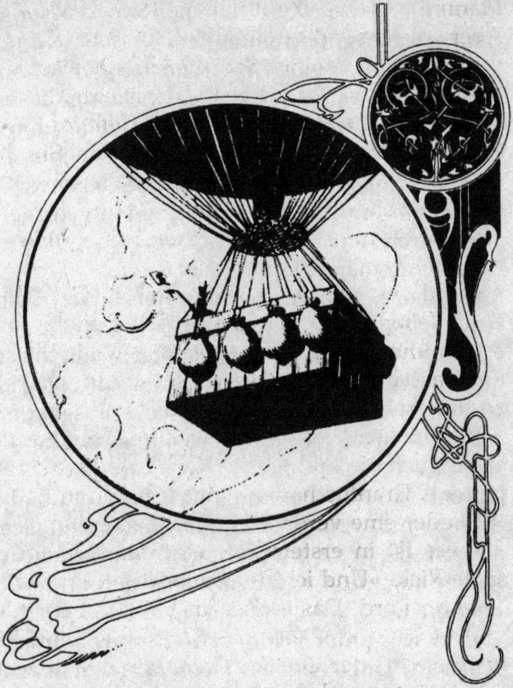

16

Titus Licinius Frugi hielt sein Pferd an und widerstand dem Impuls, sich in die Steigbügel zu stellen. Seine Offiziere schauten zu ihm herüber, und sie sollten nicht merken, daß er nervös war.

Sie standen unter den wenigen Bäumen eines langen Hügelkamms, der parallel zur Marschrichtung des Feindes verlief. Von hier konnten sie den größten Teil der Streitmacht des Marselius sehen; das Zentrum mit Marselius selbst lag von Frugi aus gesehen links und stand bereit, die Militärstraße nach Rom hinaufzumarschieren.

Auf der Seite konnte Frugi Marselius mit vier Legionen begegnen, mehr als genug, um gegen Marselius das Feld zu behaupten – aber das hätte zu viele Männer gekostet. Das war bei Frontalangriffen immer so.

Aber wenn er eine Legion um den Hügelkamm herumführen könnte, um Marselius in den Rücken zu fallen . . .

Marselius hatte seinen linken Flügel den Barbaren anvertraut. Am Fuße des Hügels führte rechts ein Nebenweg zu einem schmalen Streifen gerodeten ebenen Geländes, das für seine schwere Reiterei hervorragend geeignet war. Die Barbaren, durch den Hügelkamm von Marselius getrennt, würden dort hineinmarschieren.

Er zeigte zur Straße hinunter. »Wie weit sind sie schon heraufgekommen?« fragte er.

»Dort.« Einer seiner Stabsoffiziere zeigte den Abhang hinab.

»So weit schon? Ausgezeichnet.« Wenn die Barbaren in der letzten Nacht diese ganze Strecke ausgekundschaftet hatten, würden sie es jetzt, wo sie auf dem Marsch waren, wieder tun . . .

Zuerst würde die leichte Kavallerie der Barbaren auftauchen. Sie war für seine gepanzerten Reiter kein Gegner. Man mußte sie auf die marschierenden Kolonnen zurücktreiben – und weiter angreifen und den fliehenden Feind dabei als Deckung benutzen.

Und wenn der Feind eintraf, ohne Kundschafter vorauszuschicken? Um so besser. Die Straße verlief zwischen dem Wald und einem Fluß. Die Barbaren würden nahe an den Bäumen marschieren müssen, so nahe, daß ihre Bogenschützen wenig Zeit für ihren tödlichen Pfeilhagel haben würden, wenn seine versteckten Truppen aus dem Wald hervorbrachen. Dann würden seine Legionäre sich auf die Bogenschützen stürzen, und die Armee der Barbaren gehörte ihm. Die Bogenschützen töten! Die Lanzenreiter allein waren nicht gefährlich. Sie konnten von seinen eigenen berittenen Bogenschützen erledigt werden – wenn diese nicht ihrerseits aus dem Sattel geholt wurden von diesen in helle Kilts gkleideten Teufeln und ihren mit Möwenfedern geschmückten langen Pfeilen, die anderthalbmal weiter trugen als seine besten.

Ihn packte nacktes Grauen, wenn er an die Katastrophe von Sentinius dachte. Nie wieder! Niemals wieder würde er die

Leichtbewaffneten von seiner schweren Reiterei angreifen lassen, solange in dichten Schwärmen die grauen Möwen flogen . . .

Ein Reiter trabte von hinten an ihn heran. »Eine wunderschöne Aussicht. Zu schade, um durch die Scheußlichkeiten des Krieges verdorben zu werden.«

»Ja, Exzellenz.« Und wieviel davon glaubte Bischof Polycarp? Möglicherweise alles. Soweit Frugi wußte, war Polycarp ein vernünftiger Mann – obwohl er bei Flaminius in Gunst stand.

Marselius, mein alter Freund. War die Revolte nicht ein Fehler? Hat Flaminius der Gelehrte uns dahin getrieben? Aber ein Bürgerkrieg ist immer die schlimmste aller Katastrophen, das entsetzlichste aller Übel. Besser ein Dutzend schlechte Kaiser als eine endlose Reihe von Kriegen um den Purpur. Einst herrschte Rom von der See bis zu den Steilhängen im Westen, und bis an die Grenzen der Fünf Königreiche. Aye, selbst der Hohe Rexja schickte Caesar Geschenke. Dann kam ein Jahr, da drei Caesaren gleichzeitig den Thron beanspruchten.

»Aber werden sich nicht die Bäume und Hügel dort als hinderlich erweisen?« fragte der Bischof. »Sie werden euren Feind verbergen.«

»Sie werden auch Marselius die Sicht nehmen, Euer Gnaden.«

»Und das ist wichtig?«

»Überaus wichtig, Euer Gnaden. Wenn wir nur wüßten, wo *alle* Truppen des Marselius stehen, dann hätten wir sie schon. Wir könnten einen unblutigen – nun, fast unblutigen – Sieg erringen.«

»Wie das?«

Habe ich Besseres zu tun, als einem Diener des Friedensfürsten Lektionen in Taktik zu erteilen? Nein. Nicht während der nächsten Stunde. Vielleicht auch noch länger nicht. »Wenn wir wissen, wo die einzelnen Einheiten stehen, können wir uns mit unserer ganzen Macht auf einen kleinen Teil von ihnen konzentrieren. Ihre Linien durchbrechen, sie von den Flanken her aufrollen und von hinten kommen. Ihren Soldaten gefällt dieser Krieg genauso wenig wie uns. Wenn wir ihnen die Chance geben, werden sie lieber zu uns kommen, als für Marselius sterben.«

»Ihr werdet ihnen also Pardon geben?«

»Ja.«

»Aber Caesar hat doch befohlen –«

»Ich weiß, was Caesar befohlen hat, Euer Gnaden. Und ich weiß, was ich tun muß. Ich werde die Reste der Streitmacht des Marselius zu den Grenzbefestigungen schicken.« Wenn es Reste gibt. Ich habe sechs Legionen. Zwei, von denen Marselius nichts weiß. Genügend Truppen, den Feind zu überrollen . . . »Wenn ich kann, werde ich ihnen Pardon geben.«

»Seid Ihr sicher, daß Ihr siegen werdet?«

»Das bin ich, Euer Gnaden. Wir haben sechs Legionen und die Fußsoldaten. Selbst wenn wir die Truppen der Barbaren als Legion bezeichnen, hat Marselius nur vier.«

»Dann seid Ihr anderthalbmal so stark wie er.«

»Stärker, Euer Gnaden. Bei Streitkräften, die so ausgewogen sind wie unsere, verändert sich das Verhältnis zu unseren Gunsten. Sagen wir einmal sechsunddreißig zu sechzehn. Als seien wir doppelt so stark wie er. Aber das würde für einen Frontalangriff gelten. Noch besser wäre es, wenn Marselius vorrücken würde. Er war schon immer ein unbesonnener Kommandeur.«

Polycarp sah ihn durchdringend an. »Seid Eures Sieges nur sicher. Dann geht mit Gott. Rom kann sich den Verlust seiner Ritter nicht leisten, da die Barbaren an unsere Pforten klopfen und der Stern, den unsere Vorfahren Beelzebub nannten, jeden Tag höher am Himmel steht. Aber – wird nicht Marselius einfach bleiben wo er ist? Warum sollte er seinen Kopf in Eure Schlinge stecken?«

»Er hat keine Wahl, Exzellenz. Wo er sein Lager aufgeschlagen hat, gibt es kaum noch etwas zu essen.« Flaminius hatte ihm zu Recht verboten, *alles* Land auf Marselius' Marschroute zu verwüsten, aber dieses Tal hatte er ihm zugestanden. Selbst ein Rabe, der es überflöge, müßte Verpflegung mitführen.

Marselius und die Barbaren führten natürlich auch Verpflegung mit sich. Getreide und Futter für die Pferde. Aber für eine so große Armee würde es nicht reichen. Marselius würde kämpfen müssen, und zwar auf einem Terrain, das Frugi ausgewählt hatte. Und Marselius würde verlieren.

Eine Stunde verging. Von Westen her schmetterten Trompeten. Marselius war auf dem Marsch. Die Barbaren aber stellten sich auf wie zur Schlacht. Sie waren auf der Straße nicht weiter vorgerückt. Nicht einmal ihre leichten Reiter.

Dann hörte er Rufe von seinen Truppen im Hintergrund. Ein Stabsoffizier ritt an ihn heran und flüsterte aufgeregt.

»Was? Rede doch lauter, Mann!«

Der Offizier streckte die Hand aus und zeigte auf etwas.

Zwei Meilen entfernt stieg ein hellgefärbtes Objekt in den Himmel, das schwarzen Rauch hinter sich herzog. Ein leichter Wind trug ihn herüber. Frugi strengte seine Augen an und glaubte ein dünnes Seil zu sehen, das dieses Objekt mit dem Boden verband. Auch von der Stelle, an der das Seil endete, stieg Rauch auf.

»Was?« fragte Frugi. »Das ist gewiß nichts, was wir fürchten müßten.« Aber er hatte dennoch Angst. Er empfand Angst und Entsetzen vor dem Unbekannten. Sternenwaffen . . .

Aber Sternenwaffen sind auch nur Waffen, sagte er sich. Wie Bogen mit Pfeilen von großer Reichweite. Wie Wurfgeschütze, die weit schießen können. Aber wie Bogen Pfeile brauchen, so brauchen Sternenwaffen – sie brauchen etwas, für das ich kein Wort habe. Aber sie brauchen irgend etwas. Und ihre Vorräte sind begrenzt.

Ein weiterer Stabsoffizier ritt an ihn heran, ein *frumentarius*. Offizier. Warum war er so aufgeregt?

»*Ballon*«, stammelte der Geheimdienstoffizier.

Titus Frugi runzelte erstaunt die Stirn.

»Wir haben davon aus dem Piratenland gehört, Prokonsul«, sagte der Offizier. »Aber wir haben uns nicht darum gekümmert. Bis jetzt.«

»Wovon redest du da?«

»*Ballon*«, sagte der Offizier. »Er treibt mit dem Wind auf uns zu, und er fliegt höher, als wir schießen können. Schaut genau hin, Prokonsul.«

Titus Frugi schaute hin und erkannte Unheil. In dem Korb,

der unter dem Ballon hing, waren Männer. Sie zeigten auf die Truppen, die im Hinterhalt lagen.

Die Signalflaggen bewegten sich. Ein Diener Yatars starrte auf den Korb unter dem Ballon und rief Buchstaben. Ein anderer schrieb die Botschaft auf.

S-T-A-B- STOP A-U-F STOP H-Ü-G-E-L STOP D-R-Ü-B-E-N STOP.«

»Wir haben die Stabsoffiziere des Feindes gefunden, Lord« sagte der Schriftkundige.

Rick lächelte amüsiert. Diese Jungs waren so stolz darauf, zu den wenigen zu gehören, die lesen konnten, daß sie fast schon glaubten, niemand außer ihnen könne es. »Danke.« Er wandte sich an Mason. »Glauben Sie, es lohnt sich, ein paar Dinger auf den Hügel zu werfen?«

Mason zuckte die Achseln. »Klar.«

»Wir werden allerdings noch ein wenig warten«, sagte Rick. »Ah, Murphy hat einen Hinterhalt entdeckt. Ungefähr da, wo ich es nach der Karte vermutete. Aber es ist gut, daß wir jetzt die Bestätigung haben. Sie sind abgesessen. Für eine Weile werden sie nichts unternehmen . . .«

Allmählich erfuhr er immer mehr Einzelheiten, als die Signalflaggen immer wieder geschwenkt wurden. Zwei Legionen hier. Eine dort, hinter einer Obstplantage verborgen. Zwei weitere in Reserve.

Hah. Titus Fugi war viel stärker, als Marselius gedacht hatte. Er mußte jeden Mann genommen haben, den er nur finden konnte . . .

»Caradoc!« schrie Rick. »Schick reitende Boten zu Marselius. Wenn wir diese Schlacht gewinnen, dann bei Yatar, haben wir den ganzen verdammten Krieg gewonnen!«

»Ihr habt doch selbst gesagt, es würde eine Katastrophe geben«, sagte Bischof Polycarp.

Und das wird es auch, dachte Titus Frugi. Aber wie kann ich eine Schlacht vermeiden? Ich kann mich nicht einmal vom

Feind lösen! Inzwischen kennt Marselius jede Formation, die ich habe, die Zahl der Truppen, den Standort . . .

Ist er klug genug, zu ahnen, welchen Truppen ich trauen kann und welchen nicht? Welche ich durch den Wald marschieren lassen kann und welche unter der strengen Aufsicht ihrer Zenturionen bleiben müssen? (Und ich habe eine Legion, deren Zenturionen unzuverlässig sind; diese ganze Legion muß von einer anderen überwacht werden.)

»Was soll ich denn nach Eurer Meinung tun, Euer Gnaden?«

Polycarp schüttelte langsam den Kopf. »Vermeidet ein Gemetzel. Wenn Ihr kämpfen müßt – kämpft gegen die Barbaren. Laßt nicht zu, daß römische Truppen sich gegenseitig aufreiben, während die Barbaren ungeschoren bleiben!«

Ein guter Rat, alter Mann. Aber ich habe schon gegen die Barbaren gekämpft. Du nicht. Dennoch, du hast wohl recht.

Es hatte so einfach ausgesehen. Bis dieses Ding am Himmel erschien. Und jetzt – jetzt würde alles, was er tat, Marselius berichtet werden. Während er selbst keine Informationen darüber hatte, wo seine Feinde marschierten.

Eine Katastrophe, dachte er. Seltsam, wie eine solche Kleinigkeit zur Katastrophe führen kann, ohne daß man es auch nur im geringsten erwartet.

Jetzt war die Strategie des Feindes klar. Marselius' rechter Flügel rückte langsam über die Erntefelder und durch die Obstplantagen vor, während der linke Flügel der Barbaren zurückblieb. Da die einzelnen Teile seiner Armee durch den Hügelkamm voneinander getrennt waren, konnte er Marselius nicht einfach vom Feld fegen; und wie sollte er an den Barbaren vorbei durchbrechen, um Marselius von hinten anzugreifen, wo doch sein Hinterhalt entdeckt worden war?

»Es sind nur Fußsoldaten«, sagte einer der Legaten. »Wie könnten sie dem Angriff der Reiter einer Legion widerstehen?«

»Ich habe euch doch von Sentinius erzählt«, sagte Frugi müde. »Und damals hatten sie keinen *Ballon*.« Das schändliche Gerät hing genau im Westen am Himmel. Es mußte sich irgendwie mit den Leuten am Boden verständigen können, denn

Marselius ging in Gefechtsformation gegen die Legion vor, die Frugi in den Obstplantagen versteckt hatte; und als die Legion sich zurückzog, schloß Marselius die Reihen wieder.

»Es ist durch ein Seil mit dem Boden verbunden«, sagte der *frumentarius.* »Wenn man das Seil durchschneidet, schwebt der *Ballon* frei.«

»Woher weißt du das?«

»Wir wissen es von Spionen«, sagte der Geheimdienstoffizier. »Aber wir haben ihnen nicht geglaubt.«

»So.« Frugi zeigte auf die Stelle, wo das *Ballon*seil endete. »Wir brauchen also nur hinzugehen –«

»Dort sind nur wenige Barbaren«, sagte der Legat.

Das stimmte. Nur ungefähr hundert Mann bewachten das *Ballon*seil. Aber – »Es sind in der Tat nur wenige«, sagte Frugi. »Aber bedenkt Folgendes: Sie haben genügend Truppen hier, aber der *Ballon* wird kaum bewacht. Glauben sie, daß wir nicht wissen, wie verletzlich er ist? Oder daß wir seinen Wert nicht kennen? Sag mir, Legat, würde Caius Marius Marselius den Wert eines *Ballons* kennen?«

»Das würde er, Prokonsul.«

»Können wir dann nicht annehmen, daß die Barbaren, denen er doch gehört, seinen Wert ebenfalls kennen?«

»Das können wir –«

»Dann müssen wir annehmen, daß sie ihn schützen. Vielleicht mit ihren Sternenwaffen. Mit *irgend* etwas. Ich werde keine Legion schicken, um einen Köder zu jagen.« Frugi ließ seine Blicke über das vorgesehene Schlachtfeld schweifen. »Aber – vielleicht –«

»Ja, Prokonsul?«

»Ihre linke Flanke. Fußvolk mit Lanzen. Unterstützt von Bogenschützen, aber die Bogenschützen stehen weiter zurück. Zwischen den Lanzenträgern und dem Wald ist eine Lücke. Ich nehme an, ihre Reiterei wartet dort, aber das können wir von hier nicht sehen, weil der Wald dazwischenliegt. Aber – ihre Reiterei ist kein Gegner für eine Legion; und wir haben reichlich berittene Bogenschützen. *Unsere* Bogenschützen haben diese Barbaren noch nie in Einsatz gesehen. Vielleicht, Valerius, ist es an der Zeit, daß sie davon lernen.«

»Es wird mir ein Vergnügen sein, es sie zu lehren«, sagte der Legat.

»Dann tu es. Ruf die Elfte aus ihrem Versteck zwischen den Bäumen zurück und laß sie aufsitzen. Nimm sie und die Achte. Stelle die Achte gegen die Kavallerie der Barbaren auf, die sich bestimmt rechts von dir versteckt hält. Bring die Elfte auf Bogenschußweite heran und stelle sie gegen die Lanzen auf. Ihr braucht nur genug zu schießen, und das Fußvolk wird rennen. Wenn du ihre Linien durchbrochen hast, reite dem Feind in den Rücken. Kümmere dich nicht um den *Ballon* und die Leute, die ihn bewachen. Reite in den Rücken der Barbarentruppen und greife Marselius im Zentrum an. Während du das tust, schicke ich die andere Legion zum Angriff vor. Wir werden Marselius vernichtend schlagen.«

Seine Begeisterung wirkte ansteckend, und sie teilte sich auch dem Legaten mit. »Heil, Titus Frugi!« schrie er, als er davonritt. Als er verschwunden war, erstarb Frugis Lächeln. Geh mit Gott, Valerius, dachte er. Was mich anbetrifft, ich habe Angst.

»Ich halte es immer noch für dumm«, sagte Art Mason. »Verdammt, Captain, lassen Sie *mich* doch gehen –«

»Nein. Sie und Elliot werden hier gebraucht. Achten Sie nur darauf, daß Frugi nirgends durchbricht. Und passen Sie auf den König auf.«

»Du bist verrückt«, sagte Drumold. »Aber ich habe es schon lange aufgegeben, mich über dich zu ärgern. Dennoch, was willst du denn erreichen?«

»Möglicherweise gar nichts«, sagte Rick. »Aber du überschätzt die Gefahr. Für mich besteht überhaupt keine Gefahr und für andere nur eine geringe. Ein Spiel namens ›Schach‹ kennt ihr hier nicht, oder?«

»Jedenfalls nicht unter diesem Namen«, sagte Drumold.

»Macht nichts. Es ist ein Kampfspiel. Es gibt viele Methoden zu siegen, aber es gibt nur eine Methode, ohne großes Blutvergießen zu siegen. Gehen wir.« Rick gab seiner Gruppe das Zeichen zum Aufbruch: Reznick, Bisso und zwei weitere Söldner, und dann noch ein paar von seinen eigenen Leuten. Die Söldner trugen Kilts und helle Überwürfe, und ihre Kampfgewehre hatten sie in Bogenhüllen verborgen. Von weitem sahen sie aus wie tamaerthanische leichte Reiter.

Sie ritten nach Südosten in Richtung auf Marselius' Legionen. Als sie den Fuß des Hügels fast erreicht hatten, stiegen sie ab und übergaben die Pferde zwei von Ricks Leuten. Rick führte die anderen zwischen die Büsche, mit denen der Hügel bewachsen war.

»Okay«, sagte er. »Diese Stelle ist so gut geeignet wie jede andere.«

Die Söldner legten ihre Kilts ab und zogen Tarnanzüge an. Auch die Männer von der Leibwache legten ihre hellen Farben ab und zogen graubraune Kilts an. Dazu setzten sie Lederhelme auf. Als sie fertig waren, führte Rick sie den Hügel hinauf.

Auf halber Höhe machten sie in einem kleinen bewaldeten Einschnitt Halt. Rick holte sein Fernglas aus der Tasche, während Reznick Signalflaggen entrollte und mit ihnen winkte. Rick schaute zum Ballon hinauf. »Okay, sie haben uns gesehen«, sagte er. Dann beobachtete er den Mann mit den Flaggen. »›L-E-G-I-O-N-Ä-R-E A-T-T-A-C-K-I-E-R-E-N L-I-N-K-E-N F-L-Ü-G-E-L‹ Lesen Sie den Rest und bestätigen Sie. Ich will mich auf der anderen Seite umschauen.«

Er konnte nichts sehen. Das Gebüsch war zu dicht und der Einschnitt zu tief. Dann hörte er in der Ferne Detonationen. Die Rückstoßfreie und möglicherweise Gewehrgranaten.

»Murphy sagt, das Erste Lanzenregiment hält«, berichtete Reznick. »Sonst keine Veränderung.«

»Niemand über uns am Hang?«

»Nein, sie sind ganz oben.«

»Okay. Weiter.« Sie stiegen den Einschnitt hoch.

Als sie sich dem Kamm des Hügels näherten, empfingen sie aus dem Ballon von Murphy weitere Signale. Rick nickte und winkte Reznick zu sich heran. Reznick schraubte den Schalldämpfer auf seine 9-mm-Ingram-Maschinenpistole. Vorsichtig bewegte er sich den Einschnitt hinauf, wobei er auf Murphys Anweisungen achtete. Dann erreichte er ein kleines Dickicht.

Die Ingram machte so wenig Lärm wie zerreißendes Tuch, als er ein ganzes Magazin in die Büsche feuerte. Dann lud er nach und ging hin, um den Erfolg seiner Arbeit zu begutachten.

Nach ein paar Sekunden hörte Rick ein leises Pfeifen. Er winkte den anderen, ihm zu folgen.

Noch zweimal feuerte Reznick unterwegs seine Ingram ab. Dann hatten sie den Kamm des Hügels erreicht.

»Los!« befahl Rick. »Hoch. So schnell ihr könnt!«

Sie rannten über den ebenen Boden. Rick keuchte. Seine Beine waren wie Blei. Mir tut außerdem der Arsch weh, dachte er. Verdammt, wer Hämorrhoiden hat, sollte so was nicht tun. Ein römischer Soldat tauchte vor ihm auf. Rick feuerte zweimal seine .45 ab, und der Mann ging zu Boden. Dann traf er auf zwei weitere römische Soldaten. Einer von ihnen riß den Schild hoch und hob sein Schwert –

Rick schoß durch den Schild, und hinter ihm feuerte Reznick. Drei weitere Römer waren ausgeschaltet. Zwölf abgesessene römische Reiter standen noch vor ihnen. Reznick und Bisso feuerten auf Automatik. Kurze Feuerstöße. Langsam und gezielt. Die Römer brachen haufenweise zusammen. Dann standen sie vor fünf römischen Offizieren zu Pferd.

»Ergebt euch!« schrie Rick. Als einer der Römer herumfuhr, schoß Rick auf das Pferd. Das Tier schrie vor Schmerz. »Tötet die Pferde!« brüllte Rick.

Bissos Kampfgewehr donnerte los. Dann fielen zwei weitere Gewehre ein. Als die Pferde bockten und stürzten, sprang ein Römer mit einem scharlachroten Helm von seinem Tier weg und zog das Schwert.

»Heil, Titus Frugi!« rief Rick. »Warum wollt Ihr Euer Leben sinnlos wegwerfen? Ich bin gekommen, um mit Euch zu sprechen.«

Frugi leckte sich die Lippen und schaute in die Runde. Einer seiner Offiziere versuchte, von seinem gestürzten Pferd freizukommen. Bischof Polycarps Tier war noch nicht erschossen worden; der Bischof saß mit wie zum Segen erhobenen Händen auf seinem Tier. Seine übrigen drei Offiziere waren von diesen grimmigen Männern niedergeschlagen und gefangengenommen worden; und von seiner Leibwache lebte keiner mehr.

»Geht dort drüben in Stellung!« schrie Rick. Bisso und die anderen beiden Söldner hatten ihre Kampfgewehre griffbereit. »Was dort über die Böschung kommt, wird erschossen.« Dann wandte er sich an den römischen Kommandeur. »Jetzt, Prokonsul, laßt uns reden.«

»Wer bist du, Barbar?«

Hah, dachte Rick. Wie er das sagt. Gut, daß ich selbst gekommen bin. »Rick Galloway, Colonel der Söldner, Kriegsherr von Tamaerthon – und Freund von Marselius Caesar, der Euch Grüße schickt. Erst vor zwei Tagen hörte ich Marselius selbst Euren Mut und Ehrenhaftigkeit rühmen. Und Eure Vernunft – aber Ihr dürft nicht fortlaufen, Prokonsul. Und wenn ich Euch auch jetzt Euer Schwert lasse, am Ende werdet Ihr es niederlegen müssen.«

»Solange ich mein Schwert in der Hand halte –«

»Solange Ihr es noch in der Hand haltet, könnt Ihr Euch hineinstürzen«, sagte Rick.

»Das, Titus Frugi, ist verboten«, sagte Bischof Polycarp.

»Euer Exzellenz«, sagte Rick. »Ich hatte gehofft, Euch in unser Gespräch einbeziehen zu können. Könnt Ihr den Prokonsul nicht dazu bewegen, das Schwert niederzulegen?«

Titus Frugi schaute hilflos in die Runde. Alle seine Offiziere waren entweder gefangengenommen worden oder tot. Den Fremden war ohne weiteres zuzutrauen, daß sie mit jedem Befreiungsversuch fertig werden würden – nicht, daß eine dafür auch nur annähernd ausreichende Truppe in der Nähe wäre. Vor Wut und Enttäuschung zitternd stand er da. Dann warf er mit einem Fluch die Waffe zu Boden. »Sprich, Barbar«, sagte er. »Mir bleibt nichts übrig als zuzuhören.«

17

»Sie kommen.« Art Mason hob sein Gewehr.

Die beiden Legionen gepanzerter Reiter bewegten sich in disziplinierter Formation; stolz und selbstsicher ritten sie heran. Die erste Formation stand in Gefechtsaufstellung, bereit, die Reihen der tamaerthanischen Ritter zu durchbrechen und sich Drumolds Banner zu holen, das hoch über ihnen flatterte.

Die römischen Trompeten schmetterten ihr Angriffssignal. Die Römer setzten sich in Bewegung. Im Schritt. Im Trab –

»Jetzt«, sagte Mason.

In scharfem Stakkato eröffnete das leichte Maschinengewehr das Feuer. Dann die Rückstoßfreie. Das Zentrum der römischen Linie ging zu Boden; die Nachfolgenden ritten in die

Stürzenden hinein, und die ganze Formation löste sich in Chaos auf. Die hinteren Reihen drängten sich gegeneinander.

»Feuer!« schrie Elliot. Wieder blitzte die Rückstoßfreie auf. Weitere Römer fielen. Der Angriff war abgeschlagen, bevor er überhaupt begonnen hatte.

Die Reiter von Tamaerthon und Drantos preschten vorwärts, mitten in das Durcheinander hinein. Die römischen Kräfte bildeten jetzt ein solches Gewirr, daß nur die äußeren Reiter ihre Waffen gebrauchen konnten. Die verbündete Kavallerie aber, schwere wie leichte, konnte heranreiten, zuschlagen und sich zu neuem Angriff sammeln.

Die andere römische Legion verhielt etwa hundert Meter von den Lanzenreitern entfernt, und die Männer griffen zu ihren Bogen.

Mason drehte sich zu seinem Trompeter um und nickte. Der Mann schmetterte ein Signal, und zweihundert Tamaerthaner sprangen mit ihren Langbogen zwischen den Bäumen hervor, hinter denen sie sich verborgen gehalten hatten.

»Laßt die grauen Möwen fliegen!« befahl Caradoc. Der erste Pfeilhagel traf die Römer von hinten.

Wieder schmetterten die Trompeten, gefolgt von Trommelwirbel und den grellen Tönen der Flöten. Das Erste Lanzenregiment warf sich auf den Feind. In schnellem Lauf flogen sie über das ebene Gelände den Römern entgegen.

Mason stieg ab und klappte den Zweifuß seines H&K-Kampfgewehrs auf. Er legte sich auf den Boden und feuerte wahllos in die römische Formation, bis die Lanzenreiter sie erreichten. Die Römer führten einen verzweifelten Kampf.

»Das hatte ich nicht gewußt«, sagte Titus Frugi. Er hob Ricks Fernglas und starrte auf das Geschehen unten auf der Ebene. Dann fluchte er. »Wer hat je gesehen, daß Fußsoldaten Kavallerie angreifen?« Ein Vorfall wie dieser lag völlig außerhalb seiner Erfahrung; die Überraschung war so perfekt, als hätten sich die Männer mit ihren Lanzen in die Luft erhoben.

Zuerst die Sternenwaffen. Der Angriff der Achten Legion brach zusammen, bevor die Männer den Feind überhaupt erreicht hatten. Jetzt wurden sie auf die Elfte Legion zurückgeworfen, die selbst in einer verzweifelten Lage war. Hinten die Bogenschützen und vorn diese Männer mit den Lanzen. Konnte Valerius sich noch zurückziehen? Würde er es tun? Er suchte seinen Untergebenen und konnte kaum noch das Fernglas halten. Was für andere Wunder hatten diese Sternenmänner noch?

»Ihr seht«, sagte Rick leise. »Zwei Legionen konnten meine Lanzenregimenter nicht überwinden. Nicht, wenn diese von Sternenwaffen unterstützt werden. Das müßt Ihr doch wissen.« Mit einer Handbewegung wies er auf die Toten und Sterbenden hin, die in Haufen um sie herumlagen. »Eurer Leibwache ist es nicht besser ergangen. Welchen Sinn hat dieses Gemetzel? Wie kann Rom überleben, wenn all seine Soldaten tot sind?«

»Und Ihr?« fragte Polycarp. »Welchen Gewinn tragt Ihr davon?«

»Ich bin ein Freund Marselius Caesars«, sagte Rick. »Wenn Roms Grenzen von meinen Freunden sicher gehalten werden, sind auch Tamaerthon und Drantos sicher. Dies sind gefährliche Zeiten, Euer Gnaden. Viel gefährlicher, als selbst Ihr wissen könnt. Wir alle brauchen Freunde.«

»Das ist wahr.«

»Selbst Rom«, sagte Rick. »Rom braucht sie vielleicht sogar am dringendsten.«

Auf dem Feld unter ihnen ging das Blutvergießen weiter. Jetzt versuchten die Römer, sich zurückzuziehen, als die tödlichen tamaerthanischen Möwen immer wieder auf sie herabhagelten.

»Zwei Legionen«, sagte Bischof Polycarp. »Zwei Legionen vernichtet, noch bevor Ihr auf Marselius gestoßen seid.«

Nicht vernichtet. Noch nicht. In Auflösung begriffen und untauglich zum Kampf. Verloren, falls es ihnen nicht gelingt, sich zurückzuziehen. Aber noch nicht ganz vernichtet . . . »Was soll ich nach Eurer Meinung tun, Exzellenz?« fragte Titus Frugi.

»Ihr selbst habt es eine Katastrophe genannt«, sagte Polycarp. Er zeigte auf den Ballon. »Wird es nicht so weitergehen?

Heute ziehen Eure Truppen sich zurück, mit allem, was Valerius noch retten kann. Morgen rücken die Barbaren vor. Mit diesem Ding da oben, das alles sieht. Wohin wir auch gehen, es wird uns folgen.« Er schüttelte sich. »Und ich rede noch nicht einmal von den Feuer- und Donnerwaffen.«

»Ich frage noch einmal. Was soll ich tun, Euer Gnaden?«

»Diesem Wahnsinn ein Ende bereiten.«

»Wie?«

»Einer Eurer Trompeter lebt noch«, sagte Rick. »Laßt zum Rückzug blasen.«

»Damit Eure Reiterei uns verfolgen kann.«

»Na und?« fragte Rick. »Wird auch nur ein einziger Mann gerettet werden, wenn sie sich uns zum Kampf stellen? Und wohin will Valerius diese Legionen führen?«

»Weiter die Straße entlang, um den Flußübergang zu halten.«

»Dann schickt einen von diesen«, sagte Rick. Er zeigte auf die gefangenen Offiziere. »Laßt Valerius seine Legionen zum nächsten geeigneten Platz führen und dort ein Lager aufschlagen. Ihr und ich werden inzwischen zu Marselius Caesar gehen, um mit ihm zu sprechen.« Plötzlich war es vorbei mit Ricks distanzierter Gelassenheit. »Um Gottes Willen, hört auf mit diesem Gemetzel!« brüllte er. »Haben wir denn immer noch nicht genug?«

»Mehr als genug«, sagte Polycarp. »Mehr als genug.«

Titus Frugi knirschte mit den Zähnen. Wütend und so, als ob ihm jedes Wort schwerfiel, befahl er seinem Trompeter: »Sofort zum allgemeinen Rückzug blasen!«

»Vorwärts, Burschen!« schrie Drumold. »Die Straße hinauf! Vorwärts!«

»Für Drantos! Vorwärts!«

Der junge König ritt direkt neben dem tamerthanischen Anführer. Keine Möglichkeit, sie aufzuhalten, dachte Mason. Aber ich erkenne darin auch einen gewissen Sinn. Wenn wir eine größere Streitmacht um den Hügel herum und hinter die römische Hauptmacht führen können, haben wir gewonnen. Einen ähnlichen Plan hatte auch Titus Frugi, aber er konnte ihn nicht ausführen. Wir dürfen natürlich nicht in einen Hinterhalt geraten.

Ich bin nicht sicher, ob wir es schaffen. Die tamaerthanische Kavallerie ist nicht so besonders gut, und wir sind nicht sehr viele, trotz der Truppen aus Drantos. Wie dem auch sei, man sollte ein paar Söldner nach vorn schicken, damit sie auf Ganton aufpassen –

»Sir!«

Der junge Reiter war fast genauso außer Atem wie sein Pferd. Ein Diener Yatars.

»Ja, Junge?«

»Befehle vom *Ballon*. Am Flußübergang anhalten. Die Römer wollen kapitulieren.«

So, dachte Mason. Der Captain hat es also wieder geschafft. Jetzt muß ich nur Drumold und den Jungen davon überzeugen. Er gab seinem Pferd die Sporen und ritt nach vorn.

Drumold ging im größten Raum der Villa immer wieder um den Tisch herum.

»Ach«, sagte er. »Ich kann nicht sagen, daß mir die Situation gefällt. Die Streitkräfte der Römer sind intakt. Alle ihre Streitkräfte, und jetzt haben sie auch noch die von Flaminius. Und wir sind mitten unter ihnen, und das ohne Vorräte –«

»Die sie uns schicken wollen –«

Drumold unterbrach Ricks Protest. »Sie *sagen*, daß sie sie schicken wollen. Aber noch haben wir keine. Und ich glaube nicht, daß sie *ihre* Truppen – und ihre Pferde! – verhungern lassen, um uns zu versorgen.«

»Das sind grundlose Befürchtungen«, sagte Rick. »Sie werden uns Verpflegung schicken. Und warum fürchtest du die Römer?«

»Eisen«, sagte Camithon.

»Eisen?« fragte Drumold.

»Eisen«, wiederholte der Protektor. »Eisen macht Rom zu dem, was es ist. Sie haben sehr viel davon, wir haben wenig.«

»Das ist sehr scharf beobachtet, Captain«, sagte Elliot. »Wie diese Mühlen, die ich gesehen habe. Sie haben Mühlenteiche hinter Dämmen und oberschlächtige Räder mit Übersetzungen. Sie können mit wesentlich weniger Wasser arbeiten als irgendeine Mühle, die ich in Drantos gesehen habe.«

Oder in Tamaerthon, dachte Rick. Und das bedeutet, daß sie einen größeren Teil des Jahres arbeiten können. »Erzbergwerke und bessere Mühlen – ich vermute, daß sie damit Gebläse antreiben?«

Elliot nickte. »Genau das habe ich fünf Kilometer von hier gesehen. Eine regelrechte Gießerei.«

»Das bedeutet: Wenn die Römer Schießpulver erfinden – und das werden sie eines Tages – haben sie die Mittel, Kanonen herzustellen.« Schon wieder ein Problem, dachte Rick. Fügt man römischer Disziplin und römischem Organisationstalent Kanonen und Schießpulver hinzu, beherrschen die Römer diesen Teil von Tran.

Was vielleicht gar nicht so schlecht wäre – wenn auch Drumold und Tylara das wahrscheinlich völlig anders sahen.

»Falls Tamaerthon bedroht wird, wie lange dauert es dann noch, bis Drantos fällt?« fragte Ganton.

Gescheiter Junge, dachte Rick. Ganton schien selbstsicherer geworden zu sein, seit er die Truppen in einer Schlacht angeführt hatte. Die Schlacht war zwar nicht der Rede wert gewesen, und Ganton hatte in ihr keine wichtige Rolle gespielt, aber er war an der Spitze seiner Garde direkt neben Drumold und Balquhain geritten.

»Was sollen wir denn tun?« fragte Rick.

»Was wir schon lange getan haben sollten«, sagte Drumold. »Geiseln nehmen. Denk nach, Junge. Sie haben hier die ganze bewaffnete Macht von Tamaerthon, und Wanax Ganton noch obendrein. Gewiß hat auch Publius schon daran gedacht. Und Publius ist es, der hierbleibt, während Marselius nach Rom marschiert.«

»Ohne uns«, fügte Camithon hinzu. »Ohne uns.«

»Ihr selbst habt doch sein Angebot, uns nach Rom mitzunehmen, abgelehnt«, protestierte Rick.

»Na und?« sagte Drumold. »Hätten wir unsern Hals noch tiefer in die Schlinge stecken sollen? Protektor Camithon hat recht getan, ein so gefährliches Angebot auszuschlagen.«

»Und du fürchtest wirklich um unser Leben?«

Drumold zuckte die Achseln. »Vielleicht jetzt noch nicht. Aber – wenn Publius sich darüber klar wird, daß er über die ganze Stärke Roms gebietet? Was wird dann aus Tamaerthon? Aye, und auch aus Drantos. Frag dich doch selbst, Junge – was geschieht, wenn die Römer unsere Sternenwaffen haben? Wir können Rom nicht erobern. Wir können die Römer nicht vernichten. Aber wir können Geiseln nehmen. Wir müssen es tun. Jetzt. Solange wir es noch können.«

»Ist das auch Euer Rat?« fragte Rick Camithon.

»Aye.«

»Elliot?«

Sergeant Major Elliot zuckte die Achseln. »Sie kennen diese Leute besser als ich, Sir. Aber ich würde mich besser fühlen, wenn ich *sicher* sein könnte, daß wir nach Hause kommen – und danach, wer weiß, was ihnen dann noch einfällt?«

»Majestät?«

Auch Ganton zuckte die Achseln. »Ich muß den Rat von Männern beachten, die weiser sind als ich.«

Rick seufzte. »Es ist kein Ersatz für eine vernünftige Taktik«, sagte er. »Auch wenn es eine Tradition hat. Aber ich werde heute mit Marselius zu Abend essen, und ich will sehen was ich tun kann.

Nur Rick, Marselius und Lucius nahmen an der Mahlzeit teil. Publius mußte die Truppen ordnen und die endgültige Kapitulation Frugis und seiner Legionen überwachen.

Rick wartete bis das Essen eingenommen war und sie beide Wein getrunken hatten. »Einige meiner Offiziere machen sich Sorgen«, sagte er.

Marselius runzelte die Stirn. »Worüber?« fragte er.

»Über Beute zum Beispiel.«

»Ah. Es wurde wenig gekämpft, und deshalb gibt es wenige gefallene Feinde, deren Eigentum man nehmen kann.« Marselius zuckte die Achseln. »Ich werde mich darum kümmern. In Titus Frugis Lager müßte sich reichlich Gold befinden. Ich werde eine Schenkung an unsere tapferen Verbündeten veranlassen.«

»Danke. Es gibt noch eine andere Sorge.«

Marselius sah ihn erstaunt an. »Was denn noch? Der Sieg hätte nicht vollständiger sein können. Es gab verhältnismäßig wenig Tote auf beiden Seiten. Ein glänzender Sieg –«

»Der Eure Armee gewaltig verstärkt hat«, sagte Rick. »Uns aber läßt er in einem verwüsteten Land, ohne die Rationen, die wir dringend brauchen.«

»Proviant ist unterwegs«, protestierte Marselius. »Ganze Wagenladungen Getreide. Die ersten werden morgen erwartet.« Er leerte sein Glas. »Aber was wolltet Ihr sagen?«

»Daß einige meiner Soldaten fürchten, daß sie das römische Territorium nicht lebend verlassen werden«, sagte Rick. »Und Drumold fürchtet, die ganze Macht Roms werde sich gegen Tamaerthon kehren, da der Bürgerkrieg beendet ist. Vergebt mir meine Offenheit, Caesar.«

»Offenheit ist in jedem Fall das beste«, sagte Lucius. »Sagt mir, Caesar, wäret Ihr nicht, äh, auch besorgt, wenn Ihr in seiner Lage wäret?«

»Das könnte sein«, sagte Marselius. »Und was schlagt Ihr vor? Was soll ich in dieser Angelegenheit tun?«

»Drumold will Geiseln«, sagte Rick.

»Und Ihr?«

»Ich will nur an meine Universität zurückkehren. Es gibt noch sehr viel zu tun, bevor die ZEIT –«

»Aber Ihr protestiert nicht. Ihr zieht es vor, Geiseln zu nehmen.«

Rick sagte nichts.

Marselius zog die Stirn in Falten. »Ihr traut mir also nicht –«

»Unsinn«, sagte Lucius. »Caesar, lebt Ihr unter der Illusion, unsterblich zu sein?«

Marselius wurde nachdenklich. »Ich glaube, ich weiß die Antwort«, sagte er endlich. »Meine Enkelin hat mich gebeten, Lady Gwen besuchen zu dürfen. Ich werde es ihr erlauben. Lucius, reitet nach Beneventum und informiert Octavia, daß es mein Wunsch ist, daß sie ihre Studien in Tamaerthon fortsetzt. Wählt geeignete Begleiter und Diener aus, die mit ihr gehen – aber sie soll erst Lord Ricks Truppen aufsuchen und mit ihnen zusammen nach Tamaerthon zurückkehren. Es ist passend, daß sie von unseren Verbündeten eskortiert wird.« Er wandte sich an Rick. »Wird Euch diese Lösung zufriedenstellen?«

»Gewiß.«

Einen Augenblick lang wirkte der Raum kälter als vorher; dann lächelte Lucius breit. »Ein sehr verdienstvoller Plan. Darf ich mich ihr anschließen, nachdem wir Rom genommen haben?« Der alte Mann seufzte. »Ich habe oft davon geträumt, mich an eine Stätte der Gelehrsamkeit zurückzuziehen. Ich würde es begrüßen, diesen Ort kennenzulernen. Und Lady Octavia wird sich sehr freuen.«

»Ihr werdet stets willkommen sein«, sagte Rick. »Caesar, dieser Plan zeugt von großer Weisheit. Lady Octavia kann vieles lernen, was für Rom nützlich sein wird, wenn die ZEIT kommt; und nicht einmal die Mißtrauischsten werden glauben, daß Ihr oder Euer Sohn sie in Gefahr bringen würdet.«

Und darüber hinaus, dachte Rick, darüber hinaus wird sie den jungen Ganton kennenlernen – und wer weiß, was daraus entstehen mag. Es ist an der Zeit, daß Ganton eine systematische Ausbildung erhält. Goldene Jahre mochten ganz schön sein – aber er kann nichts dagegen haben, eine Zeitlang Student zu sein. Und er wird zusammen mit Octavia studieren. Gwen sagt, sie ist intelligent und attraktiv. Und Ganton ist jung.

»Ein ausgezeichneter Plan«, sagte Rick.

ZWISCHENSPIEL

Luna

18

Die Erde, blau und zerbrechlich und schön, mit ihren wirbelnden Stürmen und glitzernden Meeren, nahm eine ganze Wand seines Büros ein. Les hatte schon ein halbes Hundert Planeten gesehen, und keiner war schöner.

Ich nehme an, es kommt auf den eigenen Standpunkt an, dachte er. Die Menschheit war von dort gekommen, und das war schon länger her, als die meisten glaubten. Aber zu Hause ist es immer am schönsten . . .

Ein dummer Gedanke. Ich habe kein Zuhause.

Les blieb noch einen Augenblick an der Tür stehen, dann betrat er das Büro. Der Raum war holzgetäfelt, mit einem Kashdan-Teppich ausgelegt und luxuriös möbliert; aber Les bemerkte wenig davon. Trotz der reichen Ausstattung wurde das Büro völlig von der Erde beherrscht.

Die Farben flossen sanft durcheinander. Die Erde war von diesem Büro aus nicht wirklich zu sehen, aber eine auf Realzeit eingestellte holographische Darstellung des Planeten gehörte noch zu den geringsten Ehrungen und Privilegien, die dem Mann zuteilgeworden waren, den Rick Galloway als Inspektor Agzaral kannte.

Dennoch, weder Agazaral noch sonst ein menschliches Wesen hatte das Recht erworben, das zu tun, was Agzaral als nächstes tat. Er öffnete seine Schreibtischschublade und nahm ein kleines elektronisches Gerät heraus. Nachdem er es sorgfältig inspiziert hatte, nickte er Les zu. »Heil, Sklave«, sagte Agzaral.

»Ich grüße Euch, Wichtiger Sklave«, antwortete Les förmlich. Er wartete, während Agzaral das elektronische Gerät einstellte. Nach einer Weile hörte Les schwache Stimmen: seine und Agzarals Stimmen, die in der Standardsprache für Beamte der Konförderation platte Höflichkeiten austauschten.

Agzaral nickte zufrieden und lehnte sich in seinem Stuhl zurück. »Das dürfte reichen«, sagte er. »Setzen Sie sich. Trinken Sie doch etwas Sherry. Ich bedaure, daß die Sendung Praither's Amontillado sich verzögert hat, aber ich habe festgestellt, daß Hawkers ein akzeptabler Ersatz ist. Hatten Sie einen angenehmen Flug?«

Les wartete, bis Agzaral ein Kristallglas mit Sherry gefüllt hatte, und kostete dann feierlich das Getränk. »Ausgezeichnet«, sagte er und beobachtete seine Hände. Sie zitterten nicht. Auch seine Stimme klang normal. Er hatte seine Emotionen gut unter Kontrolle. Es war schwer, Agzaral zu täuschen, aber es war nicht unmöglich. »Der Hinflug war ganz angenehm«, sagte er. »Der Rückflug war langweilig.«

Agzaral lächelte kaum merklich. »Ah. Es hat Sie also gefreut zu erfahren, daß die Frau schwanger war?«

»Wie zum Teufel –?«

»Langsam«, warnte Agzaral. »Dieser Pokal wäre schwer zu ersetzen. Kein Grund zur Aufregung. Unsere Arbeitgeber wissen es nicht. Ihre Bemühungen, die Aufnahmegeräte zu betrügen, waren, was die Shalnuksi anbetrifft, außerordentlich erfolgreich. Aber sagen Sie mir, haben Sie wirklich geglaubt, Sie könnten *mich* betrügen?«

»Ich habe es gehofft.«

»Unklug«, sagte Agzaral. »Äußerst unklug. Sie täten besser daran, mir zu trauen.«

»Ihnen trauen? Wie zum Teufel kann ich Ihnen trauen, wenn ich noch nicht einmal weiß, auf welcher Seite Sie stehen?«

Agzaral spreizte die Hände und ließ sie dann auf den Schoß sinken. »Seite? Sie erwarten doch nicht im Ernst von mir, daß ich mich irgendeiner Parteiung anschließe? Jetzt, wo sich die Alternativen gerade erst ergeben? Versuchen Sie doch, kein allzu großer Esel zu sein.

Und protestieren Sie nicht. Wenn es um Politik geht, sind Sie wirklich ein Esel. Ich bewundere Ihren Mut. Ihre Sprachbegabung. Ihre Fähigkeiten als Pilot, und . . . ja, ich neide Ihnen Ihren Erfolg bei Frauen. Sie scheinen sogar einige der politischen Kontroversen auf der Erde zu begreifen. Aber wenn es um wirklich wichtige Fähigkeiten geht, die Fähigkeit etwa, die Hohe Kommission und den Rat zu durchschauen –« Er zuckte die Achseln. »Sie sind und bleiben ein Esel.«

»Wenigstens habe ich einen Standpunkt. Ich bin nicht so verdammt wetterwendisch wie Sie –«

Agzaral lachte. »Eines Tages wird einer Ihrer Standpunkte direkt an einer Wand sein. Was nun das Wetterwendische an mir anbetrifft; handle ich etwa unklug, wenn ich jede Partei in dem Glauben lasse, ich sei ihr Agent?«

»Wenn sie das herausbekommen –«

»Wenn«, sagte Agzaral. »Und denken Sie einmal darüber nach, Mitsklave. Wenn *Sie* nicht wissen, welcher Partei ich in Wirklichkeit anhänge, dann können es die andern schon gar nicht wissen.« Wieder lachte er. »Sie haben also einen Standpunkt. Wo?«

»Nun –«

»Kommen Sie, das ist eine simple Frage. Für welche Partei sind Sie? Wie heißt ihr Führer? Welche Rasse fördert Ihre eigene Position?«

»Okay, ich weiß es also nicht«, sagte Les. »Aber ich weiß

eines. Ich bin dafür, daß man die Erde in Ruhe läßt. Und auch Tran. Die Leute auf Tran sollte man ihrer eigenen Entwicklung überlassen.«

Agzaral nickte. »Eine Position, die auch von einigen der mächtigeren Ader'at'eel vertreten wird. Unglücklicherweise nicht von allen. Der gleichen Ansicht ist die Aufklärungspartei der Finsit'tuvii. Aber ich fürchte, daß dies nicht gerade eine sehr mächtige Koalition ist.«

»Stimmt das?« fragte Les. »Die Ader'at'eel wollen, daß die Erde und Tran in Ruhe gelassen werden?

»Im wesentlichen. Natürlich wissen sie nicht, daß Tran überhaupt existiert. Aber vier der Fünf Familien vertreten in der Tat diese Position.«

»Und –«

»Und dann gibt es noch die Fusttael«, fuhr Agzaral fort. »Sie sind eine mächtige Opposition. Sie haben nicht die überwältigende Mehrheit, aber sie stellen hier zur Zeit die größte Macht dar.«

»Und was wollen sie?« fragte Les.

»Sie wollen die Erde zerstören . . .«

»Die Erde zerstören?«

»Mehr oder weniger.«

Mehr oder weniger. Er schaute wieder zu der holographischen Darstellung hinüber. Ein wunderschöner Planet voller Menschen. Wilder Menschen, nicht Sklaven der vieltausendjährigen Konföderation. Menschen, die bald in den Raum vorstoßen und ihren Weg zu den Sternen finden würden – die im Begriff waren, ungeladen in das Territorium der Konföderation einzudringen.

Mehr oder weniger bedeutete mehr. Die Zivilisation der Erde in die Steinzeit zurückbomben und darauf vertrauen, daß immer noch genug Menschen zur Erhaltung der Art übrigbleiben. Sie brauchten nur genug wilde Gene, um das Corps der Sklavensoldaten zu härten und die Rasse der Janitscharen zu verbessern . . .

»Was hält die Navy denn davon?« fragte Les. »Oder Ihr eigener Dienst?«

»Die Ansichten der Sklaven spielen keine Rolle –«

»Ach, hören Sie doch auf.«

»Sicherlich ist die Navy geteilter Ansicht«, sagte Agzaral. »Wahrscheinlich würden einige Schiffe sich weigern, an den notwendigen Operationen teilzunehmen. Aber – ausreichend viele würden den Befehlen gehorchen.«

»Wir dürfen es nicht zulassen!«

Wieder spreizte Agzaral die Hände. »Wie sollen wir es verhindern? Aber ich stimme zu, es wäre bedauerlich. Und dann gibt es noch eine Alternative.«

Natürlich, dachte Rick. Die Mitgliedschaft der Menschheit in der Konföderation. Eine erzwungene Mitgliedschaft, der Erde aufgezwungen in ihrem jetzigen Zustand der Hilflosigkeit. Eine nicht gleichberechtigte Mitgliedschaft, bei der die Erde von der Hohen Kommission kontrolliert wird. Frieden, Einheit und – Stagnation. Eine statische Gesellschaft. Statik für tausend Jahre. Dennoch, es war der Bombardierung und Zerstörung vorzuziehen . . .

»Zum gegenwärtigen Zeitpunkt würde der Einfluß der Ader'at'eel die Erde in die Konföderation bringen«, sagte Agzaral. »Aber genug davon. Ihr Bericht. Werden sie *Surinomaz* anbauen können?

»Möglicherweise«, sagte Les. »Natürlich hat es Meutereien gegeben, aber das wird inzwischen erledigt sein.«

»Mit welchem Ergebnis?«

»Mit diesen Waffen sollten beide Söldnerführer in der Lage sein, sich gegen eine solche Bevölkerung durchzusetzen.«

»Aha. Dann lohnt es sich also, ein Schiff zu schicken.«

»Ich denke schon. Und die Soldaten werden Nachschub haben wollen. Munition, Seife, Penicillin –«

»Sie kennen ihre Bedürfnisse«, sagt Agzaral. »Ich werde Sie zur Erde schicken, um für sie einzukaufen. Ich weiß ja, daß solche Arbeit Ihnen Spaß macht.«

»Ich werde es tun«, sagte Les. »Aber ich will das Schiff steuern, das nach Tran zurückfliegt.«

»Warum denn?« fragte Agzaral.

»Warum fragen Sie? Ich bin Pilot. Ich weiß, daß Tran existiert. Das wissen nicht sehr viele Piloten. Wollen Sie denn nicht, daß ich fliege?«

»Das Ganze leuchtet mir ja ein«, sagte Agzaral. »Aber das erste Schiff werden Sie nicht fliegen können. Eines startet schon jetzt. Es wird von Shalnuksis geflogen. Tran liegt in der Nähe ihrer Route, und sie wollen selbst sehen, wie weit Tran sich seit ihren letzten Besuchen erholt hat.«

»Als sie das erste Mal da waren, haben sie mit ihren Bomben die halbe Zivilisation ausgelöscht. Was werden sie diesmal tun?«

»Auf dieser Reise nichts –«

»Das meinte ich nicht«, sagte Les.

»Ich weiß. Aber ich habe keine bessere Antwort.«

Les nickte geduldig. »Wird ihr erstes Schiff Vorräte mitführen?«

»Einiges an Vorräten. Das, was wir hatten. Der Söldnerführer Galloway hat Vorschläge gemacht, bevor sie von dort wieder starteten, wie Sie vielleicht wissen. Wir haben seine Liste benutzt. Einiges von dem, was sie haben wollten, war leicht zu bekommen. Der Rest – Ihre Sache.«

»Okay. Vorausgesetzt, ich darf selbst nach Tran zurückfliegen.«

»Warum sind Sie denn so versessen darauf, selbst nach Tran zurückzufliegen?«

»Spielt das eine Rolle?«

»Vielleicht.« Agzaral schwieg eine Weile und wartete offensichtlich darauf, daß Les etwas sagte, aber Les schwieg ebenfalls. »Nun gut, ich habe mir die Mühe gemacht, mich über Ihre Vorfahren zu informieren«, sagte Agzaral endlich. »Eine ziemlich wilde Menschenmischung.« Er ließ eine Pause eintreten. »Wenn sie es erfahren, werden sie niemals zulassen, daß das Kind am Leben bleibt.«

»Wie sollten sie es erfahren?« fragte Les.

»Langsam.« Agzaral schaute auf die Uhr, die vor ihm stand. »Wir werden nicht mehr lange frei miteinander reden können. Lassen Sie uns keine Zeit verschwenden.« Er zeigte auf das Hologramm der Erde. »Sie haben lange genug unter wilden Menschen gelebt. In gewisser Hinsicht verhalten Sie sich wie diese. Viele wilde Menschen paaren sich für ein ganzes Leben. Das erscheint mir unnatürlich, aber ich weiß, daß sie es tun. Ist das auch Ihre Absicht?«

Les antwortete nicht.
»Ich muß es wissen.«
»Ich bin noch nicht sicher«, sagte Les. »Ich habe schon daran gedacht, mit Gwen und meinen Kindern auf Tran zu leben. Würde so etwas nicht auch Sie reizen?«
»Die Erde würde mich mehr reizen. Aber sie ist nicht so attraktiv, daß ich alles aufgeben würde, was ich besitze. Aber bedenken Sie: Das Mädchen und das Kind könnten beide tot sein.«
»Glauben Sie, daß ich mir darüber nicht selbst Sorgen gemacht habe, seit ich sie auf dem Planeten zurückließ?«
»Und doch, sie schien sehr fähig zu sein«, überlegte Agzaral laut. »Ich vermute, daß sie überlebt hat. Allerdings könnte sie einen anderen Partner gefunden haben.«
»Ja. Daran habe ich auch schon gedacht.«
»Wie würden Sie sich in einem solchen Fall verhalten?«
»Das weiß ich nicht.«
Agzaral nickte mitfühlend. »Dann wäre Ihr Interesse an Tran sehr viel geringer?«
»Ja. Aber erst muß ich es wissen.«
Agzaral betrachtete so lange das Hologramm, daß Les Bewegung in den Wolken der Erde erkennen konnte. Dann sagte Agzaral entschlossen: »Sie werden die Chance bekommen. Hoffentlich freuen Sie sich über diese Information.«

TEIL VIER

Fremde Mächte

19

Der Herbst war gekommen. Trotz seines Holzkohlenfeuers spürte Apelles die feuchte Kälte in den Steinwänden des Raumes hoch oben im Turm von Burg Armagh. Der Feuerdieb kroch auf die Wahre Sonne zu, und jetzt standen beide vereint am Himmel; die Tage wurden kürzer. Die Nacht brach herein, und die Lampen mußten angezündet werden, aber es gab noch zu tun.

Armagh lag dreihundert Stadien östlich von Schloß Dravan und war nicht annähernd so gut eingerichtet; wieder einmal wunderte sich Apelles. Warum ließ Lord Rick soviel von seinem Hausrat an diesen gottverlassenen Ort bringen? Das Verhalten der Sternenmänner war wirklich unberechenbar. Dennoch war Apelles zufrieden; er war jetzt geweihter Priester Yatars. Die Unannehmlichkeiten seines gegenwärtigen Aufenthalts waren gering, verglichen mit denen, die er als Diener hatte erdulden müssen. Er machte sich mehr Sorgen um seine Feder, die aus weichem Eisen gemacht war und eine stumpfe Spitze hatte, welche auf dem Papier kratzte.

Trotz seiner kratzenden Feder arbeitete Apelles unverdrossen. Er achtete darauf, keine Kleckse zu machen. Eine bekleckste Seite ging in die Fässer mit Papierbrei zurück, und es gab nie genug Papier, ganz gleich, wie hart die Diener arbeiteten. Man brauchte Zeit, Holz zu Papierbrei zu zerstampfen und Lumpen zu zerkleinern und das Material einzuweichen und zu rühren, bis es dicke Bogen hergab, die dann auf Sieben ausgerollt wurden. Noch länger dauerte es, das Papier zu trocknen. Die Papierherstellung war keine leichte Arbeit; das wußte Apelles, denn bis vor kurzem hatte er selbst diese Arbeit verrichten müssen – bevor er lesen und schreiben lernte.

Was er jetzt tat, hatte er von römischen Schriftkundigen gelernt, und er war stolz auf seine Kenntnisse. Sorgfältig arbeiten, alles aufzeichnen; so konnte man eine Nation regieren. Er hatte Macht, große Macht, eine Macht, die er leicht mißbrauchen könnte, wenn er wollte. Aber er war ein auf Yatar vereidigter Priester. Ein Hirte, kein Wolf.

Er schrieb fleißig, und bald war sein Schreibtisch leer. Zufrieden lächelnd lehnte er sich in seinem Stuhl zurück und betrachtete sein Werk. Hier lag wahre Macht! Hier die Listen über die verfügbaren Arbeitskräfte; Namen und Standort der Offiziere der Armee von Drantos, der Aktiven und der Beurlaubten, der Kriegsverwendungsfähigen und der Invaliden. Dort die Listen über Steuern und Abgaben und über ausgegebenes Gerät; jede Einzelheit. Eines Tages würde die gesamte Armee bei ihm registriert sein, und dann sollten die Bheromänner nur versuchen, den Dienst zu verweigern, den sie der Krone geschworen hatten!

Bei dem Gedanken nickte er selbstgefällig. Yatar schütze den Wanax! Einige Ritter und Bheromänner verübelten es dem jungen Ganton, daß er sich in der Universität aufhielt, aber Apelles kannte den Wert der Bildung, durch die sogar jungen

Schweinehirten die Kunst des Schreibens vermittelt werden konnte . . .

In einer anderen Akte waren alle Felder der Cumac-Region der Grafschaft Chelm verzeichnet. Wem sie gehörten. Wer sie bebaute, ob Leibeigener oder Freier, und gegen welche Pacht. Was angepflanzt, wie gedüngt und welcher Ertrag erzielt wurde. Endlose Kolumnen mit Worten und Zahlen, und alles sorgfältig geordnet.

Und dann gab es noch eine Akte mit den Namen sämtlicher Diener, Diakone, Priester und Erzpriester Yatars, denen, die befördert werden sollten, und denen, die ihr ganzes Leben als Arbeiter in Yatars Feldern, Höhlen und Klöstern verbringen würden . . .

Die Höhlen hatte er nicht in seinen Akten. Er kannte ihre Lage nicht und wußte nicht, welche Vorräte sie enthielten oder wie dick das Eis war; das waren Staatsgeheimnisse, und die Akten darüber bewahrte Erzpriester Yanulf selbst auf. Apelles hatte einmal Einsicht nehmen dürfen, aber damit mußte er sich begnügen.

Und hier –

Der Zauberkasten machte quäkende Geräusche. Apelles glotzte dümmlich. Zu seinen Pflichten gehörte es, den Kasten zu bewachen und auf Durchsagen zu achten; aber diese Aufgabe gefiel ihm nicht besonders. Im stillen hätte er eher erwartet, daß Yatar persönlich erscheinen würde, als daß ein kleiner Kasten zu ihm sprechen könnte.

Aber er sprach. Anfangs im örtlichen Trandialekt, aber schlecht. »Heh, ist da wer?« fragte der Kasten.

Dann redete er in anderen Sprachen, die Apelles nicht kannte, aber immer schien die Stimme hartnäckig zu fragen.

Als Apelles nach einem Boten rief, lag nackte Angst in seiner Stimme.

Undeutlich und zischend, mit langgezogenen Vokalen kam die Stimme über den Empfänger. Rick war sicher, daß er mit einem der *Shalnuksi* sprach. Er hatte die Fremden nur dreimal kurz gesehen, und das lag alles über zwei Erdenjahre zurück, aber es fiel ihm nicht schwer, sich an sie zu erinnern: humanoid, zwei Arme und zwei Beine, aber die Proportionen stimmten nicht. Die Schultern waren zu hoch, der Hals zu kurz oder gar nicht vorhanden. Ein kurzer Oberkörper, aber lange Arme und Beine. Drei Finger und zwei Daumen, dünne Lippen um einen Mund herum, der zu hoch im Gesicht saß. Ein fleischiger Schnauzenschlitz statt einer richtigen Nase, der fast wie ein vertikaler zweiter Mund wirkte und bis in Augenhöhe reichte . . .

Der Fremde sprach ruckartig. Sie hatten schon vorher so gesprochen, wie Rick sich erinnerte; aber nicht immer. Wenn sie vorbereitete Texte sprachen, war der Redefluß normal; aber wenn sie eine spontane Unterhaltung führten, kamen ihre Worte zögernd.

Das kombinierte Sende- und Empfangsgerät war primitiv: ein rechteckiger versiegelter Kasten, der vorn ein Gitter hatte. Unter dem Gitter war ein farbiges Viereck. Es gab keine anderen Bedienungselemente, nicht einmal einen Knopf zum Ein- und Ausschalten.

Er berührte das Viereck. »Galloway hier«, sagte er.

»Ah«, antwortete die fremde Stimme. »Captain Galloway.«

»Spreche ich mit Karreel?« fragte Rick. Der Name Karreel ließ sich mit ›Goldschmied‹ übersetzen. Inspektor Agzaral hatte gesagt, Karreel scheine das Kommando über die *Shalnuksi* zu führen, die ihn angeworben hatten. Wenigstens hatte er die meisten Gespräche bestritten.

»Karreel ist nicht hier«, sagte die Stimme. »Ich bin Paarirre. Captain Galloway, haben Sie Ihre Männer unter Kontrolle?«

»Ja.«

»Und wo ist Mr. Parsons?«

»Tot«, sagte Rick.

»Aha. Und Sie haben – die politische Macht – über ein angemessenes Gebiet erreicht?«

»Ja. Wir haben das Gebiet um diese Burg herum unter Kontrolle, und wir wollen hier überall *Surinomaz* anpflanzen.«

Eine Weile blieb der Kasten stumm, während der Fremde diese Information verdaute. »Wir haben Vorräte für Sie mitgebracht. Wo sollen wir sie landen?«

»Nördlich und östlich von dieser Burg liegt ein großes Hochplateau«, sagte Rick.

»Wir sehen es.«

Aha, dachte Rick. Sie wissen, wo wir sind. Er nickte Mason bedeutungsvoll zu, und Mason nickte ernst zurück. »Es ist ein großes Plateau. Sie können die Sachen am Südrand ablegen.«

»Wir werden selbst eine Stelle auf dem – Plateau wählen.«

»Wie Sie wollen. Ich würde vorschlagen, daß Sie nachts landen, damit Sie von so wenig Einwohnern wie möglich gesehen werden. Unter ihnen kursieren fürchterliche Legenden über Himmelsgötter.«

»Das können – wir – später diskutieren. Erst einmal sagen Sie uns bitte, wie groß das Gebiet ist, das Sie kontrollieren?«

»Wie sollte ich es Ihnen beschreiben?«

»Wir kennen alle Ihre – normalen Maßeinheiten. Benutzen Sie diese.«

Rick schaute Mason an und zuckte die Achsel. Wir dürfen nicht zu weit von der Wahrheit abweichen, dachte er. Aber wir dürfen den *Shalnuksi* auch nicht so viele Informationen geben, daß sie sich ihre Bombenziele aussuchen können. »Ich kontrolliere alles Gebiet im Umkreis von hundert Kilometern um diese Burg«, sagte er. »Und ich habe Verträge mit den benachbarten Königreichen.«

Wieder entstand eine Pause. »*Surinomaz* braucht sehr viel Pflege. Die Leute, die es anbauen, müssen ernährt werden.«

»Ich weiß. Wir treiben Handel und können Lebensmittel beschaffen. Aber ich brauche mehr Munition, wenn ich ein größeres Gebiet in Besitz nehmen will. Wie haben Ihre Truppen das früher gemacht? Sie müssen ihnen direkt geholfen haben.«

Wieder eine Pause. Dann: »Das geht Sie nichts an. Können Sie ein genügend großes Territorium in Besitz nehmen?« wollte der Fremde wissen.

»Gewiß. Ich habe schon genug Land.«

»Gut. Heute abend, wenn es ganz dunkel ist, würde es uns passen. Kommen Sie zum – Plateau.«

»So schnell schaffe ich das nicht. Sie wissen, wo ich bin, und Sie wissen deshalb auch, daß ich bis heute abend nicht hinkommen kann.«

»Sie brauchen überhaupt nicht zu kommen«, sagte der Fremde.

»Ich habe drei Kilo *Surinomaz*saft. Wenn Sie den haben wollen?«

Wieder eine Pause. »Die Ernte – in diesem Jahr – wird nicht – von hoher Qualität sein. Aber wir nehmen ihn mit. Wenn Sie Ihre Sachen abholen, bringen Sie bitte das *Surinomaz* und das Sende- und Empfangsgerät mit. Keine schweren Waffen! Wir werden Sie beobachten, wenn Sie kommen. Bis später.«

»Das sagt uns einiges«, sagte Art Mason. Er verließ mit Rick den Raum und schloß die Tür, damit sie nicht abgehört werden konnten.

»Was denn?« fragte Rick.

»Sie haben Angst vor unseren schweren Waffen. Wir könnten ihre Schiffe beschädigen.«

»Das leuchtet mir ein«, sagte Rick. Les, der Pilot, der sie nach Tran gebracht hatte, war ähnlich besorgt gewesen. Er hatte darauf bestanden, daß die Munition und die Waffen beim Ausladen getrennt gehalten wurden. »Was sie uns wohl gebracht haben?« sagte Rick. »Aber, was es auch sei, wir sollten losreiten.«

Die Eskorte war bereits gesattelt und wartete. Beazeley, Davis und Art Mason. Sechs Männer von der königlichen Garde von Drantos und ein Dutzend tamaerthanische berittene Bogenschützen mit Caradoc. Dazu eine ausreichende Anzahl von Lasttieren.

Tylara nickte zufrieden. »Das spricht sehr für unsere Herrschaft. Du ziehst aus, um größere Schätze zu bringen, als dieses Königreich je gekannt hat, und du fühlst dich sicher in der Begleitung von einem Dutzend Lanzen.«

So habe ich es noch nie gesehen, dachte Rick, aber wahrscheinlich hat sie recht. »Wir müßten in zwei Tagen wieder zurück sein«, sagte er. »Bist du sicher, daß ich Caradoc nicht hier lassen soll?«

»Das ist nicht nötig. Das Land ist ruhig. Ich habe mehr Angst um dich.«

»Es wird nichts passieren.« Jedenfalls diesmal nicht. Er nahm sie in die Arme.

Der Pfad war so breit, daß zwei Leute nebeneinander reiten konnten, und plötzlich ritt der Captain der Bogenschützen neben Rick. Caradoc fing an zu singen. Die Worte waren in der Alten Sprache, aber die Melodie kam Rick bekannt vor. Caradoc grinste. »Ein Lied aus unseren Hochzeitstänzen«, sagte er stolz.

»Ah«, sagte Rick. Ein Hit aus den Top Fifty von vor ein paar Jahren. Gwen mußte ihn neu getextet haben.

»Mit Eurer Erlaubnis, Lord, möchte ich im Winter gern wieder an die Universität zurückgehen«, sagte Caradoc.

»Gern. Ich hatte es schon so geplant. Dann könnt Ihr wieder mit Eurer Frau zusammensein.«

»Ich danke Euch.« Wieder grinste Caradoc. »Das ist jetzt doppelt wichtig.«

»Aha?«

»Ja. Als ich fortging, sagte meine Lady mir, sie glaube, wir seien von Hestia gesegnet.«

»Meinen Glückwunsch.« Ich sollte mich wirklich freuen, dachte Rick. Jetzt wird das Leben mit Tylara ein wenig leichter.

Ein Dutzend Kartons Zigaretten; Penicillin, zehn Flaschen Bufferin und vier Flaschen mit Vitamintabletten; Nadeln und Faden und andere Nähutensilien, darunter eine alte fußbetriebene Nähmaschine; Packdraht und Zangen, die Mason sofort für sich beanspruchte; und eine Kiste mit so verschiedenen Sachen wie Nußknackern und Seife. Der Rest war Munition: Patronen für die H&K und die M-16-Kampfgewehre, für die Fünfundvierziger und für die Pistolen. Munition für die Maschinenpistolen, Gewehrgranaten, Mörsergranaten und fünfzig Schuß für die Rückstoßfreie.

Tylara war zufrieden. »Jetzt sind sie gekommen«, sagte sie. »Ob sie in dieser Saison noch einmal kommen?«

»Sie sagten nein«, sagte Rick. »Sie werden eine längere Zeit wegbleiben, möglicherweise ein ganzes Tranjahr. Wahrscheinlich kommen sie im nächsten Herbst, wenn wir ihnen eine ganze Ernte *Surinomaz* zur Verfügung stellen können.«

»Dann will ich zur Burg Dravan zurück.«

»Ist das unbedingt nötig?« fragte Rick. »Von Westen her können wir doch kaum angegriffen werden.«

»Ich habe gehört, daß Westmänner im Hohen Cumac sind«, sagte Tylara. »In diesem Herbst sind dort mehr gesehen worden als in den vorausgegangenen zwanzig Jahren.«

Die Westmänner waren Nomaden, die sich gewöhnlich in den hochgelegenen Wüsten über der riesigen als Westcarp bekannten Verwerfung aufhielten. »Wenn mehr kommen«, sagte Rick, »müßte Margilos uns eigentlich warnen.«

Tylara schnaufte verächtlich. Vor langer Zeit hatte Margilos den Fünf Königreichen Tribut gezahlt. Jetzt war Margilos theoretisch ein unabhängiger Stadtstaat und berühmt für seine Zentaurenzucht. »Ich glaube nicht, daß sie das tun werden«, sagte Tylara. »Sie sind doch selbst halbe Nomaden. Es sei denn, man glaubte den alten Geschichten.«

Rick schaute sie hilflos an, und Tylara lachte. »Es heißt, die Männer von Margilos hätten Zentaurenblut. Man weiß nur nicht, ob der erste von einem Mann mit einer Zentaurenstute gezeugt wurde, oder ob sich eine Lady von Drantos der Gunst eines Zentaurenhengstes erfreute.« Jetzt lachten sie beide. Dann sagte Tylara »Den Witz darf man natürlich nicht erzählen, wenn Männer aus Margilos in der Nähe sind. Sie sind leicht erregbar, und wenn sie wütend sind, empfinden sie keine Schmerzen. Genau wie die Zentauren, die sie züchten.«

»Ich werde daran denken. Aber du machst dir doch nicht wirklich Sorgen wegen der Westmänner?«

»Nein.«

»Dann wäre es vielleicht besser, wenn wir hier blieben. Wir können nicht *sicher* sein, daß die Shalnuksi erst im nächsten Jahr wiederkommen – und ich will nicht, daß sie erfahren, daß wir auf Burg Dravan großen Wert legen. Vielleicht merken sie es selbst. Aber warum sollten wir ihnen helfen, Ziele für ihr *Himmelsfeuer* zu finden?«

»Ich bin deiner Meinung«, sagte Tylara. »Dennoch lohnt sich

das Risiko. Armagh ist im Winter kein angenehmer Aufenthaltsort. Ich möchte vor dem Tauwetter in Dravan sein, und im Winter ist das Reisen beschwerlich.«

Irgend etwas in ihrer Stimme veranlaßte ihn, sie anzuschauen. Sie lächelte und strich sich über den Leib.

»Du auch?« fragte er.

Sie runzelte die Stirn.

»Gwen ist auch schwanger«, sagte Rick. »Caradoc hat es mir gerade erzählt.«

»Ah.« Tylara lachte. »Dieses Kind von Gwen wird mich keinen Schlaf kosten.« Sie sank ihm in die Arme. »Diesmal wird es ein Junge werden. Das weiß ich. Und unser Sohn sollte auf seiner eigenen Burg geboren werden.«

20

Ein heißer Wind wehte von der hohen Böschung herab. Die Luft war schon sehr warm, obwohl es in dieser hügeligen Landschaft erst Frühling war. Es hätte eigentlich noch ein bißchen kühler sein müssen. In der heißen Luft bekam der Ballon auch nicht so viel Auftrieb.

»Ich denke, wir sind startklar«, sagte Corporal Walinski. »Was meinen Sie?«

Ben Murphy betrachtete den Ballon mit seinem Durchmesser von knapp vier Metern. Er zerrte schon an den Seilen, die von zwei Bogenschützen gehalten wurden. Murphy legte noch ein wenig Brennstoff nach und ergriff das Hauptseil mit beiden Händen. Er schaute zum Bett auf dem Wagen hinüber, aber

Lafe Reznick schlief noch. Oder er tat nur so. »Fertig zum Abheben«, meldete Murphy.

»Leinen los!« schrie Walinski. Die beiden Bogenschützen ließen los und traten ein Stück zurück, und der Ballon erhob sich frei in die Nachmittagsluft. Murphy ließ das Seil über die am Wagen angebrachten Rollen laufen, bis die Dreißig-Meter-Marke erreicht war, dann klemmte er es mit dem Keil neben dem Fahrersitz fest. Der Ballon stand jetzt so hoch, daß er vom nächsten Dorf aus zu sehen sein müßte, aber niedrig genug, daß er noch zu kontrollieren war.

»Glaubst du, er wird lange genug oben bleiben?« fragte Walinski. »Ja. Wenn wir ihn schnell auf die größtmögliche Höhe bringen«, sagte Murphy. »Wir werden immer besser. Es ist allerdings ziemlich heiß.«

»Kompressionshitze«, sagte Walinski.

»Was?« Und wo hatte Ski solche Worte gelernt?

»Zu Hause in Los Angeles nannten sie es Kompressionshitze«, sagte Walinski. »Ein ganz bestimmter Wind, der Santa Ana. Heißer als die Hölle, selbst im Winter. Und trocken. Richtig trocken. Kommt von den hochgelegenen Wüsten runter. Wenn er die tieferen Schichten erreicht, verdichtet er sich, genau wie der Santa Ana in Los Angeles.

»Jedenfalls ist es heiß genug«, sagte Murphy. In Drantos hatte es einen feuchten Winter gegeben. Viel Schnee im Osten, im Westen etwas weniger. Und nirgends war es auch nur annähernd so kalt gewesen, wie die Experten vorausgesagt hatten. Und das bedeutet, daß sich der ganze verdammte Planet in dem Maße aufheizte, in dem der Dämonenstern sich näherte.

Murphy zog sich die Jacke aus und holte seine Zauberrobe unter dem Sitz hervor. »Heh, Lafe!« rief er. »Wach auf. Du hast Dienst.«

Schläfrig richtete Reznick sich auf. »Gibt es irgend etwas Besonderes über dieses Dorf zu berichten, Ski?« fragte er.

»Nicht, daß ich wüßte.«

»Das Übliche«, meinte Murphy. »Normale Routine.« Er kannte das alles schon im Schlaf. Mit dem Wagen vorfahren. Mit Hilfe des Ballons die Aufmerksamkeit der Leute erregen und die Macht des Zauberers demonstrieren. Anschließend hielten die Diener und Priester Yatars vor der örtlichen Geistlichkeit Vorträge über Hygiene und stellten heiliges Wasser her, indem sie es ganz einfach kochten. Außerdem fragten sie die Leute über das Wahnsinnskraut aus. Sie berichteten von den neuen Pflügen und zeigten den Schmieden, wie man sie herstellt. Und Lafe demonstrierte seine Sternenwaffen, damit die Leute wußten, was ihnen bevorstand, falls sie sich jemals gegen ihren rechtmäßigen Herrn, den Eqeta von Chelm auflehnen sollten. Und –

»Heute morgen, als ihr beide noch schlieft, sind durch Boten neue Befehle gekommen«, sagte Walinski. »Wir sollen uns nach den Westmännern erkundigen.«

»Sind wieder welche gesehen worden?« fragte Murphy.

»Sie haben mir nichts *gesagt*. Nur die Befehle überbracht.«

Murphy seufzte. Wenn er wach gewesen wäre, hätte er die Boten ausgefragt. Ski hatte daran natürlich nicht gedacht. Ski konnte kämpfen, aber sonst war er nicht der Gescheiteste. Aber er war dienstälter; denn er war bei Parsons geblieben und dann mit Elliot zu Captain Galloway übergelaufen, anstatt in den Süden zu gehen und sich dort auf eigene Faust zu etablieren.

Man kann nicht alles haben, dachte Murphy, und Ski macht mir wenig Ärger, außer wenn er besoffen ist. Und das weiß er dann wenigstens. Ich habe schon schlimmere Chefs gehabt.

Er konnte sich aber auch an bessere erinnern. Seinem Pech von damals hatte er es zuzuschreiben, daß er jetzt auf Tran war, zehn Lichtjahre von zu Hause entfernt, und daß er sich Ben Murphy nannte und unter den Heiden den Zauberer spielte, anstatt unter seinem richtigen Namen dem Gewerbe seines Vaters nachzugehen. Heute aber lief wenigstens nicht mehr alles gegen ihn.

Er zog seine Robe an, nahm sein Sturmgewehr auf und hielt Wache, während auch Walinski und Reznick sich verkleideten. Walinski trug eine besonders prächtige Robe; denn er mimte den Oberzauberer, während Murphy und Reznick als seine Gehilfen auftraten.

Walinski hatte sich gerade hergerichtet, als Agikon, der älteste der Diener Yatars, erschrocken aufschrie und nach oben zeigte. Der Ballon am Ende des Seils schwankte bedrohlich.

»Wind?« fragte Murphy.

»Den Teufel auch!« schrie Ski. »Sieh doch!«

Ein Pfeilhagel stieg aus dem Wald links neben der Straße auf. Einer traf, und wieder schwankte der Ballon.

Walinski riß sich das Gewehr von der Schulter.

»Was gibt es denn da zu schießen?« fragte Murphy. »Wahrscheinlich Halbwüchsige. Ich bin erstaunt, daß nicht schon vorher auf den Ballon geschossen wurde.«

»Immerhin haben sie getroffen«, sagte Ski.

»Hmm.« Sie schossen wirklich gut. Fast so gut wie tamaerthanische Bogenschützen, und die waren auf Tran die besten. »Ski, das gefällt mir überhaupt nicht. Laß uns die Wagen zu einer Wagenburg zusammenstellen. Nur für den Fall.«

»Nun –«

Murphy wartete nicht lange. Er wendete den Wagen scharf und hob die Hände. Reznick sah ihn erstaunt an. Dann sprang er auf den Boden und rannte zum nächsten Wagen.

»Jetzt müssen wir den Ballon auch noch flicken«, murmelte Walinski.

Das stand fest. Der Ballon verlor rasch an Höhe. Murphy schaute sich um. Die anderen Wagen fuhren hinter ihm zu einem Kreis zusammen. Mitten auf dem Feld, die Wagenburg war noch nicht geschlossen, geriet er auf sumpfigen Boden. Der Wagen blieb stecken.

»Verdammter Mist!« sagte Ski. »Das hat uns gerade noch gefehlt. Wir müssen den Ballon flicken, damit er uns aus dem Schlamm zieht. Vorwurfvoll drehte er sich zu Murphy um.

Murphy fluchte. Er sprang vom Wagen, und um ihn herum gingen Pfeile nieder. Walinski schrie auf und taumelte gegen den Wagen. In seinem Gesicht steckte ein Pfeil. Mit einem Pfeil in der Brust stürzte einer der Diener Yatars zu Boden. Die Pferde blieben unverletzt.

Wieder hagelte es Pfeile. Die Bogenschützen aus Drantos hoben die Armbrüste. Walinski schrie wie am Spieß und griff nach dem Pfeil in seinem Gesicht. Er hatte sein Gewehr fallen lassen. Murphy warf sich in den Wagenkasten und hielt seine Waffe schußbereit.

»Was zum Teufel sollen wir tun?« brüllte Reznick.

»Wie zur Hölle soll ich das wissen?« antwortete Ben. Es gab keine Ziele. Murphy schätzte die Entfernung zum Waldrand. Etwa zweihundert Meter. »Das waren weite Schüsse!« schrie er. »Selbst für Tamaerthaner!«

Murphy überlegte die Konsequenzen. Eine von Captain Galloways Trumpfkarten waren die tamaerthanischen Bogenschützen. In Verbindung mit anderen Truppen waren sie höchst gefährlich; denn sie schossen weiter als alle anderen. Die Armbrüste der Männer aus Drantos trugen etwa genauso weit, aber die Schußfolge war langsamer, und in Drantos war das Schießen auf weite Distanz lange nicht so beliebt wie bei den Tamaerthanern. Aber diese Männer konnten keine Tamaerthaner sein. Wer waren sie also?

Weitere Pfeile prasselten herab. Inzwischen waren alle hinter den Wagen in Deckung gegangen, und niemand wurde getroffen. Auch die Pferde und Ochsen, die die Wagen zogen, blieben weiterhin unverletzt. Auch Reznicks Zentaur Dobbin. Er hockte hinter Lafes Wagen und winselte, wie es Tiere tun, wenn sie bedroht werden und sich weder wehren noch weglaufen können.

Auch ich kann mich weder wehren noch weglaufen, dachte Murphy. Jetzt war alles ruhig, aber – »Pferdediebe!« rief er.

»Das habe ich mir auch schon gedacht«, sagte Lafe. »Irgend jemand will unsere Tiere lebend.«

Murphy schaute angestrengt zum Wald hinüber, aber er konnte nichts erkennen. »Wir sollten sie ihnen geben«, sagte er.

»Aber nicht Dobbin.«

»Den wollen sie wahrscheinlich gar nicht. Sie wollen nur die Pferde und die Ochsen. Wahrscheinlich sind sie zu gescheit, als daß sie einen Zentauren nehmen würden.«

»Nun hör aber auf«, sagte Reznick. »Aber irgend etwas müssen wir unternehmen. Soll ich mich um Walinski kümmern?«

»Ja. Gleich. Bleib vorläufig in Deckung. Aber wir müssen die

Wagen zusammenschieben. Fahrt hinter mir vorbei!« schrie er. Agikon begriff sofort. Nach einer Weile war die Wagenburg geschlossen, und sie hatten besseren Schutz –

Ein Dutzend leichte Reiter brachen aus dem Wald hervor. Sie hatten sich auf ihren Pferden geduckt, so daß wenig von ihren Körpern zu sehen war. Murphy konnte sie nicht identifizieren.

»Westmänner!« schrie einer der Diener Yatars.

Murphy klappte die Stütze seines Gewehrs herunter und stellte sie auf den Wagensitz. Walinski schrie immer noch, aber Ben konzentrierte sich ganz auf seine Zielrichtung. Auf den Reiter zielen, aber so tief, daß du das Tier triffst, wenn du ihn selbst verfehlst. Abdrücken –

Der erste Reiter fiel, und Ben wählte ein neues Ziel. Beim zweiten Schuß gingen Reiter und Pferd zu Boden. Der Reiter sprang von seinem Tier weg, aber Lafe Reznick traf ihn in die Brust.

Wieder ein neues Ziel. Ganz ruhig! Volle Konzentration!

Der nächste Reiter war knapp zwanzig Meter entfernt, als Murphy ihm vom Pferd schoß. Dann ritten die Westmänner plötzlich zum Wald zurück. Murphy traf noch einen Reiter, und ein weiterer schien schon vor Überraschung aus dem Sattel zu fallen.

Jetzt gab es keine Ziele mehr. Einer der gestürzten Reiter versuchte aufzustehen, aber er wurde von einem Armbrustschützen erledigt. Zwei weitere Westmänner ritten auf das Feld und fingen ein streunendes Pferd ein, während Murphy ein neues Magazin in seine Waffe schob. Dann war alles ruhig.

Aber nicht ganz. Walinski schrie sich immer noch die Lunge aus dem Hals. Der Pfeil hatte ihn in der Nähe des linken Auges getroffen, und die Spitze war am Hals wieder ausgetreten. Es sah häßlich aus, aber keine Hauptgefäße waren verletzt worden, denn dann hätte Walinski nicht schreien können.«

»Lafe!« schrie Murphy. »Kümmere dich um Ski! Aber halte dich bereit, mir Feuerschutz zu geben. Agikon!«

»Aye, Lord!«

»Nimm Lord Walinskis Gewehr. Beobachte den Waldrand.«

Der Diener Yatars konnte mit der H&K umgehen. Captain Galloway ließ ungern Einheimische an Sternenwaffen ausbilden, aber hier draußen in den Sümpfen wurde jeder Mann gebraucht.

»Auch die anderen behalten den Waldrand im Auge! Ich bin sofort zurück.« Hoffentlich, dachte Murphy. Wahrscheinlich ist es unklug, die Deckung zu verlassen, aber ich muß feststellen, mit wem ich es zu tun habe. Vielleicht bekomme ich Informationen, die der Captain verwerten kann. Murphy beugte sich über die Toten, während Agikon den Waldrand im Blick behielt. Der erste hatte ein Bronzeschwert, wie Murphy es nur in den Schreinen Wotans weiter im Norden und Osten gesehen hatte. Es war so lang, daß man es vom Pferd aus benutzen konnte, und sein Knauf war mit Golddraht umwickelt.

Die übrigen waren mit kurzen Speeren oder leichten Lanzen bewaffnet und führten Bogen, die fast zu lang waren, um vom Pferd aus benutzt zu werden, obwohl die Reiter das zweifellos konnten. Außerdem hatten sie Messer. Die meisten hatten keine Rüstung, aber einer trug ein Kettenhemd, das offensichtlich aus Drantos stammte. Sie waren spärlich bekleidet; sie hatten nur Lendenschurze und Umhänge aus grobem Tuch, aber fast alle trugen irgend etwas aus Gold: ein Armband, eine Brosche oder einfach um den Hals gewickelten Golddraht.

Alle waren mager, und es sah aus, als hätten sie lange nichts mehr gegessen.

So sahen also die Westmänner aus. Nur wenige waren ihnen je begegnet. Sie lebten auf den unerforschten Hochebenen jenseits des Westcarps, und von den Leuten, die dieses Gebiet aufgesucht hatten, war kaum jemand wieder zurückgekommen. Nicht, daß es dort irgend etwas gab, wofür sich die Reise gelohnt hätte.

Der letzte Mann lag zu nahe am Waldrand, und vielleicht war er gar nicht tot. Als Murphy sich abwenden wollte, sprang der Mann tatsächlich auf, und wollte auf ihn zulaufen, aber nach wenigen Schritten stürzte er. Ben fuhr herum und riß das Gewehr hoch –

»Gnade!« schrie der Mann. »Ich bitte um Gnade. Ich bin keiner von – von diesen Pferdemenschen.«

»Was zum Teufel?«

»Gnade!« Er lag auf dem Boden und kroch jetzt auf Murphy zu. »Gnade!« schrie er noch einmal.

Schnell denken, Ben. Vielleicht ein Trick. Aber . . . Er ging zu dem Mann hinüber. Er hatte einen kahlen Kopf und war nicht besser gekleidet als die Westmänner, aber er trug keine Waffen.

»Wer zum Teufel bist du?« fragte Ben.

»Ein Priester Wotans! Bringt mich zu eurem Wagen, bevor die Pferdemenschen kommen und mich töten!«

»Moment. Was hast du mit den Westmenschen zu schaffen?« wollte Ben wissen.

»Ich war ein Priester Wotans in einem Schrein außerhalb von Margilos.« Der Mann sprach stockend, aber grammatisch einwandfrei. Immer wieder zögerte er. »Ein Narr von einem Kaufmann – aus dem Süden – suchte einen Führer – der ihn zu den Westmännern bringen sollte – um gegen Gold Güter einzutauschen. Der Oberpriester hielt das für eine gute Sache – und er befahl mir, den Kaufmann hinzuführen – denn ich war schon einmal oben auf dem Westcarps gewesen. Aber als wir ankamen, opferten die Pferdemenschen ihn Pirin dem Donnerer und machten mich zu ihrem Sklaven.«

»Und was zum Teufel suchst du hier?« fragte Murphy.

»Der Häuptling der Roten Felsen glaubte, ich würde ihm Kriegsglück bringen, und jetzt kommen alle diese Pferdemenschen vom Westcarp herunter. Dort oben herrscht große Hitze; es gibt nur ausgetrocknete Ströme und Tod.«

»Verdammte Scheiße«, sagte Murphy. »*Alle* kommen herunter?«

»Die, die es noch können«, sagte der Priester. »Und mich nahmen sie als Sklaven und Übersetzer mit. Ich hielt Euch für böse Zauberer, bis ich die blauen Gewänder Yatars unter Euch erkannte. Da warf ich mich aus dem Sattel und blieb auf dem Boden liegen, in der Hoffnung, daß die Roten Felsen mich für tot hielten. Aber ich glaube, ich habe mir das Bein gebrochen.«

Der Mann hat Nerven, dachte Murphy. Ein glücklicher Zufall, einen Mann zu finden, der jahrelang oben bei diesen Pferdemenschen gelebt hat. »Okay, Glatzkopf, gehen wir zum

Wagen.« Und weg von den Bäumen, die mir eine Gänsehaut verursachen. »Hier, steh auf und lehn dich auf mich. Du wirst humpeln müssen.«

Sie kamen nur langsam voran. Als sie die halbe Strecke zu den Wagen zurückgelegt hatten, kam Reznick heraus um zu helfen. »Was hast du vorgefunden?« fragte er.

»Einen Priester Wotans, den die Westmänner als Sklaven gehalten haben. Könnte für den Captain vielleicht wertvoll sein.

Plötzlich schrie Agikon, und bevor Murphy erkannte warum, feuerte der Diener Yatars halbautomatisch fünf Schüsse ab. Ein Pferd schrie. »Lords, die Westmänner!« schrie Agikon.

Ein Dutzend Berittene galoppierten heran. Einige hielten die Speere zum Angriff gesenkt. Die anderen hielten ihre Lanzen wurfbereit.

Sie waren schon bedrohlich nahe herangekommen. Überall waren Schreie zu hören, und es war schwer, sich zu konzentrieren. Ich wollte, ich hätte eine Gewehrgranate, dachte Murphy.

»Verlaßt mich nicht!« rief der alte Mann.

»Beweg dich«, sagte Reznick. »Los, Ben, beeil dich!« Er riß sein Gewehr von der Schulter und kniete sich hin.

Murphy half dem Priester hinter die Wagen. Es war einer jener Alpträume, in denen es nie schnell genug geht, ganz gleich, was man tut. Er schaute über die Schulter zurück. Noch mehr Westmänner, vielleicht zwanzig, galoppierten auf die Wagenburg zu. Murphy riß den alten Mann vorwärts. Als sie zwischen den Wagen waren, hörte er Reznicks Gewehr loshämmern.

Murphy brachte den Priester zu einem Diener Yatars. »Paß auf ihn auf.« Dann rannte er auf das Feld zurück, wo Reznick gerade ein neues Magazin in seine Waffe schob. Er feuerte weiter. Die Westmänner waren jetzt zu nahe gekommen.

»Lauf wie der Teufel, Lafe! Ich gebe dir Feuerschutz!« schrie Murphy.

»Okay!« Reznick drehte sich um und rannte los. Drei der Reiter schossen ihre Pfeile ab. Lafe strauchelte und stürzte zu Boden. Er stand wieder auf, aber jetzt lief er langsamer. Die

Reiter kamen immer näher. Murphy hatte auf Automatik gestellt und feuerte über den Kopf seines Partners hinweg; aber die Reiter kamen. Wieder stolperte Reznick. »Ben, Ben, sorge für meine Frauen –«

Er versuchte, wieder auf die Beine zu kommen, aber in seinem Rücken steckten zwei Pfeile. Murphy versuchte ihn zu ignorieren und sich auf das Schießen zu konzentrieren. Er schoß zwei der Reiter aus dem Sattel, bevor sie Lafe erreichten, aber die anderen ritten weiter. Einer hatte Lafe jetzt erreicht, und seine Lanze fuhr herab. Murphy traf ihn viermal, aber er konnte noch zustoßen. Reznick versuchte, sich wegzurollen, aber die Lanze durchbohrte ihm die Brust.

»Ihr verdammten Schweine!« schrie Murphy und schob ein neues Magazin in sein Gewehr. Agikon kam mit drei Bogenschützen und sie feuerten noch eine Salve ab. Jetzt waren nur noch drei Westmänner übrig, aber sie griffen weiter an, bis Murphy sie alle von ihren Pferden geschossen hatte.

Lafe Reznick war schon tot, als Murphy sich neben ihn kniete. Ben schaute zum Himmel auf und murmelte Gebete, an die er nicht mehr gedacht hatte, seit er die Heimat verlassen mußte. Er spürte etwas im Genick und drehte sich um. Es war Dobbin. Der Zentaur mußte sich losgerissen haben, als er Reznick fallen sah.

Er beschnüffelte das Blut auf Reznicks Brust und in seinem Gesicht. Dann berührte er mit den nur halb ausgebildeten Händen Reznicks Kleidung, als ob er sie glattstreichen wollte. Dann bäumte er sich auf, warf den Kopf nach hinten und stieß einen langen klagenden Schrei aus. Murphy lief ein Schauer über den Rücken; er mußte an die Legenden von den Totengeistern denken . . .

21

Ben Murphy schrie Flüche zum Himmel empor. Er konnte für Reznick nichts mehr tun. Langsam ging er zur Wagenburg zurück.

Zwei Bogenschützen hielten Walinski fest. Lafe hatte sich schon bemüht, den Pfeil herauszubekommen, aber er war nicht fertig geworden. Das Wichtigste zuerst, dachte Murphy. Methodisch gab er seine Befehle. Alle Waffen und Geräte der Feinde einsammeln. Den Ballon sichern. Den steckengebliebenen Wagen entladen. Und die Wachposten aufstellen, denn dort draußen könnten noch mehr Westmänner sein. Während die Bogenschützen und die Diener Yatars seine Befehle ausführten, hatte er Zeit, sich um Ski zu kümmern.

»Es wird schmerzen«, sagte Ben. »Ich muß den Pfeil herausschneiden.«

Walinski schrie etwas.

Ach, hör auf mit dem Gewinsel, dachte Murphy. Warum hat es dich nicht erwischt? Nein, das ist nicht fair! Zwischen Lafes Sachen fand er eine Flasche Whiskey McCleve's Best und brachte sie zu Ski hinüber. »Trink davon!« schrie er. »Aber nimm einen ordentlichen Schluck. Gut. Noch einen. So, ich trinke auch einen Schluck. Gib her.«

Er trank einen Schluck aus der Flasche. Dann gab er einen Teelöffel feines Pulver hinzu. Es war aus dem Wahnsinnskraut hergestellt, und eine alte Frau im letzten Dorf hatte es ihm gegeben. Eine ungetestete Droge, dachte Murphy. Wahrscheinlich mache ich einen Fehler, aber ich habe keine Wahl. »Hier, Ski, trink noch einen kräftigen Schluck.«

Während Walinski trank, erhitzte Murphy einen Eisenstab in der Heizanlage des Ballons. Als er rotglühend war, nahm er ihm aus dem Feuer und ging zu Walinski zurück. »Gib mir die Flasche –«

Er reichte die Flasche einem Diener Yatars und atmete tief durch. Nun, es geht los – Er nahm sein Kampfmesser und schnitt rasch am Schaft des Pfeils entlang, um den Schußkanal freizulegen. Wieder schrie Walinski, und Blut schoß hervor. Zuviel Blut. Murphy zog das glühende Eisen durch die Wunde, und es roch nach verbranntem Fleisch.

Wahrscheinlich ist das die falsche Methode, dachte Murphy. Das wird eine gewaltige Narbe geben. Aber sie muß geöffnet werden. Die Gefahr eines Wundstarrkrampfs ist zu groß, und vielleicht vergifteten die Westmänner ihre Pfeile. Ich muß die Wunde aufschneiden und säubern und die Blutung stillen.

Er benutzte einen sterilen Verband, um die Wunde zu versorgen. Im Verbandskasten fand er ein ganzes Dutzend, und wann würde er je mehr davon haben? Die Flasche mit Superoxid war nur klein, und er würde sie für Ski und den verwundeten Bogenschützen restlos aufbrauchen.

Ben Murphy fühlte sich sehr weit weg von zu Haus.

Das Dorf war ungefähr einen Kilometer entfernt, und niemand war herausgekommen, um ihnen zu helfen. Murphy gab Walinski den Rest Whiskey und überwachte dann den Aufbruch der Wagenkolonne. Sie würden ohne den Ballon fahren müssen; denn ein Zauberer war tot, ein anderer verwundet. Wenn sie den Einheimischen imponieren wollten, brauchten sie all ihr Gerät. Und eine gute Geschichte. Und inzwischen mußte jemand Captain Galloway über die Vorfälle berichten.

Besonders schwer war es, an Lafes Leiche heranzukommen. Dobbin hielt Wache, bereit, jeden anzugreifen, der sich ihr näherte. »Wir könnten ihn töten«, schlug Agikon vor, aber als er Bens Gesicht sah, fuhr er erschrocken zurück. »Vergebt mir, Lord.«

Murphy antwortete nicht. Er versuchte, beruhigend auf das Tier einzureden. »Ich bin es. Ich habe dich Dutzend Male geritten. Ich werde dich zu Lafes Frauen zurückbringen, aber du mußt mir Lafe geben. Komm, Dobbin, es ist ja schon gut –«

Endlich winselte Dobbin und trat ein Stück zur Seite, so daß Ben und Agikon Lafes Leiche auf den Wagen legen konnten. Murphy deckte seinen Partner mit einer Zaubererrobe zu.

Das Dorf hieß Irakla, und wie alle Siedlungen auf den Hochebenen war es von einem Wall umgeben. So weit hier im Westen diente dieser weniger zum Schutz gegen menschliche Angreifer als gegen ein Gunkel genanntes einheimisches Tier, ein Nagetier von der Größe eines Hundes. Das Tier hatte einen langgestreckten Körper, ähnlich dem eines Wiesels, einen geschuppten unbehaarten Schwanz und einen Schuppenpanzer wie ein Gürteltier. Es hatte scharfe Klauen und kräftige Zähne, und es verspritze eine Flüssigkeit, die zwar nicht so stank wie bei einem gereizten Stinktier, die aber ausreichte, Menschen fernzuhalten. Unglücklicherweise hatte der Gunkel ständig Hunger und war dumm und furchtlos, und er hielt menschliche Behausungen für seine Speisekammern.

Der Wall war durch einen hastig ausgehobenen Graben ergänzt worden, und es gab auch einen Wachtturm. Die Tore waren geschlossen, und auf den Feldern gab es keine Tiere. Der

Turm war bemannt, und durch das Flechtwerk seiner Wand sah Murphy Helme und Speerspitzen blinken.

Murphy hatte die in Roben gekleideten Diener Yatars auf den ersten Wagen gesetzt, und die Tore wurden schnell geöffnet, als sie sich ihnen näherten. Eine Gruppe von Dorfbewohnern mit Speeren und Sensen kam heraus, um der Wagenkolonne notfalls den Rücken zu decken. Ein älterer Mann trat auf Murphy zu und zeigte auf die Zaubererroben. »Wo ist Euer Himmelstier?« fragte er.

Aha, dachte Murphy, sie haben also von unserer reisenden Zauberschau gehört. »Die Westmänner haben das Himmelstier mit Pfeilen getötet«, sagte Murphy. »Sie haben auch andere getötet und den Zaubermeister verwundet.«

»Ein böser Tag. Ich bin Panar, der Häuptling dieses Dorfes. Ihr seid hier willkommen, aber ich fürchte, die Westmänner werden uns noch alle vernichten.«

Murphy schlug auf sein Sturmgewehr. »Wenn es auch viele Westmänner gibt, so haben wir doch immer noch unseren Zauber«, sagte er. »Die Westmänner haben zwei von uns getötet und meinen Zaubermeister verwundet. Aber wir haben alle Westmänner getötet, die wir sahen.«

Die Wagenkarawane fuhr in das Dorf hinein. Es hatte nur eine Straße, die von den Wagen fast ganz ausgefüllt wurde. Die Tore wurden rasch wieder geschlossen.

Die meisten Dorfleute hatten sich um sie herum versammelt. Murphy fielen besonders zwei hübsche Mädchen auf. Ob sie wohl daran interessiert waren, ein Kind mit dem Blut von Himmelszauberern zu bekommen? Das war bei vielen Dorfmädchen der Fall und einer der Gründe, warum Murphy nicht wieder geheiratet hatte. Anders als Lafe, der mit seinen zwei Frauen recht glücklich gewesen war. Was würden sie jetzt tun? Sie waren nicht adelig, wenn Lafe auch die Einheimischen dazu gebracht hatte, sie zu akzeptieren, und –

Der Häuptling kam von den Toren zurück, deren Schließung er überwacht hatte. »Lord, Bheromann Harkon hat uns vor drei Tagen eine Botschaft geschickt, in der er uns vor größeren Banden von Westmännern warnt. Er hat seine Ritter gegen sie geführt und die Männer aus unserem Dorf auf seinem Kriegszug mitgenommen. Deshalb haben wir kaum waffenfähige Männer und konnten Euch nicht helfen, als wir in der Nähe Schlachtlärm hörten. Vergebt uns, Lord.«

Murphy hob die Hände in einer segnenden Geste, die er bei dem alten Yanulf gesehen hatte. »Kein Problem«, sagte er auf englisch. »Euch sei vergeben. Und hättet ihr versucht, uns zu helfen, wäret ihr alle getötet worden. Sag, wie viele Lanzen hat Bheromann Harkon?«

»Lord, ich weiß nicht, in welchem Ausmaß er den Heerbann proklamiert hat«, sagte Panar. »Ich möchte meinen, nicht mehr als fünfzig.«

Murphy nickte. Es hatte keinen Sinn, die Leute zu verängstigen, aber er konnte sich vorstellen, was geschehen würde, wenn durchschnittliche schwere Reiterei aus Drantos auf eine größere Formationen von Westmännern traf. Diese großen Bogen würden seine Bewaffneten aus den Sätteln schießen, bevor sie wüßten, daß ein Feind in der Nähe war. Der nächste Bheromann aus Drantos würde wahrscheinlich auf Westmänner stoßen, die von Harkons Männern stammende Rüstungen trugen.

»Wurde der Lord Eqeta darüber schon informiert?«

»Ich weiß es nicht, Lord.«

Dann kommt es jetzt also darauf an, wie gescheit Harkon ist, dachte Murphy, und von diesen Leuten werde ich es nicht erfahren.

»Lord, werdet Ihr bleiben und uns mit Eurem Zauber beschützen?« fragte Panar. Einige aus der Menge traten näher heran, um Murphys Antwort zu hören.

Die erste Auswahl an jungen Männern ist mit Harkon gezogen. Jetzt bin ich da, zusammen mit den älteren Männern. Nicht genug, um dieses Dorf zu verteidigen, wenn wir uns einer größeren Zahl von Westmännern gegenübersehen. Aber zum Teufel, Fred, du wußtest doch, daß der Job gefährlich ist . . .

»Ich werde bleiben«, sagte Murphy. »Aber wir müssen eine Botschaft an den Lord Eqeta schicken. Das ist wichtiger als unser eigenes Leben.«

Er hatte Einwände erwartet, aber der Dorfhäuptling nickte

bedächtig. »Wenn der Lord Eqeta es erfährt, werden wir vielleicht doch noch gerettet«, sagte er. Er schaute nachdenklich vor sich hin, wollte sich abwenden und blieb dann doch stehen. »Wir haben hier zwei junge Männer, die viele Rennen gewonnen haben. Und sie haben sehr gute Pferde.«

Offensichtlich die richtigen Leute, eine Botschaft zu überbringen, aber warum war Panar so nervös? »Ich werde Lord Harkon nicht darüber informieren, daß du nicht deine besten Leute geschickt hast«, sagte Murphy. »Es ist gut für dich, daß du es nicht getan hast.« Er zeigte auf die Schatten eines Wagens. »Wenn es nur noch einen Schatten gibt, sollen sie zu mir kommen. Wir werden sie nach Einbruch der Dunkelheit losschicken. Inzwischen schreibe ich eine Botschaft an Lord Rick.«

»Ah.«

Er ist beeindruckt, dachte Murphy. Weil ich Lord Rick kenne oder weil ich schreiben kann? Das spielt keine Rolle. »Vorher muß ich mich um die Verwundeten kümmern, und alle eure Frauen müssen dabei zuschauen. Auch du und dein Dorfdiakon.« Für einen richtigen Priester war dieses Dorf zu klein. »Wir werden ihnen den Heilungszauber zeigen, den Yatar den Hohepriester Yanulf gelehrt hat. Erst einmal sollen sie Wasser kochen.«

»Aye, Lord.« Panar ging, um die entsprechenden Anweisungen zu geben.

Murphy war mit Lafes Leiche allein. Verdammt noch mal, dachte er. Ich bin nicht mehr so jung, wie ich einmal war. Er schaute zu dem Wagen hinüber, in dem total betrunken Walinski lag, und er beneidete ihn. Er hatte noch genug von dem pulverisierten Extrakt des Wahnsinnskrauts im Medizinschrank.

Fledermausscheiße, dachte Murphy. Nur das nicht noch einmal. Den Trip habe ich auf der Erde schon erlebt.

Aber warum eigentlich nicht. Hier kommst du ohnehin nicht mehr lebend heraus. Warum willst du dich nicht in froher Stimmung verabschieden?

Das ist keine frohe Stimmung, sagte er sich. Das ist schon so gut wie tot, und jetzt halt's Maul. Mein Gott, Lafe, warum mußtest ausgerechnet du es sein. Du hast mich von dem Zeug abgebracht. Und nach Afrika. Zur Hölle mit diesem gottverdammten Planeten, zuerst Sindy und nun Lafe.

Hier hast du Sindy kennengelernt, und mit ihr hast du ein schönes Jahr erlebt. Wünschst du dir etwa, daß du sie nie geheiratet hättest?

Nein, verdammt noch mal. Ski sieht glücklich aus. Und ohne Lafe wird es bestimmt schlimm werden. Niemand mehr, der mir den Rücken freihält. Niemand, dem ich trauen kann, außer vielleicht dem Captain. Ganz gewiß keinem anderen. Warner darfst du nicht trauen, hatte Lafe gesagt. Und auch Gengrich nicht. Mit Gengrich hatte Lafe recht gehabt. Traue niemandem, wenn du nicht mußt, hatte Lafe gesagt. Sie hatten die 106 von Parsons mitgenommen, ohne daß jemand es wußte. »Behalt ein paar Asse im Ärmel«, pflegte Lafe zu sagen. »Es kann nicht schaden.«

Es hatte auch nicht geschadet, aber das nützte nun nichts mehr. Oh, Gott, gibt es dich da oben noch? Er war ein feiner Kerl. Irgendwer muß sich daran erinnern.

Eine häßliche Rauchsäule stieg in den Himmel. Eine der Dorffrauen sah es und fing an zu jammern. Das muß ein weiteres Dorf sein, dachte Murphy. Er rief Panar und zeigte ihm den Rauch.

»Aye, Lord. In der Richtung liegt Katos.«

Mein Gott, was soll ich nur tun. Ich bin zu verdammt müde, als daß ich noch nachdenken könnte. »Wie viele Dörfer liegen noch hier in der Nähe?«

»Vier im Umkreis eines Tagesrittes. Mit Katos fünf.«

»Vergiß Katos. Schick Boten zu den anderen. Aber schick nicht deine besten Männer. Die Leute sollen alle herkommen. Sie sollen ihre Herden mitbringen und alles, was sie haben, Nahrungsmittel und Viehfutter, und in dieses Dorf kommen, wo ich sie mit meinen Himmelswaffen verteidigen kann.«

»Innerhalb unseres Walles haben wir nicht einmal Platz für die Hälfte von ihnen!«

»Dann bauen wir eben einen neuen Wall und einen neuen Graben.« Das würde das Vieh zusammenhalten und die Westmänner daran hindern, bis an den Wall zu reiten. Zu Fuß sind sie gewiß weit weniger gefährlich, von ihren weittragenden Bogen abgesehen. Aber ich habe drei Gewehre, und vielleicht kann auch Ski wieder kämpfen.

»Einen Wall zu bauen, wird viele Leute von der Feldarbeit abhalten«, sagte der Häuptling.

Mein Gott, was für eine Bürokratenseele. »Was werdet ihr ernten, wenn die Westmänner eure Felder abbrennen und euch alle töten?«

Panar zuckte die Achseln.

»Hör zu«, sagte Murphy, »ich spreche mit der Stimme des Lord Eqetas.«

Der alte Häuptling spuckte aus und sagte nichts.

»Verdammt noch mal!« brüllte Murphy. Er griff an sein Gewehr und schlug seine Zauberrobe auf, um auch seine Pistole zu zeigen. »Paß auf!« Er zog die Pistole und feuerte auf einen Kürbis in einem Marktstand in der Nähe. Bei dem Schuß fuhren alle Köpfe herum. Deshalb schoß er einen zweiten Kürbis herunter, während die Leute hinschauten. »Da. Das ist der kleine Zauber.« Wieder griff er an sein Gewehr. »Und das ist der große.«

Der Häuptling nickte. »Ich habe es gehört. Ihr seid ein Himmelsgott.«

»Kein Gott, aber ich kenne den Himmelszauber.«

»Ihr kennt den Lord Eqeta, der ein Himmelsgott ist. Und das ist genug«, sagte Panar. »Die Boten reiten jetzt.«

»Gut.«

Der Häuptling ging, und Murphy setzte sich in den Wagen. Ein paar Dorfkinder sahen ihn schüchtern an und rannten dann gleich wieder in ihre Hütten hinter dem Marktstand zurück. Ein Mädchen von etwa sechzehn Jahren ging vorbei und vermied es sorgfältig, zu ihm hinüberzuschauen. Aber sie hatte ihre besten Kleider angezogen.

Mein Volk, dachte Murphy und mußte lachen. Aber dabei überlegte er schon, was er den Einheimischen über Selbstverteidigung erzählen könnte. Lanzen und Speere. Sich gegen Reiterei behaupten. Dazu Disziplin und Vertrauen auf den Mann, der neben einem kämpft, und man ist so gut wie jede Kavallerie.

Ihm war klar, daß er eine große Verantwortung auf sich lud. Die Dorfleute würden dankbar sein, aber ihr Lord würde sich gewiß nicht darüber freuen, daß er Bauern militärisch ausbildete. Aber wenn Murphy auf diese Weise lange genug am Leben blieb, um Rick eine Botschaft zu schicken, würde Captain Galloway Verständnis haben.

Und was war mit Lady Tylara? Was, wenn es dem örtlichen Lord nicht paßte, daß seine Bauern die Dinge selbst in die Hand nahmen?

Wieder lachte Ben. Das wäre dann eben Pech für den Bheromann Harkon. Im Lanzenregiment hatten die Bauern ohnedies schon gelernt, daß sie vieles selbst tun konnten. Murphy tat nichts Neues. Im übrigen war er der Urenkel eines Mannes, der wegen Mordes an dem Agenten eines Hausbesitzers gehängt worden war. Und er war nicht geneigt, Grundbesitzern gegenüber besondere Rücksicht zu nehmen.

TEIL FÜNF

Fürsten
und
Gewalten

22

An jeder Seite von acht Männern der Königlichen Garde eskortiert, marschierte der gebratene Hirsch den Gang zwischen den Tischen hinauf. Auf halbem Wege zum höher gelegenen Tisch blieb er stehen und verneigte sich vor Wanax Ganton. Die beiden Männer unter der Drapierung, die an den Seiten von der Platte herunterhing, waren ausgezeichnete Puppenspieler; der Hirsch wirkte lebendig, obwohl Ganton ihn zur Überraschung seines Gastgebers bei der Jagd am Vortage selbst mit dem Speer erlegt hatte.

Lord Ajacias strahlte, als Ganton die Verneigung des Hirsches huldvoll erwiderte. Seine Tochter Lady Cara sah ebenfalls, daß der Auftritt Ganton gefallen hatte, und sie kicherte.

»Ist das nicht wunderbar, Majestät?« sagte sie. »Hakour, unser Küchenmeister, ist seit vielen Jahren ein guter und treuer Diener, aber er hat uns nie ein solches Mahl beschert.«

Zum zehnten Mal wünschte sich Ganton, daß anstelle von Lady Cara Lady Octavia Caesar neben ihm säße. Octavia versuchte nicht, seine Gunst zu erlangen. Sie war nicht immer seiner Meinung. Ganz im Gegenteil. Sie kicherte auch nicht dauernd. Und obwohl ihre Knöchel nicht so schlank waren wie die von Lady Cara, trug Caesars Enkeltochter bei weitem die beste Kleidung auf ganz Tran, und sie trug ihre Kleider und Roben mit einer Anmut und einer Würde, die –

Er wurde durch das metallische Klicken einer Sternenwaffe aus seinen Gedanken gerissen. »HALT! WER DA?« donnerte Lord Mason mit einer Stimme wie Yatar beim Jüngsten Gericht. Er war von seinem Platz am Ende des Tisches aufgesprungen und richtete sein Gewehr auf den Hirsch, wobei das kleine Messer an seinem Ende – *Bajonett* hieß das Wort – auf die Kehle des Tieres gerichtet war.

»Der Hirsch!« Die Antwort gab Hanzar, der diensthabende Offizier der Leibgarde. Die anderen Gardisten in ihren neuen Kleidern – *Uniformen* nannte Lord Rick sie – präsentierten ihre Waffen.

»Welcher Hirsch?« fragte Mason.

»Wanax Gantons Hirsch!«

»Dann passiert, Freunde,« sagte Mason. »Weg frei für Wanax Gantons Hirsch!«

Aus dem Innern des Hirsches war jetzt eine laute Stimme zu hören: »Lang lebe Wanax Ganton!« Lord Rick selbst sprang von seinem Platz auf und wiederholte den Ruf, und alle Festgäste, etwa zweihundert oder mehr standen auf und jubelten dem König zu.

Ganton warf den Kopf zurück und lachte mit den anderen, aber im Innern hörte er Lucius mit seiner alten trockenen Stimme sprechen: »Und mitten im Triumph, wenn ein Eroberer die Stunde seines größten Ruhmes erlebt, dann fährt in seinem Triumphwagen der niederste Sklave des Reiches, der nie aufhört zu sagen: ›Caesar, gedenke, daß du sterblich bist.‹ Der Applaus der Menge ist leicht zu erlangen. Die Ehre ist flüchtiger.« Er konnte den alten Mann hören und sehen, wie Octavia zustimmend nickte – und er hörte auch das Gekichere der Lady Cara.

Unter den Hochrufen der Sternenmänner und der Garde wurde der Hirsch weitergetragen. Die – *Uniformen* – der Garde, grüne Hemden und Hosen, grüne Jacken, schwarze Stiefel und schwarze Gürtel mit angeschnallten Dolchen und silberne Embleme an den schwarzen Baretten, ließen sie im trüben Licht den Sternenmännern bemerkenswert ähnlich sehen. Lord Ajacias hatte sich mit Kerzen und Fackeln alle Mühe gegeben, aber eine Halle, die über zweihundert Personen Platz bot, war zu groß, als daß man sie hätte gut ausleuchten können.

Jetzt traten die Gardisten, die Sternenmänner und einige von Ricks berittenen Bogenschützen und Husaren vor, präsentierten ihre Waffen und stießen sie dann auf den Boden, während der gebratene Hirsch auf seinem Tisch zwischen ihnen vorbeirollte. Die Männer, die den Hirsch lebend hatten wirken lassen, krochen jetzt unter der Drapierung hervor, und auch sie trugen die Uniform der Königlichen Garde. Alle präsentierten ihre Waffen und salutierten nach Art der Sternenmänner. »Erbitten Erlaubnis, uns zurückzuziehen!« schrie Hanzar.

Eine lange Pause entstand. Ganton merkte, daß Lord Rick ihn anstarrte. »Erlaubnis erteilt«, rief Ganton, und die Leibgarde, die Sternenmänner und die Tamaerthaner zogen sich in einer komplizierten Formation zurück. Sie verließen die Halle unter donnerndem Applaus.

Von irgendwoher tauchte Morrone auf. Er hielt ein Messer in der Hand, das so lang war wie das Schwert eines Bogenschützen. Als Gefährte des Königs hatte er unter anderem die Aufgabe, alles Fleisch, das an die Königliche Tafel gebracht wurde, zu tranchieren und vorzukosten. Nach der eleganten Vorstellung der Soldaten wirkte er in diesem Moment allerdings ein wenig ungeschickt.

Aber zuerst war Yanulf an der Reihe. Der Erzpriester erhob

sich von seinem Platz Ganton gegenüber und breitete die Arme weit aus. »Yatar, großer Himmelsvater, sieh Deine Diener Dich lobpreisen und Dir danken . . .«

»Majestät?«

Gantons Gastgeber bemühte sich um die Aufmerksamkeit des Königs. Ganton nickte ihm zu.

»Majestät, die Waffe, die der Sternenmann trug, als er den Hirsch aufhielt – war das dieselbe Waffe, die sie uns heute nachmittag zeigten?« Er schüttelte sich. »Sind diese Waffen sicher genug, daß sie in meine Halle gebracht werden dürfen?«

»Sternenwaffen sind sicher, solange Sternenmänner loyal sind«, sagte Ganton.

»Und sind sie loyal, Majestät?«

»Ihr habt es gesehen«, sagte Ganton.

»Aye, Majestät. Ich sah disziplinierte Männer etwas gut verrichten, was sie gelernt haben.«

»Und –«

»Mehr sage ich nicht –«

»Ich befehle Euch zu sagen, was Ihr denkt.«

»Ich sah sie dem Sternenmann gegenüber loyal«, sagte Ajacias. »Ich sah sie meinem Wanax zujubeln. Aber ich habe noch nie gesehen, daß sie den von Yatar Gesalbten gehorchten.«

». . . und wir danken Dir für die reichen Frühlingsregen und die Milde des Winters«, sagte Yanulf. »Und wir erbitten Deine Hilfe und Deine Fürsprache bei Hestia und Deiner ganzen großen Familie, wir bitten, daß unsere Saat nicht im Boden faulen, sondern gedeihen und sich vermehren möge, und mögen unsere Ernten reichlich sein, auf daß wir Dir große Opfer darbringen können. Und wenn die ZEIT kommt, neige die Herzen unserer rechtmäßigen Herrscher, auf daß sie Deinen Willen kennen und befolgen . . .«

»Ihr verlangt eine Demonstration?« fragte Ganton. »Sie sind mit mir zusammen gekommen.«

»Majestät, ich verlange nichts«, protestierte Ajacias. »Ich spreche nur, wenn Ihr befehlt . . . Vergebt mir.«

»Hier ist nichts zu vergeben –«

». . . und möge es Dein Wille sein, uns zu helfen. Steh auf, o Herr, und eile uns zur Hilfe, denn wir leiden große Not . . .«

»– und vielleicht habt Ihr uns bessere Dienste geleistet, als Ihr wißt«, sagte Ganton.

Eines war gut an Yanulf. Er hatte wenigstens Lady Cara zum Schweigen gebracht. Sie kicherte nicht, während der Primas von Drantos Yatars Segen erflehte. Sie starrte ihn sogar wie hypnotisiert an – und doch würde sie sich später wahrscheinlich an kein einziges Wort erinnern, das Yanulfs gesagt hatte. Octavia aber hätte lieber geredet, Yanulfs Predigt diskutiert und Yatar mit dem römischen Jehova und seinen Sohn Jesus Christus verglichen. Sie hätte über die Vision Bischof Polycarps nachgedacht, daß Christus in Wirklichkeit Yatars Sohn sei, daß Yatar und Jehova ein und derselbe Gott seien . . .

». . . die Zeit der Prüfung wird auf uns kommen. Wehe dem Mann, der sich nicht vorbereitet. Wehe ihm, sei er nun großer Lord oder Leibeigener, der nicht Yatars Wort befolgt und Vorräte für die ZEIT angelegt hat . . .«

»Ich habe mir sagen lassen, daß es im Süden Schmiede gibt, die selbst Sternenwaffen herstellen können.«

Ganton tat, als hätte er nichts gehört. Ajacias würde von den neuen Waffen schon noch hören.

Zur Zeit gab es im Reich nicht genug Feuerpulver, um aus *Kanonen* mehr als einen einzigen Schuß abzufeuern. Es herrschte Knappheit an den nötigen Zutaten, insbesondere an Salpeter. Ganton hatte gelernt, wie man Feuerpulver herstellte, aber nicht wie man aus Misthaufen Salpeter gewann. Er fragte sich, ob er jene Lektion nicht aufmerksamer hätte verfolgen sollen. Aber ein Wanax war schließlich kein Techniker.

»Und so erflehen wir Deine Hilfe.« Yanulfs Gebet war beendet. Morrone attackierte den Hirsch, als sei dieser sein Todfeind, dann kostete er die Scheibe, die er abgeschnitten hatte, und fand sie vorzüglich.

Und jetzt endlich konnten die Gehilfen des Kochs ihre Arbeit tun, und die Gäste konnten sich dem ernsthaften Geschäft des Essens hingeben.

Aber Ganton mußte immer noch an das denken, was ihm durch den Kopf gegangen war, als Ajacias ihn befragte. Es gab eine Möglichkeit, allen zu beweisen, daß die Sternenmänner sich der Krone gegenüber loyal verhielten. Wenn nur Lord Rick zustimmte! Aber vorläufig gab es ein Essen und das Gekichere der Lady Cara . . .

Die Männer von der Königlichen Garde tanzten einen Schwerttanz, der außerordentlich kompliziert war. In ihm mischten sich tamaerthanische Elemente mit so etwas wie Polka. Ihre rasiermesserscharfen Säbel blitzten im Kerzenlicht, und der König applaudierte.

Rick beobachtete mit Genugtuung, daß der junge Ganton einen zweiten Becher Wein verschmähte und statt dessen Wasser verlangte. Die Bitte des Königs schien den Bediensteten zu schockieren, aber wenigstens würde der König einen klaren Kopf behalten. Er würde ihn auch brauchen, um Ajacias' Fragen abzuwehren.

»Der Junge lernt die Arbeit eines Königs«, sagte Mason, als er neben Rick Platz nahm. »Und es war verdammt gut, daß Sie diese Tische aufstellen ließen.«

Sie saßen, auf den erhöhten Tisch bezogen, links hinten in der Nähe des Eingangs. Rick hatte darauf bestanden, daß jeder Eingang durch einen Tisch blockiert wurde, an dem Söldner oder Männer von der Königlichen Garde saßen, und zur Hölle mit dem Protokoll. »Ja?« fragte Rick.

»Haben Sie diesen Ajacias gehört?« fragte Mason. »Mit jeder Frage, mit allem, was er sagt, will er Ärger machen. Er will dem Jungen einreden, daß hier Kanonen gebaut werden können. Und außerdem versucht er, an Geheiminformationen heranzukommen. Außerdem erzählt er dauernd, es sei Zeit, mit den Fünf Königreichen Frieden zu schließen.«

»Halten Sie ihn für einen Verräter?«

»Verdammt, Captain, das haben Sie doch selbst geglaubt, oder wären wir sonst hier?« Mason grinste. »Ich hab' Sie für verrückt gehalten, weil Sie einen Kerl beehren wollten, der sich vielleicht gegen uns verschwört, aber jetzt leuchtet es mir ein.« Er zeigte auf die Kerzen, die auf jedem Pfeiler standen. »Kerzen und neue Livreen für die Diener. Die allein müssen ihn ein Vermögen gekostet haben.«

Rick grinste zurück und schenkte Wein ein. »Wir mußten ohnehin nach Norden gehen«, sagte er. »Und irgendwo mußten wir uns einquartieren. Warum nicht bei Ajacias? Jedenfalls hielt ich es für eine gute Idee.« Eine gute Idee, wenn auch nicht meine, dachte er. Aber niemand auf Tran wird das je erfahren. Außer vielleicht Gwen. Wer sonst hätte hier je etwas über Königin Elizabeth I. gelesen und darüber, wie sie auf Verschwörungen reagierte?

Lächerliche Verschwörungen wie die Babingtons konnte sie Walsingham und seiner Geheimpolizei überlassen, die hin und wieder einen spektakulären Erfolg vorweisen mußte. Ernsthafte Situationen, in denen es um Leute von Vermögen, Stand und Bedeutung ging, bereinigte sie selbst; ihre Methode bestand darin, die Leute zu besuchen. Wie Parkinson, Ricks Lieblingshistoriker, es einmal ausdrückte, solange sie sich bei den Leuten aufhielt, konnten diese sich kaum gegen sie verschwören, und wenn sie wieder abreiste, waren ihre Gastgeber finanziell ruiniert. Nach ihrem Besuch in Euston Hall im Jahre 1578 waren die Rockwells mindestens eine Dekade lang völlig harmlos . . .

Und Lord Ajacias, ein Bheromann in der wichtigen Region Sumarg, die an die Fünf Königreiche angrenzte, war viel zu bedeutend, als daß man ihn ohne stichhaltige Beweise hätte anklagen können – oder als daß man ihm einen Verrat hätte nachsehen können.

»Immerhin wissen wir, daß er mit dem Feind Handel treibt«, sagte Mason.

Rick nickte. Masons Patrouillen hatten eine Lasttierkarawane mit Häuten und Wein abgefangen, als sie gerade die Grenze erreicht hatte. Nicht nur trugen die Häute Ajacias' Brandzeichen. Der Idiot hatte auch noch einen Brief an den Wanax von Ta-Meltemos geschrieben, in dem er sich nach der letzten Sendung erkundigte und einen speziellen Zahlungsmodus vereinbarte. »Kümmern Sie sich weiterhin um die Schmuggler«, sagte Rick. »Vielleicht wollen wir Ajacias gar nicht anklagen. Jedenfalls noch nicht –«

»Okay.« Mason machte eine ausladende Handbewegung. »Er wird in diesem Jahr gewiß nicht mehr viele Truppen anwerben können. Nicht, nachdem wir hier eine Woche zu Besuch waren.«

»Ja, aber es scheint ihm nicht allzuviel auszumachen«, sagte Rick. »Er scheint sich durch den Besuch des Wanax geehrt zu fühlen.«

»Nun, er möchte seine Tochter gern als Wannaxae sehen.«

»Keine Chance«, sagte Rick. »Was haben Ihre Patrouillen sonst noch ermittelt?«

»Bestätigung«, sagte Mason. »Wie wir schon vermuteten, werden in den Fünf Königreichen neue Truppen ausgehoben. Wie viele und wofür, wissen wir nicht, aber sie machen mobil. Seltsamerweise mehr Vorräte als Reiterei. Als erwarteten sie eine Belagerung.«

Rick zuckte die Achseln. »Die ZEIT –«

»Gewiß, aber sie verstärken auch die Garnisonen«, sagte Mason. »Wenigstens habe ich diesen Eindruck. Es ist allerdings nicht so einfach, Genaueres zu ermitteln.«

»Es gibt noch ein Problem«, sagte Rick. Er drehte sich zu seinem Ordonnanzoffizier um, der hinter ihn getreten war. »Ja, Jamiy?«

»Eine Botschaft, Lord. Von Lady Tylara.«

»Ah. Geben Sie her. Moment, ich werde den Tisch verlassen. Es wäre unhöflich, am Tisch zu lesen, während der Wanax ißt.« Erleichtert erhob sich Rick von der harten Bank. Die Männer von der Leibgarde begannen gerade einen neuen Tanz, als Rick sich auf den Korridor hinter der Festhalle zurückzog.

Er brach die Wachssiegel auf und entfaltete den Brief. Es war Papier, kein Pergament. Es war zudem Papier von recht guter Qualität. Die Leute in den von der Universität betriebenen Mühlen hatten dazugelernt. Während er den Brief in die Nähe einer Bienenwachskerze hielt, fragte sich Rick, wie weit wohl die Forschungen der Universität auf dem Gebiet der Leuchtgasherstellung gediehen seien.

An Lord Rick, Eqeta von Chelm, Kriegsherr von Tamaerthon, Generalhauptmann der Truppen von Drantos, von Yatar geliebt. Von Lady Tylara, Eqetessa von Chelm und höchste Beamtin von Drantos. Unseren Gruß zuvor!

Mein Geliebter, deine Kinder und Erben sind in Sicherheit, und es geht ihnen gut, und ich hoffe, daß das auch bei Dir der Fall ist. Auch mir geht es gut, wenn ich Dich auch sehr vermisse und ein Wiedersehen herbeisehne.

Rick nickte und lächelte. Zuerst die Titel. Die Gesundheit der Kinder, und erst dann die wirklich wichtige Nachricht, daß es auch ihr selbst gutgeht.

Die Auseinandersetzung mit den Mac Naile hat sich als unangenehmer erwiesen, als mir lieb ist. Es ist gut, daß ich gekommen bin, denn dies mag für Mac Clallan Muir zu einer echten Herausforderung werden. Aye, und es gibt Schlimmeres: Unter den geringeren Stämmen wird gemunkelt, daß man in Deiner Universität gute Beute machen könne. Deshalb muß ich ihre Verteidigung verstärken, aber ich muß es von hier aus tun, damit es nicht so scheint, als herrsche dort Mac Clallan Muir, da Du ja wünscht, daß die Universität über allen Clans und Kronen steht.

Und da tust du das Richtige, dachte Rick, auch wenn du, was die Universität anbetrifft, anderer Meinung bist als ich. Ich sollte zu dir reisen, und das nicht nur, weil ich dich wiedersehen will, Liebes –

Mein Vater schickt Dir Grüße und dankt Dir dafür, daß Du Makail, seinen ersten Großsohn, geschickt hast, ihn zu besuchen. Er hat es zwar nicht gesagt, aber noch dankbarer ist er für die Eskorte, die Du mir mitgegeben hast.

Acht Söldner, Caradoc mit zweihundert berittenen Bogenschützen und hundert Lanzenreiter der Kavallerie von Chelm. Mehr als genug, um die unbotmäßigen Mac Naile zu überzeugen.

Und obwohl ich glaube, daß dieser Disput bald beendet sein wird, gibt es Berichte über neue Streitigkeiten. All dies muß einen gemeinsamen Ursprung haben. Ich habe mit Corgarff gesprochen und ihn daran erinnert, daß er sein Leben Deiner Großzügigkeit zu verdanken hat. Und ich habe von der Loyalität berichtet, die seine Söhne Dir gegenüber gewahrt haben wie auch der neue Häuptling. Auf diese Weise konnte ich ihn dazu überreden, mir zu erzählen, was er über die Dughuilas-Affäre weiß. Was er mir erzählte, hat ihm einen Besuch des Henkers eingetragen –

O mein Gott! dachte Rick. Was –

– aber eingedenk Deines Wunsches, habe ich ihn ein zweitesmal begnadigt, aber es wird ganz bestimmt das letzte Mal sein. Wie Du schon vermutetest, hat es in der Tat eine Verschwörung gegeben, die das Ziel hatte, dem Adel seine alten Rechte zurückzugeben und Deine ganze Arbeit zunichte zu machen. In dieser Verschwörung ist auch ein hochgestellter Gefolgsmann meines Vaters verwickelt, dessen Namen Corgarff aber nicht preisgeben kann oder will. Corgarff versichert, daß keiner der Verschwörer meinem Vater und mir übelwill. Sie hegen auch gegen Dich keinen Groll. Sie sind nur gegen die Veränderungen, die Du eingeführt hast.

Es hat noch einen weiteren Verschwörer gegeben, den Corgarff einmal gesehen hat. Aber der Mann trug eine Kapuze, und die Beleuchtung war schlecht, so daß er ihn nicht erkannte. Seiner Sprache nach gehörte er nicht zum Adel von Drantos, aber er war auch kein Tamaerthaner, wenn er sich auch einer gepflegten Sprache bediente. Corgarff war sehr erstaunt, als ich ihn fragte, ob es sich womöglich um einen Priester gehandelt habe, aber er räumte diese Möglichkeit ein. Wir müssen mit Yanulf sprechen und ihn anweisen, auf die Loyalität seiner Erzpriester zu achten. Es könnte sein, daß einer von ihnen uns übelwill, und wenn die Gefahr auch gering ist, da er seiner Werkzeuge beraubt ist, so darf doch Verrat nicht unbestraft bleiben.

Lady Isobel hört nicht auf, nach ihrem Vater zu fragen, und wünscht sich, daß Du sie bald wieder abends ins Bett bringst, wie Du es sonst immer getan hast. Und dasselbe sollst Du auch mit mir tun, jede Nacht, aye, und auch jeden Tag . . .

»Mylord«, sagte Jamiy. »Wenn Ihr einen Augenblick Zeit hättet?«

»Was?« Rick schaute von Tylaras Brief auf. Das trübe Licht hatte seine Augen angestrengt, und er blinzelte ein paarmal. »Was gibt es denn?«

»Carlga der Schmied und Fnor der Müller möchten mit Euch sprechen.«

»Mit wieviel haben sie dich bestochen?«

»Jeder mit einem Silberstück, Lord.«

»Ah.« Hübsche Summe. »Dann muß es etwas Wichtiges sein. Bring sie her.«

Jamiy grinste und steckte das Geld ein. Manchmal verlangte Lord Rick seinen Anteil an den Bestechungsgeldern.

Der Schmied und der Müller waren in ihren besten Kleidern erschienen, mit Lederbeuteln und für den Frieden versiegelten juwelenbesetzten Dolchen. Vermögende Leute, dachte Rick.

Sie stotterten zuerst ein wenig, aber sonst zeigten sie ein gutes Auftreten. Offensichtlich waren sie es gewohnt, mit Angehörigen des Adels zu sprechen. Rick erfuhr, daß der Schmied fünf Gesellen beschäftigte, während der Müller im Stadtrat saß. Sie kamen nicht gleich zum Punkt.

»Die Vorstellung mit dem Hirsch war ganz hervorragend«, meinte Fnor. »Gibt es etwas, was die Männer von der Garde *nicht* können?«

»Wir haben Söhne«, gab Carlga zu verstehen. »Der Müller und ich. Sie würden gern in der Garde dienen.«

»Und wir würden uns sehr freuen, wenn sie so geehrt würden«, sagte Fnor.

Aha! Das war es also. Rick sagte nichts. Ich kann sie nicht direkt fragen, mit wieviel sie mich bestechen wollen, dachte Rick. Wie lange muß ich denn noch warten?

»Ja, ich würde mich in der Tat so sehr freuen«, sagte Fnor endlich, »daß ich eine neue Mühle bauen würde. Da es stark geregnet hat, gibt es genug Wasser. Ich würde ein Rad bauen, wie Ihr es bei den Römern gesehen habt. Carlga wird seine Schmiede dort einrichten, und das Rad wird sein Gebläse antreiben, und er würde ein Hammerwerk nach neuer Art betreiben. Alles auf unsere Kosten, und die Produktion eines Jahres geht an die Garde.«

Das ist wirklich ein großzügiges Angebot, dachte Rick. Der Ort ist für ein Hammerwerk sehr geeignet. Wir haben Kohle und Eisenerz, und der Ort ist außerdem verdammt gut geeignet für eine Gießerei. Und weit entfernt von wahrscheinlichen Bombenzielen.

»Wird deine Schmiede mit Holz beheizt?« fragte Rick.

»Aye, Lord. Wir haben es mit schwarzem Stein versucht, aber ohne Erfolg.«

»In wenigen Jahren wird es verboten sein, Holz zu verheizen, um Metall oder Glas herzustellen«, sagte Rick. »Ihr müßt lernen, schwarzen Stein zu benutzen.«

»Wir werden auch lernen, *Kanonen* herzustellen«, sagte Fnor. »Carlga macht gutes Eisen.«

»Nicht jedes gute Eisen ist gut genug«, sagte Rick. »Die Kunst, *Kanonen* herzustellen, ist nicht leicht zu lernen.« Besonders nicht hier in einem Grenzland, das von einem möglichen Verräter regiert wird. »Außerdem kann ich niemandem, auch euren Söhnen nicht, versprechen, daß sie in die Garde aufgenommen werden.

Aber ihr braucht nicht so niedergeschlagen zu sein«, fuhr Rick fort. »Die Garde ist nur eine verschworene Gemeinschaft, und sie nimmt niemanden in ihre Reihen auf, der es nicht verdient und der nicht denselben Eid auf Wotan geschworen hat.«

Die Männer wirkten ernüchtert, als Wotans Name erwähnt wurde. Wie sein Gegenstück auf der Erde, wurde der alte Einäugige eher gefürchtet als geliebt. »Bevor der Wanax abreist, sollen sie sich Lord Mason vorstellen. Wenn sie ihm gefallen, werden wir sie mitnehmen, und wenn sie sich Mühe geben, werden sie sich vielleicht einen Platz in der Garde verdienen.« Und den ersten Schritt dazu tun, daß ihre Familien geadelt werden . . .

»Da ich euch die Erfüllung eures Wunsches nicht versprechen kann, ist es mir unmöglich anzunehmen, was ihr mir anbietet. Aber ich will, daß die Mühle und die Schmiede gebaut werden, und deshalb werde ich die Hälfte der Kosten aus der

Schatulle des Generalhauptmanns bezahlen. Ihr werdet mir die Schuld in Eisen zurückzahlen, und der Ertrag des ersten Jahres gehört der Krone.«

»Sehr großzügig, Lord«, sagte Fnor. »Ihr verdient Euren Ruf. Und morgen früh werden wir unsere Söhne zu Lord Mason schicken. Wir danken Euch, Lord.«

Ganton saß mit gekreuzten Beinen auf dem großen Bett und hielt einen Becher Wein auf dem Schoß. Er schaute sich in dem reich ausgestatteten, mit Wandteppichen behangenen Raum um. Natürlich war dies Lord Ajacias' Schlafzimmer.

Morrone stand am Fuß des Bettes und warf hin und wieder einen Blick zur Tür hinüber. »Geh doch zu dem Mädchen, das du dir für heute nacht bestellt hast«, sagte Ganton irritiert.« Ich kann mich selbst ausziehen.«

Morrone grinste. »Danke, Sire. Aber es ist besser, wenn ich zuerst meine Pflicht tue.«

»Dann tu sie. Lord Rick hat heute eine Botschaft bekommen. Sie wurde ihm beim Essen überreicht, und er ging hinaus, um sie zu lesen. Ich vermute, die Botschaft kam von Lady Tylara; denn sonst hätten sie bis morgen oder doch wenigstens bis nach dem Essen gewartet.«

»Ja, Sire?«

»Wenn die Botschaft von Tylara ist, kann sie von der Universität gekommen sein«, sagte Ganton. »Und das würde ich wissen.«

»Aha. Majestät, wenn sie einen Brief für Euch gehabt hätten, wäre er Euch schon ausgehändigt worden.«

»Vielleicht.«

»Bestimmt.«

»Dann hat Octavia es also vorgezogen, mir nicht zu schreiben.«

»Das könnt Ihr nicht wissen. Ihr wißt ja nicht, ob die Botschaft von Tylara ist, und auch nicht, ob sie von der Universität kommt. Zweifelt Ihr denn daran, daß Lady Octavia jede Gelegenheit wahrnehmen würde, Euch zu schreiben? Ich nicht.«

»Aha. Du glaubst also, daß sie nichts gegen mich hat?«

Morrone zuckte die Achseln. »Spielen ihre Vorlieben oder Abneigungen wirklich eine Rolle? Ich halte sie für intelligent. Was Euch anbetrifft, Ihr denkt zuviel nach. Ich bin sicher, daß meine Tischdame von heute abend eine Freundin hat –«

»Aber bist du sicher, daß deine Mutter den Eqeta nicht mit einem Kuppler aus Rustengo betrogen hat?«

Morrone lachte. Das muß er auch, dachte Ganton. So dürfte ich, wenn ich es ernst meinte, nicht einmal reden, wenn ich mit meinem einzigen Freund allein bin.

Morrone hört auf zu lachen. »Glaubt Ihr nicht, daß Ihr Euch mehr Gedanken über Lady Octavia macht, als sie verdient?«

»Und wie willst du ihre Verdienste beurteilen?« fragte Ganton, und in seiner Stimme lag etwas Drohendes.

»Majestät, es ist meine Pflicht, Euch zu beraten.«

Das stimmt, dachte Ganton. Und du warst auch der einzige, der mich darin bestärkte, Octavia auf diese Reise mitzunehmen. Aber ich tat es dann doch nicht, weil der Lord und die Lady von Chelm dagegen waren, und weil auch Kanzler Yanulf und Camithon abrieten . . .

»Beraten! Von morgens an, wenn ich zur Toilette gehe, bis zum Abend, wenn ich die Kerze lösche, höre ich nichts als Ratschläge! Soviel Rat kann nur Yatar ertragen.«

»Yatar braucht keinen Rat«, mahnte Morrone. »Ihr aber. Ihr seid jetzt erwachsen, und ich darf nicht mehr so zu Euch reden, wie ich es einst tat. Heute aber will ich es noch einmal tun. Ganton, mein Freund, wenn du wünscht, daß ich schweige, werde ich es tun und doch dein Freund bleiben.«

»Ach, du doch nicht auch!« schrie Ganton. »Das sagen sie doch alle! Alle sagen, daß sie mir ihren Rat nicht aufdrängen wollen. Sie sagen es zwar nicht, aber sie denken es: Mein Vater habe seinen Thron nur verloren, weil er nicht auf ihren Rat gehört hatte. Ja, ja, das mag stimmen, aber ich höre soviel Sinnloses. Und ich muß zuhören und lächeln, damit nicht jemand mit mehr Macht als Verstand beleidigt ist!«

Morrone verzog das Gesicht. »Ich sprach von den Vorrechten eines Königs, und Ihr beleidigt meine Mutter.« Er grinste, um zu zeigen, daß er nicht gekränkt war. »Allerdings werde ich nie verstehen, warum Ihr so zarte Gefühle für Lord Ricks römische Geisel hegt.«

»Ist sie nicht mehr als eine Geisel?«

»Wie kann sie das sein?«

»Wenn Lord Rick und Kanzler Yanulf nur an Geiseln denken, hätten sie doch Kinder der toten Schwester des Publius nehmen können.«

Morrone zuckt die Achseln. »Eine ernste Unterhaltung. Wollt Ihr noch Wein?«

»Ja.«

Morrone trug die gefüllten Gläser ans Bett. »Caesars andere Enkel sind nicht wichtig, weil sie als Ehepartner uninteressant sind. Und glaubt Ihr, ich stelle mich Eurer Werbung um Lady Octavia entgegen?«

»Natürlich nicht.« Morrone war schon oft Bote zwischen ihm und Octavia gewesen.

»Denn falls sie Königin wird, könnten wir mehr gewinnen, als wir uns heute träumen lassen«, sagte Morrone. »Rom selbst.« Er hob den Arm nach Art der Römer, und ohne Spott in der Stimme sagte er: »Heil, Caesar!«

»Nur wenn – Lord Rick es erlaubt«, sagte Ganton.

Morrone nickte. »Noch haben die Sternenmänner Gewalt über uns, aber sie werden nicht für immer die Gesalbten Yatars verhöhnen.«

Den Satz, in ähnlichem Ton gesprochen, hatte Ganton schon einmal gehört. Aber er hatte Wein getrunken und Wildbret gegessen, und es war spät, und deshalb wußte er nicht mehr, von wem.

23

Hier lief morgens dasselbe Ritual ab wie im Palast. Rick kleidete sich an, stieg in seine Rüstung und trat in Masons Begleitung auf den Flur hinaus, wo ihn die erste Enttäuschung erwartete. Seine persönliche Wache stand schon bereit. Heute wurde sie von Padraic befehligt, dem Unterhauptmann der berittenen Bogenschützen. Vier Wachen gingen voran, dann Rick und Mason, und ihnen folgten Jamiy und Padraic.

Es hatte Mason nicht sehr gefallen, einen neuen Mann, dazu bewaffnet, hinter Rick zu wissen, aber er hatte keine andere Wahl gehabt. Caradoc war bei Tylara, und irgend jemand mußte als Masons zweiter Kommandeur der Militärpolizei fungieren. Padraic, Sohn eines Lords aus Drantos und einer tamaerthanischen Mutter, kannte die Sitten beider Länder und war seit Aufstellung der Bogenschützenverbände loyal gewesen . . . aber das änderte nichts an der Tatsache, daß Mason sich Sorgen machte.

Rick wußte genau, was in seinem Begleiter vorging. Mason machte sich sehr oft Sorgen über die mehr oder weniger große Loyalität der führenden Männer. Mason weiß wenigstens, worauf es ankommt, dachte Rick. Er weiß, daß wir die Einheimischen an der Regierung beteiligen und daß wir nach den auf Tran herrschenden Sitten und Gesetzen herrschen müssen. Auch Gwen weiß das. Und Elliot und Warner. Und die anderen haben gesehen, was geschah, als Parsons mit Gewalt die Macht an sich reißen wollte. Ich weiß nur nicht, wie gut sie ihre Lektion gelernt haben und wie loyal sie sind.

Sie erreichten den Raum, den ihr Gastgeber ihnen zur Verfügung gestellt hatte. Beazeley und zwei einheimische Wachen standen dort.

»Alles sicher?« fragte Mason.

Beazeley grinste. »Jetzt ja«, sagte er.

»Was?«

»Ich fand an zwei verschiedenen Stellen Lauscher«, sagte Beazeley. »In einem Alkoven hinter den Wandbehängen und hinter einem Bild. Ein richtiger Geheimgang.«

»Wer hat denn da gelauscht?« fragte Mason.

»Unbewaffnete Beamtentypen«, sagte Beazeley.

Rick nickte. »Haben Sie die Tür zum Korridor gesichert?«

»Yes, Sir. Zwei Militärpolizisten an jeder Seite. Sonst ist der Raum sauber.« Beazeley lachte. »Nach Elektronik habe ich natürlich nicht gesucht.«

»Danke«, sagte Rick. »Okay. Um Lord Ajacias kümmern wir uns später. Schicken Sie eine Eskorte zum König. Außerdem brauchen wir Wein und eine Kanne von dem Zeug, das hier als Tee ausgegeben wird. Aber das kann Morrone erledigen.«

»Yes, Sir«, sagte Beazeley. »Okay, Jack, gehen wir.«

Rick schritt im Zimmer auf und ab. In der Mitte stand ein geschnitzter Holztisch, an den Seiten zwei kleinere. Außerdem gab es drei bequeme Stühle, ein paar Bänke und einen Schrank. der sich wahrscheinlich zu einem Schreibtisch aufklappen ließ.

Rick ging hinüber und öffnete ihn. Er fand keinen lauschenden Zwerg, wohl aber Gänsekiele, Pergament und Tinte.

»Macht Platz!« rief draußen jemand. Die Tür öffnete sich, und Mason trat zur Seite, um Wanax Ganton durchzulassen. Lord Morrone folgte ihm.

»Willkommen, Majestät«, sagte Rick.

»Danke.«

Morrone winkte, und Diener brachten Wein und eine silberne Kanne mit dem, was hier als Tee galt. Das Zeug schmeckte bitter, enthielt aber Koffein. Wenn nur die Shalnuksi ein paar Pfund richtigen Kaffee bringen würden –

»Danke«, sagte Ganton zu Morrone, und Morrone ließ Rick und Ganton allein.

»Euer Gefährte schien nicht sehr erfreut darüber, daß er gehen mußte«, sagte Rick.

»Eure Soldaten auch nicht.«

»Setzen wir uns?« fragte Rick.

»Danke.« Ganton nahm einen der Stühle.

»Wein oder Tee?« fragte Rick.

»Wein, aber es ist nicht recht, daß Ihr –«

»Ich fürchte nicht um meine Würde«, sagte Rick. Er schenkte ein Glas Wein und einen Becher Tee ein und brachte beides an den Tisch. Der Junge ist nervös, dachte Rick.

»Ich glaube, seit ich volljährig wurde, sind wir beide nicht mehr allein gewesen«, sagte Ganton. Er lächelte dünn. »Auch jetzt wären meine Berater gern dabei.«

Das kann ich mir vorstellen dachte Rick. Beamte sind immer neugierig, wenn ihr Souverain Verhandlungen führt, von denen der öffentliche Dienst nichts weiß. »Es freut mich, Euch zu sehen. Ihr seht gut aus.«

»Danke. Ihr auch.« Er schaute sich nervös um.

»Der Raum ist sicher, Majestät«, sagte Rick. »Meine Soldaten haben die Lauscher entfernt, die Lord Ajacias geschickt hatte, und sie bewachen jetzt den Gang hinter der Tür.«

»Ich verstehe. Ist das nicht Verrat?«

»Nur, wenn Ihr es so wollt.«

»Aber das Gesetz –«

Ganton schien ernsthaft besorgt, und Rick konnte kaum ein

Lachen unterdrücken. »Majestät, Recht und Gesetz kommen zur Geltung, wenn ein Verbrechen jemandem geschadet hat. Hier ist kein Schaden entstanden, und Verrat richtet sich nach Nützlichkeit und Vorteil.«

»Seht Ihr einen Vorteil darin, Ajacias anzuklagen?«

»Zur Zeit nicht«, sagte Rick. »Er scheint bei seinen Rittern und Leibeigenen beliebt zu sein. Wer sollte ihn ersetzen?«

»Das frage ich mich auch«, sagte Ganton. »Dann wäre die Sache erledigt.«

Eine lange und etwas peinliche Pause entstand.

»Lord Rick«, sagte Ganton. »Das Bankett gestern abend war ausgezeichnet. Die Gardisten und die Sternenkrieger, alles ganz hervorragend –«

»Aber?« fragte Rick.

»Aber es gab Fragen. Ich wurde gefragt, ob die Sternenkrieger loyal seien. Ich versicherte ihnen das, aber ich konnte ihre Zweifel nicht ausräumen.«

Rick runzelte die Stirn. Was hatte der Junge nur? »Haben wir nicht genug Beweise dafür geliefert?«

»Aye«, sagte Ganton. »Aber es bleiben Zweifel. Allerdings wüßte ich einen Weg. Wenn Ihr mir eine Sternenwaffe geben könntet – nur eine kleine. Eine wie die, mit der Lady Tylara Lord Parsons getötet hat. Das würde beweisen, daß Ihr Euren Wanax nicht fürchtet, wenn er bewaffnet ist.«

»Hmm«, sagte Rick. Oh, Junge. Das Schlimme ist, daß das sich ganz vernünftig anhört.

»Ich kann dafür zahlen«, sagte Ganton. »Ich kann nicht erwarten, daß Ihr mir die persönliche Ausrüstung eines Eurer Krieger gebt, aber könnt Ihr mir nicht eine für viel Gold verkaufen?«

Verdammt, ein halbes Dutzend Leute würden alles verkaufen, was sie haben, wenn Mason und Elliot keine Waffenkontrollen durchführten, dachte Rick. Und ich bin nicht sicher, ob einige nicht tatsächlich etwas verkauft haben. Wir haben niemals eine genaue Bestandsaufnahme gemacht.

»Das ist keine Kleinigkeit«, sagte Rick.

»Das weiß ich.«

»Bei Gott, Ihr wißt es. Ihr wollt, daß ich mein Leben oder das irgendeines meiner Soldaten in Eure Hände lege. Nicht nur *de jure,* sondern *de facto.* Wartet – unterbrecht mich nicht. Ich habe es ja schon getan. Absichtlich. Ich habe keine große Leibwache. Ich reise mit dem Hof, anstatt in meiner Festung Dravan zu bleiben. Aber was ich weiß, ist meinen Soldaten nicht ganz so klar. Ihr verlangt, daß ich meinen Soldaten zeige, daß ich Euch ihr Leben anvertraue.«

»Aye. Das ist sehr viel verlangt; ich halte es dennoch für notwendig, wenn ich der wahre Wanax von Drantos sein soll.«

Keine Frage. Und das heißt, du zwingst mich zu einer Entscheidung. Und du weißt es. Inzwischen verändern wir das Land. Hammerwerke und Wassermühlen. Papier und Tinte. Bessere Pflüge und Dünger.

»Keine leichte Entscheidung«, sagte Rick. »Ich muß mich beraten.«

»Aber Ihr werdet die Angelegenheit bedenken?«

»Das werde ich tun –«

»Captain!« Das war Masons Stimme hinter der Tür.

Zum Teufel! »Mit Eurer Erlaubnis, Majestät?«

»Ich gestehe, daß ich so neugierig bin wie Ihr.«

»Herein, Mason.«

Art Mason stürzte herein, und Morrone folgte ihm, bevor ihn jemand hindern konnte. »Boten, Captain«, sagte Mason auf englisch. »Bauernjungen. Sie haben ein Pergament, aber sie haben es schon allen in der Burg erzählt. Berittene Bogenschützen von den hochgelegenen Wüsten. Westmänner. Die Nachricht kommt von Murphy auf dem Plateau. Sie haben die Wagenkolonnen angegriffen. Lafe Reznick ist tot und Ski verwundet. Sie haben ein paar Dörfer verwüstet und den örtlichen Grenzbaron getötet. Alle in der Burg wissen es.«

Mason redete so schnell in der Sternensprache, daß Ganton nur Fetzen davon verstand. Draußen im Hof hörte er Leute schreien, und jemand lief durch den Korridor.

»Lord Rick –«

Lord Rick schien es nicht zu hören. Er nahm Lord Mason das Pergament aus der Hand und breitete es auf dem Tisch aus.

Ganton stand auf und schaute Rick über die Schulter. Er nahm sich vor, besser englisch zu lernen. Falls er die Universität je wiedersah, und das erschien ihm immer unwahrscheinlicher.

Westmänner. Das war eine wörtliche Übersetzung des auf Tran gebräuchlichen Ausdrucks. Die Westmänner waren in die südwestlichen Hochebenen gezogen. In Scharen waren sie gekommen und hatten einen Bheromann und seine Ritter erschlagen, und –

Lord Rick sah, wie Ganton versuchte, die Botschaft zu lesen. Er zögerte, dann reichte er sie Mason. »Lesen Sie sie vor und übersetzen Sie sie dabei.«

»Äh, Captain –«

»Bitte.«

»Yes, Sir.« Mason räusperte sich und fing an zu lesen.

Die Nachricht war schlimmer, als Ganton gedacht hatte. Hunderte von berittenen Bogenschützen, alle mindestens genauso geschickt wie die gefürchteten tamaerthanischen Bogenschützen. Es gab auf Tran nichts, was ihnen gewachsen wäre! Nur die Sternenwaffen.

Wie viele waren es? Es gab alte Legenden von menschenfressenden Dämonen auf Pferden. Konnten das die Westmänner sein?

– Ich bedaure melden zu müssen, daß Lafferty Reznick im Kampf gefallen ist. Wenn ich könnte, würde ich ihn für den Militärverdienstorden vorschlagen. Er hat mir das Leben gerettet, und, wichtiger noch, er hat einem glatzköpfigen Wotanspriester das Leben gerettet, der zehn Jahre unter den Westmännern gelebt hat, so daß ich gute Informationen über sie besitze. Das Wichtigste: oben in ihrer Wüste herrscht eine entsetzliche Dürre. Deshalb kommen sie *alle*. Bis jetzt sind es nur ein paar hundert, aber früher oder später kommen die anderen nach. Wie viele es sind, weiß kein Mensch, aber es sind sehr viele.

Corporal Jerzy Walinski wurde schwer verwundet und ist dienstunfähig. Von Baron Harkons Truppe sind nur vier Ritter, drei niedere Adelige und zehn Bauernjungen von der örtlichen Miliz zurückgekommen. Ich hoffe, daß noch mehr kommen, aber ich glaube es nicht. Vom Baron selbst hören wir nichts.

Ein Sternenlord tot, ein anderer verwundet, und von den Truppen eines Bheromannes lebt von zehn Leuten höchstens noch einer!

Ski ist nicht transportfähig, und ich habe nicht genug Männer, um mich nach Burg Dravan durchzuschlagen. Ich hoffe, die Botschaft erreicht Sie, Captain. Wenn nicht, sind wir erledigt. Ich kann mich noch eine Weile halten. Ich kenne ein paar Tricks, und die Dorfbewohner sind bereit zu kämpfen, wenn jemand es ihnen zeigt.

Hoffentlich reicht meine Munition.

Wenn Sie uns noch lebend antreffen wollen, müssen Sie sofort Hilfe schicken. Ich werde versuchen, die H&K zu zerstören, bevor sie mich erwischen.

Hochachtungsvoll
Benjamin Murphy do Dirstval
früher U.S.A.

Mason gab Rick das Pergament zurück.

»Wir müssen Hilfe schicken«, sagte Ganton. »Und das schnell.«

Mason und Rick sahen einander an. Sie schienen nichts gehört zu haben.

Auf dem Tisch lagen noch mehr Pergamente. Karten und die Zeichnung eines Westmannes. Ganton sah, daß sein Bogen größer war als die von Drantos oder den Fünf Königreichen, selbst als die der Römer.

»Euer Lord Murphy ist ein kluger Captain. Mit Eurer Erlaubnis werde ich ihn auszeichnen. Und den Frauen von Lord Reznick werde ich eine Rente zahlen, wenn Ihr einverstanden seid.«

Lord Rick sagte nichts.

»Vergebt uns, Majestät«, sagte Mason. »Aber darüber reden wir später.«

»Aye.« Ganton ging an einen der anderen Tische. Er füllte drei Pokale mit Wein und brachte sie zum mittleren Tisch. »Mylords«, sagte er. »Im Gedenken an Lord Reznick.«

Sie tranken. »Er mußte weit reisen, um zu sterben«, sagte Rick.

»Aye«, sagte Ganton. »Aber er wird einen Ehrenplatz in Wotans Halle finden.«

»Ja.« Rick wurde nachdenklich. »Art, was können wir Murphy schicken?«

»Nicht sehr viel. Sie wissen ja selbst, was wir mobilisiert haben.«

»Sie werden gehen müssen. Er braucht sofort Verstärkung. Munition und bewegliche Truppen.« Rick ging rasch zur Tür und öffnete sie. »Jamiy!«

»Sir?«

»Alarmieren Sie Hauptmann Padraic. Die berittenen Bogenschützen machen sich bereit zum Ausrücken. Kampfausrüstung und Rationen.«

»Sir!« Ricks Ordonnanz rannte den Korridor hinunter.

Ich wünschte, man gehorchte mir, wie sie Lord Rick gehorchen, dachte Ganton. Er nimmt keinen Rat an. Er braucht keinen.

»Verzeihung, Majestät«, sagte Rick, als erinnerte er sich plötzlich an Gantons Anwesenheit. »Wir müssen rasch handeln. Habe ich Eure Erlaubnis, die Garde zu alarmieren? Wir sollten sofort wieder nach Armagh reiten.«

»Armagh, Mylord?« fragte Ganton. »Nicht Dravan?« Die Verteidigung des hohen Cumac konnte man doch am besten auf Lord Ricks Burg organisieren.

»Aye, Sire«, sagte Rick. »Aber zuerst müssen wir den Rat des Reiches einberufen und uns mit unseren Verbündeten Tamaerthon und Rom besprechen. Und in Armagh muß ich mich um den *Surinomaz*-Anbau und einige andere Dinge kümmern. Auch der Rat sollte in Armagh zusammentreten.«

»Es ist aber kein sehr bequemer Ort«, sagte Morrone.

»Murphy hat es dort draußen auch nicht sehr bequem«, murmelte Mason.

»Wir wollen nichts mehr von Bequemlichkeit hören«, sagte

Ganton. »Mylord Morrone, es ist mein Wille, daß der Rat sich innerhalb des Zehn-Tages in Armagh versammelt.«

Morrone wollte etwas erwidern, aber Gantons Blick ließ ihn verstummen. »Aye, Majestät. Sofort.«

Ganton wäre am liebsten aufgesprungen und hätte geschrien. Dies war Macht von der Art, wie Lord Rick sie hatte. Wirkliche Macht . . .

»Das wäre also erledigt«, sagte Ganton. »Noch etwas, Lord Rick. Harkons Burg Westrock. Sie soll stark befestigt sein. Da Lord Harkon tot ist, muß jemand sie halten. Vielleicht Lord Murphy.«

»Das hört sich vernünftig an«, sagte Mason.

»Wir kennen die Straßen nicht«, sagte Rick. »Für eine solche Entscheidung haben wir nicht genug Informationen.«

»Ja, aber es ist doch klar, daß eine Burg leichter zu halten ist als ein Dorf«, sagte Mason. »Wenn wir nach Dravan zurückkommen, können wir dort ein paar von den neuen Bombarden aufstellen. Wer befehligt dort, wenn der Baron tot ist?«

Sie reden mit mir wie mit einem der ihren, dachte Ganton. Nicht wie mit einem Knaben oder einem König, sondern wie mit einem Krieger, der zusammen mit ihnen kämpft. Sie hören zu, sie überlegen, sie fragen . . . »Ich glaube, Bheromann Harkon hat einen Sohn, der noch nicht volljährig ist.«

»Vielleicht sollte Murphy doch die Burg übernehmen«, sagte Mason. »Er ist ziemlich gewitzt, Captain.«

»Wir werden sehen«, sagte Rick. »Zuerst müssen wir ihm Munition bringen und feststellen, wie es um ihn steht.« Jemand hatte sein Glas neu gefüllt. Er trank es aus und setzte sich. »Jetzt haben wir es also mit den Westmännern zu tun.«

»Ja«, sagte Mason. »Die ZEIT kommt. Das Wetter spielt verrückt. Wir müssen das Wahnsinnskraut anpflanzen. Streitereien in Tamaerthon. Stammesleute, die nach dem Reichtum der Universität schielen. Überfälle und Wanderungen im Süden. Die Fünf Königreiche stellen neue Armeen auf. Gott weiß warum. Und wir haben es mit den Westmännern zu tun. Warum nicht auch das noch?«

Rick fiel in Masons Gelächter ein. Mason holte den Weinkrug und goß den Rest in die drei Gläser. So hatte Ganton die

Sternenmänner noch nie gesehen. Das heißt Mann sein, dachte er. Zu tun was getan werden muß und zu wissen, daß man sich auf seine Gefährten verlassen kann.

Und ich bin hier mit ihnen zusammen, aber kann ich tun, was ich tun muß? Kann ich tun, was sie von mir erwarten?

Sie hoben die Gläser. »Warum, zum Teufel, eigentlich nicht?« sagte Rick, und wieder lachten sie, und Ganton trank mit ihnen. Aber tief im Innern hatte er Angst.

24

Sie ritten im Trab durch die mit Dornenbüschen bewachsenen Ausläufer des Hügellandes. Kurz vor Mittag tauchten die starken Festungsmauern von Burg Armagh vor ihnen auf. Ganton gab seinem Pferd die Sporen und ritt an Rick heran. »Kein sehr freundlicher Ort«, meinte er, »aber doch ein willkommener Anblick.«

»Aye, Majestät.« Vierzig Meilen im Sattel. Major Arschbrenn. Kein Witz, den man dem König erzählen könnte, aber verdammt, mir tut der Arsch weh!

»Eure Grafschaft ist friedlich«, sagte Ganton. »Ich hatte schon gefürchtet, eine so kleine Reisegesellschaft könnte auf Räuber stoßen.«

»Das könnte schon sein«, gab Rick zu. Auf dem Ritt zu Ajacias hatte Rick ein riesiges Gefolge gehabt: Gardereiter, Bogenschützen, Yanulfs Schriftkundige und Priester und Diener Yatars, Musikanten und Höflinge . . . Sie alle hatten Ajacias' Substanz aufzehren wollen, und das hatten sie auch getan. Rick war mit nur zehn Leuten nach Armagh aufgebrochen. Die anderen waren in die Hauptstadt zurückgeschickt worden, oder sie waren nach Littlescarp aufgebrochen, um Murphy zu helfen.

»Vielleicht erwarten uns in Armagh schon Boten«, meinte Ganton. »Von der Universität.«

»Möglich«, meinte Rick.

»Bei Yatar, das gefällt mir!« schrie Ganton. »Den ganzen Tag und die halbe Nacht so schnell zu reiten! Über einem Lagerfeuer geröstetes Wildbret zu essen und in Felle gehüllt auf dem Boden zu schlafen – das sind Unbequemlichkeiten, aber wir erleben sie als Freunde und ohne Berater und endlose Zeremonien. Seit ich Männer in die Schlacht führte, habe ich mich nie wieder so lebendig gefühlt.«

»Es kann ein gutes Gefühl sein«, stimmte Rick zu. Bis der Kampf vorbei ist und die Schlachterrechnung präsentiert wird . . .

»Ich wünschte, ich hätte mit Lord Mason reiten können«, sagte Ganton.

Rick veränderte seinen Sitz. »Wenn Lord Mason Murphy nicht helfen kann, nützen auch wir beide nichts.«

Ganton nickte ernst.

»Wir müssen eine Armee entsenden und werden hier gebraucht. Aber ich lasse ungern meine Freunde ohne mich ziehen.«

»Ich auch, Sire. Vernunft aber ist für einen Herrscher oberstes Gebot. Die Signalflaggen werden uns informieren, wenn Lord Mason wieder auf Burg Dravan ist und sich auf den Weg nach hier macht. Inzwischen haben wir viel zu tun.«

»Aye.« Ganton richtete sich in den Steigbügeln auf und drehte sich um. »Hanzar!« schrie er. »Reite voraus und melde, daß der Wanax von Drantons und der Eqeta von Chelm zu Gast kommen.«

Wieder verlagerte Rick sein Gewicht. Wenigstens eines seiner Probleme stand vor seiner Lösung. In einer Stunde würde er ein heißes Bad nehmen . . .

Sergeant Walbrook kam durch die niedrige Tür, und zwei Soldaten folgten. Sie trugen schwere Kisten auf dem Rücken. Walbrook schickte die Männer mit Fackelträgern voraus und hakte die Eintragungen in seinem Notizbuch ab. Dann nickte er Rick zu. »Das ist alles, Sir.«

Rick wandte sich an den Priester in der blauen Robe. »Du kannst die Höhlen versiegeln.«

Apelles winkte seine Diener heran.

Rick unterdrückte ein Grinsen. Irgend jemand muß die Arbeit machen. Aber warum immer ich? Ich werde noch genug zu tun bekommen, wenn Mason zurückkommt und der Hohe Rat von Drantos zusammentritt.

Die Tür war aus dickem Holz mit eingefetteten Eisenbeschlägen und war kunstvoll geschnitzt. »Gute Arbeit«, sagte Rick. So etwas habe ich in Drantos noch nicht gesehen.

Apelles nickte. »Ich war auch beeindruckt. Ich wollte noch eine haben, aber das ging nicht. Es ist die Arbeit eines Mannes aus den römischen Provinzen südlich von Tamaerthon. Er hat eine römische Matrone geschwängert.«

»Und nun?«

Apelles schüttelte den Kopf. »Die Frau war die Tochter des Dorfhäuptlings. Ihr Vater und ihr Bruder töteten den Mann.«

Sergeant Walbrook lachte. »Das kommt vor. Allerdings schade. Hier kann man gut die Munition lagern.« Er sah Apelles an. Dann sprach er englisch. »Captain, finden Sie es gut, daß diese Einheimischen unsere Munition bewachen?«

»Haben Sie einen besseren Vorschlag? Wollen Sie es selbst tun?«

»No, Sir –«

»Es wäre ein leichter Dienst, aber dafür kann ich keine Männer abstellen«, sagte Rick. Er drehte sich zu Apelles um. »Wir können jetzt gehen.«

Apelles winkte den Dienern Yatars, von denen zwei Fackeln

trugen, und ging voran den Hügel hinauf. Die übrigen gingen hinter Rick, Walbrook und Apelles. Mason würde verrückt werden, dachte Rick.

Die Diener Yatars gingen voran und bogen scharf nach links ab. Dann führte der Weg wieder nach unten. Der Ammoniakgeruch, der in den Höhlen stets vorhanden war, wurde stärker. Der Pfad verengte sich. Er war immer noch einen guten Meter breit, aber er wirkte schmaler, denn zu ihrer Linken fiel der Boden steil ab in ein schwarzes Nichts, zu tief, als daß Ricks Taschenlampe es hätte sondieren können.

Jenseits des zehn Meter breiten Spalts lag eine mit einer knollenförmig herabhängenden schleimigen Masse bedeckte Wand. Die Masse war vereist, und Ammoniaktropfen liefen an ihr herab. Ein leichter Wind ging durch die Höhle, der etwas frische Luft hereinbrachte; sonst hätten sie wegen des Ammoniaks hier nicht atmen können.

»Kaum zu glauben, daß diese verdammte Eispfanne bis an die Oberfläche reicht«, sagte Walbrook. »Ich schätze, wir sind hundert Meter tief.«

»Ja, das Prinzip ist erstaunlich«, stimmte Rick zu. »Noch erstaunlicher ist, wie das Eis überhaupt entsteht.« Die Einheimischen nannten diese Pflanze den ›Beschützer‹. Sie ist Yatar geweiht. In den Legenden hieß es, der Beschützer werde um so wirksamer Eis herstellen, je näher der Dämonenstern an Tran heranrücke. Das war so interessant, daß Rick um Daten gebeten hatte, aber die waren so spärlich, daß aus ihnen keine Schlüsse gezogen werden konnten.

Die Diener Yatars eilten mit raschen Schritten voran. Der Eingang und der Hauptteil der Höhle waren viel zu groß, als daß man sie hätte geheimhalten können, aber irgendwo hier in der Nähe hatte die Höhle ein ganzes Labyrinth von Abzweigungen. Es waren mit Ammoniak gefüllte Passagen, die nur von den Dienern Yatars betreten werden konnten. Dort im Eis wurden Korn und Fleisch gelagert – Geschenke an Yatar, die dieser seinem Volk zurückgeben würde, wenn erst die fürchterliche ZEIT angebrochen war.

»Waffen haben wir noch nie bewacht«, sagte Apelles. Er schwieg eine Weile, als ob er einen Entschluß fassen müsse.

»Und man sagt, daß es besser wäre, wenn die dem Wotan Geweihten Eure Waffen bewachen.«

»Das habe ich auch schon gehört«, sagte Rick. Nicht zuletzt von Wotans Priesterschaft selbst. »Aber die Diener Yatars haben schon immer die Höhlen des Beschützers gehütet und die Gaben Yatars gerecht verteilt. Warum sollte ich ändern, was den Menschen und dem Gott gleichermaßen dient?«

Apelles verneigte sich bei diesem Kompliment.

Gescheiter Bursche, dachte Rick. Jetzt sage ich ihm meine Meinung ohne Zuhörer. Eines Tages wird er mich veranlassen, sie in aller Öffentlichkeit zu sagen. Er lernt die Arbeit eines Beamten – und ich kann mich nicht einmal beschweren. Wir selbst haben doch die römischen Schriftkundigen ins Land geholt, damit sie diesen zeigen, wie man eine Bürokratie errichtet.

Verdammt, ich hasse diese Schreibarbeit. Aber wir können auf sie nicht verzichten. Über alles muß Buch geführt werden, sei es über Lebensmittel für die Bevölkerung oder Futter für das Vieh und die Pferde, ganz zu schweigen von der Ausrüstung der Armee. Wir werden von dieser Bürokratie immer abhängiger, und das heißt, wir werden immer abhängiger von den Priestern Yatars. Solange Yanulf in Drantos den Yatarkult verwaltet, ist das in Ordnung. Aber er wird nicht ewig leben . . .

Als sie den Höhleneingang erreichten, rannte ihnen ein Diener Yatars entgegen. »Meister Apelles!« schrie er. »Meister, Ihr sollt Lord Rick sagen, daß Lady Tylara angekommen ist.«

Tylara sah gut aus. Sie eilte zu ihm, aber bevor sie ihn erreichte, sprang ein dunkelhaariges kleines Mädchen dazwischen. »Daddy!« kreischte die Kleine. Rick nahm Isobel auf und hob sie hoch in die Luft. Sie lachte, und ihre Hunde fletschten die Zähne und knurrten. So durfte nicht einmal der Lord mit ihrem Schützling umspringen.

»Sie ist so groß geworden«, sagte Rick.

»Das ist bei Kindern nun mal so«, sagte Erinia, die Kinderschwester. Sie rümpfte die Nase. Das war ihr Kommentar zu Männern, die ihre Kinder allein aufwachsen ließen.

»Und der Junge?« fragte Rick.

»Er schläft, Lord«, sagte Erinia. »Nach einem solchen Ritt ist das auch das beste.« Sie sprach mit breitem tamaerthanischem Akzent, und ihre Manieren entsprachen den bei den Stämmen üblichen und nicht denen der Leute in Drantos. Es wäre sinnlos gewesen, sie zu bitten, den Jungen zu holen; sie würde ihm seinen Sohn zeigen, wenn er wach war, und keine Minute früher.

Auch mit Tylara konnte er nicht sprechen, solange Isobel da war. Sie griff nach Rick und lachte, und als er sie wieder auf den Boden ließ, hielt sie sich an seinen Beinen fest.

So wenig Zeit, dachte Rick. So wenig Zeit kann ich mit meinen Kindern verbringen. Es gibt soviel zu tun.

»Ich mußte kommen!« sagte Tylara, als sie endlich allein waren. »Dravan ist unser Heim, und die Westmänner bedrohen es. Hätte ich etwa in Tamaerthon bleiben sollen?«

Rick lachte. »Ich habe gehofft, daß du kommen würdest.« Er umarmte sie.

Sie erwiderte seine Küsse, aber dann schob sie ihn energisch von sich. »Später. Zuerst müssen wir allein miteinander sprechen. Dann reden wir mit dem Wanax, und anschließend nehmen wir ein Bad.« Sie küßte ihn. »So lange wird's schon nicht dauern.«

»Lange genug.« Er ging zum Schreibtisch zurück, auf dem ihre letzten Briefe lagen. »Die Universität«, sagte er. »Du sagst, sie sei vielleicht nicht mehr sicher?«

Sie zuckte die Achseln. »Die geringeren Clans und die Gesetzlosen sehen viel Reichtum und wenige Bewaffnete inmitten einer wilden Hügellandschaft. Sie träumen von größerer Beute in einigen Stunden, als sie bisher in ihrem ganzen Leben gesehen haben. Kannst du ihnen solche Träume wirklich übelnehmen?«

»Wohl nicht, aber wir müssen es verhindern. Wie ist die augenblickliche Situation?«

»Bevor Mac Clallan Muir seine Truppen entlassen muß, wird nichts geschehen. Aber das kann nicht mehr lange dauern, es sei denn, du schickst Gold und Korn. Wenn sie ihre Kinder ernähren wollen, müssen die Leute nach Hause gehen und ihr Land bestellen. Mein Vater kann sie nicht ewig in seinen Diensten halten, und er kann auch keine anderen Stämme schicken. Sie haben keine besondere Vorliebe für einen Ort, an dem Kleinpächtern beigebracht wird, wie man Krieger besiegt.«

»Das ist mir klar. Wir müßten eigentlich Truppen aus Drantos zur Bewachung abstellen. Allerdings möchte ich Soldaten aus Chelm schicken, und die brauchen wir gegen die Westmänner. Auch Caradoc und seine Bogenschützen brauche ich im Westen.«

»Zieh Caradocs Bogenschützen ab, und die Universität wird diese Saison nicht überdauern«, sagte Tylara. »Deine Sternenmänner müssen auf der Hut sein. Es sind wenig genug gegen tausend Männer aus den Hügeln.«

»Die Universität muß überleben, Tylara.«

Sie hatte die Antwort schon bereit, aber etwas in seiner Stimme stoppte sie. »Um den Preis unserer Länder?«

»Um jeden Preis. Tylara, alle sechshundert Jahre wird dieser Planet mit allen seinen Menschen ins Mittelalter zurückgestoßen. Das muß aufhören. Und dazu bietet die Universität die einzige Möglichkeit.«

»Dann müssen wir eine Möglichkeit finden, die Universität zu retten«, sagte sie. »Sie gehört zum rechtmäßigen Erbe unserer Kinder. Aber wir müssen auch Chelm bewahren – und der einzige Mann, der das alles schaffen kann, ist mein Gatte.«

Die Räume waren perfekte Nachbildungen der Bürosuite, die Rick auf Burg Dravan eingerichtet hatte: ein kleines Büro mit einem Schreibtisch und ein größerer Konferenzraum mit einem langen Tisch und Anrichten mit Weinkrügen. Die Wände hatten entweder aufgezeichnete Landkarten, oder sie waren glatt und weiß, so daß man darauf schreiben konnte. In einer Ecke stand eine Holzkohlenpfanne, in einer anderen ein Ständer für Mäntel und einer für Waffen. Apelles hatte sogar die Schnitzereien an den Stühlen kopiert . . .

»Innerhalb eines Zehn-Tages werden wir uns hier mit dem Großen Rat versammeln«, sagte Rick. »Und vorher treffen wir mit Lucius und Octavia und Drumold zusammen. Aber heute sind *wir* der Rat.«

Tylara nickte zustimmend von ihren Platz am anderen Ende des Tisches. Zwischen Rick und ihr saßen Elliot, Gwen, Warner und Art Mason. »Dies ist nicht der Rat von Chelm«, sagte Tylara. »Es ist nicht einmal eine rechtmäßige Versammlung, aber –«

Sie führte den Satz nicht zu Ende. Das war auch nicht nötig. Dies war eine Versammlung von Sternenmännern, die die Macht von Göttern besaßen. Eine Zeitlang wirkte Tylara sehr verletzlich.

»Ich glaube, Octavia wird euch gefallen«, sagte Gwen. »Das heißt, wenn ihr Ganton dazu veranlassen könnt, ein paar Stunden auf sie zu verzichten.« Bei diesen Worten fingen alle an zu grinsen; sie hatten Octavia kaum gesehen, seit sie zusammen mit Gwen und Warner hier angekommen war.

Zuerst wurden Berichte verlesen. Forschungsprojekte der Universität. Das Problem der beweglichen Lettern –

»– aber ich würde noch keine Bücher drucken«, schloß Gwen ihren Vortrag.

»Warum nicht?« fragte Rick.

»Weil die *Shalnuksi* ihre Bedeutung kaum mißverstehen könnten«, sagte Gwen. »Sie würden dann *wissen*, daß wir bedeutende technologische Fortschritte gemacht haben. Gott weiß, was sie dann unternehmen würden.«

»Wer weiß, was sie ohnehin tun werden?« sagte Rick.

»Und willst du Tran wirklich all diese Veränderungen aufzwingen?« fragte Gwen. »Du wirst doch sowieso die Kontrolle über die Situation verlieren.«

Rick entging nicht, daß Tylara die Stirn runzelte.

»– und einige dieser Veränderungen stiften doch wirklich nur Unruhe«, fuhr Gwen fort.

»Ich werde darüber nachdenken«, sagte Rick. »Inzwischen arbeite ich weiter.« Er seufzte schwer. »Wir haben nicht sehr viel Zeit. Nächster Punkt der Tagesordnung. Elliot, Sie haben damals für Parsons gearbeitet. Er versuchte, alles mit Gewalt durchzusetzen. Ich habe eine andere Taktik angewandt. Was halten die Männer von meinen Methoden, da Parsons nun tot ist?«

»Captain, was Sie anbetrifft, habe ich mich sehr geirrt, und das habe ich auch gesagt«, antwortete Elliot.

»Ich will keine Entschuldigungen, Sergeant Major. Ich will eine Einschätzung der Lage.«

»Sir.« Elliot starrte eine Weile gegen die Decke. »Colonel Parsons hatte noch nicht versucht, *Surinomaz* anzubauen«, sagte er dann. »Aber man kann vermuten, daß er darin genauso erfolglos gewesen wäre wie in der Erhaltung des Landes. Während Parsons das Kommando hatte, verloren wir Corporal Hartford, der sich dann als Guerillero betätigte. Fünf weitere Männer wurden schwer verwundet. Insgesamt dreiundzwanzig Leute konnten desertieren.

Seit Sie das Kommando übernahmen, ist Reznick im Kampf gefallen, und drei Leute wurden verwundet. Wir haben keinen einzigen Mann an die Guerilleros verloren. Zehn ehemalige Deserteure, mit Mason sogar zwölf, haben sich wieder zum Dienst gemeldet, und niemand ist weggelaufen. Die Moral der Truppe ist hoch. Wir haben über zweihundertvierzig Hektar *Surinomaz* angebaut, und ich glaube nicht, daß dort draußen eine Revolte droht, auch wenn die Bauern nicht gerade scharf darauf sind, das Zeug anzupflanzen.« Elliot zuckte die Achseln. »Nach dieser Lage der Dinge funktioniert Ihre Methode.«

»Und die Männer sind sich darüber im klaren?« fragte Rick.

»Die meisten«, sagte Elliot. »Alle, die zählen.«

Das heißt, es gibt Dinge, die du mir nicht erzählst, dachte Rick. Aber das soll hier nicht erörtert werden. »Der Schlüssel zu ›meiner Methode‹ liegt darin, daß ich hier mit den legitimen Herrschern zusammenarbeite.«

»Du hast mehr getan«, sagte Tylara. »Du bist einer von uns geworden.«

»Wichtig ist: Ich wollte unsere Position hier gesetzlich regeln«, sagte Rick. »Ein Schlüssel dazu ist Wanax Ganton. Ein anderer war die Tripelallianz zwischen Drantos, Tamaerthon und Rom.«

»Ich schätze deine Freundschaft mit Yanulf und der Priesterschaft Yatars genauso hoch ein«, sagte Tylara. »Besonders, da die ZEIT näherrückt. Mein Gatte, niemand bewundert dich mehr als ich. Ich weiß auch, daß du deine Leistungen nicht deshalb aufzählst, weil du von uns gelobt werden willst. Auf was wolltest du hinaus?«

»Es geht um eine Frage der Strategie«, sagte Rick. »Aber ich wollte, daß jeder von euch sie vom richtigen Standpunkt aus betrachtet. Die Frage ist – was machen wir mit Ganton?«

»Was sollten wir denn mit ihm machen?« fragte Gwen. »Ich meine, welche Möglichkeiten gibt es denn?«

»Ihr habt ihn mit Octavia gesehen. Die erste Frage lautet: Sollten wir einer solchen Verbindung Vorschub leisten? Darüber hinaus: Wollen wir, daß er Caesar wird?«

»Will er es denn?« fragte Gwen. »Im übrigen ist das Amt eigentlich nicht erblich.«

»Das ist wahr«, sagte Rick. »Wir haben folgende Situation: Die Westmänner kommen von ihren Hochebenen herunter. Es sind sehr viele. Sie sind gute Kämpfer, wenn sie auch wahrscheinlich keine Burgen einnehmen können –« Er schaute Mason an, der bestätigend nickte.

»Jedenfalls nicht im Sturm«, sagte Mason. »Aber alles andere können sie zerstören. Murphy hatte die beste Befestigungsanlage, die ich auf diesem Planeten je gesehen habe, und doch hätte er sich nicht mehr lange halten können – und wir wären zu spät gekommen, wenn er keine Gewehre gehabt hätte.«

»Und wo ist Murphy jetzt?« fragte Warner.

»Auf der Burg, die Harkon gehört hat«, sagte Mason. »Zur Verteidigung hat er Bauern mitgenommen. Er wird sich halten können, bis ihm die Lebensmittel ausgehen.«

»Wir können also die Burgen halten, aber nicht das Land«, sagte Warner. »Und wie sollen wir dann unsere Leute ernähren?«

»Es ist sogar noch schlimmer«, sagte Mason. »Unter dem Littlescarp ist es zu feucht, und die Hochebenen werden vom Wüstenwind ausgetrocknet.«

»Daher kommt vielleicht ein Teil unseres Regens«, überlegte Warner.

»Könnte sein«, sagte Mason. »Aber bestimmt mindert es die

Ernteerträge. Ich weiß nicht, wie sich das Klima entwickeln wird, aber auf den Hochebenen hatten wir das trockene Frühjahr seit Menschengedenken.«

Gwen studierte die Landkarte an der gegenüberliegenden Wand. »Könnten wir die Hochebenen aufgeben?«

»Es ist mein Land«, sagte Tylara. »Und es gehört auch Rick.«

»Es ist Niemandsland, wenn es dort nichts zu essen gibt«, sagte Rick.

»Captain, Sie müssen das Land in jedem Fall verteidigen«, sagte Mason. »Sonst fallen die Westmänner in Drantos selbst ein. Ich möchte sie lieber dort oben bekämpfen.«

»Die alten Legenden sprechen eine eindeutige Sprache«, sagte Gwen. »Die Westmänner gelangten bis an die Tore Roms.«

»Wir müssen sie also aufhalten«, sagte Rick. »Aber wer führt das Kommando? Ich?«

»Das können Sie nicht«, sagte Elliot. »Die *Shalnuksi* kommen, und mit denen müssen Sie selbst verhandeln. Außerdem muß jemand den *Surinomaz*-Anbau überwachen –«

»Und wir dürfen die Universität nicht vergessen«, sagte Gwen. »Die Lage ist sehr ernst.«

»Das hat mir Tylara auch schon erzählt«, sagte Rick.

»Ja. Die kleineren Stämme sehen viel Beute und wenig Gefahr«, sagte Tylara.

»Das bedeutet komplizierte Verhandlungen mit Mac Clallan Muir«, sagte Gwen. »und die mußt du selbst führen.«

»Mehr noch, Captain«, sagte Elliot. »Wenn Sie eine größere Armee in die Trockengebiete schicken, wird die Logistik schwierig. Wenn Apelles und seine Leute mir helfen, kann ich wahrscheinlich die Verwaltungarbeit selbst bewältigen, aber irgend jemand muß dafür sorgen, daß unsere Anweisungen auch befolgt werden. Sie sind der einzige, der sich gegen die Barone durchsetzen kann.«

»Kann Caradoc das Kommando übernehmen?« fragte Warner.

»Er wird es wohl müssen«, sagte Gwen.

»Ja, er wird dort draußen gebraucht«, sagte Rick. »Aber er kann nicht den Oberbefehl übernehmen. Dafür reicht sein

Rang nicht aus. Wir können darauf hinarbeiten, aber das wird frühestens nach dem Feldzug soweit sein. Und der wird lange dauern.«

»Dann kannst du schon gar nicht mitgehen«, sagte Gwen.

»Du hast recht«, sagte Rick. »Aber es sind schon viele Reiche vernichtet worden, weil sie das Problem der leichten Reiterei von Nomadenvölkern nicht lösen konnten. Wir sind besser gerüstet und haben das bessere Gerät, aber Murphy sagt, es sind sehr viele. Sie zu schlagen wird Disziplin erfordern.«

»Für einen langen Krieg, der Disziplin fordert, darfst du dich nicht auf die Krieger von Drantos verlassen«, sagte Tylara. »Nicht einmal auf die von Chelm.«

»Das ist das Problem«, sagte Rick. »Die Westmänner greifen nur an, wenn sie in der Übermacht sind. Wir könnten jeden Zehn-Tag siegen und doch nichts erreichen. Aber eine einzige Niederlage könnte zur Katastrophe führen.« Bei Manzikert hatten die Byzantiner schon gesiegt, dachte Rick. Aber als es Nacht war, zerstreuten sie sich und wurden einzeln erledigt. Anschließend verheerten Alp Arslans Türken Kleinasien so gründlich, daß die Kreuzfahrer eine Generation später nur eine Wildnis vorfanden, wo einst blühende Städte gestanden hatten.

»Wenn du disziplinierte Truppen willst, brauchst du Römer«, sagte Gwen. »Du könntest Caesar um eine oder zwei Legionen bitten. Oh – natürlich! Es gibt zwei Männer in Drantos, die römische Legionen befehligen können. Du und der junge Ganton. Und wenn er römische Soldaten in einer erfolgreichen Schlacht führt, dann ist er als Nachfolger Caesars tatsächlich wählbar.«

Tylara schaute Gwen überrascht an, aber dann nickte sie zustimmend.

»Das also meintest du vorhin«, sagte sie zu Rick. »Als du fragtest, was wir mit Wanax Ganton machen sollen.« Sie schüttelte langsam den Kopf. »Eine solche Frage zu stellen, bedeutet Hochverrat – Mylord, du bist die letzten vier Zehn-Tage mit Ganton zusammengewesen. Du mußt besser als wir beurteilen können, was zu tun ist.«

»Ich kann es nicht *wissen*«, sagte Rick. »Aber es gibt nur

wenige Möglichkeiten. Können wir ohne die Römer eine disziplinierte Streitmacht aufstellen?«

»Nur wenn du sie anführst«, sagte Tylara. Die anderen nickten.

»Dann brauchen wir also die Römer. Kann jemand außer Ganton sie befehligen?«

»Nur Publius«, sagte Tylara. »Er könnte sowohl die Römer als auch die Bheromänner befehligen.« Rick verzog das Gesicht, und Tylara nickte. »Aye, er ist streitsüchtig«, sagte sie. »Und er mag keine Barbaren. Die Idee von Ganton als Caesar wird ihm noch weit weniger gefallen.«

»Das ist bestimmt nicht übertrieben«, sagte Gwen. »Aber Publius wird ohnehin nicht in den Westen kommen. Als Prokonsul des Marselius hat er genug zu tun.«

»Das meine ich auch«, sagte Tylara. »Aber wenn auch die Römer ihren Offizieren gehorchen, die Bheromänner würden von römischen Legaten keine Befehle entgegennehmen. Und den Römern allein können wir die Verteidigung unserer westlichen Länder nicht anvertrauen.«

»Was sollen wir also tun?« fragte Warner. »So weit haben Sie offensichtlich auch schon gedacht.« Elliot warf Larry Warner einen mißbilligenden Blick zu, aber er nickte.

»Erstens, wenn wir römische Armeen im Westen haben, muß Dravan von jemandem gehalten werden, der zuverlässig ist, das heißt von Tylara.«

Zustimmendes Gemurmel.

Sie sind alle einverstanden, dachte Rick. Warum auch nicht? Sie werden nicht von ihren Familien getrennt. Nur Caradoc. Und Reznicks Kinder werden ihren Vater nie wiedersehen. Rick legte einen kleinen Beutel auf den Tisch. »Dies sind Reznicks persönliche Sachen«, sagte er. »Einiges davon werden seine Frauen bekommen.«

»Was wird aus ihnen?« fragte Warner.

»Dirdre will die Kinder nehmen und bei Murphy bleiben«, sagte Rick. Er zuckte die Achseln. »Sie glaubt, den Kindern wird es beim Freund ihres Vaters besser gehen. In den Süden kann sie nicht mehr zurück, und hier fühlt sie sich nicht glücklich.«

»Und was ist mit Marva?«

»Sie hat noch keine Pläne.«

»Sie haben in Drantos keinen Status«, sagte Gwen. »Aber sie wären beide an der Universität willkommen, wo es auf den Status nicht so sehr ankommt –«

»Wir werden Marva fragen«, sagte Rick. »Dirdre hat sich ja schon entschieden.« Er öffnete den Beutel. »Die persönlichen Sachen gehen an Dirdre und Marva. Die Frage ist, wer bekommt seine Sternenwaffen?« Er nahm einen Colt .45 Automatik heraus und spannte die Waffe. »Wenn niemand etwas dagegen hat, geht dieser an Tylara. Sie wird ihn brauchen.«

Rick hatte keine Einwände erwartet, und es gab auch keine. Er ließ die Waffe über den Tisch gleiten. Mason fing sie auf und reichte sie Tylara, die den Colt vor sich auf dem Tisch liegen ließ.

»Lafe hatte noch eine Waffe«, sagte Rick. »Diese Browning Automatik. Ich denke, wir sollten sie Ganton geben.« Er betrachtete die Waffe. »Schönes Stück. Elliot, glauben Sie, daß die Truppen etwas dagegen haben könnten?«

»Das habe ich mir gerade überlegt, Captain«, sagte Elliot. »Nein, ich glaube nicht. So, wie Sie die Dinge geregelt haben . . .«

»Es gibt vielleicht eine bessere Verfahrensweise«, sagte Tylara. »Warum überreichen Lady Dirdre und Lady Marva die Waffe nicht im Namen Murphys dem König? Wenn er sie vor dem Rat annimmt, würde das die Frage ihrer Nobilität klären – und analog die Frage der Nobilität aller Gefährtinnen der Sternenmänner.«

»Er wird sie ganz sicherlich nicht zurückweisen«, sagte Rick. »Macht dir diese Massenerhöhung von Bürgerlichen denn nichts aus?«

Tylara lachte. »Bevor ich den Eqeta von Chelm heiratete, war ich auch nur die Tochter von Mac Clallan Muir. Von allen auf Tran bin ich die letzte, die etwas dagegen einzuwenden hat, wenn Witwen ihr Recht bekommen.«

»Okay. Damit sind zwei Probleme erledigt. Noch ein Problem: die Universität. Ich werde einige Truppen aus Drantos hinaufschicken – vielleicht können ihre Offiziere Studenten werden. Aber ich werde außerdem Marselius um eine römische Kohorte bitten.«

Alle schauten Tylara an. Sie breitete die Hände aus. »Es gefällt mir nicht, wenn römische Legionen in den Westen kommen, und auch dies gefällt mir nicht. Römer in Tamaerthon! Aber ich sehe die Notwendigkeit ein, und ich glaube, mein Vater und mein Bruder werden das auch tun. Aber wir könnten Ärger mit den anderen Stämmen bekommen.«

»Vielleicht würden sich einige von ihnen für diesen Krieg freiwillig melden«, sagte Mason, »und mit Caradoc nach Westen ziehen.«

»Und warum sollten sie das tun?« fragte Warner.

»Beute.« Mason griff in die Tasche und holte ein Stück kunstvoll geflochtenen Golddraht hervor. »Die Westmänner tragen alles, was sie besitzen, bei sich, und die meisten haben Gold.«

»Das ist ein guter Gedanke«, sagte Tylara. »Vielleicht melden sich viele von den Landlosen.« Sie lachte. »Die werden in Chelm bestimmt keine Probleme verursachen!«

Das sollten sie verdammt auch lieber nicht versuchen, dachte Rick.

»Wir könnten vielleicht sogar einige von ihnen dort oben ansiedeln«, sagte Mason. »Viel gutes Land wurde dort verwüstet. In diesem Jahr gab es nicht viel Regen. Dennoch ist es gutes Land. Große Teile erinnern an Tamaerthon.«

»Dann sind wir einige dieser Hitzköpfe los«, sagte Warner. »Aber was wir wirklich brauchen, ist die Einigung Tamaerthons unter Mac Clallan Muir.«

»Die wird es nicht geben«, sagte Tylara. »Es gibt dort zuviel Mißgunst. Lord Rick hat den Stämmen eine Krone gebracht, aber er kann sie nicht meinem Vater geben. Er kann sich aber auch nicht selbst krönen.«

»Nicht, solange er mit dem König zusammenarbeitet«, sagte Elliot.

Ein weiteres Problem, dachte Rick. Hier tickt eine Zeitbombe. »Wir sind uns also einig?« fragte er. »Dann werde ich die andern holen lassen.« Eine Besprechung war erledigt. Zwei weitere standen noch aus.

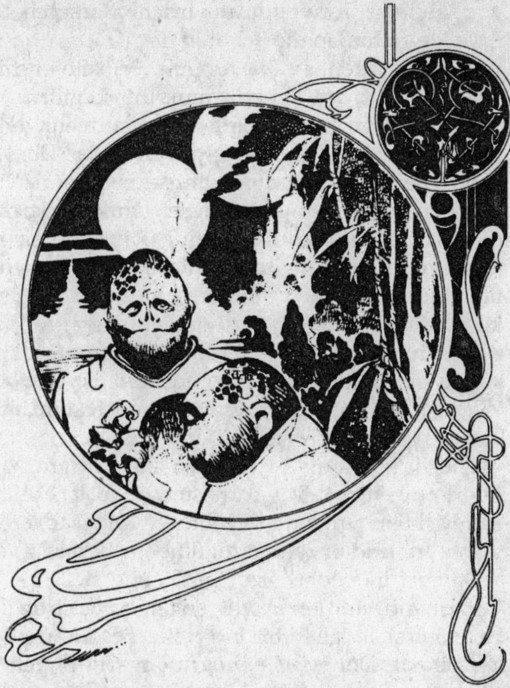

25

Das Feld stank, und aus dem Feld waren seltsame Geräusche zu hören, wilde Vogelschreie, die Rick noch nirgends gehört hatte, und das geheimnisvolle Rascheln von Blättern.

»Ich würde nicht näher herangehen, Lord« sagte Apelles. Der Priester in der blauen Robe machte eine weit ausladende Geste. »Auf diesem Hügel sind wir sicher, aber wenn wir näher herangingen, könnten die wilden Bestien uns erreichen. Lamile, Grickirrer und vielleicht sogar die Vögel. Wenn sie lange genug im Wahnsinnskraut gelebt haben, fürchten sie nichts mehr, und selbst ein Kratzer kann den Tod bedeuten.«

»Leichengifte«, sagte Rick. Er nahm sein Fernglas und inspizierte das Feld, auf dem das Wahnsinnskraut wuchs. Es schien von kleinen verwesenden Leichen umgeben. Es waren die Lamile; sie fraßen die Schoten des Krauts und verendeten dann unter fürchterlichen Zuckungen. Selbst hier, fünfzig Meter vom Feld entfernt, war der Gestank unerträglich.

Vor ihm lag das größte zusammenhängende Anbaugebiet dieser Pflanze, das es je gegeben hatte. Der Anbau erforderte viel Arbeit; ließ man das Wahnsinnskraut in Ruhe, wuchs es so lange, bis es von einer dornigen Rankenpflanze erstickt wurde, die man als fleischfressende Pflanze bezeichnen konnte. Sie lebte von dem faulenden Wahnsinnskraut und den Kadavern der Lamile, bis sich ein so dichtes giftiges und dorniges Dikkicht bildete, daß höchstens ein Tier von der Größe eines Kaninchens es noch durchdringen konnte. Eine der Hauptaufgaben der Bauern auf Tran bestand für gewöhnlich darin, das Wahnsinnskraut auf ihren Feldern herauszureißen und zu verbrennen, wobei sie sich hüten mußten, den Rauch einzuatmen.

Hier mußten sie es anbauen, und diese Arbeit gefiel ihnen überhaupt nicht. Das war ganz offensichtlich: Vom Hügel aus sah Rick ein Dutzend bewaffnete Reiter, die die Arbeiten überwachten, und er wußte, daß noch weitere in der Nähe waren.

Bauern in Lederhosen und Lederschürzen und mit dicken Lederhandschuhen bewegten sich vorsichtig über das Feld und bahnten sich dabei mit ihren Macheten Pfade durch das Pflanzengewirr. Den Machetenschwingern folgten Frauen und Kinder, die mit ihren Hacken die dornigen Ranken und anderes Unkraut rodeten. Hinter jeder Gruppe von Frauen und Kindern gingen mit Speeren bewaffnete Jugendliche. Trotz ihrer dicken Lederkoller bewegten sie sich mit größter Vorsicht.

Rick stieg vom Pferd und ging auf das Feld zu. Apelles folgte ihm nur widerwillig.

»Müssen wir so nahe heran?«

»Ja.« Das ganz verdammte Land ist in Aufruhr wegen diesem Zeug. Da kann ich es mir wenigstens aus der Nähe ansehen. Rick betrachtete eine der Pflanzen. Drei Stiele standen in einem Dreieck mit einer Seitenlänge von knapp drei Metern und wuchsen zu einer Höhe von etwa ein Meter achtzig. Der Boden innerhalb des Dreiecks und um die Pflanzen herum war dicht überwuchert von gefleckten schuppigen Kriechpflanzen. In diesem Pflanzengewirr lagen zwei tote Lamile. Ein anderes Tier von der Größe eines Kaninchens und sehr lebendig, saß in der Nähe und schaute die Besucher mit einem unsagbar dummen Ausdruck an, der schon wie eine Karikatur der Idiotie wirkte.

»Vorsicht!« flüsterte Apelles. Er hielt seinen Stab wie einen Speer auf das Tier gerichtet. »Ganz langsam zurückgehen.«

Der junge Priester meinte es ernst. Rick folgte den Anweisungen des Mannes, zog dabei langsam seine Pistole und entsicherte sie. Bald darauf verschwand das Tier im Pflanzengewirr.

»Das Laub ist noch nicht kräftig genug, und die Samenschoten sind noch nicht voll entwickelt«, sagte Apelles. »Ich glaube nicht, daß der Grickirrer uns angegriffen hätte, aber das weiß man nie. Wenn diese Tiere von den Schoten gefressen haben, sind sie wie von Sinnen und haben vor nichts mehr Angst. Von den gebissenen stirbt jeder dritte einen qualvollen Tod.«

Tollwut? Rick überlegte. Hier gibt es keine Behandlung nach Pasteur, und McCleve hat keine Ahnung, wie man eine solche entwickelt.

»Ziemlich schlimm für die Erntearbeiter«, sagte Rick.

Apelles nickte.

»Wer sind die Leute?« fragte Rick.

»Einige sind Sträflinge, denen nach zwei Jahren Arbeit auf den Feldern die gesamte Strafe erlassen wird. Andere sind Landlose, denen eigene Felder versprochen wurden. Und dann gibt es noch Sklaven, die sich mit dieser Arbeit ihre Freiheit erkaufen.«

»Es kann nicht viel Spaß machen.«

»Gewiß nicht, Lord. Und trotz lederner Beinschienen und Schürzen werden wir einige Leute verlieren. Die Kavallerie brauchen wir hier, damit sie nicht weglaufen.«

»Laßt sie wissen, daß ihnen ihre Belohnung sicher ist«, sagte Rick. Sie hatten ihre Pferde erreicht und stiegen auf. »Gebt ihnen reichlich zu essen. Sagt ihnen, daß für ihre Familien gesorgt wird, falls sie sterben. Und sorgt dafür, daß unsere Versprechen gehalten werden.«

»Aye, Lord«, sagte Apelles. »Das tun wir jetzt schon.«

»Gut.« Rick nahm die Zügel und ließ seine Blicke noch

einmal über das Feld schweifen. Wir belohnen sie, und doch brauchen wir Kavallerie, um sie zur Arbeit zu zwingen. Und ich kann die Leute verdammt gut verstehen.

Er ritt im Galopp zur Burg zurück.

Toller Bär vom Stamm der Silberwölfe hielt die alte Sitte heute morgen ein. Er stand lange vor dem Morgengrauen auf, als das Feuerkind und der Bringer des Todeswindes noch am Himmel standen. Ihr Licht war so hell, daß es ihm nicht schwerfiel, die höchste Stelle in der Nähe des Lagers zu finden. Er stieg hinauf und reckte seine Lanze nach Osten, Westen, Süden und endlich nach Norden, von wo die kühlenden Winde und die milden Regen kamen. Dann hielt er Wache, bis der Tag anbrach.

Das hatte er zuletzt getan, bevor die Versammlung der Krieger der Silberwölfe beschloß, der Stamm solle nach Osten in die Grünen Länder ziehen. Wenn menschliche Feinde kämen, würden die vier Krieger, die bei Nacht Wache hielten, genügen, die anderen zu warnen. Kämen jedoch andere Feinde, würden keine Warnung und kein Kampf sein Volk noch retten.

Aber vielleicht würden keine Dämonen kommen. Gewiß nicht von Westen, woher der Todeswind schon wehte. Nicht einmal ein Dämon konnte in einem Land leben, wo kein Mann länger reisen konnte, als sein Wasservorrat reichte.

Jetzt lagerten die Familien, die ihn zum Führer gewählt hatten, weiter östlich. Sie waren noch nicht durch den Felsenmund in die Grünen Länder selbst gelangt, aber schon bestand das Gras nicht mehr aus braunen Stoppeln, die unter jedem Fußtritt brachen. Die Pferde konnten wieder ihre Reiter tragen, wenn es nötig war, und die Säuglinge winselten nicht mehr an den trockenen Brüsten ihrer Mütter, um dann zu sterben. Vielleicht konnte man sogar die alte Timusha noch ein paar Tagereisen weiter mitnehmen, anstatt sie hier sterben zu lassen. Sie war von großer Weisheit. Was sie wußte, mochte das Volk des Tollen Bären bewahren, bis es die Grünen Länder erreichte.

Deshalb ging Toller Bär hinaus in die Nacht und hielt Wache.

Er hoffte, so die Kraft klug zu nutzen, die er für die Kämpfe brauchen würde, welche ihn und sein Volk in den Grünen Ländern erwarteten.

Als die Sonne aufging, war er durstig. Er war in seinem Leben schon viel durstiger gewesen, und verglichen mit den Qualen, die er bei seiner Jünglingsweihe hatte erleiden müssen, war dieser Durst von geringer Bedeutung. Er sah, wie die Vatersonne den Ebenen wieder Farbe verlieh und das Kind und den Bringer und die geringeren Sterne vom Himmel scheuchte. Ein leichter Wind umfächelte seine entblößte Brust und trug den Geruch von Pferden und von Feuern aus getrocknetem Dung heran und die Geräusche des Lagers, in dem die Leute für den Tag erwachten. Für eine Gruppe von nur drei Händen Zelten und dreimal so vielen Reittieren machten sie sehr viel Lärm. In den Grünen Ländern durften sie einen solchen Lärm nicht machen; denn dort würden sie wieder auf Feinde stoßen.

Nachdem die Pferde zum Grasen hinausgeführt worden waren, sah Toller Bär Hinuta den Hügel hinaufsteigen. Das hätte er sonst niemandem gestattet, aber er war froh, daß Hinuta einen Schlauch Wasser brachte.

»Gibt es Neues?« fragte er, nachdem er getrunken hatte.

»Ein Reiter ist heute vom Lager der Zwei Wasser gekommen, einen halben Tag nördlich von uns. Er bringt eine Botschaft von ihrem Hohen Häuptling. Ob wir mit ihm reiten wollen bis zum Felsenmund. Wenn wir bis dorthin mit ihm reiten, dürfen wir so lange mit ihm reiten, bis wir auf die anderen Silberwölfe treffen.«

»Er ist großzügig. Oder hat er zuwenig eigene Krieger?«

»Ich glaube nicht, daß es Schwäche ist. Wenn ihm Männer fehlen, seine Frauen und Pferde zu schützen, warum läßt er sie dann nicht von seinen Stammesleuten beschützen? Weil er damit Wölfe in eine Schafherde schicken würde.«

»Das ist wahr.« Toller Bär und seine Leute waren dazu bestimmt worden, als letzte Silberwölfe die alten Gründe des Stammes zu verlassen. Irgend jemand mußte zurückbleiben, um dem Himmelsvater und dem großen Krieger die letzten Opfer darzubringen und dafür zu sorgen, daß die Schreine rein und vor Schändung sicher zurückblieben. Das Los war auf ihn und seine Leute gefallen, und sie nannten sich geweiht, bis sie ihr Werk beendet hatten und feststellten, daß ihre übrigen Stammesleute zehn Tagemärsche vor ihnen waren. So sehr sie sich auch beeilt hatten, es war ihnen nicht gelungen, die Lücke zu schließen.

»Wir würden unsere Schwäche zugeben, wenn wir uns unter den Schutz eines anderen Stammes stellten.«

»Wenn sie um unsere Schwäche nicht wüßten, wären sie so dumm wie ein Ranwang.« Hinuta zog sein Schwert und bearbeitete die Lederumwicklung des Knaufs. Es war eines von fünf Schwertern unter den Kriegern, die Tollwütiger Bär in seinem Gefolge hatte, und Hinutas Vater hatte es vor vielen Jahren einem Krieger aus den Grünen Ländern abgenommen. Hinuta hütete das Schwert, wenn er es auch nicht sehr geschickt zu führen wußte. Es wäre unehrenhaft gewesen, sein Recht an seines Vaters Gabe in Zweifel zu ziehen. Außerdem war er ein gutmütiger und großzügiger Mann, der den letzten Schluck Wasser und die letzte Handvoll Korn mit den Bedürftigen teilen würde.

Tollwütiger Bär stieß seine Lanze in den Boden und bat die Götter um Kraft. Einige Male ging er im Kreis darum herum. Es stand fest, daß sie ihren Stamm nicht einholen konnten, bevor sie die Grünen Länder erreichten, und selbst dort würden sie vielleicht noch einige Tagesmärsche hinter sich bringen müssen, bevor sie wieder einem Silberwolf begegneten. Und sie waren nur eine Handvoll Krieger.

Es hieß, daß die Krieger in den Grünen Ländern in Steinhäusern lebten, die schwer in Brand zu stecken waren. Wenn sie in die Schlacht ritten, führten sie alle Schwerter oder lange Lanzen, und sie trugen Eisenhemden, um ihren Körper zu schützen. Sie waren im Krieg nicht sehr listig; deshalb konnte man sie leicht zum Kampf gegen eine überlegene Streitmacht zwingen. Gelang das aber nicht, war es nicht leicht, sie zu töten. Und in jedem Steinhaus konnten sich mehrere Hände Krieger aufhalten, und es gab viele Steinhäuser im Grünen Land.

Es war immer noch möglich, daß der Häuptling der Zwei Wasser Verrat im Sinn hatte. Aber diesen Verrat würde er nicht wagen, solange die meisten Silberwölfe außerhalb seiner Reichweite waren und zur Rache bereit. Ganz sicher war eine kleine Gruppe in den Grünen Ländern sehr gefährdet, wenn sie nicht starke Freunde in der Nähe hatte.

»Wir werden mit den Zwei Wassern reiten«, sagte Toller Bär endlich. »Wenigstens so lange, wie keiner unserer Krieger unbedacht eine Blutfehde mit einem ihrer Krieger auslöst.«

»Die Männer von den Zwei Wassern haben ein langes Gedächtnis«, sagte Hinuta. »Frag die alte Timusha. Sie weiß es.«

Das schien ein guter Rat zu sein, aber als sie das Lager erreichten, fanden sie die Frauen um Timushas Zelt versammelt, und die alte Frau war tot; sie war gar nicht erst wieder aufgewacht. Toller Bär fühlte sich unbehaglich. Er hatte sie um ihren weisen Rat bitten wollen, und sie war tot. Das war ein böses Vorzeichen.

Er würde die ganze Nacht Wache halten, die Spitze seiner Lanze unter dem Kinn, damit sie sein Fleisch ritzte, wenn er auch nur nickte. Vielleicht war Timushas Tod die Strafe dafür, daß er nicht nach alter Sitte gewacht hatte. Außerdem würde er neben ihrem Grab ein Pferdeopfer darbringen, obwohl sie eine Frau war und kein Krieger. Dies, so könnte man sagen, würde sie zu einem Krieger machen.

Die Spitze der Marschkolonne war schon hinter den Hügeln nach Westen hin verschwunden, als die Nachhut Burg Armagh verließ. Eine Stunde lang war die Straße von Staub verdeckt, und vom Burgturm aus sahen Rick und Gwen nur gelegentlich einen Helm oder eine Lanze in der Sonne aufblitzen. Als die letzten Truppen davongeritten waren, traten die optischen Telegraphen in Aktion, die, auf Türmen installiert, Armagh mit Dravan verbanden, um den weiter entfernten Garnisonen das Anrücken der Hauptstreitmacht zu melden.

Eine Zeitlang hatten sie an der Spitze des Zuges etwas Rotes aufleuchten sehen, Caradocs römischer Mantel, ein Geschenk von Publius Caesar. Weitere Geschenke für Caradoc waren ein neuer Brustharnisch von Drumhold und ein prächtiger schwarzer Wallach von Tylara. In seiner besten Rüstung bot er auf seinem Schlachtroß ganz das Bild eines Führers von Kriegern. Rick sah kein Problem darin, ihn nach dem Feldzug zu befördern. Er konnte einen weiteren zuverlässigen General gut gebrauchen.

Rick schaute den berittenen Bogenschützen nach, bis sie um einen Hügel herum verschwunden waren. Vom Burghof klangen die Kommandos der Sergeanten herauf. »Antreten und Augen geradeaus, ihr Lamile! Und jetzt an die Arbeit!«

Die neu aufgestellte Zweite Kompanie der Leibgarde rückte aus, um Bogenschießen zu üben. So weit machten die Leute sich recht gut. Der Kader, den Mason von seiner Ersten Kompanie abgestellt hatte, gab sich auch alle Mühe. Es gab für die Männer natürlich einen starken Anreiz – je besser sie sich bewährten, desto wahrscheinlicher war ihre Beförderung. Wenn ein höherer Rang nicht nur Ehre bedeutete, sondern dem einzelnen Mann eine bessere Chance bot, seine Familie durchzubringen, wenn die ZEIT anbrach, gab natürlich jeder sein Bestes.

Einige der Veteranen waren nur schwer davon zu überzeugen gewesen, daß es ehrenhaft war, statt in den Kampf zu ziehen, neue Leute auszubilden. Rick schüttelte den Kopf und schaute wieder auf die Straße hinaus.

Caradoc und seiner persönlichen Leibwache folgten weitere Truppen, die meisten Römer unter ihrem Legaten Titus Frugi. Tylara hatte sich darüber gewundert, daß Caesar ausgerechnet diesen Mann zum Befehlshaber gemacht hatte, aber Rick fand es in Ordnung. Frugi war ein guter General, und an der Spitze einer einzigen Legion, tief im Territorium der mächtigsten Freunde des Marselius, war an eine Revolte nicht zu denken.

Fast eine Meile hinter der berittenen Vorhut der Marschkolonne ritten Wanax Ganton, Camithon, Tylara mit ihren Kindern und Lady Octavia. Rick hatte Ganton überreden können, statt an der Spitze der Truppen weiter hinten zu reiten. Das war ihm wohl deshalb so leicht gelungen, weil die Damen mitritten. »Römische Generale riskieren ihre Truppen nicht, nur um besonders tapfer zu wirken«, hatte Rick gesagt. Das hatte bei dem jungen König wahrscheinlich den Ausschlag gegeben.

»Er wird es schon schaffen«, sagte Rick laut.

Caradoc war nicht mehr zu sehen, und Gwen hatte das Fernglas weggelegt. In ihrem eben über den Stiefelschäften abgeschnittenen Kleid sah sie sehr attraktiv aus. Normalerweise hätte man das Kleid für unanständig kurz gehalten, aber Gwen hatte eine neue Mode eingeführt; in letzter Zeit hatten in Drantos sehr viele junge Frauen ihre Kleider gekürzt. »Wer wird es schaffen?« fragte sie.

»Ganton.«

»Das glaube ich auch«, sagte Gwen. »Er scheint ganz vernünftig zu sein.« Sie kicherte. »Und er sieht gut aus, aber seine Lady tut mit ein wenig leid. Hoffentlich hält er sich noch ein paar Wochen mit seiner Verliebtheit zurück – oder schnallt wenigstens die Pistole ab. Ich bin sicher, daß er das Ding mit ins Bett nimmt.«

»Ich kann mir nicht vorstellen, daß Octavia mit ihm schläft«, sagte Rick.

»Noch nicht«, sagte Gwen. »Aber im Sommer würde ich darauf nicht mehr wetten. Sie mag ihn. Gewiß, er ist eine gute Partie, und der Thron von Drantos ist wahrscheinlich sicherer als alles, was Caesars Verwandte zur Zeit erwarten können. Sie mag ihn wirklich, Rick.«

»Interessant. Auch er ist ziemlich verknallt in sie. Kann es sein, daß wir schlaffen alten Manipulatoren in dynastischen Dingen ein Liebesverhältnis gestiftet haben?«

»Hoffentlich«, sagte Gwen ganz ernsthaft. Sie seufzte. »Glauben wir überhaupt noch an Liebesverhältnisse?«

»Wie soll ich das verstehen?«

»Ich weiß nicht. Du hast Tylara – würdest du bei ihr bleiben, wenn sie eine Bauerntochter wäre?«

»Gwen, ich habe sie heute sehr ungern fortreiten sehen.« Und meine Kinder . . .

»Danach habe ich dich nicht gefragt Du weißt verdammt gut, daß du sie nicht geheiratet hättest, wenn sie nicht so wichtig gewesen wäre. Liebe und Ehe. Oder Ehe und dann Liebe. Oder nur Ehe. Das funktioniert doch alles, oder etwa nicht?«

Ganton und die Frauen waren inzwischen hinter einem Hügel verschwunden. Kurz vorher glaubte Rick, sie noch winken gesehen zu haben. Er legte sein Fernglas weg. »Ich denke, du liebst Caradoc«, sagte er.

»Was heißt schon Liebe?« fragte sie. »Ich achte ihn. Ich sorge für ihn, und er beschützt mich. Manchmal vor mir selbst.«

Die Schatten wurden länger. Sie stiegen vom Turm herab. Unten im Turm lagen seine Räume. Auf seinem Tisch war eine Öllampe angezündet worden, und daneben stand ein großer Krug mit Wein. »Wir essen in etwa einer Stunde«, sagte Rick. »Trinken wir vorher noch ein Glas Wein?«

»Gern.«

Er schenkte ein und reichte ihr ein Glas. »Ich habe wirklich gedacht, daß du Caradoc liebst.«

»Ach, laß doch, Rick. Wahrscheinlich liebe ich ihn. Aber – nun, es ist einfach nicht dasselbe. Ich würde – ich würde für Caradoc nie in eine fliegende Untertasse steigen. Darum wird er mich auch nicht bitten. Und was ist mit dir? Hast du nicht auch manchmal die Nase voll von den dynastischen Ambitionen deiner schwarzhaarigen Contessa?«

»Ich bitte dich! Sie ist wunderbar. Wem sonst könnte ich die stärkste Burg auf Tran anvertrauen?«

»Bist du mit ihr aus Liebe zusammen oder nur zu deinem Vorteil? Du brauchst nicht zu antworten. Genauso wenig, wie ich dir antworten muß.« Sie nippte an ihrem Glas. »Der Wein ist gut.«

»Ja. Sergeant Lewis hat in Kaliforniens Weinanbaugebiet gelebt. Er hat ihnen gute Tips gegeben.«

Wieder trank sie einen kleinen Schluck. »Rick, wann werden sie kommen?«

»Wer?«

»Die *Shalnuksi.*«

»Ich habe Beobachter aufgestellt, die zwischen Tamaerthon und Dravan nach Satelliten Ausschau halten – du weißt genauso viel wie ich, Gwen.«

»Ich möchte dich an etwas erinnern. Destillierbetriebe. Mühlen. Druckerpressen. Wenn sie merken, daß es auf Tran wirkliche Veränderungen gegeben hat, werden sie alles tun, um diese Errungenschaften zu zerstören.«

»Ja, ich weiß«, sagte Rick. »Aber wir müssen *irgend etwas* für diese Leute tun. Gwen, ich war letzte Woche draußen in den *Surinomaz*feldern. Ich habe mir höflich angehört, was Apelles mir über die Kavalleriepatrouillen erzählte, die dafür sorgen, daß die Bauern nicht von der Arbeit weglaufen. Hast du schon mal *Surinomaz* gesehen? In dem Teufelszeug zu arbeiten, muß die Hölle sein. Und ich zwinge die Menschen dazu!«

»Rick, dir bleibt doch nichts anderes übrig –«

»Das ist ja das Schlimme, verdammt noch mal. Ich möchte wegrennen. Irgendwo verschwinden.«

»Das wäre nicht so besonders gescheit«, sagte Gwen. »Erstens liegt es dir nicht, dich zu verstecken. Und selbst wenn du es tätest. Glaubst du wirklich, daß dann nicht irgendeiner deiner Männer versuchen würde, *Surinomaz* anzubauen? Und glaubst du etwa, der wäre weniger hart als du? Glaubst du, daß es wirklich jemanden *interessiert*, was aus den Bauern wird?«

»Dich interessiert es.«

»Nun, ein bißchen«, sagte sie.

»Das ist ja das Schlimme daran«, sagte Rick. »Das kümmert die Leute einen Scheißdreck! Selbst Tylara hält mich für verrückt, weil ich mir um Leute Sorgen mache, die nicht zu den Stämmen gehören –«

»Und es wird immer schlimmer«, sagte Gwen. »Und einem Thema weichst du aus: Welche Veränderungen kannst du noch treffen, bevor die *Shalnuksi* ihre Bomben abwerfen?«

»Alles richtig, aber wenn es uns gelingt, allgemein mehr Wissen zu verbreiten, werden die Shalnuksi es nicht wagen, alles zu vernichten. Sie würden so viele Bomben werfen müssen, daß der Planet unbewohnbar wird, und das würde ihren kleinen Drogenschwindel ruinieren. Das können sie nicht riskieren.«

»Können sie das wirklich nicht?« fragte Gwen. Sie zuckte die Achseln. »Ich bin da nicht sicher, Rick. Les könnte darüber wahrscheinlich mehr sagen, aber das hat er mir gegenüber nicht getan. Ich weiß nur, daß die *Shalnuksi* Angst vor wilden Menschen haben. Aber es gibt noch etwas anderes. Nehmen wir an –«

Ihr ängstlicher Blick wirkte ansteckend. Rick senkte automatisch die Stimme. »Nehmen wir was an?«

»Daß unsere Aktivitäten der Konföderation bekannt sind – daß sie also wissen, daß Tran existiert. Dann hätten wir es nicht nur mit den *Shalnuksi* zu tun, die mit uns Handel treiben wollen. Dann könnte jemand kommen, der diesen Planeten ganz einfach für ein Krebsgeschwür hält!«

»Allmächtiger Gott! Aber wie könnten sie von unserer Existens erfahren haben?«

Gwen lachte. »Da gibt es hundert Möglichkeiten. Die *Shalnuksi* sagen es ihnen. Oder sie schicken einen Menschen als Piloten, und *der* sagt es ihnen. Oder Inspektor Agzaral kommt auf irgendeine Idee. Rick, ich *weiß* es nicht. Ich kann nur aus dem, was Les mir gesagt hat, Vermutungen ableiten.«

»Ja. Aber – Gwen, ich weiß es auch nicht. Ich weiß nur, daß ich *irgend etwas* unternehmen muß!«

»Um dein Gewissen zu beruhigen«, sagte sie. »Du zwingst die Bauern dazu, auf diesen Feldern zu arbeiten, und das kann nur durch eine höhere Sache gerechtfertigt werden.«

»Ja – ich glaube, das ist es«, sagte Rick.

»Warum schämst du dich also deiner Ethik?« fragte Gwen. »Du vertrittst doch *wirklich* eine höhere Sache. Zum Beispiel die Universität. Rick, hast du jemals ein Buch mit dem Titel *Connections* gelesen?«

»Ich kenne ein paar Episoden daraus aus dem Fernsehen.«

»Nun, ich wünschte, wir hätten das Buch«, sagte Gwen. »Aber ich erinnere mich noch an einiges aus dem Buch. Wie die Herstellung von Glas zu Holzknappheit führte und dadurch die Kohle wertvoll wurde. Zum Abbau von Kohle braucht man Pumpen, und das führte zur Erfindung der Dampfmaschine. Und Azetylen. Und Leuchtgas. Und Teer – Rick, wir haben das Leben auf Tran schon verändert. Schon gibt es Hunderte von Studenten, die *denken* und Fragen stellen und den Unterschied zwischen Chemie und Alchimie kennen. Wir müssen sie in jeden Winkel des Planeten schicken.«

»Das ist deine Aufgabe.«

»Nein, deine«, sagte Gwen. »Die Universität ist dein Werk. Wenn sie überlebt –«

»Deine Universität muß überleben«, sagte Rick.

»Unsere. Ja, sie muß. Aber wir können nicht sicher sein.«

»Wie sollten sie von der Existenz der Universität erfahren?«

»Sie könnten dich gefangennehmen und verhören«, sagte Gwen.

»Ich weiß. Aber ohne Minihandgranaten gehe ich nicht zu ihnen. Die können sie mit ihren Detektoren offenbar nicht aufspüren – auf dem Mond konnten sie es jedenfalls nicht. Wenn man so ein Ding abzieht, kann man sie von den Wänden abkratzen.«

Sie sah ihn nachdenklich an. »Und wenn sie nun einen Einheimischen greifen?«

»Das könnten sie tun. Aber dazu müßten sie die hiesige Sprache kennen, und die meisten *Shalnuksi* sind faul. Und die meisten Einheimischen wissen nichts von der Universität. Und die paar, die sie kennen, wissen nicht, wo sie ist. Wer kann hier schon Karten lesen?«

»Hoffentlich hast du recht«, sagte sie. »Komisch«, meinte sie dann, »es scheint dir zu gefallen, wenn ich von Dingen etwas verstehe, die du nicht weißt.«

»Klar.«

»Das ist gar nicht klar. Die meisten Männer haben mich verlassen, wenn sie merkten, daß ich irgend etwas besser konnte als sie.«

Er stand auf und trat zu ihr ans Fenster. Er wußte jetzt schon, was geschehen würde.

Sie drehte sich zu ihm um. »Weißt du, es war nicht fair.«

»Was war nicht fair?«

»Gleich nach der Landung auf diesem Planeten Tylara kennenzulernen. Les – glaubte, wir würden zusammenbleiben, und wir wären auch zusammengeblieben, wenn wir ihr nicht so früh begegnet wären.«

»Und?« Er legte ihr die Hände auf die Schultern.

»Ich muß morgen zur Universität zurück.«

Sie kam ihm ganz nahe, und nun sprachen sie überhaupt nicht mehr.

Er wachte auf und schrak zusammen. Gwen war schon angezogen. »Hallo«, sagte sie.

»Wohin gehst du?«

»Zum Essen, natürlich.« Sie setzte sich auf die Bettkante. »Wir sind verrückt. Caradoc würde dich töten, und Tylara mich auf kleiner Flamme rösten.«

Rick schauderte. »Das ist ein bißchen zu plastisch, aber sie würde es vielleicht tun.«

»Das gibt der Sache die rechte Würze. Gestohlene Früchte –«

»Gwen –«

»Nein«, sagte sie. »Ich will *nicht* darüber reden. Wir lieben uns nicht, Rick, aber wir werden füreinander immer etwas Besonderes bleiben. Und mehr können wir an diesem verrückten Ort nicht erwarten. Und jetzt gehe ich zum Essen. In ein paar Minuten kommst du nach, und wir vergessen, was passiert ist.«

»Willst du es denn vergessen?«

»Nein«, sagte sie. »Nein, Liebster.«

»Würdest du für mich in eine fliegende Untertasse steigen?«

»Das brauche ich dir nicht zu sagen.« Sie sprang auf, bevor er sie festhalten konnte. »Dann also bis gleich.«

TEIL SECHS

Wanax
und
Imperator

26

Tylara do Tamaerthon, Eqetassa von Chelm und höchste Beamtin von Drantos schaute sich zufrieden im großen Saal von Burg Dravan um. Dies war ein Heim, wie es sein sollte, und das einzige, was fehlte, war ihr Gatte. Ihre Wachen standen wie Statuen an der gegenüberliegenden Wand. Der Fußboden war frisch gescheuert, die Wandbehänge frisch gereinigt. Ihre gut ausgebildeten Diener trugen die Reste einer ausgezeichneten Mahlzeit ab, und vorher hatten sie Krüge mit neuem Wein hereingebracht. Hier gab es nichts, für das sie sich entschuldigen müßte.

Nicht, daß Wanax Ganton es überhaupt bemerkt hätte. Er hatte nur für Lady Octavia Augen, und was ihn betraf, so hätte er auch Stroh von dreckigen Tellern gegessen. Bald schon würde er unter irgendeinem Vorwand die Tafel verlassen, um mit dem römischen Mädchen allein zu sein. Tylara lächelte leise. Octavia wußte, was sie tat, oder sollte es wenigstens wissen. Sie schien den jungen Wanax wirklich zu mögen.

Und er sie auch. Er würde sein Fernglas für Octavia hergeben, dachte Tylara. Sie ließ ihre Finger über den Colt an ihrer Hüfte gleiten. Aber wahrscheinlich nicht seine *Browning*-Pistole. Rick wünscht, daß ich diese Verbindung fördere, aber in Wirklichkeit bleibt mir dabei sehr wenig zu tun.

Caradoc und der junge römische Offizier Geminius saßen Wanax Ganton gegenüber. Der Bogenschütze wirkte nervös. War das, weil er mit Höherrangigen an einem Tisch saß? Aber das glaubte Tylara nicht. Dazu war Caradoc, Sohn des Cadaric, zu sehr Tamaerthaner; ihm konnte königliches Blut keine besondere Ehrfurcht abnötigen – schon gar nicht, wenn es offiziell gar nicht präsent war. Jemand hatte Ganton von einer seltsamen Sitte berichtet – Rick hatte es Inkognito genannt –, nach der ein Wanax als Eqeta reisen konnte, selbst als Bheromann, und dann auch als solcher behandelt wurde, obwohl jeder wußte, daß er *wirklich* der Wanax war. Es war seltsam, aber Ganton hatte darauf bestanden, und es schien zu funktionieren. Tylara bezweifelte, ob der Graf des Nordens Caradoc sonderlich beeindruckte.

Und vor *mir* hat Caradoc schon gar keine Angst, dachte Tylara. Wir sind zusammen aufgewachsen. Aus unserer Freundschaft hätte leicht mehr werden können. Wie wenig wußte ich, und wie gering war mein Ehrgeiz als Tochter des Mac Clallan Muir! Ich hätte ohne weiteres den Sohn eines Gefolgmanns meines Vaters geheiratet . . .

Plötzlich fiel ihr ein: es lebten nur zwei Männer, die sie je nackt gesehen hatten, und Caradoc war einer von ihnen. Nein, fünf, wenn sie die Priester Yatars mitrechnete, die ihr bei der Geburt ihrer Kinder geholfen hatten. Aber die zählten nicht. Sie hatten sie nicht betrachtet, wie ein Mann eine Frau betrachtet. Das hatte auch Caradoc nicht getan, als er sie aus Sarakos' Schlafgemächern befreite. Unwillkürlich schüttelte sie sich bei dem Gedanken an Sarakos und seine Schergen.

Der erste Mann, bei dem ich lag, dachte sie, und wieder schüttelte sie sich. Bis auf den heutigen Tag muß ich Wein trinken, bevor ich mich zu meinem Mann lege, und das ist eine Schande; denn ich liebe ihn, wie nur wenige Frauen je einen Mann geliebt haben. Und er merkt es und empfindet den Verlust. Was kann ich tun? Yatar hat uns so viel gegeben, daß wir uns nicht beklagen dürfen, wenn er uns das Letzte vorenthält.

Aber wenn Caradoc nicht rechtzeitig gekommen wäre! Sie nickte zufrieden, als sie an die toten Wachen vor ihrem Zimmer dachte. Caradoc hatte vier Soldaten getötet und sie durch Geheimgänge aus eben dieser Burg hinausgeführt.

»Oberst Caradoc«, rief sie und sprach ihn mit dem neuen Titel an, den Rick ihm verliehen hatte. »Ihr habt einen großen Sieg errungen. Erzählt uns davon. Als Gastgeberin befehle ich es.« Und deshalb ist er so nervös. Er redet nicht gern von sich selbst, und natürlich muß er das. »Lakai! Füll Oberst Caradocs Glas, damit er nicht dursten muß, wenn er uns von seinem Sieg erzählt.«

Er erzählt die Geschichte gut, dachte Tylara. Aber er verrät mehr, als er glaubt.

Die Situation war gar nicht gut. Die Westmänner ritten wohin sie wollten, und ihre Pferde waren viel schneller als die Pferde der Männer von Drantos, daß sie selten gegen ihren Willen zum Kampf gestellt werden konnten – und sie kämpften nur ungern, wenn sie nicht in der Überzahl waren.

»Und so entwickelte Lord Mason einen Plan«, sagte Caradoc. »Ich bedaure, daß er nicht hier ist, um selbst darüber zu berichten.«

Mason und Camithon waren im neuen Armeelager auf den Hochebenen geblieben, während Caradoc und Geminius und einige andere römische Offiziere nach Dravan gekommen waren, um Nachschub zu holen. Wanax Ganton hätte Caradoc nicht unbedingt begleiten müssen, aber Octavias Anwesenheit war für ihn von unwiderstehlicher Anziehungskraft.

»Eine Wagenkolonne«, sagte Caradoc. »Mit einer Kavallerieeskorte. Wir fuhren rasch nach Nordwesten, als hofften wir, den Westmännern ausweichen zu können. Eine kluge List, denn innerhalb von zwei Tagen sahen die Westmänner uns und pirschten sich an uns heran.«

Und das muß entnervend gewesen sein, dachte Tylara. Von Feinden verfolgt zu werden, die man nicht packen kann.

»Zuerst versuchten sie, die Eskorte von den Wagen fortzulocken, um zu einer von ihnen bestimmten Zeit an einem Ort ihrer Wahl mit uns zu kämpen. Glücklicherweise gelang ihnen das nicht.«

Es war kein Glück, dachte Tylara. Es war gute Planung. Die meisten Kavalleristen waren entweder Römer oder Männer von der Garde; in einer der Gruppen war gewiß kaum einer der Ritter aus Drantos zu finden, wenn Mason die Sache geplant hatte. Und Ganton weiß das. Begreift er auch warum?

»Arekor, der Wotanspriester, der so lange unter ihnen gelebt hatte, sagte, daß sie ungern nachts kämpfen. Das hängt mit ihren Göttern und Dämonen zusammen. Aber wir wußten nicht, ob wir das glauben sollten, und wir schlugen nach römischer Art ein Lager auf. Aber wahrscheinlich hatte Arekor die Wahrheit gesagt; denn wir sahen zwar ihre Lagerfeuer und hörten ihre Schreie, aber sie selbst bekamen wir nach Einbruch der Dunkelheit nicht zu Gesicht.«

Er trank einen Schluck Wein. »Natürlich konnten wir nicht hoffen«, fuhr er fort, »daß sie ein befestigtes Lager angreifen würden, und das taten sie auch nicht. Sie warteten, bis wir die Wagen wieder beladen und das Lager ein gutes Stück hinter uns gelassen hatten. Dann schlugen sie zu und versuchten, uns vom Lager abzuschneiden.« Er wartete, während der Diener ihm Wein einschenkte.

»Es waren Hunderte«, sagte Geminius. Er war ein junger Mann, und nach römischer Art drückte er sich gepflegt und präzise aus. Ein junger Lord von höherem Rang, als seine Jahre rechtfertigen, dachte Tylara. Aber die anderen Soldaten hielten ihn für fähig. »Ich gestehe, daß ich fast die Nerven verloren hätte«, sagte Geminius. »Bei den Hufen Luzifers! Sie ritten im Galopp auf uns zu, und da stand Caradoc, der einzige Mann in der Truppe, der völlig ruhig blieb! Und sie kamen, und Caradoc tat immer noch nichts! Ich glaubte schon, wir hätten zu lange gewartet.«

»Lord Mason hatte gesagt: ›Wartet, bis ihr das Weiße in ihren Augen seht‹, und so war es dann auch«, sagte Caradoc. »Dann warfen wir die Planen zurück, und die Bogenschützen und die Männer mit den Musketen schossen auf einen Schlag. Lord Mason hatte gesagt, die ersten Schüsse seien die wirkungsvollsten –«

»Bei Gott, er hatte recht«, sagte Geminius. »Das Gemetzel an den Pferden war gewaltig. So gewaltig wie bei Pirion, als Lord Mason seine Sternenwaffe benutzte.«

»Ihr wart bei Pirion?« fragte Wanax Ganton. »Mit Publius?«

Octavia lachte, aber dann beschäftigte sie sich rasch mit ihrer Serviette.

»Nein, Lord, mit dem Legaten Valerius und der Achten Legion«, sagte Geminius.

»Hah!« Ganton schlug mit seinem Krug gegen den Tisch. »Ich habe an jenem Tag die Ritterschaft von Drantos angeführt!«

»Lord, ich erinnere mich daran. Trugt Ihr nicht einen goldenen Helm? Und ritt neben Euch nicht ein schwarzgekeideter Gardist mit dem Banner des Großen Kämpfers?«

»Aye!«

»Und Ihr rittet neben einem Barbaren in goldener Rüstung und auf einem schwarzen Schlachtroß«, sagte der Römer. »Er trug das längste Schwert, das ich je sah, und der Mann neben ihm trug das Große Banner von Tamaerthon.«

»Aye«, sagte Ganton. »Ich führte das Banner meines Hauses, denn an jenem Tag führte Lord Rick das Kommando. Hoh, Ihr erinnert Euch also!«

Unwahrscheinlich, dachte Tylara. Aber die Geschichte ist schon so oft erzählt worden, daß einem keine Einzelheit entgehen konnte. Und meinen Vater zu beschreiben ist leicht –

Gantons Züge verdüsterten sich. »Meine einzige Schlacht«, sagte er. »Und ich unterbreche Caradoc, der von seinem Sieg erzählt. Vergebt mir, Oberst.«

Caradoc machte ein verlegenes Gesicht.

Sie haben zuviel getrunken, dachte Tylara. Ich sollte den Abend beenden, bevor jemand zuviel sagt.

»Kommt, erzählt weiter«, sagte Ganton.

»Es ist wenig mehr zu erzählen«, sagte Caradoc. »Den Anweisungen folgend, schossen wir auf die Pferde. Westmänner zu Fuß sind kein Gegner für tamaerthanische Bogenschützen.«

»Auch nicht für Krieger aus Drantos«, sagte Geminius.

»Aye«, sagte Caradoc. »Und dann schoben wir den Wagen mit der Großen Kanone nach vorn. Pinir, der Sohn des Schmieds, feuerte sie mit eigener Hand ab, und sie zerplatzte nicht! Sie richtete unter den Pferden der Westmänner ein großes Blutbad an, denn sie war mit vielen Steinen und Kettenstücken geladen.«

Was Caradoc die Große Kanone nannte, nannte Rick einen Vierpfünder. Tylara hatte auf Burg Dravan drei dieser Geschütze im Arsenal. Besser noch, sie hatte fünf noch größere Geschütze, die in der Lage waren, Belagerungstürme zu zerstören. Gut verteidigt, war Dravan noch nie genommen worden; nur von einer Handvoll Leuten verteidigt hielt sich die Burg auch gegen Sarakos, bis dieser große Belagerungsmaschinen brachte. Mit den neuen Kanonen würden selbst diese Maschinen scheitern . . .

»Und so haben wir sie geschlagen«, sagte Caradoc. »Ich fürchte, es ist keine besonders großartige Geschichte.«

»Aber ein großartiger Sieg«, sagte Ganton. »Ich wünschte, ich wäre dabeigewesen.«

»Ihr werdet mehr Schlachten erleben, als Euch lieb ist«, sagte Octavia leise. »Und das schon bald.«

»In der Tat ein großer Sieg«, sagte Geminius. »Und beim Tode unseres Herrn, eine größere Geschichte, als Caradoc zugeben will! Der Lärm der Kanone machte unsere Pferde scheu, und als sie abgefeuert wurde, gerieten viele in Panik. Unser Sieg wäre fast zur Niederlage geworden; denn die Westmänner drehten ab und ritten dann wieder auf uns zu, und wir hatten nur die tamaerthanischen Bogenschützen, um sie aufzuhalten, denn die *Kanonen* können nicht so schnell für den nächsten Schuß geladen werden, und unsere eigene Kavallerie war nutzlos. Aye, sogar die Römer! Ich gestehe, daß meine eigenen Einheiten, alles Veteranen, in Unordnung gerieten.

Dann hörten wir alle durch den Schlachtenlärm plötzlich Caradocs Stimme. Er sprang in den Sattel und sammelte Römer und Männer von Drantos um sich. ›Mir nach!‹ brüllte er mit Donnerstimme, und er ritt uns voran, durch die Reihen der Westmänner hindurch in ihren Rücken. So lenkte er sie ab und die Bogenschützen und die Männer mit den Musketen konnten ihr blutiges Werk vollenden. In Wahrheit ist es Caradocs Sieg, den wir hier feiern.«

»Hah«, sagte Ganton. »Und was habt ihr dazu zu sagen, Oberst?«

»Lord –«

»Kommt, Mylords«, sagte Tylara. »In Tamaerthon ist es Sitte, sich seiner Taten zu rühmen, nicht aber in Drantos. An welche Sitte soll er sich halten, Mylord des Nordens?«

Ganton trank noch einen großen Schluck Wein. »Ich werde Barden finden, die von diesem Kampf singen werden«, sagte er. »Er muß belohnt werden.«

Octavia rückte näher an Ganton heran, aber Tylara hörte nicht was sie sagte. Plötzlich schrie Ganton: »Aye! Mylady, Mylords, es war gut, hier als Bheromann zu erscheinen, aber manchmal ist es besser, Wanax zu sein.« Er stand auf. »Morrone! Morrone, wo bist du! Heh, Wachen! Der Wanax von Drantos wünscht seinen Gefährten zu sehen! Sucht Lord Morrone!«

»Hier, Sire!« Morrone stürzte in den Saal. »Vergebt mir, ich war in der Ecke eingeschlafen –«

»Hör auf mit dem Geschwätz und hol mein Schwert!« schrie Ganton. »Aber schnell!«

»Aye, Sire.« Morrone rannte ans andere Ende des Saals und kam mit dem Breitschwert zurück.

Ganton nahm es. »Oberst Caradoc, tretet vor! Kniet!«

»Aye, Sir –«

»Mylady, habe ich Eure Zustimmung?« schrie er zu Tylara hinüber.

»Aye, Sire!«

»Dann erkäre ich, Ganton, Sohn des Loron, Wanax von Drantos, Caradoc, Sohn des Cadaric, aller Ritterehren für würdig.« Er schlug Caradoc mit der flachen Seite des Schwertes auf beide Schultern. »Erhebt Euch, Mylord. Ihr werdet ein Einkommen haben, das Eurem Stande angemessen ist; und hinfort sollt ihr bekannt sein als Lord Caradoc do Tamaerthon.«

Die Feder, die Rick ihr gegeben hatte, schrieb gut, viel glatter als der Kiel einer Möwenfeder.

Und so geschah es, und ich denke, es war gut so, mein Gatte. Caradoc war immer ein Freund dieses Hauses, und ich glaube nicht, daß wir je seine Loyalität verlieren, und sollte Ganton ihm alle erdenklichen Ehren zuteilwerden lassen. Mehr noch, seine Interessen laufen mit unseren parallel; denn er ist mit Gwen verheiratet.

Und das ist wirklich gut, dachte Tylara. Gwen wird für Rick immer eine Versuchung bleiben. Sie spricht seine Sprachen, und zu ihr kann er sagen, was er will. Tylara schaute in den Spiegel auf ihrem Tisch. Ich glaube, ich bin hübscher als sie. Aber – Sie schaute zum Bett hinüber, und ihre Lippen zogen sich zu einem dünnen Strich zusammen. Wahrscheinlich beherrscht sie das besser, was Frauen für Männer begehrenswert macht. Speziell für Sternenmänner. Aber Männer haben ihre Ehre. Würde Rick seinen Freund und Gefährten betrügen? Seinen treuen Gefolgsmann?

Er hat andere Frauen gekannt, seit wir verheiratet sind. Aber er war vorsichtig. Es gab keine Gerüchte und kein Geflüster. Zwei Frauen behaupten, er habe sie geschwängert, aber sie wurden als Lügnerinnen entlarvt. Die eine konnte zur Zeit der Empfängnis mit Rick überhaupt nicht zusammengewesen sein. Und die andere wußte nichts von der seltsamen Chirurgie, die es in seiner Heimat gibt.

Wenn sie sich Rick bei einer anderen Frau vorstellte, dachte sie immer an Gwen. Genug! Sie setzte die Feder wieder an.

Aber ich glaube, der Krieg nimmt einen ungünstigen Verlauf, wenn Caradoc auch einen Sieg errungen hat. Die Westmänner reiten, wohin sie wollen, und wir können nur Burgen und befestigte Städte behaupten. In großen Teilen der Hochebene wird es keine Ernten geben. Die römischen Schriftkundigen werden Dir mitteilen, was wir brauchen, damit wir die Armee und ihre Pferde versorgen können. Wenn wir die neuen Pflüge nicht hätten, wären wir schon ruiniert. Das könnte uns immer noch geschehen, wenn auch das Land im Cumac doppelt so ertragreich war wie sonst. Und die neuen Schmieden und Gießereien bauen Wagen, mit denen wir das Korn transportieren können, so daß es möglich ist, die Armee auf den Hochebenen zu versorgen. Aber ich fürchte, eines Tages werden wir die Wagen und die Pferde und das Korn nicht mehr an einer und derselben Stelle haben. Die Westmänner sind der Tod dieses Planeten. Areskor, der Wotanspriester, der unter ihnen gelebt hat, erzählte Caradoc – Lord Caradoc – es sei ihre Taktik, nicht nur Häuser und Wälle niederzureißen und zu zerstören, sondern auch, die Felder zu verbrennen und die Brunnen zuzuschütten; denn sie sind selbst so genügsam, daß sie in einem verwüsteten Land leben können, was ihren Feinden nicht möglich ist. Sie haben das Land über dem Westcarp in eine Wüste verwandelt, und sie werden auch unser Land über dem Littlescarp in eine Wüste verwandeln, wenn wir sie nicht vertreiben oder töten können.

Sie legte die Feder hin und stand vom Tisch auf. Mit den nächsten Zeilen würde sie Schwierigkeiten haben. Sie nahm noch etwas Wein.

Ich trinke selten Wein, dachte sie. Sie schaute zum leeren Bett hinüber. Außer abends, wenn ich zu meinem Gatten gehe. Immer noch, obwohl er freundlich ist und mich liebt. Und auch ich liebe ihn von ganzem Herzen, aber ich weiß, daß er wenig Freude an mir hat, wenn er es auch nicht sagt.

Mein Gatte, wie Du es wünschtest, beriefen wir den Rat von Chelm und überlegten, wie wir uns gegen die Westmänner verteidigen können. Hilton, der Schmied von Clavton, der in meinem Rat –

Sie runzelte die Stirn und strich die beiden letzten Worte aus.

– in unserem Rat von Chelm sitzt, schlägt vor, daß seine Stadt Kanonen baut, die Bürger in deren Gebrauch unterrichten läßt und Schießpulver kauft, statt für die Verpflegung der Armee auf der Hochebene zu zahlen.

Er sagte: »Wenn wir Kanonen auf die Stadtmauern stellen, sollen die Westmänner nur kommen. Sie werden sich die Köpfe einrennen.« Du wirst verstehen, daß Bheromann Traskon, Sohn des Trakon, diesen Ausspruch nicht gerade freudig begrüßt hat. Clavton liegt nämlich in seinem Land.

Es kann nicht mehr lange dauern, bis die Städte Mittel und Wege finden, sich solche Kanonen zu beschaffen. Dann werden sie so sicher sein wie Dravan. Und wie werden ihre Lords dann herrschen? Weder Dravan noch die Städte sind jetzt noch sicher! Ich hatte geglaubt, daß Dravan mit seinen Kanonen vor Belagerungstürmen sicher sei, aber wie können wir vor Kanonen sicher sein, die unsere Mauern zertrümmern können?

Mein Gatte, wir erleben große und bedeutende Veränderungen, und ich weiß nicht mehr, was ich tun soll, um unsere Kinder zu schützen. Ich habe oft geglaubt, daß Du nicht genug über Drantos und Tamaerthon und diesen ganzen Planeten Tran weißt, um ihn regieren zu können. Aber wenn Du es nicht kannst, dann kann es auch kein anderer; denn nur Du weißt, was auf und zukommt und was ich noch erleben werde.

Sie trommelte ungeduldig mit den Fingern auf den Tisch und suchte nach Worten, um ihm ihre Befürchtungen mitzuteilen, ohne ängstlich zu wirken. Endlich schrieb sie weiter.

Du bist jetzt mein Leben wie noch nie zuvor. Ich habe Dich immer geliebt. Und jetzt muß ich Dir gehorchen; denn ich weiß nicht, was ich sonst tun könnte, um das Unsere zu bewahren. Und wenn ich Dich auch nicht immer verstanden habe, so habe ich doch versucht, Deine Arbeit zu meiner zu machen und auch Deine Sache zu meiner; und das soll jetzt so bleiben, ganz gleich, wie wenig ich davon verstehe. Ich fürchte, tun zu müssen, was ich nicht tun kann, aber ich tröste mich, denn Du wirst nie etwas von mir verlangen, das ich nicht ertragen kann.

Mein Lord, meine Liebe, mein Leben, immer Deine

Tylara.

27

Rick fluchte, als er einen Schluck von dem bitteren Koffeingetränk nahm, das er in Ermangelung eines besseren Ausdrucks Tee nannte.

Seine Ordonnanz schaute einem Diener nach, der gerade das Frühstücksgeschirr abräumte, und drehte sich um, als Rick noch einen Fluch ausstieß. »Mylord?«

»Nichts«, knurrte Rick. »Laß mich allein.«

»Aye, Lord.« Die Ordonnanz zögerte. »Ihr müßt heute morgen mit Kanzler Yanulf sprechen.«

»Und dann mit Sergeant Major Elliot, und dann muß ich Briefe diktieren«, sagte Rick. »Ja, ich weiß. Laß mir soviel Zeit.« Er hielt die Finger drei Zentimeter weit auseinander: die Zeit, die eine normale Bienenwachskerze brauchte, um so weit herunterzubrennen. Die Zeitmessung war auf Tran nicht sehr genau . . .

Was, zum Teufel, will Yanulf, daß er ohne Anmeldung den ganzen Weg von Edron heraufkommt? Nun, das werde ich bald wissen. Wieder ein verdammter Tag voll Arbeit und wieder eine einsame Nacht. Ich hätte Gwen unter irgendeinem Vorwand von ihrer Reise abhalten sollen –

Du verdammter Narr, deine Frau würde dich umbringen. Nein, sie würde wahrscheinlich Gwen umbringen, und das ist nicht nur eine Redensart.

Was willst du dir einreden? Deine Frau versteht dich nicht? Wenn du das oft genug sagst, stimmt es schon. Vielleicht willst du es sogar. Du könntest alles ändern. Du hast die Waffen dazu. Du könntest Tylara verlassen und dich zusammen mit Gwen an der Universität einrichten. Das würde die ganze Geschichte des Planeten verändern. Natürlich geht dann alles zum Teufel, was du hier geschaffen hast.

Und Isobel und Makail wachsen mit Haß gegen dich auf. Und dann wäre da noch das Problem Caradoc.

»Verdammt«, sagte er laut. »Das ist nicht einmal verlokkend.« Er trank den lauwarmen bitteren Tee aus.

Yanulf wurde von Apelles und zwei Dienern Yatars begleitet. Die beiden letzteren wurden an der Tür zu Ricks Büro fortgeschickt, aber Apelles betrat zusammen mit Yanulf den Raum. Yanulf sah aus, als sei er in den letzten paar Monaten um Jahre gealtert, aber seine Stimme klang so kräftig wie immer. Er begrüßte Rick mit großer Freundlichkeit, bevor die drei Männer am Konferenztisch Platz nahmen.

»Und was führt euch aus der Hauptstadt zu mir?« fragte Rick.

»Es handelt sich leider um nichts Gutes«, sagte Yanulf.

»Das hatte ich auch nicht angenommen.«

»Für diese Angelegenheit könnte das Gericht des Eqeta zuständig sein«, sagte Yanulf. »Aber Apelles hat zuerst mich mit der Sache vertraut gemacht.«

Rick runzelte die Stirn. »Ich verstehe nicht recht.«

»Technisch gesehen, hat er sich in Angelegenheiten der Justiz eingemischt«, sagte Yanulf. »Aber ich sehe nicht, was er hätte tun sollen.«

Mißtrauisch sah Rick die beiden Priester an. »Warum erzählt Ihr es mir dann nicht?«

Apelles schaute zuerst Yanulf, dann Rick an. »Ich selbst kann die Sache nicht lösen, Lord.« Er starrte auf den Tisch, dann auf die Landkarte an der Wand, und schließlich schaute er Rick an. »Vor dreizehn Tagen wandte sich Nictoros, ein Priester Yatars, an mich und bestand schriftlich auf seinen Rechten. Ich erkundigte mich nach Einzelheiten und wollte die Angelegenheit, wie es meine Pflicht ist, den Gerichten vorlegen.« Er schwieg.

»Statt dessen hast du an den Kanzler geschrieben.«

»Nein, Lord, ich habe nicht an den Kanzler Yanulf geschrieben, sondern an Yanulf, den Erzpriester Yatars, denn diese Angelegenheit berührt zutiefst die Ehre unseres Gottes.«

Oh, Gott, dachte Rick. Was hat das zu bedeuten? Wird hier die klassische Konfrontation zwischen Kirche und Staat durchgespielt? Becket und Heinrich II.? »Sprich!«

Wieder sah Apelles Yanulf an, der ihm aufmunternd zunickte. »Nictoros wurde als Leibeigener geboren«, sagte Apelles. »Im Land des Bheromanns Enipses. Während der Rebellion gegen Wanax Loron floh Nictoros und suchte Zuflucht bei Galdaf, einem Priester Yatars.«

»Damals flohen viele«, sagte Rick. »Ich glaube, ich erkenne das Problem. Enipses ist ein Königstreuer. Er ist in den Bürgerkriegen für Ganton eingetreten, und heute ist er auf Tylaras und meiner Seite. Der Baron will seinen Leibeigenen zurückhaben, und die Kirche will ihren Priester behalten. Das ist kein schwieriges Problem –«

»Er war von hoher Intelligenz und wollte Yatar dienen«, sagte Apelles. »Er wurde Diener und später geweihter Priester Yatars. Bheromann Enipses bestimmte ihn schließlich zum Priester seines Hauses.«

Vielleicht ist es doch nicht ganz so einfach, dachte Rick.

»Der Krieg ging weiter«, sagte Apelles. »Mit Hilfe der Sternenmänner unter Colonel Parsons brach Wanax Sarakos in das

Land ein und vertrieb Bheromann Enipses aus seiner Burg. Nictoros blieb und bewachte die Höhlen, wie es seine Pflicht war. Er floh erst, als der von Sarakos eingesetzte Usurpator ihn vertrieb.«

»Er floh nach Dravan«, sagte Yanulf. »Dort wurde er mein Assistent und Schüler. Ein sehr intelligenter Mann.«

»Dann besiegtet Ihr Sarakos, Lord«, setzte Apelles seinen Bericht fort. »Als Bheromann Enipses zurückkehrte, entließ er Nictoros, weil er ihm nicht ins Exil gefolgt war. Nictoros ging, aber Ihr, Lord, machtet ihn zum Priester in der freien Stadt Yirik, wo es ausgedehnte Höhlen und einen großen Tempel Yatars gibt.«

Rick schaute Yanulf an. »Ich erinnere mich an diese Ernennung nicht«, sagte er. »Geschah das auf Euren Rat?«

»Ja. Die Urkunde wurde von der Eqetassa unterschrieben. Yirik hatte keinen Priester, und ich schätzte Nitoros' Fähigkeiten hoch ein.« Er griff an das Medaillon, das er an einer goldenen Kette um den Hals hängen hatte. »Es war ein Fehler. Ich hätte ihn nicht in Bheromann Enipses' Machtbereich lassen sollen. Erzähl weiter, Apelles.«

»Dann, Lord, erließet Ihr eine Verfügung, nach der jeder Bheromann Arbeiter für den Anbau des Wahnsinnskrauts abstellen mußte. Das drückte Enipses schwer; denn er hatte in den Kriegen viele Männer verloren, und im letzten Herbst verfaulte die Ernte auf dem Halm.

Dann kamen die Westmänner und neue Steuern. Die ZEIT rückte inzwischen näher, und Nictoros traf entsprechende Vorbereitungen, wie Yanulf es ihn gelehrt hatte.«

Aha, jetzt verstehe ich, dachte Rick. Und –

»Bheromann Enipses warf Nictoros vor, Steuern unterschlagen und Korn genommen zu haben, das dem Wanax gehört. Statt Euch zu bitten, seine Polizeibeamten nach Yirik schicken zu dürfen, wartete er, und seine Geduld wurde belohnt. Nictoros war so unklug, die Stadt zu verlassen, und Enipses ließ ihn gefangennehmen und vor Gericht stellen. Er wurde zum Tode verurteilt, aber weil das Korn in den Höhlen Yatars lagerte und weil Nictoros Priester war, wurde das Urteil in Versklavung umgewandelt.« Apelles zuckte die Achseln. »Stellen Sie sich mein Erstaunen vor, als ich die Felder inspizierte und so begrüßt wurde, wie es unter Priestern üblich ist. Dann überreichte mir Nictoros seine vorschriftsmäßig aufgesetzte Eingabe.«

Solche Eingaben waren ein Monopol der Priesterschaft Yatars. In ihnen baten sie einen Herrscher – einen Bheromann, einen Eqeta, selbst einen Wanax –, seine eigenen Gesetze zu befolgen. Einem solchen Antrag mußte nicht stattgegeben werden, wenn aber, dann war es eine Angelegenheit für die Gerichte.

»Ich verstehe immer noch nicht«, sagte Rick. »Ich gebe dem Antrag statt, und die Sache wird vor Gericht verhandelt.«

»Wenn Eure Richter die Angelegenheit prüfen«, sagte Yanulf, »werden sie zugunsten des Bheromannes entscheiden. Nictoros leugnet nicht, das Korn genommen und in die Höhlen geschafft zu haben, und er würde es auch nicht wieder herausgeben. Das hat Enipses auch gar nicht verlangt.«

»Aber er hat den Priester verhaftet«, sagte Rick. »Wenn aber Nictoros schuldig ist, warum stellt er dann diesen Antrag?«

»Weil er sich im Recht fühlt«, sagte Yanulf.

»Zerreißt den Antrag«, sagte Rick. »Ich werde ihn begnadigen.«

»Wenn es so einfach wäre«, sagte Yanulf. »Die Priester Wotans haben von der Sache erfahren. Sie verlangen von Bheromann Enipses, daß alle Priester Yatars in seinem Land entlassen werden.«

»Zu wessen Gunsten?« fragte Rick.

»Vielleicht werden sie überhaupt nicht ersetzt«, sagte Yanulf. »Oder von solchen, die Yatars Namen im Munde führen, in Wirklichkeit aber Bacreugh gehorchen.«

»Wer zum Teufel ist Bacreugh?«

»Bacreugh ist ein Priester Yatars, der einem hauptsächlich in Tamaerthon verbreiteten Orden angehört. Er ist mit Mac Bratach Bhreu, einem Stammeshäuptling, verbündet.«

»Mit Drumolds einzigem ernsthaftem Rivalen. Aber warum hat er in Drantos Anhänger?«

»Er redet den Adeligen nach dem Munde«, sagte Apelles. »Und er hat Anhänger unter der Priesterschaft Wotans.«

»Mehr noch«, sagte Yanulf. »Ihr habt doch von der Vision des römischen Bischofs Polycarp gehört?«

»Ja. Yatar und Jehova sind ein und derselbe Gott. Ich möchte wissen, wie die Juden darüber denken . . .«

»Was sind Juden?« fragte Yanulf.

»Anhänger Jehovas, die aber glauben, Christus sei noch nicht gekommen. Sie haben strenge Diätvorschriften und glauben leidenschaftlich, daß es nur einen Gott gibt.«

»Solche Leute gibt es in Drantos nicht«, sagte Yanulf.

»Wahrscheinlich gibt es auf Tran überhaupt keine«, sagte Rick. Bis jetzt. Wie viele von den Söldnern sind Juden? Bilofsky wahrscheinlich. Lewin. Goodman. Schultz, aber der ist noch im Süden. Sie schienen alle nicht besonders fromm zu sein, aber man kann nie wissen.

»Wotans Priester lachen über Polycarp«, sagte Yanulf. »Und sie halten nicht viel von dem Bündnis mit Rom. Über die Anhänger Bacreughs versuchen sie, die Höhlen Yatars unter Kontrolle zu bekommen.«

»Bacreugh und sein Orden müßten unterdrückt werden«, sagte Apelles. »Und die Priester Wotans müssen Demut lernen.«

Oh, nein. Du wirst mich nicht zu religiösen Verfolgungen veranlassen können. »Ich bin anderer Ansicht. Aber selbst wenn es wünschenswert wäre, es ließe sich nicht durchsetzen. Wotan hat mächtige Anhänger.« Auch einige meiner Söldner. Sie mögen nicht an ihn glauben, aber sie sind abergläubisch. Und viele Soldaten sind Anhänger Wotans oder haben wenigstens Angst vor ihm.

»Ihr versteht jetzt, warum wir die Sache nicht den Gerichten vortragen konnten«, sagte Yanulf. »Und warum Apelles die Angelegenheit an mich verwies.«

»Gewiß. Ihr wollt die Autorität der Zivilbehörden unterminieren«, sagte Rick.

»Nein, Lord«, sagte Apelles. »Wir sind loyal.«

Aber ihr beansprucht für die Priesterschaft Sonderrechte. Andererseits ist die von Yanulf organisierte Priesterschaft die einzige funktionierende Verwaltung, die wir haben. Außerdem haben sie das Papiermonopol. Ich kann nicht auf sie verzichten.

»Erstens«, sagte Rick, »wußte ich nicht, daß Enipses so wenig Arbeitskräfte hat. Wir werden etwas unternehmen müssen.«

»Zur Erntezeit werden die Arbeitskräfte überall knapp sein«, sagte Yanulf. »Das war schon immer so.«

Rick schrieb eine Notiz: »Campbell soll eine Mähmaschine bauen.«

»Es gibt eine Maschine«, sagte Rick. »Eine Maschine, die das Korn erntet. Und wo hat Hestia in Polycarps Visionen ihren Platz?«

»Sie ist die Mutter Christi«, sagte Yanulf. »Denn, wie Ihr wißt, wurde Christus von einer Jungfrau geboren. Polycarp predigt eine Doktrin, die er ›Unbefleckte Empfängnis‹ nennt und nach der Hestia fleischliche Gestalt annahm, um Yatar einen Sohn zu schenken.«

»Und Ihr glaubt das?«

Yanulf runzelte die Stirn. »Ich weiß nicht mehr, was ich glauben soll. Eines steht fest, die Prophezeiungen über die ZEIT sind wahr. Yatar selbst hat sie offenbart. Vielleicht hat Polycarp recht, und Jehova ist tatsächlich Yatar. Die Namen sind nicht ganz unähnlich.«

»Glücklicherweise brauchen wir das heute nicht zu entscheiden«, sagte Rick. »Ich werde Enipses einige Steuern erlassen. Schickt einen Boten mit dieser guten Nachricht. Er soll keine Änderungen in der Verwaltung der Höhlen Yatars einführen, und er soll wissen, daß weder Wanax Ganton noch ich noch die Eqetassa Bacreughs Sache verfechten.«

»Das könnte genügen«, sagte Yanulf.

»Was Nictoros anbetrifft, so werde ich ihn begnadigen.«

»Woher bekommen wir einen Ausgleich für die Steuern, die Enipses nicht zahlt?« fragte Apelles.

»Das werden wir uns überlegen müssen«, sagte Rick. »Vielleicht könntet Ihr Euch darum kümmern.«

»Das werden wir tun«, sagte Yanulf.

Das glaube ich dir, dachte Rick. Und zahlen wird irgendein armes Schwein, über das sich sein örtlicher Priester geärgert hat. Aber was zum Teufel kann ich dafür?

Und Campbell muß mit der Arbeit an der Mähmaschine beginnen.

Als es dunkel wurde, brachte Jamiy Lampen. Rick seufzte. Sie hatten immer noch keine wirklich guten Lampen. Diese verbrannten eine Mischung von Öl und Kerosin und gaben besseres Licht als die alten Wachskerzen, aber das Licht war immer noch zu trübe, und er bekam davon Kopfschmerzen. Eines Tages werde ich eine Brille brauchen, dachte er. Und was dann?

Gantos hatte die Ritterschaft von Drantos in die Hochebenen ausrücken lassen, und Rick war entsetzt. Was sollten die vielen undisziplinierten schweren Reiter dort? Aber ob sie nun nützlich waren oder nicht, sie mußten verpflegt werden. Wagen Pferde, Getreide mußten bereitgestellt werden, und der Versorgungsstrom durfte nicht abreißen. Da die Bheromänner schon ihren Teil und mehr beigetragen hatten, mußten jetzt die freien Städte einspringen – die darauf natürlich nicht den geringsten Wert legten. Die entsprechenden Verfügungen mußten erlassen und Spione ausgeschickt werden, um neue Steuerquellen zu erschließen . . . Rick arbeitete noch zwei Stunden.

»Es ist Zeit, Lord.«

Rick schaute von seinen Papieren auf und sah Padraic.

»Das Nachtmahl ist angerichtet«, sagte Padraic. »Ihr wolltet gerufen werden. Die Wachen warten draußen.«

»Danke. Komm herein, Padraic. Drüben steht Wein. Schenk uns beiden ein Glas ein und setz dich.« Sorgfältig schichtete Rick die Papiere und Pergamente auf und lehnte sich in seinem Stuhl zurück. Weit hinten im Westen sah er die Lichter im Signalturm aufblitzen und fragte sich, um was für eine Botschaft es sich wohl handeln mochte.

Als Padraic den Wein brachte, hob Rick sein Glas. »Cheers«, sagte er und lachte, als der Captain der Bogenschützen ihn erstaunt ansah.

»Ein Ausdruck aus meiner Heimatwelt«, erklärte Rick. »Sag mir, wie hast du die Nachricht von Lord Caradocs Beförderung aufgenommen?«

»Nun, Lord. Es macht allen Hoffnung, daß wer Talent hat und sich bemüht, so hoch aufsteigen kann.«

Und wer loyal ist, das darf nicht vergessen werden. »Nun«, sagte Rick, »trinken wir also auf Lord Caradoc!« Sie stießen an, und Rick leerte sein Glas auf einen Zug und ließ sich nachschenken. »Sag mir, Padraic, du bist in Tamaerthon aufgewachsen – was weißt du über Bacreugh?«

Es gab ein Scheppern, als Padraic seinen Zinnbecher fallen ließ. Rasch hob er ihn auf und füllte ihn wieder.

Rick zog seinen Colt und entsicherte ihn. Er hielt die Waffe unter dem Tisch verborgen. »Setz dich wieder«, sagte Rick. »Ich denke, wir sollten uns unterhalten.«

»Aye, Lord. Wie habt Ihr das erfahren?«

»Ich habe meine Methoden.« Was habe ich denn überhaupt erfahren? »Und jetzt erzähl mir darüber.«

»Lord, da gibt es nicht viel zu erzählen. Meine Großmutter ist eine Schwester der Mutter des Mac Bratach Bhreu, und dadurch bin ich mit Bacreugh verwandt. Und der Mann, der sich an mich gewandt hat, war ebenfalls ein Verwandter.«

»Was hat er dir geboten?«

»Er sagte, ein Freund von Bacreugh wolle mich sprechen und habe Gold und Ehre anzubieten«, sagte Padraic. »Ich sagte, ich hätte Ehre genug, und die sei für Gold nicht zu kaufen. Lord, was hätte ich tun sollen? Ich kann einen Verwandten nicht verraten, und er hat nichts Wichtiges gesagt.«

»Was *hat* er gesagt?«

»Er sagte, ein Freund von Bacreugh – wahrscheinlich wohl Bacreugh selbst – wolle mich sprechen. Es sei für mich von großem Interesse, und er würde mir Gold und Ehre bieten. Ich solle nur wenig tun, aber was, sagte er nicht.

Rick sicherte die Waffe wieder. »Aber du hast es erraten.«

»Nein, Lord.«

»Warum hast du dann den Becher fallen lassen?«

»Ich habe gehört, Ihr könnt Gedanken lesen. Bis jetzt wußte ich nicht, daß es stimmt.«

»Du müßtest es wissen«, sagte Rick. »Du solltest mich töten oder einem anderen die Gelegenheit dazu geben.«

»Nein, Lord, das habe ich *nicht* gewußt. Ich habe nur gewußt, daß Bacreugh mir ein Angebot machen wollte.«

»Welche anderen Verwandten hast du unter den berittenen Bogenschützen?«

»Nur Caradoc, Lord. Auch er ist mit Bacreugh verwandt.«

»Hast du ihm darüber erzählt?«

Padraic lachte. »Nein, Lord. Lord Caradoc ist sehr empfindlich, was seine Ehre anbetrifft. Er hätte das Angebot an mich als Angriff auf seine eigene Ehre ansehen und das Blut seines Verwandten fordern können.«

In diesem Augenblick wurde hart an die Tür geklopft. »Captain!« schrie jemand, und Rick erkannte Elliots Stimme.

»Kommen Sie herein, Sergeant Major.«

Elliot war ganz außer Atem. Er hielt ein Papier in der Hand. »Ich habe diese Meldung eben entschlüsselt. Über Burg Dravan wurde ein Satellit gesichtet!«

28

Elliot lege die entschlüsselte Nachricht auf Ricks Schreibtisch. »Genau wie Sie es ihnen gesagt haben, Captain. Gleich nachdem die Wahre Sonne untergegangen war und während der ›Dieb‹ niedrig am Horizont stand, sahen sie ein helles Licht, das sich über den Himmel bewegte.«

»Richtung?«

»Von Südwesten nach Nordosten.«

»Muß ein Satellit sein«, sagte Rick.

»Ich habe im Schrein nachgefragt«, sagte Elliot. »Nichts über Funk, und es war ständig jemand da.«

»Hmm. Sie wollen also nicht mit uns sprechen.«

»Jedenfalls noch nicht.«

»Die nächste Frage wäre also: Wer ist es? Sind es *Shalnuksi* oder Menschen? Für *Surinomaz* kommen sie ein wenig zu früh, und das müßten sie eigentlich wissen. Sie stellen Beobachtungen an, über die wir nichts erfahren sollen. Haben Sie sich darüber Gedanken gemacht?«

»Keine, die mir sehr gefallen.«

»Mir geht es ähnlich«, sagte Rick. Er nahm einen leeren Bogen und fing an zu schreiben »BELOHNE DEN BEOBACHTER. DANN KOMM SOFORT. BRING KINDER MIT. WICHTIG ARMAGH BLEIBT ZIELGEBIET.«

Er reichte Elliot den Bogen. »Lassen Sie diesen Text verschlüsseln und schicken Sie ihn an Tylara.«

Elliot schaute auf das Papier. »Vielleicht wäre es besser, wenn die Kinder in Dravan blieben.«

»Daran habe ich auch schon gedacht«, sagte Rick. »Aber – wenn sie schwere Bomben werfen, wäre es mir lieber, wenn auch Tylara in Dravan bliebe. In den Höhlen.«

»Glauben Sie, das würden sie tun?«

»Nein.« Rick nahm die Botschaft und strich die Worte »BRING KINDER MIT« aus.

Elliot nickte zustimmend. »Es ist unwahrscheinlich, daß etwas passiert.«

»Nicht dieses Mal«, sagte Rick. »Nicht dieses Mal.«

Das Feld stank nach zu vielen Männern und nach zu vielen Pferden. Selbst im Befehlszelt, das vom Hauptlager entfernt im Gegenwind stand, machte sich der Geruch bemerkbar, obwohl ständig ein heißer Wind vom Westcarp herunterfegte. Mein Gott, wäre ich doch bloß zu Haus geblieben, dachte Art Mason.

Der Adjutant brachte ein Papier und reichte es Mason. Art überflog es und pfiff durch die Zähne. »Wenn wir nicht verdammt bald was unternehmen«, sagte er, »werden wir keine Armee mehr haben.«

»Ihr übertreibt wohl ein wenig«, sagte Ganton.

»Kaum, Sire«, sagte Camithon. »Man verliert immer mehr Männer durch Krankheiten als durch den Feind. Zu viele Fliegen im Lager. Mit den Römern geht es noch einigermaßen,

aber die anderen kann ich nicht dazu bringen, die Latrinen tief genug zu graben. Und dann dieser heiße Wind. Die Männer krepieren schon aus Angst. In der letzten Nacht stand ein Soldat auf und fing an, einen Baum abzuhacken, weil er ihn haßte, wie er sagte. Gestern verloren wir zwei Bogenschützen durch eine Messerstecherei.«

»Viele der Ritter werden die Heimreise antreten«, sagte Camithon. »Ihre Dienstzeit ist abgelaufen, es sei denn, wir hätten die Mittel, sie zu bezahlen.«

»Ihr meint, ich hätte sie gegen Euren Rat aufgerufen«, sagte Ganton. »Gebt Euch keine Mühe, das zu leugnen. Vielleicht habt Ihr sogar recht. Mein Vater verlor seinen Thron, weil er es nicht verstand, mit den großen Lords von Drantos Frieden zu halten. Diesen Fehler werde ich nicht machen.«

»Es kann nicht schaden, sie hier zu halten«, sagte Mason. »Dann haben wir sie wenigstens unter Kontrolle. Aber selbst wenn sie hier sind, haben wir nicht genug Leute. Wir schicken in alle Richtungen Spähtrupps aus. Erinnert mich irgendwie an Vietnam.«

»Den Ort kenne ich nicht«, sagte Camithon.

»No, Sir«, sagte Mason. »Woher auch? In Vietnam haben wir jede Schlacht gewonnen. Es gab nur ein Problem. Wir verloren den Krieg.«

»Eines Tages müßt Ihr mir die Geschichte erzählen«, sagte Ganton. »Einstweilen haben wir die Ritter hier, und einige werden auch nach Ablauf ihrer Dienstzeit bleiben. Nicht alle sind mehr an der Wahrung ihrer Rechte interessiert als an der Sicherheit des Reiches.«

»Und wir brauchen die gepanzerten Reiter«, sagte Mason. »Mit leichten Reitern können wir die Westmänner nicht schlagen. Mit Rittern schaffen wir es.«

»Und doch pflügen wir Sand«, sagte Ganton. »Die Westmänner gehen uns aus dem Weg. Sie verbrennen und zerstören und fliehen, wenn wir sie verfolgen. Sind sie denn soviel besser als wir, daß sie keine Männer durch Krankheit verlieren?«

Mason zuckte die Achseln. »Sie sind knappe Rationen gewohnt.«

Ganton wandte sich der Karte zu, die auf dem Tisch lag. Mit

seinem Dolch fuhr er in westlicher Richtung ein Flußbett entlang. »Die Westmänner haben hier ein großes Lager«, sagte er. »Werden sie es verteidigen, wenn wir sie angreifen?«

»Wir könnten diesen Arekor nach seiner Meinung fragen«, sagte Mason. »Wahrscheinlich hängt es davon ab, womit wir angreifen.«

Camithon strich sich über seine Narbe und nichte. »Aye, wenn ich es auch ungern sage. Sie fürchten die Römer mehr als uns. Die Römer und die tamaerthanischen Bogenschützen.«

»Vielleicht können wir sie zum Kampf stellen«, sagte Ganton. »Zu unseren Bedingungen.«

»Ich möchte wissen wie«, sagte Mason.

»Sternenwaffen«, sagte Ganton. »Wir müssen sie gegen ihre Pferde einsetzen. Wenn ihre Pferde sterben, werden sie kämpfen.«

»Ihr habt wahrscheinlich recht«, sagte Mason.

»Ihr scheint nicht sehr begeistert«, meinte Camithon.

»Ich muß dabei wieder an Vietnam denken«, sagte Mason. »Vor uns waren die Franzosen dort. Sie sagten immer, wenn man den Feind nur zum Kampf stellen könnte, sei das Spiel gewonnen. Endlich gelang es ihnen. An einem Ort namens Dien Bien Phu . . .«

Camithon und Ganton hörten zu, als Mason darüber berichtete. Später befahl Ganton einem Diener, Wein zu bringen, und sie tranken auf die tapferen Legionäre und Paras, die in Stützpunkten starben, die so seltsame Namen hatten wie Gabrielle und Isabelle und Beatrice.

»Hat Lord Rick seine Tochter nach diesem Ort genannt?« fragte Ganton.

Mason zuckte die Achseln. »Das weiß ich nicht.«

»Majestät«, sagte Camithon. »Ich rate dazu, daß wir uns zurückziehen. Die Westmänner werden uns folgen, und wenn sie weit genug gekommen sind, werfen wir unsere gesamte Streitmacht gegen einen Teil der ihren. Mit Hilfe des *Ballons* können wir ihre schwachen Punkte feststellen.«

»Der *Ballon* ist sehr wertvoll«, sagte Ganton. »Aber bedenkt, daß er sich nicht über das Land bewegen kann wie die – die *Hubschrauber,* die Lord Rick auf seiner Welt hatte. Und die Westmänner zerstören alles Land, das sie erobern. Wenn wir Lord Ricks Land aufgeben, wird er das vielleicht verstehen – aber wird die Eqetassa Tylara es begreifen? Sagt mir, Lord General, wollt *Ihr* der Lady diese Strategie erklären?«

Camithon hob die Hände. »Sollen wir denn alles riskieren, um den Zorn einer tamaerthanischen . . . Lady nicht herauszufordern?«

»Es sind meine Leute«, sagte Ganton. »Ich bin genauso verpflichtet, sie zu verteidigen, wie sie mir zu Gehorsam verpflichtet sind. Stimmt das nicht?«

»Aye –«

»Dann wollen wir nicht mehr von Rückzug reden.«

Wieder strich sich Camithon über seine Narbe. »Dann ist es Eurer Majestät Wunsch, daß wir das Lager der Westmänner angreifen?«

»So ist es.«

»Ich werde gehorchen.« Camithon schaute auf die Karte. Mason hatte kleine Quadrate aus Pergament daraufgeklebt, deren jedes eine Einheit der königlichen und verbündeten Streitkräfte repräsentierte. So etwas hatte Camithon noch nie gesehen, aber es erleichterte die Planung. »Wenn wir nach Westen vorrücken und angreifen sollen, nehmen wir am besten unsere gesamten Streitkräfte«, sagte Camithon. »Alle, die wir verpflegen können. Und alle Sternenwaffen.«

»Wir brauchen Reserven, um die Nachschubwege zu sichern«, sagte Mason.

»Westrook soll das neue Versorgungszentrum werden«, sagte Ganton. »Es ist ein befestigter Ort, und ich glaube nicht, daß Lord Murphy ihn der Witwe seines Gefährten anvertraut hätte, wenn er nicht von ihren Fähigkeiten überzeugt gewesen wäre.«

Mason nickte mürrisch. Und was für Fähigkeiten, dachte er. Ich hatte alle Mühe, Murphy dort herauszubekommen, und er wollte sogar die verdammte 106 dalassen. Als ob er dort zu Hause wäre. Verdammt, Murphy ist dort tatsächlich zu Hause, und wir werden wahrscheinlich nicht allzu viel von ihm sehen.

»Wenn Westrook das Versorgungszentrum sein soll«, fuhr Ganton fort, »müssen wir *hier* vorrücken.« Er zeigte die Stelle auf der Karte. »Die Westmänner dürfen nicht wissen, was wir vorhaben, aber wir müssen sichergehen, daß unsere Wagen am Flußübergang nicht aufgehalten werden.« Er überlegte, und dann nickte er. »Die Römer sind gute Ingenieure. Die *cohortes equitates* sollen Bauholz heranschaffen, damit hier und hier Brücken gebaut werden können. Unsere Truppen können auf verschiedenen Routen kommen, ohne sich um den Nachschub Sorgen machen zu müssen, und die Westmänner werden unsere Absichten nicht erkennen.«

»Eine ausgezeichnete Idee« sagte Camithon und empfand neuen Respekt für den jungen König.

»Und ich denke, wir werden den *Ballon* erst nach dem Angriff auf das Lager aufsteigen lassen«, fuhr Ganton fort.

»Er wäre aber nützlich für die Artillerie«, sagte Mason.

»Ja«, sagte Ganton. Aber er ist zu wertvoll, um als Köder zu dienen, und wenn er aufgestiegen ist, wissen die Westmänner, wo unsere Hauptstreitmacht steht. Wäre es nicht besser, wenn sie uns suchen, während wir mit den Sternenwaffen zuschlagen?«

Camithon runzelte die Stirn. »Wenn der *Ballon* gebraucht wird, können wir ihn von einer kleinen Gruppe bewachen lassen –«

»Nein«, sagte Ganton. »Sie wären eine leichte Beute für die Westmänner, die mit Sicherheit durch das Gelände streifen. Wir müssen alle Männer hinschicken, sonst zersplittern wir uns. Das haben die Franzosen bei Dien Bien Phu getan, und wir wissen, wohin das geführt hat.«

Verdammt, dachte Mason. Vielleicht hat der Junge davon mehr Ahnung als ich. Zum Teufel, ich bin kein Offizier. Ich bin nur ein Unteroffizier, der Glück gehabt hat.

Unwillkürlich nahm Mason militärische Haltung an, als er sich zu dem Wanax von Drantos umdrehte.

29

Das Büro war ein Penthouse auf einem zweistöckigen Gebäude, für hiesige Verhältnisse ein regelrechter Turm. Es war reich ausgestattet: Dicke Teppiche, kunstvoll geschnitzte Möbel und prächtige Wandbehänge. Durch die in Blei gefaßten Glasfenster sah sie grüne tamaerthanische Hügel vor sich liegen. Gwen Tremaine hatte einmal im *National Geographic* Fotos gesehen, auf denen das Büro eines europäischen Universitätsrektors abgebildet war, und sie hatte ihr Personal angewiesen, ihr eigenes Büro möglichst ähnlich zu gestalten.

Sie verschwand ganz in dem Stuhl mit der hohen Lehne, und da er mit dem Rücken zum Fenster stand, war sie von draußen überhaupt nicht zu sehen. Sie zog die Füße an –

Und wenn du dich noch mehr zusammenrollst, wirst du noch am Daumen lutschen, du alberne Kuh, sagte sie zu sich selbst, aber sie stand nicht auf.

Sich in sich selbst zurückzuziehen ist ein gutes Gefühl. Man fühlt sich dabei sogar sicher.

Hah. Ganz gleich, wie weit man rennt, vor sich selbst kann man nicht davonlaufen.

Aber ich laufe ja gar nicht vor mir selbst davon, sondern vor etwas ganz anderem. Wenigstens kann ich von hier aus den Himmel nicht sehen.

Sie nahm Larry Warners Notiz vom Schreibtisch. Ihre Hände zitterten kaum merklich, als sie sie las.

Gwen, ein paar Beobachter auf Ben Harkon berichten von einem ›wandelnden Stern‹, den sie gestern abend nach Einbruch der Dämmerung gesehen haben. Nach seiner Flugbahn zu urteilen, muß es ein Satellit sein. Ich muß wegen der Mähmaschine noch in die Stadt. Viel Glück.

Und Glück werden wir auch brauchen, dachte sie. Sie wollen hier oben den Fortschritt herbeiführen, und das wird ihnen gelingen. Dann fallen die Bomben. Mein Gott, warum sollte ich vor dem Himmel *keine* Angst haben?

Es ist nicht der Himmel. Es sind die Leute, die vielleicht in diesem Schiff sitzen.

Vor Les habe ich keine Angst.

Nicht? Wer hat denn das Sende- und Empfangsgerät in einem Ballen Tuch versteckt, und was wird geschehen, wenn er sich meldet und du nicht antwortest?

Ich weiß es nicht. Vielleicht verschwindet er dann wieder und läßt uns in Ruhe.

Willst du das denn? Ich dachte immer, du liebst Les.

Manchmal.

Oft.

Oft, das gebe ich zu. Aber ich will nicht, daß die Universität Schaden leidet. Oder Caradoc –

Oder Rick?

Oder Rick.

Weil er die Welt rettet? Oder weil es immer noch möglich ist, daß er Tylara zum Teufel jagt und zu dir kommt? Wen willst du denn? Rick, Les, Caradoc – oder alle? Auf einmal oder jeweils einen ?

»Halt's Maul!« Sie nahm den römischen Kristallkrug und schleuderte ihn gegen den Schreibtisch. Er prallte von einem Stapel Akten ab und zersplitterte an der Wand.

»Mylady?«

Gwen schaute hoch und sah Marva. »Ja?«

»Lord Campbell möchte mit Ihnen sprechen.« Marva sah den verschütteten Wein auf dem Schreibtisch und das zerbrochene Glas auf dem Fußboden. »Soll ich es wegräumen lassen?«

»Ja, bitte.«

Marva klingelte mit einer kleinen Glocke, die sie am Ärmel trug. Zwei Dienerinnen eilten herbei und wischten den Fußboden auf, während Marva den Schreibtisch säuberte und den Wein von den Papieren wischte.

»Gefällt es Ihnen hier?« fragte Gwen auf englisch.

Marva zögerte. »Yes, Mylady. Es ist« – sie suchte nach Worten – »es ist sinnlos, sich zu wünschen, was man nicht haben kann.«

Lafe Reznicks zweite Witwe hatte sich als eine Kombination von Haushälterin, Hofdame, Sekretärin und Herbergsmutter unentbehrlich gemacht. Die Studenten sahen in ihr eine Adelige, die Witwe eines Sternenlords, dennoch aber jemanden, mit dem sie sprechen konnten. Marva erhielt viele Informationen, aber außer an Gwen gab sie nichts davon weiter.

»Führen Sie Lord Campbell bitte herein, Mylady«, sagte Gwen.

»Sofort, Mylady«, sagte Marva und schickte die Dienerinnen hinaus.

Gwen strich sich das Haar zurecht und versuchte gelassen zu wirken, als der rothaarige Professor für Maschinenbau ihr Büro betrat. »Ja, Bill? Was kann ich für sie tun?«

»Stahl«, sagte Campbell. »Ich brauche sehr viel mehr, und ich habe ihn nicht.«

»Für die Mähmaschine?«

»Ja.«

»Larry ist deshalb in die Stadt gegangen –«

»Das wird nichts nützen. Die Leute behaupten, sie hätten ihre Steuern bezahlt, und das stimmt auch. Aber Lord Rick verlangt jeden verdammten Abend einen Erfolgsbericht! Was soll ich nur tun?«

»Aufhören, mich anzuschreien, und einen Schluck Wein trinken.«

Campbell wollte etwas sagen, aber dann grinste er nur. »Welchen Wein, Madam?«

»Oh –« Sie zog die Klingelschnur. Marva war sofort zur Stelle. Eines der Mädchen brachte einen neuen Krug und Gläser.

»Ausgezeichnete Bedienung«, sagte Campbell. »Danke, Marva.«

Marva wartete, bis das Mädchen das Tablett abgestellt hatte, und schickte es hinaus. »Noch etwas, Mylady?«

»Danke, nein –«

»Ich werde draußen warten.«

»Ziemlich kurz angebunden«, sagte Campbell, als Marva den Raum verlassen hatte.

»Sie waren ja auch nicht sehr höflich zu ihr.«

»Was war ich nicht?«

»Nicht sehr höflich. Sie haben sie mit ihrem Vornamen angeredet –«

»Das war doch freundlich gemeint. Sie spricht englisch –«

»Sie ist aber keine Amerikanerin, Bill. Wir beide können anders miteinander reden. Bill, sogar Caradoc nennt mich fast immer ›Mylady‹. Und haben Sie einmal darauf geachtet, wie Rick Tylara anredet?«

»Nun, ja, aber Tylara gehört zu den Großen.«

»Marva ist adelig. Ihnen mag das komisch vorkommen, weil sie die Frau Ihres Freundes Lafe Reznick war, aber für sie ist es alles andere als komisch. Nennen Sie sie doch gelegentlich ›Mylady‹. Das wirkt Wunder. Und was ist jetzt mit dem Eisen?«

»Die Römer haben Eisen.«

»Das ist mir klar.«

»Können Sie mir etwas besorgen?«

»Mir ist auch klar, was sie dafür verlangen werden. Kanonen

und Pulver, und davon können wir nichts entbehren. Aber ich habe Informationen bekommen, die vielleicht einiges ändern.« Gwen fühlte in den von Wein durchtränkten Papieren und fand was sie suchte. »Geheimdienstberichte. Die Römer erwarten in diesem Jahr eine Rekordernte, und sie haben nicht genug Sklaven, um sie einzufahren. Wenn wir ihnen die Mähmaschine schicken könnten –«

»Wenn ich etwas bauen kann, was funktioniert, wird der Captain es in den Westen schicken. Ich kann mich noch so anstrengen, wir werden den Römern kein Gerät schicken können. Jedenfalls nicht in diesem Jahr.«

Gwen schüttelte sich.

»Was ist denn los?«

»Ich kann ihnen keine Kanonen zum Tausch anbieten«, sagte Gwen. »Und ich kann ihnen auch keine Mähmaschine versprechen. Bleiben nur die Sklaven.«

»Ja.« Bill Campbell trat ans Fenster und schaute auf das quadratisch angelegte Universitätsgelände hinaus. Er drehte sich nicht zu ihr um, als er weitersprach. »Die römischen Sklaven leben nicht schlecht. Nicht schlechter als die Bauern in Drantos.«

»Das rede ich mir auch immer ein«, sagte Gwen. »Und eines Tages werde ich es glauben. Inzwischen –«

»Inzwischen schicke ich Soldaten ins Piratenland«, sagte Campbell. »Die Leute werden ohnehin bald ersaufen oder verhungern. Wir müssen es tun, bevor die sogenannten Straßen nur noch Schlamm sind. Es fängt schon wieder an zu regnen.«

»Das müßte gut für die Ernte sein«, sagte Gwen. Sie lachte. Außerdem werden die Wolken den Himmel verhüllen . . .

Toller Bär wachte von dem Schreien der Pferde auf, aber er begriff nichts. Wandelnder Adler, der Häuptling der Zwei Wasser, hatte sich großzügig gezeigt, als Toller Bär und seine Gruppe ihn verließen, um sich den übrigen Silberwölfen anzuschließen. Zu den Abschiedsgeschenken gehörte auch ein Faß von dem starken Wasser, das die Leute aus dem Grünen Land aus Trauben bereiteten. Es ließ die Männer besser schlafen als Bier oder gegorene Stutenmilch, und Toller Bär hatte noch lange mit Hinuta gesessen und getrunken.

Wieder hörte er ein Pferd vor Schmerz schreien. Toller Bär sprang von seinem Lager auf. Dann schien der Himmel selbst zu schreien, und dann gab es ein lautes Geräusch, ungefähr so wie das Geräusch, das die Waffen der Zauberer machten, und im Zelt wurde es ganz hell, obwohl der Eingang zur Abwehr des Totenvogels verhängt war. Die gefangene Sklavin schrie laut und versteckte sich unter den Fellen.

Toller Bär ignorierte sie und griff nach seinen Waffen. Jetzt wußte er es: Die Zauberer griffen das Lager an. Sie griffen es bei *Nacht* an. Wandelnder Adler hatte gesagt, die Zauberer beherrschten die Dämonen. Gehörte ihnen dann auch der Dämon, der die Nacht für die Pferdemenschen so gefährlich machte? Sie schienen sich vor ihm jedenfalls nicht zu fürchten.

Nun, die Nacht wird nicht mehr lange dauern, dachte er. Sonnen werden am Himmel aufsteigen, und dann werden wir Rache nehmen. Er verließ das Zelt. Einige Zelte brannten, aber der Himmel war heller, als diese Feuer ihn hätten machen können. Wieder schrie der Himmel, und wieder gab es dieses donnernde Geräusch.

»HOCH! HOCH! brüllte er seinen Leuten zu. »Zu den Waffen! Oder wollt ihr euch von den Zauberern niedermetzeln lassen, wie ein krankes Pferd von einem Wolf gerissen wird? Hoch! Hoch!«

Ein schmerzgepeinigtes Pferd hätte ihn fast niedergetrampelt. In wilder Flucht und mit brennender Mähne rannte es an ihm vorbei. Toller Bär sprang zur Seite und stürzte, und wieder hörte er den Himmel kreischen. Diesmal sah er es, eine Feuerspur am nächtlichen Himmel. Sie stürzte in das Lager und wieder gab es den Donner der Zauberer und Rauch und Feuer.

Der Schamane Tangra'al sprang aus seinem Zelt und schickte Verwünschungen zum Himmel empor. Er wiederholte brüllend die alten Legenden vom *Himmelsfeuer* und von den Wesen, die in Eisenwagen über den Himmel fuhren. Diese Geschichten kannte Toller Bär noch aus seiner Kindheit, und ihm liefen Schauer über den Rücken, als er sich an sie erinnerte; aber er rannte zu Tangra'al hinüber und versetzte dem Schamanen einen solchen Schlag, daß er zu Boden sank.

»Es sind nur Menschen!« brüllte Toller Bär seinen Männern zu. »Wer mit uns bei den Wagen gekämpft hat, hörte den Zauberdonner und spürte die Flammen, aber die Zauberer starben genauso leicht wie irgendein Mann aus dem Grünen Land! Bewaffnet Euch!« So schreiend lief er durch das Lager, aber er hatte Angst. Die Himmelsgötter hatten sich zu Feinden der Pferdemenschen gemacht und ihre Zauberer gegen sie ausgeschickt. Warum? Zuerst war das Land braun geworden, und die Pferdemenschen hatten nach Osten fliehen müssen. Jetzt standen sie Feinden gegenüber, die den Donner beherrschten. Warum?

Aber es sollte noch schlimmer kommen. In panischer Flucht trampelten acht oder zehn Pferde über sein Zelt hinweg. Nicht alle seine Krieger und nur wenige Frauen waren sicher ins Freie gelangt, und er verfluchte die Feinde. Es waren so üble Zauberer, daß sie die Pferdemenschen mit deren eigenen Reittieren bekämpften!

Dann ließ der Donner der Zauberer nach, und die Pferdemenschen zählten ihre Verluste. Unter einem zertrampelten Zelt allein zogen sie einen Krieger und drei Frauen hervor, zwei von ihnen Sklavinnen, die das Morgengrauen nicht mehr erleben würden. Ein anderer Krieger war vom Pferd gestürzt und hatte sich den Kopf verletzt. Er winselte wie ein Säugling. Überall im Lager hatte es Verluste gegeben, und unter den Pferden war noch größerer Schaden angerichtet worden.

Aber der Himmel hellte sich auf, als die Vatersonne über dem Horizont erschien. Bald kamen die Nachtwachen zurück.

Es würde eine Schlacht geben. Das berichteten die Wachen, die die Zauberer beobachtet hatten. Viele Männer folgten den Zauberern. Graue Bogenschützen, Teufel in Weiberröcken, die genauso weit und gerade schießen konnten wie die Pferdemenschen. Es waren auch viele Reiter der Häuptlinge mit den roten Mänteln da, die kämpften, als ob der Gedanke eines einzigen Mannes die Pferde lenkte. Es war für die Reiter keine Schande, daß sie sich nicht allzu nahe an den Feind herangewagt hatten, aber wenigstens waren sie ihm gefolgt.

Die Zauberer und ihre Freunde hatten sich alle an einem Ort versammelt, nur um den Ritt eines halben Vormittags vom Lager entfernt. Es war eine Gegend, die die Pferdemenschen gut kannten, ein Tal mit sanften Hügeln, durch das sich ein breiter Fluß hindurchschlängelte, der einem Pferd nur bis an die Knie ging, und in dessen schlammigem Wasser es keine Hydren gab. Und dort hatten die Zauberer Halt gemacht . . .

Wollen sie die Pferdemenschen herausfordern? Toller Bär sprang auf seinen größten Hengst. »Mein Volk! rief er. »Haben wir nicht gesagt: Wen die Götter vernichten wollen, dem rauben sie zuerst den Verstand? Die Himmelsgötter sind keine Freunde der Zauberer. Die Zauberer erwarten uns an einem Ort, den wir gut kennen und den wir uns selbst ausgesucht hätten, und an diesem Ort werden wir heute triumphieren! War es nicht immer leicht, sie zu töten?

Zu den Waffen! Füllt die Wasserschläuche und schickt Boten an alle Stämme, die in den Ebenen und Hügeln lagern. Alle Stämme werden gemeinsam kämpfen, und wir werden die Halle des Großen Kriegers mit den Leichen unserer Feinde füllen.«

30

Der gemeine Soldat Hal Roscoe legte die Hand über die Augen und starrte erstaunt ins Tal hinunter. »Mein Gott, Major, woher kommen die alle?«

Mason antwortete nicht. Verdammt gute Frage, dachte Art. Es mußten fünfzigtausend von den Kerlen sein, zwei oder dreimal so viele, wie Mason erwartet hatte, und sie waren durch das ganze Tal des Hooey zu beiden Seiten des Flusses ausgeschwärmt. Sie schossen, so schnell sie konnten, und griffen mit Lanzen und Lassos und diesen komischen Bronzeschwertern an. Jeder, dessen Pferd verletzt oder getötet wurde, war verloren. Nicht einmal die Söldner konnten ihm noch helfen.

Die ganze Operation war schiefgelaufen. »Kontakt mit dem Feind macht jeden Schlachtplan zunichte«, hatte Captain Galloway zu Mason gesagt, und bei Gott, das stimmte. Aus allen Richtungen waren die Westmänner herbeigeströmt, und ganz gegen den Plan hatte die Armee der Verbündeten sich aufgesplittert.

Jetzt hielt Masons Truppe einen Hügelkamm, der nur wenig höher war als die übrigen Erhebungen im Tal des Hooey. Die Sicht war lausig. Zuviel Staub und zu viele von diesen verdammten kleinen Hügeln. Mason fluchte, als er durch sein Fernglas ins Tal hinunterschaute. Die Eisenhüte aus Drantos standen jenseits des Flusses auf einem anderen Hügel und sahen sich ihrem Anteil an Westmännern gegenüber. Und alles war in Bewegung. Cardocs berittene Bogenschützen waren bei den Söldnern geblieben. Jetzt standen sie draußen vor Masons Truppen, und die Söldner wagten nicht zu feuern; denn die Bogenschützen und die Westmänner bildeten ein einziges Durcheinander.

Wotan allein mochte wissen, wohin die Römer verschwunden waren. Mason schaute zum Ballon hinüber, der sich an einer Stelle befand, wo sich das Tal des Hooey verengte und wo der Fluß zwischen viel höheren Hügeln dahinfloß. Mason hatte Beazeley mit hundert Leuten zur Bewachung abgestellt. Die ganze Armee von Drantos stand zwischen dem Ballon und den Westmännern. Er müßte also ausreichend gesichert sein.

Hätte sein müssen. Der Ballon schwebte, aber die Beobachter kümmerten sich nicht um Art Mason. Warum hatten sie nicht gesehen, wie viele Westmänner es waren? In jedem gottverdammten Krieg auf jedem gottverdammten Planeten führen die Jungs in der Luft ihren eigenen Krieg und überlassen der Bodentruppe die Dreckarbeit! Und jetzt war es zu spät. Art richtete sein Fernglas auf den Horizont. Er konnte wegen dieser verdammten kleinen Hügel nicht allzu viel erkennen, aber er sah hinten im Westen Staub aufsteigen, und das bedeutete noch mehr Westmänner.

Mason fluchte. Das konnte unangenehm werden.

Jenseits des Flusses wurde die Menge der Westmänner, die den Rittern aus Drantos gegenüberstanden, immer dichter.

Eine Abteilung löste sich vom Gros und ritt in den Fluß hinein, daß das Wasser aufschäumte.

»Murph!« Verdammt, ich kreische ja geradezu, dachte Mason. Ich habe nackte Angst. Nun, vielleicht ist das mein gutes Recht. Ob wir es irgendwie schaffen? Werden wir in Wotans Halle eingehen? Oder in den Himmel? Oder sonst wohin? »Murph! Hau ein paar Dinger in den Fluß!«

»Roger!«

Die Rückstoßfreie spuckte Feuer. Der erste Schuß war eine Phosphorgranate. Dampf zischte hoch, wo die brennenden Stücke auf das Wasser trafen. Dann riß ein Sprenggeschoß fast zwanzig Westmänner um. Das brachte ihren Vormarsch ins Stocken, so daß die Kanoniere nachladen konnten, und als die Westmänner heranritten, wurden sie von einer ganzen Salve empfangen. Jeder Richtkanonier feuerte, sobald er den Abschluß der Kanone neben ihm gehört hatte, und das Feuer fuhr die ganze Front der Westmänner entlang. Der noch verbliebene Vierpfünder setzte den Schlußpunkt.

Es reichte nicht. Zu viele Westmänner versuchten jetzt, den Fluß zu überqueren, und sie konnten sogar schießen, wenn ihre Pferde bis an den Bauch im Wasser standen. Der Pfeilhagel sauste herab, und plötzlich gab es nicht genug berittene Bogenschützen, um sie aufzuhalten. Zum zehnten Mal an diesem Nachmittag wünschte sich Art, er hätte den anderen Vierpfünder, an dessen Lafette eine Achse gebrochen war, nicht zurückgelassen.

»He, Art!« rief Murphy.

»Ja?«

»Wir sollten sie zwar so heiß machen, daß sie sich zum Kampf stellen, aber, verdammt noch mal, dies ist doch *lächerlich*!«

Drei Soldaten lachten, aber ihr Lachen klang ein wenig hohl. Und die Westmänner kamen. Viele Kanoniere lagen am Boden, und die anderen waren angeschlagen. Eine ganze Gruppe löste sich auf und rannte. Caradoc in seinem wehenden roten Römermantel versuchte, sie aufzuhalten. Ein paar Männer seiner Leibgarde beugten sich aus dem Sattel, um Waffen aufzuheben. Dann zogen sich alle zurück, und die Pfeile der West-

männer folgten ihnen. In der Nähe des Vierpfünders gingen drei Mann und ein Pferd zu Boden, und die verbliebenen Kanoniere verließen ihre Geschütze und rannten den Hügel hinauf.

Inzwischen hatten sich die berittenen Bogenschützen weit genug zurückgezogen, daß die Garde und die Söldner bald freies Schußfeld haben würden. Mason machte die H&K feuerbereit, aber dann ritt er zu den Söldnern hinüber.

Ihre Stellung war nicht ungünstig. Links lag Walbrook mit dem Mörser und neben ihm Bilowsky mit dem leichten Maschinengewehr. »Gut auf das Ding aufpassen!« schrie Mason. »Das LMG ist vielleicht das einzige, was uns von Wotans Halle trennt!«

»Okay!« rief Bilowsky. Er grinste fröhlich. »Keine Sorge, Major.«

Murphy lag mit der 106 in der Mitte. Was den Mörser und die 106 anbetraf, gab es ein Problem. Sie hatten die meiste Munition bei der Beschießung des Lagers verbraucht. Jetzt hatten sie nicht mehr genug zu ihrer eigenen Verteidigung. Vielleicht ist das nur gerecht, dachte Mason. Durch sein Glas beobachtete er die Entwicklung der Situation. Sie hatten jetzt freies Schußfeld.

»Erste Garde. Auf mein Kommando, SALVE – FEUER!« Die Garde feuerte. Inzwischen eröffneten auch die anderen Söldner das Feuer. Die meisten gaben einzelne Schüsse ab, aber einige hatten auf Automatik gestellt und würden bald keine Munition mehr haben.

Sie zielten alle tief, wie sie es gelernt hatten, und die Salve holte wenige Reiter aus dem Sattel, traf aber um so mehr Pferde. Die Westmänner sprangen von ihren stürzenden Tieren weg und drangen weiter vor. Bald waren sie mitten zwischen den abgesessenen Bogenschützen. Sie kämpften mit Speeren, Messern, einigen Schwertern und mit Beilen.

»Allmächtiger Gott!« brüllte Roscoe. »Diese verdammten kleinen Teufel!«

»Das finde ich auch«, sagte Murphy. »Art, wie kommen wir hier raus?«

»Wir können es versuchen.«

Das LMG mähte fast hundert Leute nieder, und Art atmete

auf. Die Mörsergranaten explodierten in den Reihen der Westmänner, die gar nicht mehr so zuversichtlich wirkten – aber sie rückten immer noch vor.

»Bereitmachen zum Abmarsch!« schrie Mason auf englisch, dann benutzte er wieder den Tran-Dialekt. »Erste Garde zieht sich zurück! Trompeter, geben Sie das Signal! Versammeln Punkt Blau Eins.« Das war der Eingang zum Tal, wo Beazeley mit seinen Männern den Ballon und die Reservemunition bewachte. Stark befestigt und leicht zu halten. Mason schüttelte den Kopf. Wenn nur der Captain hier wäre. Was würde er wohl tun? Egal. Ich verschwinde. Dann können wir entweder weiter hinten die Stellung halten oder rennen. Wie die Truppen aus Dranton. Sie sind in einer befestigten Stellung jenseits des Tals. Was sie wohl tun werden?

Wieder schwirrten die Pfeile, und plötzlich brach Bilowsky zusammen; in seiner Brust steckte ein Pfeil. Die Nummer zwei, Arkos Passavopoulos, übernahm, aber der letzte Patronengurt war bald verschossen. Mason ritt hinüber. »Ark! Schaff Bilowsky auf ein Pferd! Warum trägt der Idiot auch keine Rüstung!«

»Keine Eile, Major. Ich muß das MG retten.«

»Verdammter Mist, ja. Aber schnell!« Ein neuer Pfeilhagel, und Masons Pferd schrie und bäumte sich auf. Art warf sich aus dem Sattel, und die H&K flog in die andere Richtung. Jetzt hatte er nur noch seinen Colt. Mason hielt ihn mit beiden Händen und feuerte einen Schuß nach dem andern ab. Ein Westmann fiel, noch einer und noch einer, aber die anderen trampelten über die Toten und Sterbenden hinweg, und er hatte nicht mehr genug Munition. Ich wollte ohnehin nicht ewig leben, dachte Mason . . .

Ein großes schwarzes Pferd tauchte hinter den anrückenden Westmännern auf. Ein Schwert blitzte auf und sauste nieder. Ein Westmann versuchte, mit nur einem Arm weiterzureiten, aber er schaffte es nicht. Ein anderer wurde geköpft. Das Pferd trampelte zwei andere zu Boden, und dann waren die tamaerthanischen Truppen mitten unter den Westmännern. Einige Söldner benutzten geschickt ihre Bajonette. Andere hatten ihre Waffen wieder geladen und konnten feuern. Die Reihen der

Westmänner lichteten sich immer mehr, und dann waren keine mehr da.

Mason stand auf, als Caradoc den Hügel hinaufritt. »Danke.«

Caradoc grinste und zeigte mit der blutigen Säbelspitze. Seine Reiter erledigten den Rest der Westmänner, von denen keiner mehr auf seinem Pferd saß. Dann winkte er mit dem Säbel, und ein Soldat brachte Mason ein neues Pferd. Jetzt hatten sie eine Atempause, aber die Situation war noch nicht bereinigt.

Mason schaute hoch und sah neue Truppen der Westmänner über den Hügel kommen. Art fragte sich, wie viele es wohl bis Punkt Blau Eins schaffen würden.

Auf dem Hügel, auf dem sich die Kämpfer von Drantos versammelt hatten, gab es kein Wasser. Wanax Ganton wollte gerade trinken, als ein Offizier ihm von Camithon die Nachricht brachte. »Die Quelle war mit Unrat und Dung verstopft, Majestät. Es wird lange dauern, bis sie wieder fließt.«

Ganton verschloß den Wasserschlauch wieder und reichte ihn Morrone. »Ab sofort ist das Wasser nur für die Pferde«, sagte er. »Informiert die Offiziere.«

»Aye, Majestät.« Der junge Offizier blieb unentschlossen stehen. Dann sagte er: »Lord Camithon läßt sagen, daß zweihundert Bewaffnete getötet und fünfhundert den Priestern Yatars zur Pflege anvertraut wurden.«

»So viele.« Ganton richtete sich auf. »Sag Lord Camithon, daß ich bald mit ihm zusammentreffen werde. In der Zwischenzeit soll er tun, was er für gut befindet.«

»Aye, Majestät.«

Als der Bote gegangen war, stieß Morrone einen Pfiff aus. »Wir haben über ein Achtel unserer Gesamtstärke verloren, und nun sitzen wir ohne Wasser auf diesem Hügel fest. Was sollen wir tun?«

»Das weiß ich noch nicht«, sagte Ganton. »Zuerst zeigen wir uns den Soldaten und stellen fest, ob sie noch bereit sind zu kämpfen. Dann werden wir uns mit Lord Camithon beraten. Er hat mehr Schlachten erlebt, als ich Jahre zähle. Sein Rat wird gut sein.« Und wenn nicht, muß ich trotzdem zuhören. Lord Rick hat mir oft gesagt, daß Schlachten meist anders ausgehen als geplant, und bei Yatar, das war diesmal der Fall. Jetzt brauchen wir Harmonie unter den Offizieren, und sie dürfen nicht annehmen, daß ich mich mit Camithon streite.

Nur mit seinem Bannerträger und Morrone ritt er den Hügelkamm entlang. Manchmal hielt er an, um mit einem Verwundeten zu sprechen oder einen Mann für seinen Mut zu loben. Jedem hörte er zu, und zuletzt jubelten sie ihm zu. Er war zufrieden. Diese Leute würden kämpfen.

Der Donner der Sternenwaffen jenseits des Tals wurde immer lauter, dann erstarb er. Er ritt höher hinauf und benutzte sein Fernglas. Kein Zweifel, Lord Mason zog sich zurück, zusammen mit allen berittenen Bogenschützen und anderen tamaerthanischen Kriegern und den Sternenkriegern. Ganton war entsetzt, als er die geringe Zahl der Tamaerthaner sah.

Aber aus dem Ballon kamen keine Instruktionen. Er schwebte hoch über dem Schlachtfeld, aber Ganton sah keine Besatzung. War sie getötet worden? Trotz seiner Warnungen, hatten sich die verbündeten Streitkräfte getrennt, und der Ballon wurde nur von wenigen Männern bewacht. Das hatte keiner gewollt, aber die Westmänner waren hinter jedem Hügel hervorgekommen, mehr Westmänner, als es überhaupt jemand für möglich gehalten hätte.

Vielleicht würde es aus dem Ballon keine Botschaften geben.

Er erkannte Caradocs roten römischen Mantel und sah Gestalten in den Uniformen der Sternenmänner. Einige hingen festgebunden über die Sättel. Andere transportieren mit ihren Pferden die Ausrüstung davon. Sie zogen sich geordnet zurück und kämpften sich zum Ballon durch.

Ganton beobachtete weiter. Die Westmänner schienen sich nicht einig zu sein. Eine Gruppe verfolgte Mason. Die anderen rannten durcheinander und schrien sich gegenseitig an.

Es blieb nichts übrig als zu warten. Es wurde immer wärmer. Ganton fluchte leise und schaute wieder zu dem nutzlosen Ballon hinauf. Wo waren die Römer? Waren auch sie verschwunden?

Toller Bär versuchte, sein Pferd davon abzuhalten, vom verschmutzten Wasser des Flusses zu trinken, als Hinuta angeritten kam. Bei ihm waren ein Dutzend Silberwölfe, hundert Männer von den Zwei Wassern und Dutzende von Leuten aus anderen Stämmen.

»Freu dich, Toller Bär. Überall unter den Pferdemenschen kennt man deine Taten, und viele Stämme werden dir folgen.«

Toller Bär schaute noch einmal hin. Einer fehlte. »Wo ist Tenado, mein Sohn?«

»Er drehte einem Eisenhemd den Rücken zu«, sagte Hinuta nur.

»Aiiiy.« Aber für Klagen war jetzt keine Zeit.

»Ich bringe das Haar des Eisenhemdes«, sagte Hinuta. »Du kannst es den Göttern opfern.« Er reichte ihm ein blutiges Bündel.

»Meinen Dank«, sagte Toller Bär. Er schaute über das Tal. »Die Eisenhemden sind gute Kämpfer. Sie sterben gut.«

»Viele von ihnen sind überhaupt nicht gestorben«, sagte Hinuta. »Und viele von den Rotmänteln sind den Fluß hinabgezogen und besetzen jetzt die kleinen Hügel in der Nähe der Bäume.«

»Aha.«

»Laß uns unser Volk sammeln und gegen sie kämpfen. Tausende werden dir folgen, Toller Bär.«

»Nay.« Toller Bär schüttelte den Kopf und zeigte auf den Hügel im Süden, auf dem sich die Pferde und die Banner der Eisenhemden drängten. Sie schützten die Pferde hinter ihren großen Schilden. Auch viele ihrer Bogenschützen waren dort. Sie hatten Bogen mit Metallteilen, und diese Teile erleichterten das Schießen. Die Schußfolge war langsamer, aber ihre Pfeile reichten fast genauso weit wie die der Pferdemenschen.

»Auch jene sind nicht gestorben, und ihr Häuptling mit dem goldenen Hut ist bei ihnen«, sagte Toller Bär. »Tötet ihn, und die anderen werden fliehen.« Er ritt näher an Hinuta heran. Der Tod Tenados schmerzte ihn, aber er ließ es sich nicht anmerken. Statt dessen schlug er Hinuta auf die Schulter. »Ein großer Tag!«

»Ein großer Tag für den Großen Krieger", sagte Hinuta. Er

schaute zu den Eisenhemden hinauf und grinste. »Gut, daß wir die Quelle auf dem Hügel verstopft haben. Wenn die Eisenhemden lange bleiben –«

»Ihre Pferde werden durchgehen. Wenn die Pferdemenschen wie ein Mann kämpfen, werden wir sie alle zum Großen Krieger schicken«, ergänzte Toller Bär. »Trotz ihres Zauberfeuers.« Sie hatten beide die Wirkung des Zauberdonners gesehen. »Geh zu den Pferdemenschen und sag, daß Toller Bär sie gegen die Eisenhemden führen wird. Wer will, mag folgen.«

Nur seine durch Eid gebundenen Krieger *mußten* gehorchen; aber viele hatten von seinen Taten gehört, und viele würden ihm folgen. Toller Bär würde sie den Eisenhemden entgegenführen und dann eine Flucht vortäuschen. Die Eisenhemden würden angreifen, wie sie es immer taten, und die Schlacht wäre zu Ende.

Und das wäre gut.

Sie mußten sich in den Punkt Blau Eins hineinkämpfen. Sie brauchten vier Schuß aus der 106 und einen ganzen Gurt aus dem LMG, bis der letzte Westmann vertrieben war. Mason schrie Befehle, und die Männer richteten sich zur Verteidigung ein.

Die Ballonbesatzung war tot, und auch die Bodenmannschaft war mit Pfeilen gespickt. Neben dem Wagen lag Ski mit seiner großen Narbe. Ihn allein hatten sie mit einem Dutzend Pfeilen bedacht; außerdem hatten sie ihn skalpiert und ihm die Ohren abgeschnitten. Die Männer an den Seilen waren von Schwertern zerhackt und die Diener Yatars buchstäblich zerstückelt worden. Mason betrachtete die blutige Szenerie und verzog angewidert das Gesicht.

In einem der Leichenhaufen regte sich etwas. Mason hatte die .45 schon entsichert, als Beazeleys blutiges Gesicht aus dem Haufen auftauchte.

»Ich will in Scheiße getaucht werden«, sagte Mason. »Willkommen zu Hause, Kumpel.«

»Ich würde mich willkommener fühlen, wenn du die Kanone wegnimmst", sagte Beazeley.

»Das kann ich mir denken.« Aber Mason steckte die Waffe nicht weg. »Hast du eine Ahnung, wo die Römer sind?« fragte er.

»Zuletzt sollen sie da drüben gewesen sein.« Er zeigte nach Norden. »Aber dann hatten wir andere Sorgen.«

»Wann bist du abgehauen?«

»Ich war so ziemlich der Letzte«, sagte Beazeley. »Weitere Gegenwehr kam mir sinnlos vor, und ich verschwand, mit meinem Freund hier im Mund, für alle Fälle . . .« Er zeigte seine Pistole. Dann schaute er zu den verstümmelten Leichen Skis und der Priester hinüber und schüttelte sich.

»Okay«, sagte Mason. »Dienst wieder aufnehmen. Halt.« Er holte eine Flasche hervor. »Trink einen Schluck.«

»Danke. Ah, der Beste von McCleve. Muß einen Monat alt sein. Guter Stoff.« Er trank.

Mason betrachtete die Gegend durch sein Fernglas. Weit rechts sah er eine Menge Staub und registrierte Geräusche, die sich wie römische Trompeten anhörten. Zwischen ihnen und den Eisenhüten aus Drantos überquerte eine Truppe Westmänner einen niedrigen Hügel. Sie teilten sich und ritten nach Norden und Osten. Es sah aus, als wollten sie in den Rücken der Römer gelangen.

»Verdammte Scheiße!« brüllte Beazeley.

Mason schaute sich um. Eine weitere Truppe Westmänner kamen zu seiner Linken über den Hügel.

Zur Hölle mit Dien Bien Phu, dachte Mason. Dies sieht eher aus wie Little Big Horn.

31

Ganton war beruhigt, als er die Inspektion seiner Armee beendet hatte. Camithon hatte alles gut arrangiert. Die Männer waren abgesessen, damit ihre Pferde sich ausruhen konnten. Über jedem Zugang zum Hügelkamm standen Bogenschützen hinter den Schilden der Krieger. Hinter ihnen standen Leichtverwundete bereit, ihnen neue Pfeile zu reichen, und noch weiter hinten erholten sich die Ritter. Aus dieser Höhe konnten die Pfeile der Schützen das Pferd eines Westmannes töten, bevor sein eigener Pfeil eine Rüstung durchdringen konnte, und ein Westmann zu Fuß war kein Gegner für einen Krieger aus Drantos.

Ganton sorgte sich nicht um einen fairen Kampf. Er

wünschte den Tod oder doch wenigstens die Vertreibung der Westmänner. Wenn er sie alle mit seinem Browning hätte töten können, hätte er es getan.

»Hah, und was ist mit deiner Kampfeslust?« rief Morrone. »Und was mit dem Ruhm für deine Bheromänner?«

»Oh, ich habe wohl laut gedacht«, sagte Ganton. »Und hier ist wenig Ruhm zu ernten . . .« Wieder nahm er sein Fernglas. Mason hatte sich bis zum Ballon zurückgezogen und ließ ihn jetzt einholen. Von den Römern war immer noch nichts zu sehen. Warteten sie irgendwo in der Nähe oder hatten sie sich ganz vom Schlachtfeld entfernt? War das der Fall, dann würde Gantons Armee dieses Tal nie mehr verlassen.

Als er sich dem Ende des Hügelkamms näherte, gingen um ihn herum Pfeile nieder. Als er Camithons Banner erreicht hatte, sah er warum. Das Ende des Kammes lag höher als der übrige Hügel, aber dort fiel dieser so steil ab wie der Bug eines Schiffes, so daß dort keine Bogenschützen postiert werden konnten. Die Westmänner aber konnten so nahe heranreiten, daß sie ihre Pfeile abschießen konnten, ohne selbst nennenswert beschossen zu werden.

Ganton stieg ab. Er mußte klettern, um Camithon zu erreichen, der durch die Schilde seiner Krieger notdürftig geschützt war.

»Majestät, an diesem Ort seid Ihr nicht sicher!«

»Es ist für mich nicht gefährlicher als für Euch, Mylord General. Nun – wie lautet Euer Rat?« Als die Westmänner zugeschlagen hatten und die Pferde der Krieger aus Drantos ermüdeten, hatte er dem Plan zugestimmt, sich hier auf den Hügel zur Verteidigung einzurichten. Zweifellos hatte der General sich dabei etwas gedacht. Jetzt aber wollte Ganton informiert werden. »Im Augenblick sind wir in Sicherheit, aber wir sind keine Adler, die hier ihre Horste bauen.«

Camithon grinste und schwang die alte Streitaxt, die ihn seit seiner Jugend in jede Schlacht begleitet hatte. »Zuerst, Majestät, laßt uns von dieser Messerschneide herabsteigen.« Er ging dem König voran den Hügelkamm entlang. »Was Rat betrifft, so wüßte ich besseren, wenn ich so gut sehen könnte wie Ihr.«

»Ach –« Ganton wollte Camithon sein Glas reichen. »Halt«,

sagte er und schaute selbst noch einmal ins Tal hinunter. Er folgte dem Flußlauf, bis er Masons Banner neben dem Caradocs erkannte. Daneben flatterte eine orangerote Flagge. »Ho! Ein Signal! Holt die Schreibkundigen!«

Ein Läufer rannte den Hügel entlang und kam mir drei Dienern Yatars wieder.

»Ich bin Pamilos, Majestät, ein Diener Yatars«, sagte der eine. Er war höchstens vierzehn Jahre alt, die anderen waren sogar noch jünger.

»Nimm dies, Junge«, sagte Ganton und reichte Pamilos das Glas. Ganton sah, daß der Junge damit umgehen konnte. »Lies mir das Signal von Lord Mason.«

»Aye, Majestät«, sagte Pamilos. »Laran, mach die Signale. Wannilos, bist du so weit?«

Einer der Schriftkundigen hatte eine Wachstafel und einen Griffel in der Hand. »Aye«, sagte er. Der andere winkte mit seinen Signalflaggen, während Pamilos angestrengt durch das Glas schaute.

»R-Ö-M-E-R N-Ö-R-D-L-I-C-H V-O-N H-I-E-R STOP.« rief er.

Pamilos rief die Botschaft aus, und Wannilos schrieb sie auf die Tafel, während der dritte Diener Yatars jedes Wort bestätigte. Sie arbeiteten so schnell, daß Ganton kaum folgen konnte. Als sie fertig waren, las Wannilos vor:

»RÖMER NÖRDLICH VON HIER. DIE RÖMER HABEN HOHE VERLUSTE, HALTEN ABER ORDNUNG. WIR HABEN MEHR ALS DIE HÄLFTE UNSERER BOGENSCHÜTZEN VERLOREN. BALLON NICHT FUNKTIONSFÄHIG. STERNENWAFFEN KNAPP AN MUNITION. SCHLAGE RÜCKZUG VOR.«

»Wenn die Römer nördlich von Lord Mason stehen, müssen sie dort sein«, sagte Ganton. »Hinter diesen Hügeln. Staub genug ist dort.« Er reichte Camithon das Glas.

Der alte General hielt es sehr vorsichtig. »Majestät, die Römer sind nicht da, wo ich sie vermutet hätte. Jetzt werden die Westmänner versuchen, uns von ihnen abzuschneiden. Wir müssen uns rasch entscheiden. Zuerst prüfe ich das Schlachtfeld. Ich will die Römer sehen.«

Die Römer standen im Nordosten. Die Sicht war durch

Bäume und Staub versperrt. Von weiter südlich mußte der steil aufragende Teil des Hügels zu sehen sein. Camithon ging vorsichtig hinüber und nahm das Fernglas mit. Ganton rief ihn nicht zurück, sondern folgte ihm.

Sie hatten die halbe Strecke zurückgelegt, als Camithon aufschrie und zu Boden sank. Ganton eilte herbei. Im linken Auge des Generals steckte ein Pfeil, und Blut lief über seine Narbe. Ganton wollte ihn halten, aber er war zu schwer. Sie rollten den Hügel hinunter.

»Sammeln!« brüllte Morrone. Er sprang den Hügel hinunter, um sich vor seinen König zu werfen. »Garde! Schildträger!«

Andere Ritter sprangen den Hügel hinunter, um einen Wall von Schilden aufzurichten. Hinter ihnen lagen König und Hauptmann zusammen am Boden.

Ganton merkte nichts davon. Er hielt das Ohr fast an die Lippen des alten Mannes, der ihm mehr bedeutet hatte als sein eigener Vater.

»Halt sie zusammen, Junge. Gebrauche sie gut. Und nicht zu früh –« Seine Stimme verlor sich.

»Mein Lordprotektor. Mein Freund«, flüsterte Ganton.

Ganton nahm den Kopf des Toten auf den Schoß und küßte seine blutigen Lippen. Dann stand er auf. Wieder schwirrten Pfeile heran, und sofort wußte Ganton: Sein Goldhelm war das Ziel gewesen! Hatte seine Eitelkeit zum Tod seines besten Freundes geführt? »Tragt ihn nach oben!« befahl er.

Dann sah er Camithons Streitaxt. »Die trage ich«, sagte er, und einer der Ritter reichte sie ihm. Er schlang sich den Riemen um das Handgelenk und ließ die Waffe durch die Luft wirbeln.

Von oben waren Schreie zu hören. »Der Wanax ist gefallen!« schrie jemand, und es entstand große Erregung.

Wütend stieg Ganton den bröckelnden Hang hinauf. Er war steil, und seine Rüstung war schwer. Die Streitaxt behinderte ihn, aber er hielt sie verbissen fest. *Diese* Axt würde niemand je tragen außer ihm. Camithon hatte keinen Sohn – keinen leiblichen. Jetzt war Ganton der Sohn.

Sie waren den Hügel weiter hinuntergerollt, als Ganton

gedacht hatte, und der Aufstieg war beschwerlich. Zwei Gardisten ergriffen ihn bei den Händen und zogen ihn hinauf. Nicht würdevoll, aber wirksam.

»Mein Pferd!« rief er seiner Ordonnanz zu. »Bannerträger! Mir nach!« Er ritt den Hügel entlang, und seine Bheromänner und Ritter jubelten, als sie den Goldhelm sahen. »Ich bin unverletzt!« schrie er. Dann ritt er zum südlichen Ende des Hügels zurück.

»Majestät, steigt ab«, rief Morrone. »Wenn Ihr verletzt seid –« Aber er brauchte den Satz nicht zu beenden. Außer dem König gab es keinen Mann, dem die Ritter gehorchen würden.

Werden sie mir folgen, fragte sich Ganton, einem unerfahrenen jungen Mann, der nur eine Schlacht erlebt und sie auf diesen Hügel des staubigen Todes geführt hatte, und der Camithons Plan nicht kannte?

Aber jetzt ist es allein meine Schlacht, und nur daran darf ich denken.

Einige Ritter standen bei ihren Pferden, andere waren schon aufgesessen. »Was soll das?« fragte Ganton. »Ich höre keine Trompete.«

»Wir brauchen keine Trompete, um unsere Pflicht zu kennen.«

Ganton wußte nicht, wer gesprochen hatte, aber nach der Schildverzierung mußte es Bheromann Hilaskos gewesen sein, ein mächtiger Lord, der mehrere Lanzen in die Schlacht führte.

»Und was würdet Ihr tun, Mylord?«

»Durch den Feind hindurchbrechen!« sagte Hilaskos.

»Und dann?«

»Nach Hause zurückkehren.«

»Ihr wollt also fortlaufen?« fragte Ganton leise.

»Niemand nennt mich einen Feigling. Aber ist es ehrenvoll, auf dem Hügel zu hocken, bis wir verdursten? Die Schlacht ist verloren, Sir, und der Verlust meiner Männer wird weder mein Land noch Euer Reich retten.«

»Ihr werdet Eure Männer nicht verlieren«, sagte Ganton. »Hier befiehlt Euer Wanax. Steigt ab.«

Hilaskos zögerte. »Steigt ab«, sagte Ganton. »Oder bei

Wotan, ich werde Euch vor Euren Rittern den Kopf abschlagen. Steigt ab und kniet!«

Einer von seinen Rittern trat vor und hielt die Zügel. Nach weiterem kurzen Zögern stieg er ab und kniete. »Aye, Sire«, sagte er. »Ich sehe, wir haben wieder einen wahren Wanax.«

Auch die anderen stiegen ab, und Ganton ritt weiter. Diesmal war der Jubel noch lauter, und es gab keine Mißfallenskundgebungen.

»Was werden wir jetzt tun, Sire?« fragte Morrone leise.

Ganton schaute auf das Schlachtfeld hinunter. »Ich weiß es nicht.«

Art Mason sah, wie ein Priester einem toten Gardisten die Kappe auf das Gesicht legte und den Trägern winkte. Der Tote wurde zu einer langen Reihe von Leichen am Fuß des Hügels getragen. Zu viele Tote, dachte Art, und es sind noch längst nicht alle.

Die Priester hatten sich mit den Dolchen der gefallenen Gardisten bewaffnet. Gegen die Westmänner. Oder für die Verwundeten, falls sie sich zurückziehen mußten? Was hätte Captain Galloway getan?

Es sah schlecht aus. Nur zwei Leute konnten mit den Signalflaggen umgehen, und es war sinnlos, sie mit dem Ballon hochzuschicken. Die Westmänner würden die Ballonbesatzung abschießen, bevor der Ballon hoch genug war. Draußen zwischen den Hügeln warteten Zehntausende von Westmännern, die zum Töten bereit waren, und wegen der Hügel konnten sie nicht selbst getötet werden. Kein freies Schußfeld und nicht genug Munition! Sie hatten noch vier Schuß für den Mörser und ein Dutzend für die 106. Wenig Munition, aber viele Westmänner . . .

Er schaute wieder zu den Truppen aus Drantos hinüber. Sie schienen kaum Verluste gehabt zu haben, aber sie hockten auf ihrem verdammten Hügel. Sie hatten seine Botschaft bestätigt, aber sie unternahmen nichts. Die Römer beantworteten überhaupt keine Signale, und das war kein Wunder; meistens waren sie vor Staub nicht zu sehen.

»Was sollen wir tun, Art?« fragte Murphy leise.

»Warten.«

»Auf was?«

»Keine Ahnung, aber hast du eine bessere Idee? Wenn wir abhauen –« Er zeigte auf die notdürftig vor der Sonne geschützten vielen Verwundeten.

»Ja, das sehe ich auch«, sagte Murphy.

»Außerdem –«

»Ja?«

»Verdammt, Ben, ich glaube nicht, daß wir abhauen *können*.« Er zeigte nach Norden. Eine Menge sind in der Richtung verschwunden. Andere sind nach Osten gegangen. Die Anzahl ist nicht besorgniserregend, aber was ist mit einem Hinterhalt, während wir die Verfolger abwehren?«

»Aber *irgendwas* müssen wir doch tun.«

»Aber was? Scheiße, Ben, ich bin nun mal kein Offizier.«

»Vielleicht nicht, aber wir haben nur dich, alter Junge«, sagte Murphy. Er nahm die Flasche aus der Tasche. »Auch einen Schluck?«

»Ja – nein. Noch nicht.« Er griff wieder zum Fernglas.

Wieder schwirrten Pfeile heran, aber keiner durchdrang Gantons Rüstung. Er ritt wieder an das Ende des Hügels, von wo aus er das ganze Schlachtfeld überblicken konnte.

Die drei Gruppen des Bündnisses bildeten ein gleichschenkliges Dreieck, an dessen Scheitelpunkt die Römer standen. Jenseits des Tals flatterte das Banner des Generalhauptmanns neben dem von Lord Mason und nicht weit davon entfernt auch Caradocs. Östlich von Ganton und fast genau nördlich von Mason hielten die Römer zwei Hügel. Er selbst war von den Römern durch einen Ausläufer des bewaldeten Hügels getrennt, der die nördliche Grenze des Hooey-Tals bildete.

Ich bin der einzige, der das alles sieht, dachte Ganton. Wissen ist Macht, sagt Lord Rick. Wissen, das der Feind nicht hat – aber was weiß ich, das der Feind nicht weiß?

Ich weiß, wo alle Westmänner sind, und das können sie nicht wissen, denn sie sind durch die flachen Hügel im Flußtal voneinander getrennt. Selbst vom einen Hügel aus reicht der Blick nur zum nächsten.

Und auch sie haben sich zersplittert. Die beiden größten Verbände stehen Lord Mason und den Römern gegenüber, aber sie sind durch den Fluß voneinander getrennt. Und unter uns –

Unten standen vielleicht fünftausend Westmänner. Eine gewaltige Zahl, aber die Armee von Drantos brauchte diesen Feind dennoch nicht zu fürchten. Hin und wieder ritten einzelne Westmänner zu dem riesigen Verband hinüber, mit dem sich die Römer konfrontiert sahen.

Von den Verbündeten war keine Hilfe zu erwarten, aber auch die Westmänner konnten nicht mit Verstärkung rechnen. Und sie hatten keinen Wanax.

»Bleibt hier«, befahl er den Schildträgern. »Sie sollen denken, daß ich zurückkomme.« Er ritt zu Morrone hinüber. »Schick Boten«, sagte er. »Sie sollen die Pferde tränken und sich bereithalten. Keine Trompeten, bevor wir angreifen. Die gehfähigen Verwundeten bleiben bei den Schwerverwundeten und den Priestern. Der Rest bereitet sich auf den Angriff vor. Beeil dich!«

Morrone fletschte die Zähne wie ein Wolf. »Aye, Sire.«

Ganton schaute zum Himmel auf. Vater Yatar, gib mir einen klaren Blick. Tue ich das Richtige?

Keine Antwort. Oder doch? In weiter Ferne glaubte er einen Adler am Himmel kreisen zu sehen. Fast hätte er sein Fernglas benutzt.

Es ist ein Adler. Eine Antwort. Yatar hat gesprochen.

Morrone kam zurück. »Es ist alles veranlaßt«, sagte er.

»Aye. Bleib bei meinem Banner. Wenn ich falle, führst du die Armee.«

»Wohin, Majestät?«

»Dorthin.« Ganton zeigte nach Südosten. »Durch jene Truppe von Westmännern. Du und ich reiten links von der Formation, die sich jetzt rechts von uns bereitstellt. Wir durchbrechen die feindlichen Linien und reiten durch das Tal nach Osten.« Er zeigte auf den bewaldeten Hügel, der sie von den Römer trennte. Sobald wir um den Hügel herumgeritten sind, greifen wir nach Nordosten an.«

Morrone runzelte die Stirn. »Von Lord Mason fort?«

»Ja.« Er hob die Stimme zu einem Schrei. »Alles bereit?«

Ein Antwortschrei lief durch die ganze Formation: »ES LEBE WANAX GANTON!«

»AUFSITZEN!« befahl er und schwang sich auf sein Pferd. »Morrone, du bleibst bei mir. Nur meine Rüstung soll meinem Rücken näher sein als du!«

»Mit meinem Leben, Majestät!«

»Laßt die Trompeten blasen!«

Wild schmetterten die Trompeten, und Kesselpauken fügten ihr dumpfes Grollen hinzu. Die Westmänner schauten erschrocken nach oben. Ganton ließ die Streitaxt über seinem Kopf herumwirbeln. »FÜR DRANTOS. FÜR CAMITHON UND DRANTOS!«

Gewaltig setzte sich die breite Formation der schweren Kavallerie in Bewegung, bis das Donnern der Hufe und das Schmettern der Trompeten alles andere übertönte.

32

Toller Bär hatte schon die Seite eines Hügels herabstürzen sehen, als die Erde bebte. Steine, groß wie ein Mann, waren schneller auf ihn zugerollt, als ein Pferd galoppieren konnte, und der Staub war so hoch zum Himmel aufgestiegen, daß er die Füße des Großen Vaters erreicht haben mußte.

Daran erinnerte er sich in diesem Augenblick. Aber jetzt war jeder Stein ein in Eisen gekleideter Mann auf einem so großen Pferd, daß ein Hengst der Pferdemenschen unter seinem Bauch hätte hindurchgehen können, und auch diese großen Pferde trugen Eisen!

Überall flatterten Banner, und die Erde erzitterte vom Stampfen der Hufe. Trompetenstöße zerrissen die Luft, Trompetenstöße und das Dröhnen der Kesselpauken und die triumphierenden Schreie der Eisenhemden, als sie ihre riesigen Lanzen einlegten.

Toller Bär hatte schon gegen die Eisenhemden gekämpft, aber immer auf freiem Feld. Daß sie in so gewaltigen Haufen einmal direkt auf ihn zureiten könnten – daran hatte er noch nie gedacht. Er sah den Tod vor Augen, seinen und den aller Pferdemenschen, die mit ihm gekommen waren. Irgendwo stromabwärts waren noch mehr Pferdemenschen, aber es waren nicht genug gekommen, und jetzt –

Jetzt konnte er nur noch seine Ehre retten. Der Große Krieger würde sehen, daß Toller Bär wie ein Mann zu sterben wußte . . .

Er verschwendete keine Worte. Die donnernde Walze der Eisenhemden, die auf ihn zurollte, war zuviel. Niemand hätte ihn gehört. Er zählte seine Pfeile. Eine Hand und einen. Nicht genug, nicht annähernd genug. Aber sie mußten reichen. Er würde seine Pfeile verschießen und davonreiten. Vielleicht würden die Eisenhemden sich verteilen, wenn sie die Verfolgung aufnahmen. Er legte einen Pfeil ein und versuchte, auf Fleisch zu zielen statt auf Eisen.

»Dafür wurde ich geboren!« Ganton gab seinem Pferd die Sporen. Jetzt stellten sich die Westmänner zum Kampf. Sie schossen, so schnell sie konnten. Hier und da ging ein Pferd zu Boden, und ein paar andere Pferde stolperten oder mußten ausweichen. Aber das Gesamtheer drang unerbittlich vor.

»Dafür wurde ich geboren!« schrie Ganton noch einmal.

Seine Lanze durchbohrte einem Westmann die Kehle und spießte ihn auf wie einen wilden Eber. Ganton drehte die Lanze und riß sie mit, aber bevor er sie auf das nächste Ziel richten konnte, blieb sie im Pferd eines Westmanns stecken. Ganton ließ sie los und griff nach seiner Streitaxt, die an einem Riemen vom Sattelknopf hing. Er holte aus und zerschlug einen Lederhelm und den Schädel darunter.

»Sire, laßt uns vorbei!« Zwei Gardereiter hatten zu ihm aufgeschlossen. »Wir haben Lanzen. Laßt uns voranreiten.«

Fast hätte er sie verflucht; aber dann dachte er nach. Wenn ich falle, ist der Tag verloren. Morrone kann nicht tun, was getan werden muß. Ob Schlachten verloren werden oder Königreiche fallen, sollte nicht vom Leben eines einzigen Mannes abhängen, aber heute ist es so. »Nehmt meinen Dank!« schrie er und ließ die Männer vorbei. Weitere folgten, und bald war er von ihnen umringt. Es waren nicht nur Männer von der Garde, auch Bheromänner und Ritter wollten sich zwischen ihn und die Gefahr stellen.

Wenn das mein Vater hätte erleben können, dachte er. Wenn ich diesen Tag überlebe, ist der Thron gesichert. Der Thron? Die Dynastie! Unsere Kinder, meine und Octavias, werden für alle Zeit über dieses Land herrschen!

Der Wanax und sein Gefolge ritten weiter, bis sie die Reihen der Westmänner durchbrochen hatten.

»Trompeten!« schrie Ganton. »Laßt zum Sammeln blasen!«

Die Trompeten schmetterten, als der Bannerträger das Königliche Banner hochriß. Ein Dutzend Westmänner galoppierten vorbei. Sie saßen geduckt auf ihren Pferden, und ihre Köcher waren leer. Sie wurden von zwanzig Reitern aus Drantos verfolgt, die unter Lord Epimenes' Banner dahin donnerten. »Halt!« schrie Ganton. »HALT!«

»Die Feiglinge fliehen!« schrie der Bheromann.

Sie müssen anhalten, dachte Ganton. Er zog den Browning und feuerte auf Lord Epimenes' Banner. Er wußte nicht, wohin die Kugel ging, aber der Knall war sogar im Schlachtgetümmel zu hören. »HALT!« schrie Ganton wieder. »Lord Epimenes, bleibt bei mir! Wir haben Besseres zu tun, als hinter leeren Köchern herzujagen! Überlaßt sie den Knappen. Wir haben Arbeit, die eines Bheromannes und seiner Ritter würdig ist!«

Epimenes brachte sein Pferd zum Stehen. Es war nicht klar, ob Gantons Worte ihn überzeugt hatten, oder die Axt und die Pistole, die der Wanax trug, aber er ließ von der nutzlosen Verfolgung ab.

»Trompeten, zum Abmarsch blasen!« schrie Ganton. Mit normaler Stimme sagte er dann zu der Gruppe, die sich um ihn versammelt hatte: »Wir haben die erste Linie durchbrochen. Wenn wir die Spitze jenes Hügels erreicht haben, greifen wir wieder an. Morrone!«

»Sire?«

»Reite zur rechten Flanke, wo Lord Enipses das Kommando hat, und sorge dafür, daß er uns folgt.« Er zeigte nach vorn. »Lord Epimenes bleibt zu meinem Schutz hier. Komm gut zurück –«

»Aye, Majestät.«

Ganton stellte sich in die Steigbügel und grinste, als er die Haufen von toten Westmännern sah. Zwischen ihnen lagen auch ein paar Ritter aus Drantos, und andere Ritter hatten ihr Pferd verloren, aber seine Armee war eine intakte Streitmacht. Er zeigte mit der Axt zum Hügelkamm hinauf und dachte wehmütig daran, wie oft Camithon die Axt zu einer ähnlichen Geste benutzt hatte. »Vorwärts!« rief er.

Die Armee ritt nach Nordosten.

»Major!« schrie Hal Roscoe. »Hier kommen sie wieder!«

»Ich sehe sie«, sagte Mason. Er schaute zu seinen Leuten hinüber und machte sich bereit, einen weiteren Angriff abzuwehren.

Wenn er nur mehr Munition für den Mörser hätte –

Es war sinnlos. Im Geiste zählte er Magazine. Genug, um hier rauszukommen, dachte er. Wir müssen sie in Schach halten, bis es Nacht wird, und dann ausbrechen. Wir werden die Verwundeten und eine Menge Gerät verlieren, aber ich wüßte nicht, was wir sonst tun könnten. Wir können sie nicht angreifen, und diese verdammten flachen Hügel lassen unseren Gewehren zu wenig freies Schußfeld.

»Feuer frei!« schrie er. »Rollende Salve von links. Feuer!«

Die Kanoniere feuerten und luden, so schnell sie konnten, und Mason erzielte mit seiner H&K gute Wirkung. Ich brauche mich nicht mehr wie ein Offizier zu benehmen, dachte er. Erstens bin ich kein guter, und zweitens sind nicht mehr viele Befehle zu geben –

»Am anderen Flußufer, Art!« brüllte Murphy. »Um Gottes Willen, schau dir das an!«

Mason starrte über den Fluß hinweg. »Ach du Scheiße! Truppen! Sieht aus, als hätte unser kleiner König sich an uns erinnert.«

Die schweren Reiter aus Drantos kamen den Hügel herab. *Alle!* Jedenfalls alle, die Pferde hatten. Einige hatten oben auf dem Hügel einen Wall aus Schildern errichtet, aber fast die gesamte Armee von Drantos kam den Hügel herabgeritten.

Für Mason sah es so aus, als würden die Reihen der Westmänner von einer riesigen Woge überspült, die Tote und Sterbende hinter sich zurückließ. Die Gepanzerten ritten die leichten Reiter einfach nieder.

Über den vorderen Reihen flatterten die Banner, und vorn am linken Flügel wehte das größte von allen, die Königliche Standarte von Drantos und, ja, da war der Goldhelm, von dem dieser verrückte Knabe sich nicht trennen konnte. Sie ritten direkt auf Art Mason zu.

Dann schwenkten sie nach links um den Goldhelm herum.

»Was nun?« fragte Murphy.

Mason runzelte die Stirn. »Keine Ahnung. Aber ich wette jeden Betrag, daß der Junge weiß, was er tut.«

Murphy hielt die Hand über die Augen und sah die schweren Reiter hinter Staubwolken verschwinden. Dann wandte er sich wieder den anrückenden Westmännern zu. »Hoffentlich hast du recht«, sagte er.

Julius Sulpicius, *primus pilus* der Vierten Legion, ritt an Titus Frugi heran und grüßte. »Die Kundschafter, die wir ausgeschickt haben, lassen lange auf sich warten«, sagte er. Er hätte auch sagen können, daß sie wahrscheinlich überhaupt nicht zurückkommen würden; aber das war nicht nötig. Man wurde nicht Erster Zenturio einer Legion, indem man einen General von der Erfahrung eines Titus Frugi mit Geschwätz langweilte.

Frugi fluchte leise. Es war schon die vierte Gruppe Kundschafter, die sie flußaufwärts geschickt hatten. Eine war zurückgekommen, aber die Männer hatten vor lauter Staub und Westmännern nicht viel erkennen können. Die anderen drei waren überhaupt nicht zurückgekommen.

Hin und wieder hatte Titus auf einem Hügelkamm weit oben im Tal etwas glitzern sehen, was ein Banner hätte sein können. Die Karten, die die *frumentarii* vom Tal des Hooey gezeichnet hatten, zeigten, daß es sich um einen Hügel handelte, der leicht zu verteidigen war. Ob die Armee von Drantos sich dorthin zurückgezogen hatte?

Gewiß hielten die Sternenmänner und ihre tamaerthanischen Verbündeten einen anderen Hügel jenseits des Flusses.

»Die Dritte Kohorte sagte, daß sich weiter hinten starke Verbände der Barbaren zusammenziehen«, sagte Sulpicius. Er war fünfzehn Jahre lang den Adlerbannern gefolgt, und das hätte ihm das Recht gegeben, mehr zu sagen, aber bei Titus Frugi war das nicht nötig. Sein Tonfall deutete die Frage an, die er mit seinen Worten gestellt hatte: Wird es nicht verdammt Zeit, daß wir von hier verschwinden?

Es wurde in der Tat Zeit, aber das gefiel Frugi nicht besonders. Sich ohne Befehl zurückzuziehen, würde eine Allianz gefährden, die das einzige war, das zwischen den Westmännern und der römischen Grenze stand – wenn die Legenden stimmten, waren die Westmänner einst ganz bis an die Tore des heiligen Roms selbst vorgedrungen! Nein, besser hier stehen, und wenn es die Legion kostete.

Aber – machen wir es richtig? fragte er sich. Wir haben hier unsere Stellung bezogen, und niemand kommt an uns vorbei, aber was erreichen wir dadurch? Von Zeit zu Zeit versuchten die Westmänner, die Römer zu unüberlegten Angriffen zu reizen, aber wenn ihnen das nicht gelang, gaben sie diesen Sport schnell auf. Jetzt standen der Legion Tausende – vielleicht Zehntausende – von Westmännern irgendwo dort draußen gegenüber, aber sie würden sich nicht zu einer Entscheidungsschlacht stellen. Im Dienst Roms hatte Titus Frugi schon viele Feinde bekämpft, aber noch nie einen, den man nicht *finden* konnte. Und genau das war dort im Staub zwischen den Hügeln die Schwierigkeit; wenn er dort draußen den Feind suchen wollte, würden seine Pferde ermüden, und er wäre in der Tat verloren.

Von den Vorposten her waren Trompetenstöße zu hören. Dekurio und die Männer, die er dort draußen zur Abschirmung aufgestellt hatte, galoppierten zur Hauptlinie zurück. Wieder Trompetenstöße. »ZU PFERD!« hieß das Signal, und wenn die Zenturionen, ohne vorher Frugis Zustimmung einzuholen, diesen Befehl gaben, mußte der Feind in Sicht sein! Als er nach vorn ritt, kam der erste Westmann über den Kamm des kleinen Hügels vor den römischen Linien.

Die Zenturionen kannten ihr Geschäft. Die *cohortes equitates* gingen nach vorn und schützten mit Schilden und Speeren die berittenen Bogenschützen, während die gepanzerten Reiter die Westmänner abschossen.

Sie schossen sie ab, und die Westmänner leisteten kaum Widerstand!

»Das ist kein Angriff!« schrie Titus Frugi.

»Legat, Ihr habt recht«, schrie Sulpicius. »Sie fliehen! Aber – was?«

Könnte es eine List sein? Nein. Die Westmänner waren schlau, geradezu teuflisch schlau, aber sie waren nicht diszipliniert genug, um für eine List so viele Männer zu opfern. Nein, sie flohen vor einem Feind, es war eine wilde Flucht –

»Blast zu den Waffen!« rief Titus Frugi. »Die Legion rückt vor! Die Fünfte und die Sechste Kohorte an die Flügel, um dem Feind die Flucht abzuschneiden.«

Ein Jubelschrei erhob sich. Selbst die Römer mit ihrer eisernen Disziplin haßten es, irgendwo zu stehen und sich beschießen zu lassen.

»Vorwärts!«

Die römische Formation rückte vor, den Abhang hinunter und den nächsten Hügel hinauf. Immer mehr Westmänner tauchten auf. Rasch stellten die Zenturionen Männer mit Schilden und Speeren in die vorderste Reihe. Sie standen so, daß die Bogenschützen in der zweiten Reihe zwischen ihnen hindurchschießen konnten. Die *cohortes equitates* hielten sich an den Sätteln ihrer berittenen Kameraden fest. Als die Westmänner angriffen, gingen sie geschickt mit Schild und Speer vor und bekämpften die Westmänner auf dem Boden, während die gepanzerten Reiter sie vom Pferd aus attackierten. Weitere Westmänner starben.

Dann hatten sie den Hügelkamm überschritten. Aus dem

schmalen Tal unter ihnen stiegen Staub und Lärm auf. Die Trompeten von Drantos vermischten sich mit den Schreien der Westmänner und ihrer Pferde. Die Westmänner waren in dem schmalen Tal so zusammengedrängt worden, daß sie ihre Waffen nicht gebrauchen konnten, und da die Streitmacht von Drantos zwischen ihnen und dem Fluß stand und die Römer von hinten kamen, konnten sie auch nicht weglaufen.

Die Legion rückte vor, um Caesars Feinde zu zerschmettern.

Ganton riß die Axt hoch, denn jetzt gab es Arbeit für Äxte und Schwerter. Für einen Angriff war kein Platz, aber ein Angriff war auch eigentlich nicht nötig. Die Westmänner versuchten zu fliehen, aber sie prallten nur auf ihre Kameraden. Nun stellten sie sich zum Kampf, aber wenn ein ungepanzerter Mann mit einem Bronzeschwert einem Ritter mit Langschwert oder Axt gegenüberstand, war der Ausgang klar.

»Sie fliehen nicht!« schrie Morrone und schlug einen weiteren Feind zu Boden.

Ganton war genauso mit Blut bespritzt wie Morrone. Seinen Browning hatte er schon lange leergeschossen, und er hatte keine Zeit, ihn neu zu laden. Außerdem hatte er irgendwann während der Attacke seinen Haß auf die Westmänner verloren. Jetzt wünschte er sich nur noch das Ende der Schlacht. Ich weiß, was Lord Rick empfinden muß. Einmal hat man genug getötet, genug und mehr als genug. Aber wir müssen tun, was getan werden muß. »Es sind die Römer«, rief er Morrone zu.

Ein Krieger der Westmänner durchbrach die vordere Reihe, stürzte auf Ganton zu und schleuderte seine Lanze. Sie fuhr krachend in den erhobenen Schild des Königs. Der hölzerne Schild brach in der Mitte durch, aber er hielt die Lanze auf. Ganton holte mit der Axt aus, um den Angriff abzuwehren, aber sein Handgelenk war müde, und er traf die Lederkappe des Kriegers nur mit der flachen Seite, aber es reichte. Der Mann ging zu Boden. Aber hinter ihm stand ein zweiter, und Ganton hatte keinen Schild mehr. Verzweifelt versuchte er, dem Hieb auszuweichen –

Morrone sprengte herbei und durchbohrte den Gegner mit dem Schwert.

Ganton winkte ihm anerkennend zu. Sie hatten einander schon so oft aus Schwierigkeiten gerettet, daß sie es kaum noch zählen konnten.

»Die Römer?« fragte Morrone.

Ganton runzelte die Stirn. Was hatte diese Frage zu bedeuten, und warum sollte er sie beantworten? Sein Kopf dröhnte vom Lärm der Hörner und der Trommeln, und er war erschöpft. Ein Ratssaal mit zu vielen, die Rat anzubieten hatten, schien ihm jetzt ein idealer Ort zu sein; aber er wußte, daß er einen klaren Kopf behalten mußte.

Was war mit den Römern? Ah. Jetzt erinnerte er sich an das, was er gesagt hatte, als die Westmänner ihn angriffen. »Sie sind da vorn«, sagte er jetzt. »Ich hatte gehofft, daß sie genug Verstand haben würden, die Westmänner anzugreifen, als wir sie ihnen entgegentrieben, und es scheint, das war der Fall. Wenn ich sie nur erreichen könnte –«

Was soll ich tun? Ich hatte eine Idee, aber jetzt fällt sie mir nicht mehr ein. Dabei war es so wichtig. Könnte ich die Römer erreichen?

Ah. Er stellte sich in die Steigbügel. »Morrone!«

»Sire!«

»Du übernimmst den Befehl, bis ich zurückkomme. Das Große Banner bleibt bei dir, und du redest mit meiner Stimme. Ich muß zum römischen Kommandeur. Lord Epimenes!«

»Sire!«

»Ich gebe Euch den Oberbefehl über den Königlichen Stab. Vereinigt Eure Männer mit meinen. Wir können noch große Dinge verrichten, wenn es mir nur gelingt, mit den Römern zu sprechen.«

»Majestät! Verfügt über mich!«

Er muß wissen, wie viele fallen werden, wenn wir uns durch diese Massen hindurchkämpfen, dachte Ganton. Dennoch ist er bereit, mir zu folgen. Das zeugt von mehr Mut als Verstand. Aye, so sind viele meiner Bheromänner. Sie sind gepanzert von Kopf bis Fuß und von einem Ohr zum andern. Aber loyal, und heute brauche ich loyale Männer. Heute gehorchen sie mir, wie sie Lord Rick gehorchen würden! Denn heute habe ich ihnen eine Schlacht geboten, von der sie lange Winter hindurch geträumt haben, von der sie geträumt haben, seit sie eine Lanze zu führen wußten. Möge Yatar geben – aye, Yatar und Christus! –, daß sie loyal bleiben.

Er versammelte seine Garde und die Männer, die Epimenes folgten, um sich. Dann senkten sie ihre Lanzen und stürzten sich auf die Westmänner. »Für Drantos und Camithon!«

Der Tribun Geminius ritt zu Titus Frugi hinüber und grüßte. »Eine Gruppe Adeliger aus Drantos nähert sich, Legat. Sie haben die Reihen der Westmänner durchbrochen.«

»Hilf ihnen.«

»Das ist bereits geschehen, Legat.«

Frugi nickte anerkennend. Die Krieger aus Drantos waren nicht für gute Zusammenarbeit mit anderen bekannt, aber wer auch immer jetzt anrückte, hatte viel riskiert.

Ein Offizier des Hauptquartiers näherte sich im Galopp. »Der Zenturio sagte, es ist das Königliche Kriegsbanner!« schrie er.

»Das ist der Wanax selbst!« rief Geminius aus. »Aber warum ist er gekommen? Er ist ohne sein eigentliches Königliches Banner gekommen!«

»Das sehe ich selbst«, sagte Frugi ungeduldig. »Bereitet euch vor, ihm die gebührenden Ehren zu erweisen und hört mit eurem Geschwätz auf. Wir werden gleich erfahren, warum er kommt.«

Das hielt die jüngeren Offiziere nicht davon ab, Überlegungen anzustellen, aber wenigstens belästigten sie Titus Frugi nicht mehr. Inzwischen hatte Sulpicius Berichte von den Führern der Kohorten.

Dann ritten die Männer aus Drantos heran.

»Heil, Majestät«, rief Frugi.

»Heil, Legat. Wir müssen miteinander sprechen, und zwar sofort.« Der junge Wanax gestikulierte, und einer seiner Knappen sprang herbei, um sein Pferd zu halten, als er abstieg.

Frugi sah das Gefolge des Königs. Ritter und Bheromänner, alle altgediente Veteranen und alle mit blutigen Waffen. Sie hatten viel gewagt, um ihn hier zu erreichen. Es war bemerkenswert, daß die alten Kriegsveteranen diesem Knabenkönig gehorchten. Müde stieg auch Frugi vom Pferd.

Ganton zog seinen Dolch, kniete sich hin und zeichnete eine Karte des Schlachtfelds in den harten Boden. Es war nicht die beste Karte, die Frugi je gesehen hatte, aber sie reichte vollkommen aus. Aye, dachte Titus Frugi, dieser Junge zeichnet eine Karte, obwohl er vor der Ankunft der Sternenmänner nicht einmal gewußt hat, wie wichtig gute Karten in einem Krieg sein können.

»Fast die Hälfte der Westleute stecken zwischen unseren beiden Armeen in der Falle«, sagte Ganton. »Wenn ihre Reihen sich lichten, werden sie versuchen zu fliehen, aber ich denke, wir werden genug von ihnen töten.« Er beschrieb mit der Dolchspitze einen Kreis um das Kampfgebiet.

»Der Rest der Westmänner steht hier, von uns aus gesehen jenseits des Flusses. Sie haben nur die Sternenwaffen vor sich, aber solange sie Lord Mason nicht angreifen, haben sie wegen der Hügel wenig zu befürchten. Die Sternenmänner haben nicht genug Leute, um gegen sie vorzurücken.«

Frugi nickte. »Was wißt Ihr über den *Ballon*?«

»Er steigt nicht auf«, sagte Ganton. »Ich weiß nicht warum. Aber weil er nicht aufsteigt, weiß Lord Mason auch nicht genau, wo die Westmänner sind. Aber sie sind hier und hier und –«

»Ich sehe«, sagte Titus Frugi.

»Lord Rick hat mich gelehrt, nicht alle meine Truppen zugleich in die Schlacht zu schicken«, sagte Ganton. Ich muß *Reserven* haben, wie er es nennt. Ich glaube, die Römer machen es ebenso.«

»Ja«, sagte Frugi. Er schaute den jungen Wanax nachdenklich an. In den Augen des Knaben lagen mehr Jahre, als er bei der Planung der Schlacht gezählt hatte.

»Wenn Ihr Eure *Reserven* aufteilt und sie hier und hier hinschickt, kann viel erreicht werden«, sagte Ganton. Er ritzte Linien auf die Karte, um die Positionen an den Flanken der Westmänner anzudeuten, die Mason und Caradoc gegenüberstanden. »Denn in weniger als einer römischen *Stunde* wird das

Gemetzel hier beendet sein, und die Armee von Drantos wird wieder angreifen können. Wenn wir den Fluß überschreiten, können wir die Reste der Westmänner von hinten attackieren und sie den Sternenmännern entgegentreiben. Eure *Reserven* werden verhindern, daß sie nach den Seiten ausbrechen, und ich glaube, die Sternenwaffen werden das Werk vollenden.«

»Wenn die Westmänner die Sternenkrieger nicht aus ihrer Stellung werfen.«

»Nein«, sagte Ganton. »Gewiß, ich habe mit Lord Mason nicht gesprochen – aber das ist auch nicht nötig. Ich kenne Lord Mason und Lord Caradoc. Sie werden in einer starken Position sein. Sie werden sich nicht von Westmännern, die in Panik fliehen, aus ihrer Stellung werfen lassen.«

»Hmm«, sagte Frugi. »Werden Eure Pferde einen zweiten Angriff durchstehen?«

»Aye, ich habe Leute zum Wasserholen an den Fluß geschickt. Dank Lord Rick und den römischen Schreibkundigen, die ihm helfen, stehen die Pferde gut in Futter.«

Er ist in der Tat gewachsen, dachte Titus Frugi. Und er wäre für Caesar ein furchtbarer Gegner –

»Denn ich habe zugelernt«, sagte Ganton. »Weder ich noch meine Ritter noch Lord Camithon selbst haben je gewußt, wie wichtig es ist, einen Scheffel Hafer vom Feld des Bauern in die Mägen der Kriegspferde auf den Hochebenen zu schaffen. Aber ich habe gelernt. Aye, Legat, unsere Pferde sind stark, und bald werden sie Wasser haben. Wir werden den Angriff reiten können.«

Titus Frugi legte die Hand über die Augen und starrte in das staubige Tal hinab. Der Wanax hat recht, dachte er. In einer Stunde wird das Gemetzel beendet sein. Barbaren, die unter verschiedenen Häuptlingen kämpfen, sind nicht so leicht bereit, ihren bedrängten Kameraden zur Hilfe zu eilen. Die Reserve wird zur Vereitelung eines Rettungsversuchs überhaupt nicht eingesetzt werden müssen. Eine Kohorte kann uns den Rücken decken, und wenn der Knabe wirklich die Position des Feindes kennt, können wir heute noch die Entscheidung erzwingen.

»Ich schlage weiter vor, daß Drantos die Mitte übernimmt«,

sagte Ganton. »Die Ritterschaft von Drantos kämpft am besten in massierter Formation, während Eure Legionäre geschickter manövrieren können. Und direkt hier werden wir zuschlagen –« Er ritzte mit dem Dolch einen dicken Pfeil.

»Habt Ihr geprüft, wie tief der Fluß ist?« fragte Frugi.

»Ich habe gesehen, wie die Westmänner ihn überquerten«, sagte Ganton. Er hob sein Fernglas. »Hiermit. An den entscheidenden Stellen reicht das Wasser den Pferden der Westmänner bis an den Bauch.«

»Aha.« Frugi richtete sich wieder auf. Die Offiziere des Hauptquartiers beugten sich eifrig vor. Frugi zögerte einen Augenblick und fragte dann: »Was hältst du davon, Primus Pilus?«

»Sehr viel, Legat«, antwortete Sulpicius.

»Und dich brauche ich nicht erst zu fragen, Tribun Geminius. Entweder du stimmst zu, oder du hast Vipern unter deinem Brustharnisch. Gut, Tribunen. Stellt die Kohorten auf. Wanax, wie werdet Ihr Eure Streitmacht alarmieren?«

»Ich werde mit Euch reiten, bis wir sie erreichen«, sagte Ganton. »Wenn es Euch genehm ist.«

»Mehr als genehm.« Und ich bin froh, daß du Caesars Freund bist, denn du wärest ein fürchterlicher Feind. Nach diesem Tag werden wir unsere militärischen Handbücher umschreiben müssen, denn in ihnen steht, Drantos sei ein Königreich der Barbaren – und das stimmt nicht mehr.

33

Soldat Passavopoulos hatte gerade das LMG wieder feuerbereit gemeldet, als Mason Kriegshörner hörte. Sie wurden lauter. Hundert Westmänner lösten sich im Galoppritt aus einer Staubwolke jenseits des Flusses. Dann tauchte aus der Staubwolke hinter den Westmännern plötzlich das Königliche Banner von Drantos auf. Wenig später flatterten am gegenüberliegenden Ufer des Hooey ein Banner neben dem anderen.

»Murph!« brüllte Art. »Schieß mit der Eins-null-sechs! Nimm die günstigsten Ziele –«

»Roger!«

»Ark! Mach das LMG klar! Sie treiben uns die Kerle direkt vor die Rohre.«

»Stimmt«, sagte Passavopoulos.

»Schätze, du hattest recht«, sagte Murphy. »Feuer!« Die 106 brüllte auf, und eine weiße Phosphorgranate detonierte in einer Gruppe von Westmännern, die sich am Flußufer gerade neu formieren wollten.

»Recht womit?«

»Der Junge weiß, was er tut.«

»Ja«, sagte Mason. »Das weiß er bestimmt.«

Das LMG hämmerte los, dazu das Krachen der H&K-Gewehre; der Versuch der Westmänner, sich zu organisieren, wurde im Keim erstickt.

Dann geschah alles auf einmal. Aus der Staubwolke brachen Krieger hervor. Ritter aus Drantos und römische gepanzerte Reiter. Sie stürmten zum Fluß hinunter und in das flache Wasser hinein. Als sie den Fluß durchritten hatten, vermischten sich die Streitkräfte aus Drantos mit denen der Römer. Es war schwer festzustellen, wer zuerst über den Fluß gelangte, der Goldhelm des Wanax Ganton oder der scharlachrote Mantel des Titus Frugi.

Noch einmal versuchten die Westmänner, Ordnung in ihre Reihen zu bringen, diesmal auf einem Hügel über dem Flußufer, aber an ihrer Flanke tauchten weitere Römer auf, Panzerreiter und *cohortes equitates*. Die römischen Fußsoldaten schützten sich mit ihren Schilden und rückten langsam gegen die Westmänner vor, während die Kavallerie ihre Pfeile auf die Westmänner abschoß. Inzwischen hatten die Ritter aus Drantos gemeinsam mit den römischen Lanzenreitern den Fluß überwunden. Sie stellten sich neu auf, während ihre Offiziere Befehle brüllend vor der Front auf- und abritten. Dann ertönten gellende Hornsignale, und Römer und Ritter trieben ihre Pferde zum Galopp.

Die Westmänner wurden von der Flanke her mit Pfeilen beschossen, und vor sich sahen sie die Lanzen. Dieser Kombination waren sie nicht gewachsen. Ihre Front brach ein und löste sich dann auf. Die Verbündeten griffen an, aber dann konnte Mason nichts mehr erkennen, denn das Treffen setzte sich hinter den Hügeln fort.

»Sie werden bald über diesen Hügel kommen«, sagte Mason.

»Nicht schießen, bevor wir sie unten direkt vor uns haben. Dann wissen wir, auf was wir schießen.« Er schickte einen Boten mit der gleichen Nachricht zu Caradoc.

Und jetzt müssen wir warten, dachte er. Aber diesmal wissen wir, auf was wir warten. Es ist alles gelaufen. Uns bleibt nur noch das Aufwischen.

Toller Bär war erstaunt, daß er beim ersten Angriff der Eisenhemden noch über den Fluß gekommen war, aber jetzt griffen sie wieder an. Dennoch hatte er keine Angst. Die Pferdemenschen konnten die Eisenhemden besiegen, selbst wenn die Eisenhemden mit Zauberern verbündet waren.

»Bleibt bei mir!« schrie er. »Wir können immer noch siegen. Wir können sie dazu bringen, uns immer wieder anzugreifen, bis ihre Pferde ermüden, und dann sind sie leicht zu töten. Bleibt bei mir!«

Er schrie immer noch, als er die roten Mäntel an beiden Flanken der Eisenhemden sah. Weitere rote Mäntel tauchten am Eingang zum Tal auf. Jetzt wußte er es. Der Große Vater und der Große Krieger hatten sich von den Pferdemenschen abgewandt.

Die roten Mäntel kamen aus dem Staub am Horizont und schickten ihre Pfeile und ihre schrecklichen Kriegsfanfaren voraus, und Toller Bär wußte, daß dieser Tag einen tiefen Einschnitt in der Geschichte der Pferdemenschen bedeutete.

»Her zu mir!« rief er. »Wenn wir schon nicht siegen können, so können wir doch sterben wie es der Große Krieger erwartet! Laßt uns den Hügel stürmen und die Diener der Zauberer töten!«

Aber wenige hörten auf ihn. Der nie endende Pfeilhagel der roten Mäntel ging auf die Pferdemenschen nieder, und die Eisenhemden bahnten sich mit ihren Schwertern den Weg den Hügel hinauf. Ihre Lanzen durchbohrten die Krieger, und ihre großen Pferde zertrampelten die Pferde seiner eigenen Leute unter ihren Hufen. Mit ihren entsetzlichen eisernen Schwertern zerhackten sie selbst diejenigen, die eine Rüstung gefunden hatten.

Ein Pfeil traf sein Pferd in den Hals, und als es sich aufbäumte, trafen zwei weitere Pfeile das Tier in die Brust. Zwei Eisenhemden und drei rote Mäntel galoppierten den Hügel hinauf. Sie zeigten auf ihn und ritten auf ihn zu. Als sie ihn fast erreicht hatten, riefen sie ihm etwas zu.

Toller Bär sprang auf einen Felsblock, den Bogen in der einen, ein erbeutetes Schwert in der andern Hand. Er beantwortete die Rufe seiner Feinde mit seinem eigenen Kriegsgeschrei. Dann legte er seinen letzten Pfeil ein und zielte sorgfältig auf den roten Mantel. Der Mann riß seinen Schild hoch, und rasch zielte Toller Bär auf die Brust des nächsten Eisenhemdes. Auf diese Entfernung konnte der Pfeil die Rüstung des Gegners durchdringen, und Toller Bär stieß einen Triumphschrei aus, aber dann war es zu spät. Seine Feinde ritten an ihn heran. Etwas traf ihn hart am Kopf. Er merkte kaum noch, daß er sein Schwert fallen ließ und zu Boden sank.

Titus Frugi ritt an die Stelle, die er als Kommandoposten ausgewählt hatte, und traf den Sternenmann Lord Walbrook dort schon an. Dann kam Lord Mason vom Hügel herab, nachdem die *cohortes equitates* seine Garde abgelöst hatten.

Die Schlacht war vorbei. Zwischen den flachen Hügeln versteckten sich zwar noch versprengte Westmänner, aber jeder organisierte Widerstand hatte aufgehört. Nun brauchte man nur noch kleine Trupps auszusenden, die versuchen konnten, den einen oder anderen Häuptling lebend gefangenzunehmen.

Die Westmänner waren tapfere Kämpfer. Zuerst hatten sich nur wenige ergeben, aber jetzt waren sie vom Fluß abgeschnitten, und Wassermangel würde sie zur Aufgabe zwingen. Sie ergaben sich aber nur Bewaffneten und begingen lieber Selbstmord, als daß sie sich von Zauberern oder Weibern bewachen ließen.

»Die Tagesarbeit wäre geschafft«, sagte Lord Mason.

Titus Frugi nickte bedächtig. »Es ist gut gelungen«, sagte er, »und das beweist, daß die Allianz für alle von Vorteil ist.«

Unten wateten die tamaerthanischen Bogenschützen in den Fluß, um die Leichen der Westmänner ans Ufer zu ziehen. »Das ist gut«, sagte Titus Frugi. »Aber es wäre besser, auch die toten Pferde herauszuziehen, denn sonst werden wir das Wasser des Flusses bald nicht mehr trinken können –«

Mason lachte. »Ich fürchte, sie denken an alles andere als Hygiene, Legat. Sie wollen das Gold der Westmänner. Die meisten der tamaerthanischen Burschen haben wegen der Beute am Feldzug teilgenommen.«

»Ja, es gibt viel aufzuteilen«, sagte Titus Frugi. »Die Legion hat sehr viel Gold eingesammelt, genauso wie die Krieger aus Drantos. Wie soll es aufgeteilt werden? Darüber müssen wir mit dem Wanax sprechen.«

»Yes, Sir«, sagte Mason.

»Und nun entschuldigt mich –« Titus Frugi wandte sich ab, um Geminius zu begrüßen.

»Heil, Legat«, rief der Tribun. »Auf dem Hügel jenseits des Flusses sind noch einige Gruppen von Westmännern. Sie haben die Unberittenen zurückgelassen, damit sie ihren Rückzug decken. Sollen wir die Verfolgung aufnehmen?«

»Nein.« Er senkte die Stimme, so daß nur Geminius ihn hören konnte. »Die Legion hat sich zerstreut. Viele unserer Truppen haben die Reihen verlassen, um Beute zu machen. Unsere Pferde sind erschöpft, und wir würden die Westmänner nicht als organisierte Streitmacht verfolgen können. Die Kohorten, die ich schicken könnte, müssen bleiben, um uns gegen einen neuen Angriff zu sichern. Ich sage dir das, weil ich eine Chance sehe – eine geringe, aber immerhin eine Chance –, daß du eines Tages selbst imstande sein wirst, eine Legion zu führen.«

»Meinen Dank –«

Titus Frugi schnitt ihm das Wort ab. »Vorläufig bleibst du hier. Die Zenturionen wissen, was zu tun ist. Es ist Aufgabe der Offiziere, darauf zu achten, daß keine neuen Feinde kommen, bevor die Legion wieder intakt ist. Es ist auch unsere Aufgabe zu erkennen, worauf wir *nicht* achten sollten.«

»Ja. Soll ich dafür sorgen, daß Euer Zelt errichtet wird?«

»Wie denn? Indem du die Truppen des Hauptquartiers anschreist? Sie würden dich ignorieren, Tribun, und das mit Recht – wie willst du einem Veteranen mit zehnjähriger Erfah-

rung erzählen, daß er sich um seinen Kommandeur kümmern soll?« Frugi lachte. »Steig ab und ruh dich aus, Tribun, und sag den Sternenlords, daß sie sich zu uns setzen sollen; denn ich sehe, daß Junio den Wein gefunden hat und daß Wanax Ganton kommt.«

Ein junger Mann, der viel gelernt hat, dachte Titus Frugi, als er den Wanax mit einem Dutzend Begleitern heraufreiten sah. Den Reitern und ihren Pferden waren die Strapazen der Schlacht deutlich anzusehen.

»Heil, Titus Frugi«, rief Ganton.

»Heil, Majestät. Der Tag hat uns Erfolg gebracht.«

»Aye.« Ganton stieg ab und winkte Morrone heran. Zum erstenmal seit dem Morgengrauen nahm er seinen Goldhelm ab.

Morrone nahm ihn von seinem Wanax mit einer so graziösen Geste entgegen, daß die besten Schauspieler Roms es nicht eleganter hätten machen können. Der junge König schüttelte den Kopf und strich sich mit den Fingern die Haare aus dem Gesicht.

Wenn ich einen ausgezeichneten Bildhauer hätte, dachte Frugi, würde ich ihm dies zum Thema geben. Er hat seine Leute für sich gewonnen, aye, nicht nur seine Leute –

Julius Sulpicius erschien mit einem Dutzend anderer Zenturionen. Er grüßte Titus Frugi und wandte sich dann Ganton zu. Der Erste Zenturio schaute seine Gefährten an. Alle grinsten.

Ich sollte Einhalt gebieten, dachte Titus Frugi. Aber er sah den Blick, mit dem sein *primus pilus* den fremden König anschaute, und wußte, daß es dafür schon zu spät war.

Sulpicius hob den Arm zum Gruß. *»Ave! Ave, Ganton, Imperator!«*

Die anderen Zenturionen stimmten in den Ruf ein. Nach einer Weile kam das Echo von den Truppen des Hauptquartiers und von den Legionären, die in Hörweite standen, und bald hallte der Ruf durch das ganze Flußtal. »Heil, Ganton Imperator!«

Wenn ich in diesen Ruf einstimme, dachte Titus Frugi, wird

Publius Ceasar nicht glauben, daß ich ihn nicht befohlen hätte. Aber wenn ich es nicht tue – werde ich das Vertrauen meiner Legion verlieren.

Ich war bereit, die Legion zu opfern, um die Allianz zu retten. Jetzt kann ich beides mit Worten retten, die mich nur das Wohlwollen des Publius Caesar kosten – das ich wahrscheinlich ohnehin nicht habe.

Titus Frugi hob die Hand zum Gruß. »*Ave!* Heil Ganton Imperator.«

Immer lauter ertönte der Ruf. Die tamaerthanischen Truppen und die Krieger aus Drantos stimmten in den Ruf ein. Sie kannten die fremden Worte nicht, aber sie wußten, daß hier Wanax Ganton geehrt wurde.

Alle hatten sich jetzt dem Ruf angeschlossen. Alle außer Lord Mason.

»Was geht hier vor?« fragte er besorgt.

Titus Frugi sah ihn verständnislos an, aber dann begriff er. »*Imperator* ist ein Titel, Lord Mason. Er kann nur von römischen Soldaten dem Mann verliehen werden, der sie in die Schlacht geführt hat. Nur die werden Imperator genannt, die man für würdig hält, eine römische Armee zu führen.«

»Es bedeutet doch nicht so etwas wie, äh, Wanax?«

»Nein. Sie haben ihn nicht Caesar genannt. Nur *Imperator*.«

»Ja? Mehr hat es also nicht zu bedeuten?«

Titus Frugi seufzte. »Natürlich könnte niemandem der Purpur angeboten werden, der nicht vorher als Imperator gefeiert wurde.«

»Und wenn er Octavia heiratet?«

»Das ist alles nur eine Frage der Zeit, mein Freund«, sagte Titus Frugi. »Wie Ihr wohl wißt. Ein solches Ereignis wird wohl auch Euren Generalhauptmann Rick nicht sonderlich überraschen –«

Mason zuckte die Achseln.

Es ist schwer zu sagen, was der Sternenmann denkt. Aber heute habe ich an Wohlwollen bei Publius nicht mehr viel zu verlieren – und ich weiß, daß Marselius Caesar sehr viel von seiner Enkelin hält. Er wandte sich an seinen Tribunen. »Geminius.«

»Herr?«

»Wenn die Boten ins Lager zurückreiten, um Verpflegung und die Wundärzte zu holen, wirst du mit ihnen reiten. Bring eine *corona aurea* für Wanax Ganton mit. Wir werden auch drei *coronae civicae* brauchen, ja eine für die Lords Mason und Caradoc und eine für Lord Camithons Totenbahre.«

»Ja, Herr!«

»Freust du dich, Tribun?«

»Aye, Legat.«

Auch Sulpicius und die Zenturionen freuen sich, dachte Titus Frugi. Ich frage mich, wie das, was wir heute begonnen haben, enden wird . . .

Es war fast dunkel, als Toller Bär aufwachte. Sein Schädel dröhnte, und als er die Hände heben wollte, stellte er fest, daß sie mit Tuchstreifen gefesselt waren.

Ich bin ein Gefangener. Dies ist nicht die Halle des Großen Kriegers, und ich bin auch nicht den Dämonen in die Hände gefallen; denn dann wären meine Schmerzen schlimmer. Er richtete sich auf und sah, daß er sich in einem schwach beleuchteten Zelt befand. Einem Zelt der Pferdemenschen, nicht einem der Eisenhemden.

Am Eingang saß Arekor, der Priester des Großen Kriegers, der als Sklave bei den Roten Felsen gelebt hatte, bevor er im Grünen Land bei einem Angriff verlorenging. Jetzt wußte Toller Bär ganz genau, daß er nicht gestorben war; denn Arekor hätte sich nie soviel Ehre erwerben können, um beim Großen Krieger als Gast zu weilen. »Hah, du Zentaurenliebhaber. Du bist also gekommen, um Rache zu nehmen, indem du mich verhöhnst?«

Arekor goß Wasser in einen Becher und hielt ihn Toller Bär an die Lippen.

Zuerst lehnte Toller Bär ab; aber sein Durst übte Verrat an ihm. Er nahm einen Schluck und trank dann den Becher leer. Noch dreimal hielt Arekor ihm den vollen Becher hin. Als er den letzten getrunken hatte, sagte Toller Bär noch einmal: »Warum verhöhnst du mich?«

»Nein, Toller Bär. Ich bin nicht gekommen, dich zu verhöhnen. Ich komme vom Häuptling der Eisenhemden, und was ich sage, kannst du hören, ohne daß es dich entehrt.«

»Ich glaube dir nicht.«

»Du wirst mir glauben«, sagte Arekor. »Denn ich werde dich losschneiden und dir das Messer eines Kriegers geben, daß du gegen dich selbst richten kannst, wenn du dich entehrt fühlst. Es mag sogar sein, daß ein Krieger der Eisenhemden zum Zweikampf gegen dich antritt und sein Leben wagt, damit du deines in Ehren beenden kannst. Aber zuerst mußt du mir versprechen, mich ausreden zu lassen und mich nicht anzugreifen.«

»Schwöre, daß es wahr ist.«

Der Priester schwor solche Eide, daß sogar Toller Bär beeindruckt war. Nicht einmal ein Priester aus dem Grünen Land, Sklave der Roten Felsen, würde solche Eide schwören, um einem Krieger der Pferdemenschen gegenüber eine Lüge zu stützen – aber wenn er das konnte, dann war nichts unter Göttern und Menschen mehr so, wie es gewesen war, und Toller Bär konnte tun, was er wollte.

»Was ich sage, kann den Pferdemenschen Gutes bringen«, sagte Arekor.

»Wenn das so ist – gib mir das Messer.«

»Schwöre erst.«

Toller Bär schwor beim Großen Vater und beim Großen Krieger. Arekor zog ein Kampfmesser mit kurzer Klinge, wie es die Eisenhemden trugen, und schnitt dem Häuptling die Fesseln durch. Dann reichte er es ihm.

Tollwütiger Bär drehte es in den Händen. Der Priester hatte die Wahrheit gesagt. »Können Frauen oder Zauberer uns hören?« fragte er.

»Nein, das schwöre ich«, sagte Arekor. »Nur Krieger sind in der Nähe.«

Toller Bär prüfte die Klinge mit dem Daumen. Das Messer war scharf und gut gearbeitet. Solange er lebte, würde niemand ihm diese Klinge wegnehmen. »Nun will ich wissen, wieso du träumst, du könntest den Pferdemenschen Gutes bringen.«

Der Priester fing an zu sprechen.

Ganton griff nach einer zweiten Wurst und spürte, daß die *corona aurea* verrutschte. Mit einer Hand rückte er sie zurecht, und mit der anderen nahm er die Wurst. Er konnte sich nicht erinnern, jemals so hungrig gewesen zu sein.

Das Essen war einfach, aber reichlich. Wieder einmal bewunderte er römisches Organisationstalent. Die Schlacht war geschlagen, und immer noch gab es unzählige wichtige Dinge zu tun. Aber die zuständigen Offiziere bewältigten alles scheinbar mühelos. Endlich konnten die Kommandeure sich ausruhen, und nur die wichtigsten Fragen wurden ihnen zur Entscheidung vorgelegt.

Das Personal des Hauptquartiers hatte einen Tisch aufgestellt, der von Wurst und Brot und gehacktem Fleisch fast überfloß, und in der Nähe fing die Suppe in einem großen Kessel gerade an zu kochen. In Krügen wurde Wein aufgetragen, der stark verwässert, aber von gutem Aroma war. Die Römer hatten ihn nicht gefragt, ob er Wasser im Wein haben wollte; es war für sie ganz einfach selbstverständlich, daß kein Kommandeur auf dem Schlachtfeld etwas anderes trinken würde. Das mußte er sich merken . . .

Und nicht weit entfernt wurde ein ungeahnter Luxus vorbereitet. Frugis Diener errichteten ein Zelt, daß ein Bad aus Segeltuch aufnehmen sollte! Bald würde es heißes Wasser geben –

Vielleicht, dachte er, vielleicht werde ich mir den Kopf waschen können, ohne mir die Haare abschneiden zu müssen. Er mußte lachen. Was würde Octavia sagen, wenn er zur Hochzeitsnacht mit einem kurzen Sklavenhaarschnitt erschien?

Diese Hochzeit würde schon bald stattfinden. Dann, mit Caesars Enkelin verheiratet und zum Führer römischer Truppen ausgerufen – immer noch empfand er die Erregung dieses Augenblicks. *Imperator!* Alle Römer hatten ihm zugejubelt, Soldaten und Offiziere, und jetzt konnte er sich vor einer römischen Armee mit der *corona aurea* präsentieren. Und die Armee von Drantos war jetzt loyal, eine Stütze des Throns. Und wenn er erst mit Octavia verheiratet war – was sollte ihm dann *nicht* gelingen?

TEIL SIEBEN

Herr des Himmels

34

Das Licht kreiste am Himmel.

»Ist es das?« Tylara hob die Hand und zeigte nach oben. Mit der anderen Hand hielt sie sich an Ricks Arm fest.

Das Schiff schwebte über dem kahlen Hügel. Rick nickte. Er erinnerte sich noch gut an den Tag, an dem er zum erstenmal eines der fremden Schiffe gesehen hatte. Das war in Afrika gewesen, zehn Lichtjahre entfernt, und er hatte damals nicht an fliegende Untertassen geglaubt.

Diesmal *weiß* ich, was es ist, dachte er. Erleichtert das die Situation? Heute sind keine Kubaner in der Nähe, die mich töten wollen, aber ich weiß genauso wenig wie damals, wer – oder was – an Bord sein wird.

Die Anweisungen waren klar: Bringen Sie ein Arbeits-Team mit, alles bisher geerntete *Surinomaz,* keine schweren Waffen. Die Stimme hatte über Funk kalt und mechanisch geklungen und ihn zu keinem weiteren Gespräch ermutigt.

Die Lichter kamen sehr rasch näher. Vom Fuß des Hügels waren entsetzte Schreie zu hören. Vielleicht waren einige der Schreie Gebete. Dann hörte Rick Elliot fluchen. Das Schiff landete auf dem Hügel. Dann herrschte längere Zeit Stille, die nur durch ein jaulendes Geräusch aus dem Innern des Schiffs unterbrochen wurde.

»Können sie uns ohne Licht sehen?« flüsterte Tylara.

»Ja. Und genauso gut können sie uns hören.«

Sie packte seinen Arm fester. »Werden wir sie sehen?«

Sie hält sich besser, als ich erwartet hatte, dachte Rick. »Ich weiß es nicht«, sagte er. »Ich weiß nicht einmal, ob diese Leute Menschen oder *Shalnuksi* sind.«

Er hatte sie nicht mitnehmen wollen, aber sie hatte ihn überzeugt. Wenn sie die *Shalnuski* glauben machen wollten, Armagh sei ihr Hauptsitz, dann würden die *Shalnuksi* erwarten, auch seine Frau vorzufinden; und wenn sie schon auf der Burg war, warum sollte sie die Fremden dann nicht bei der Landung des Schiffs empfangen? »Würden sie mich für ängstlich halten?« hatte sie gefragt. »Oder würden sie glauben, du hättest eine Frau geheiratet, die sich vor ihnen fürchtet?«

Er hatte darauf nicht geantwortet. Vielleicht war es nützlich, daß Tylara mitgekommen war, vielleicht auch nicht. Er hatte keine Ahnung, wieviel sie von ihrer Umlaufbahn aus feststellen konnten. Gewiß *schien* Armagh ein wichtiger Ort zu sein. Zur Zeit war die Burg vom Keller bis zu den Dachsparren vollgestopft mit Haushaltsgegenständen, Vorräten, Tieren und Menschen. Höflinge und Köche, Beamte und Diener Yatars, Schriftkundige und Küchenmädchen, Richter, Handwerker, Lehrlinge, Gesellen und Meister aus fast jedem Gewerbe, und sogar zwei Dutzend Kinder Wotans, die hier in Hausarbeit ausgebildet wurden, dazu noch einige ihrer Lehrer.

Zur Beleuchtung hatten sie nur Öllampen, aber dennoch müßte Burg Armagh aus der Umlaufbahn zu erkennen sein. Alle Räume waren festlich erleuchtet und in den Höfen brannten Freudenfeuer, als sie die Nachricht von dem großen Sieg feierten. Die Westmänner waren aus dem Land vertrieben worden, und jetzt führten die Armeen der Verbündeten sie nach Norden, aus Drantos hinaus, in das wilde Land im Nordwesten, das nominell zu Drantos gehörte, seit langem aber von Margilos einerseits und den Fünf Königreichen andererseits beansprucht wurde. Sollte doch der Hohe Rexja beides behalten: das strittige Land und die Westmänner. Das würde ihn so sehr beschäftigen, daß er keine Zeit mehr hätte, Drantos zu belästigen.

Ein Problem erledigt, und schon kommt das nächste. Im Raumschiff schien sich nichts zu rühren. Sanft löste Rick Tylaras Hand von seinem Arm und ging auf das Fahrzeug zu. »Hallo!« rief er. »Hallo, ihr da im Schiff!«

Es konnte das Schiff sein, das ihn nach Tran gebracht hatte. Jedenfalls war es nicht das schlanke Schiff, das die Söldner von ihrem Hügel in Afrika abgeholt hatte. Sogar im trüben Licht des Dämonensterns konnte er erkennen, daß der Rumpf Flecken und Dellen aufwies und an verschiedenen Stellen geflickt war. Auf seiner Oberfläche sah Rick Ausbuchtungen und Riefen. Les hatte ihnen einmal gesagt, das Schiff, das sie nach Tran brachte, sei ein gechartertes Schiff; vielleicht war dieses auch gechartert, oder vielleicht war es sogar dasselbe.

Das Jaulen hörte auf, und das Schiff ruhte jetzt schwer auf seinen großen runden Landestelzen. Ziemlich weit oben öffnete sich eine kleine quadratische Luke, und der Hügel wurde in gelbes Licht getaucht. Rick ging näher heran und hütete sich davor, nach seiner .45 zu greifen, die er im Schulterhalfter trug.

Jetzt öffnete sich eine rechteckige Luke, durch die ein Gang zu erkennen war. Das Innere des Schiffs war von jenem gelben Licht erhellt, das die *Shalnuksi* anscheinend bevorzugten. Rick sah eine große Anzahl von Kisten und Paketen, viele davon olivgrau angestrichen.

»Guten Abend, Captain Galloway.« Die Stimme kam völlig unerwartet, und Rick fuhr zusammen. Es war dieselbe kalte und unpersönliche Stimme, die er über Funk gehört hatte. Sie klang wie eine Aufnahme, eher noch wie von einem Computer synthetisiert. Ihr Tonfall sagte nicht das geringste über den Sprecher aus.

»Guten Abend«, sagte er. Er war überrascht, wie trocken ihm der Mund geworden war.

»Sie sehen, wir haben Ihnen – Vorräte gebracht. Haben Sie – ein Arbeits-Team mitgebracht – wie angewiesen?«

»Ja.«

»Ausgezeichnet. Lassen Sie das *Surinomaz* holen.« Die Luke, die Rick beobachtete, schloß sich wieder, und eine andere, kleinere Tür unten am Schiff, die in einen sehr viel kleineren Raum führte, öffnete sich um etwa fünfundvierzig Grad. »Captain, bleiben Sie bitte, wo Sie sind, während Ihre Leute das *Surinomaz* bringen.«

Tylara hatte sich inzwischen neben ihn gestellt. Sie nahm seinen Arm. »Wir bleiben zusammen«, sagte sie leise.

»Eine – noble Einstellung«, sagte die unpersönliche Stimme. »Nun gut. Befehlen Sie Ihrer Mannschaft, sich zu beeilen. Die Leute dürfen kein Metall an Bord bringen. Ist das klar?«

»Okay.« Er drehte sich um und schaute nach unten. »Elliot, lassen Sie das Zeug in den geöffneten Raum schaffen. Achten Sie darauf, daß die Truppe alle metallenen Gegenstände zurückläßt. Dolche, Rüstung, alles. Und bitte etwas Beeilung.«

»Sir! Okay, ihr Hurensöhne, bewegt euch.« Unten entstand Bewegung und Lärm. Nur Elliots Stimme war deutlich zu verstehen: »Bewegt euch oder bei Wotan, ihr werdet euch in den Wahnsinnskrautfeldern wiederfinden, bevor die Wahre Sonne am Himmel steht! Bewegt euch!«

Die Schreiber und die Lehrlinge eilten den Hügel hinauf. Sie wurden von Apelles angeführt, der wie ein Mann aussah, dem es nicht recht gelingen will, Mut zu zeigen. Keiner von ihnen war bewaffnet gewesen, so hatten sie sich sehr rasch aller Metallgegenstände entledigen können. Sie schafften das halbverarbeitete Wahnsinnskraut in den kleinen Laderaum.

»Die Menge ist nicht sehr groß«, schrie Rick. »Der Dämonenstern ist noch nicht nahe genug. Im nächsten Jahr wird die Ernte besser sein.«

»Das wissen wir«, antwortete das Schiff.

CELTAS
CORTOS

Rick und Tylara schauten zu, wie die Fracht verstaut wurde. Endlich kam Apelles und meldete, daß alles erledigt sei.

»Zurücktreten, bitte«, rief die Stimme. Das jaulende Geräusch kam jetzt in höherer Frequenz.

»Ich dachte, sie hätten uns Vorräte gebracht«, sagte Tylara. »Werden sie jetzt wieder aufsteigen?«

»Ich weiß es nicht«, sagte Rick und wandte sich zum Gehen.

»Bleiben Sie bitte hier, Captain.« Die Stimme klang jetzt anders.

Rick und Tylara blieben stehen; es kam ihm sehr lange vor. Endlich öffnete sich die erste Luke wieder. »Ihre Männer können jetzt anfangen auszuladen. Sie müssen auf dieser Seite des Schiffs bleiben, und sie dürfen keine Waffen tragen. Und Sie bleiben, wo Sie sind.«

»Okay. Elliot, scheuchen Sie die Jungs.«

Diesmal machten sich die Leute sofort an die Arbeit. Schwitzend und stöhnend schleppten die Schreiber und die Lehrlinge die Fracht aus dem Schiff.

Andere brachten Maultiere, die sie mit den Kisten und Paketen beluden.

Rick sah sich die Ladung an. Es war viel Munition dabei. Eine Kiste enthielt kugelsichere Westen. In einer anderen war Whisky Johnny Walker Black Label und in zwei weiteren Meyers Jamaica Rum. Außerdem sah er einen Karton Camel-Zigaretten.

Grinsend kam Elliot heraus. Er trug eine Reiseschreibmaschine. »Sogar Kohlepapier!« schrie er triumphierend.

»Das ist ja wie Weihnachten«, sagte Rick. Er blieb im Lichtkreis stehen. »Tylara, sie haben nicht gesagt, daß du hier bleiben mußt.«

»*Sie* nicht«, antwortete sie.

»Ich liebe dich«, sagte Rick.

»Ja, vielleicht tust du das«, sagte sie und drückte seinen Arm.

»Talisker Scotch!« schrie Elliot. »Und Rennault, fünfzig Jahre alter Cognac! Man kann nicht sagen, daß sie für das Zeug nicht zahlen!«

O ja, sie zahlen, dachte Rick. Sie wissen, daß man dem Ochsen, der da drischt, nicht das Maul verbindet. Aber sie werden uns nicht nach Hause bringen, und als sie uns nach Tran brachten, ließen sie uns keine Wahl.

Das Schiff war jetzt entladen, und die meisten Sachen waren schon fortgeschafft worden. Die Luke schloß sich, aber das helle Licht, das vom Schiff ausging, erhellte immer noch den ganzen Hügel. Dann setzte das Jaulen wieder ein und wurde immer lauter. Das Schiff schien sich leicht zu heben. Eine Weile schwebte es, dann stieg es rasch und fast senkrecht in den dunklen Himmel.

»Es ist weg«, flüsterte Tylara. »Ich hatte – du hattest mir davon erzählt. Aber bevor ich es sah –«

Rick lachte. »Ich weiß«, sagte er. »Zu Hause auf der Erde hätte ich es auch nicht geglaubt, und dabei kannte ich Flugzeuge und Funkgeräte und –«

»Rick!« Sie sprach leise, aber er hörte den ängstlichen Unterton in ihrer Stimme. Sie hielt den Kopf schräg. »Dort drüben!«

Seine Augen hatten sich noch nicht an die Dunkelheit gewöhnt, und zuerst konnte er nicht erkennen, was sie so erschreckt hatte. Aber dann sah er es. Hinter der Stelle, an der eben noch das Schiff gestanden hatte, stand jetzt ein Mann. Er trug einen Burberry-Regenmantel und einen Hut aus irischem Tweed, und neben ihm stand ein gewöhnlicher Samsonite-Koffer. Ein Instrument von der Größe einer Aktentasche hing an einem Lederriemen von seiner linken Schulter. An dem Instrument sah Rick das schwache Leuchten irgendwelcher Anzeigeskalen.

Der Mann winkte. »Hallo, Captain.«

Es war Les.

»Es ist nur ein Mann«, flüsterte Tylara.

»Ja. Es ist der Pilot, der uns nach Tran gebracht hat.«

»Du kennst ihn – dann ist er –«

»Ja. Der Vater von Gwens Kind. Tylara, tu nichts. Sag nichts. Sei einfach nur höflich. Ich weiß nicht, warum er hier ist – aber durch diesen Kasten, den er trägt, kann er mit dem Schiff sprechen, und das Schiff könnte diese ganze Welt zerstören.«

»Aber wenn der Kasten zerstört würde?«
»Dann könnten die Leute im Schiff tun, was sie wollen.«
»Ich verstehe.« Sie ließ seinen Arm los und schwieg.
»Sergeant Elliot!« schrie Rick.
»Sir!«
»Machen Sie den Hügel frei. Schaffen Sie die Leute nach unten und kommen Sie zu mir zurück.«
»Sir.«
Rick ging auf Les zu. »Willkommen auf Tran«, sagte er.
Der Pilot nickte. »Sie scheinen in dieser Welt Karriere gemacht zu haben, seit wir uns zuletzt sahen.«
Kalt, dachte Rick. Kalt und hochmütig, als ob er hier der Herr sei. Wahrscheinlich ist er das sogar. »Darf ich Sie mit meiner Frau bekanntmachen? Tylara do Tamaerthon, Gräfin von Chelm und höchste Beamtin von Drantos.« Er sprach englisch, aber so schnell, daß Tylara ihn wütend ansah.
»Und was sind Sie dann?«
»Eqeta – das bedeutet Graf –«
»Ich kenne den Titel.«
»Eqeta von Chelm und Generalhauptmann von Drantos.« Ich brauche ihm nichts über Tamaerthon zu erzählen, dachte Rick. Oder über das Bündnis mit den Römern. Das soll er selbst herausbekommen – oder besser nicht.
Der Pilot streckte die Hand aus. Nach kurzem Zögern nahm Tylara sie, und er verbeugte sich und küßte ihr die Finger. »Es ist mir eine Ehre, Sie kennenzulernen, Lady Tylara«, sagte er. Seine Aussprache war nicht sehr gut, aber immerhin sprach er den örtlichen Dialekt.
Normalerweise war Tylara gegen männlichen Charme so resistent wie eine Rüstung, aber sie lächelte den Sternenmann überaus freundlich an. Schauspielerei? dachte Rick. Oder ist sie wirklich beeindruckt? Les sieht gut aus und versucht, höflich zu sein, aber dennoch . . . »Wie lange werden sie sich hier aufhalten?« fragte Rick.
»Das kommt darauf an«, sagte Les. »Ich bin wegen meiner Frau gekommen. Gwenn muß Ihnen doch gesagt haben, daß ich komme.«
»Sie war nicht immer sicher, ob sie Ihnen glauben konnte«.

»Sie mag ihre Zweifel gehabt haben«, sagte Les. »Aber das ist jetzt vorbei. Wo ist sie?«

»Hat sie Ihnen das nicht gesagt?«

»Aha! Sie wußten also, daß sie ein Sende- und Empfangsgerät hat«, sagte Les. »Und ich soll also glauben, daß sie noch am Leben ist?«

»Es geht ihr ausgezeichnet, und auch das Gerät funktioniert, soweit ich weiß«, sagte Rick. »Ich vermute, daß Gwen Ihnen nicht geantwortet hat.«

»Nein. Wo ist sie jetzt?«

»Das hört sich wie ein Befehl an.«

Les zuckte die Achseln. »Das können Sie sehen wie Sie – nein. Eqeta Galloway, ich wäre Ihnen sehr dankbar, wenn Sie mich zu meiner Frau führen könnten.«

»Zuerst ein paar Fragen«, sagte Rick. »Zum Beispiel – wissen Ihre Arbeitgeber, daß sie hier sind?«

Les blickte überrascht, vielleicht auch erschrocken, aber dann lachte er. »Sie meinen, ob ich desertiert bin? Nein. Meine Landung wurde genehmigt, und wie lange ich auf Tran bleibe, ist meine Sache.«

Und davon kann ich soviel glauben, wie ich will, dachte Rick. Aber es hat keinen Zweck, hier auf dem Hügel stehenzubleiben. »Willkommen in Chelm«, sagte er. »Sie werden uns doch die Ehre geben, unser Gast zu sein?«

»Danke. Aber nun, da ich Ihre Fragen beantwortet habe – wo ist meine Frau?«

Hartnäckiger Bursche, dachte Rick. Und vielleicht nicht ganz so gelassen, wie er uns glauben machen will.

»Lady Gwen geht es gut«, sagte Tylara. »Und auch Ihrem Sohn geht es gut.«

Rick konnte es bei dem trüben Licht nicht genau erkennen, aber er glaubte bemerkt zu haben, daß der Pilot sich freute. Seine Stimme allerdings blieb unverändert. »Mein Sohn. Wie hat Gwen ihn getauft?«

»Les«, sagte Tylara.

Les drehte sich zu ihr um, aber bevor er etwas sagen konnte, fuhr sie fort: »Lady Gwen ist mit Lord Caradoc do Tamaerthon verheiratet, einem Ritter, der in unseren Diensten steht und dem mein Gatte und ich sehr verpflichtet sind.«

»Verheiratet«, sagte Les.

»Im letzten Herbst«, sagte Tylara. »Sie glaubte, Sie seien tot oder hätten sie verlassen.«

»Ich bin weder das eine, noch habe ich das andere getan«, sagte Les. »Und jetzt möchte ich sie sehen.« Seine Stimme klang strenger. »Glauben Sie, ich wäre aus einem anderen Grund zu diesem – nach Tran zurückgekommen?«

Tylara zuckte die Achseln. »Ich kenne nicht die Pflichten derer, die den – *Shalnuksi* dienen.«

»So. Sie haben ihr also alles erzählt?« fragte Les.

»Hätten wir das etwa nicht tun sollen?« fragte Rick.

»Ich weiß es nicht«, sagte Les.

»Wir können gehen, reiten oder die ganze Nacht warten, bis ich eine Sänfte holen lassen kann«, sagte Rick.

Les lachte. »Ich werde reiten, wenn es ein zahmes Pferd ist.«

»Es sind Maultiere«, sagte Rick. »Die bewegen sich auf den Bergpfaden sicherer. Und zahm sind sie auch. Okay, Sergeant Major. Reiten Sie voran. Sergeant Frick bildet die Nachhut.«

»Yes, Sir«, sagte Elliot und ritt an die Spitze. Frick ließ sich zurückfallen, so daß Rick, Tylara und Les allein ritten.

»Sie haben die Leute gut im Griff«, sagte Les.

Rick antwortete nicht. Der Weg war steil, und man hätte es mit der Angst bekommen können, aber die Tiere fanden mit großer Sicherheit ihren Weg.

Sie erreichten das nächste Tal, und der Pfad verbreiterte sich. »Wo ist denn nun Gwen?« fragte Les. »Und dieser – Caradoc.«

»Lady Gwen ist – in einem anderen Teil des Landes«, sagte Rick.

»Und Caradoc ist Soldat«, fuhr Tylara fort. »Er ist mit der Armee im Westen.«

»Gelungene Schlacht«, sagte Les.

»Sie haben zugeschaut?« fragte Tylara. »Aber –«

»Ich habe nicht alles gesehen«, sagte Les. »Lord Caradoc ist also im Krieg, und Gwen ist allein zu Hause. Das trifft sich gut. Solange er mir aus dem Weg geht, werde ich ihn nicht suchen. Es wird also keinen Ärger geben.«

»Nach den Gesetzen Trans ist er ihr Ehemann«, gab Rick zu bedenken.

»Und nach den auf der Erde gültigen Gesetzen bin ich ihr Ehemann«, sagte Les. »Ist sein Recht besser als meines?«

Du hast überhaupt keine Rechte, dachte Rick. Und geheiratet hast du sie schon gar nicht.

»Den Fall müssen die Priester Yatars entscheiden«, sagte Tylara. »Verstehen Sie denn nicht? Caradoc ist unser Hauptmann. Er hat uns Treue geschworen –«

»Und er steht unter unserem Schutz«, sagte Rick zögernd. Verdammt, dies wird schwierig.

»Ich will den Mann nicht blamieren«, sagte Les. Er sprach langsam und wie unter Zwang. »Und – ich will ihm nicht übel.«

Den Teufel willst du ihm nicht übel, dachte Rick.

»Ich werde auch Ihre Gesetze nicht mißachten«, sagte Les. »Aber ich *will* meine Frau sehen.«

»Sie ist weit von hier«, sagte Tylara. »Die Straßen sind schlecht, es gibt viele Banditen, und unsere Armee ist gegen die Westmänner ausgerückt. Es wird keine leichte Reise werden, und wir würden Lady Gwen einen schlechten Dienst erweisen, wenn wir Sie ohne Eskorte reisen ließen –«

Les lachte. »Eine Eskorte wird nicht nötig sein«, sagte er. »Sagen Sie mir, wo es ist, und ich rufe das Schiff.«

35

Sie saßen nur zu dritt an Ricks Konferenztisch. Tylara saß rechts und Elliot links von ihm, und so war der lange Tisch fast leer.

Ich hätte gern mehr Leute hier, dachte Rick. Aber wen? Art. Larry Warner. Vielleicht wäre einem von ihnen etwas eingefallen.

»Wenn Sie sie informieren wollen, sollten Sie die Botschaft gleich durchgeben«, meinte Elliot.

Rick nickte. Die Signalverbindung mit der Universität stand noch nicht, und die Botschaften mußten einen Teil des Wegs mit dem Pferd weiterbefördert werden. »Ich denke, wir werden darauf verzichten«, sagte er. »Was sollte ich ihr in einer Botschaft mitteilen, selbst wenn wir sie verschlüsseln?«

Elliot und Tylara sahen ihn bedeutungsvoll an.

»Haben Sie von dem Mann irgend etwas erfahren?« fragte Elliot.

»Eigentlich nichts, was wir nicht schon wüßten«, sagte Rick. »Der Rat – oder wer immer die Konföderation regiert – weiß immer noch nicht, wie mit der Erde verfahren werden soll, und Trans Existenz scheint ihnen nicht bekannt zu sein. Das heißt, daß die *Shalnuksi* freie Hand haben, aber daß wir nicht befürchten müssen, daß der Rat die galaktische Navy schickt. Jedenfalls noch nicht.«

Er nahm Tylaras Hand, und sie lächelte. Drei Stunden lang hatte er ihr erzählt, was er von der jahrtausendealten galaktischen Konföderation und ihren menschlichen Janitscharen wußte, aber sie begriff es immer noch nicht. Kein Wunder, dachte Rick. Ich begreife es ja selbst nicht. Wenn man Les glauben durfte, hatte sich die Konföderation seit fünftausend Jahren nicht verändert, und das hauptsächlich wegen ihrer menschlichen Sklavensoldaten.

Es hört sich verrückt an. Es würde sich noch verrückter anhören, wenn ich nicht wüßte, daß auch die Türken Sklaven als Soldaten und Beamte benutzten. Sie nannten sie Janitscharen, und ihr Reich hielt Jahrhunderte lang.

»Was ist mit diesem Azgaral?« fragte Elliot. »Ist er auf unserer Seite?«

»Keine Ahnung«, sagte Rick. »Les äußert sich nicht über ihn. Eins ist sicher, er spielt ein doppeltes Spiel. Er weiß um die Existenz Trans, aber seine Bosse nicht. Dabei ist er eine Art Polizeibeamter.« Rick zuckte die Achseln. »Ich weiß nicht einmal, wieviel Les weiß. Vielleicht erzählt er uns noch mehr.«

»Ja, wenn er lange genug lebt«, sagte Elliot. »Verdammt, Captain, warum will er ausgerechnet Caradoc Hörner aufsetzen? Niemand ist bei der Armee auch nur annähernd so beliebt. Selbst die Söldner mögen ihn.«

Tylara runzelte die Stirn. »Ist es denn sicher, daß Lord Caradoc entehrt wird? Warum denkt ihr so schlecht von Lady Gwen? Sie wird wissen, was sie zu tun hat.«

Wie soll ich das beantworten? dachte Rick. »Die Mädchen auf der Erde denken anders als die Frauen auf Tran. Les war ihre erste Liebe, er wird nicht locker lassen. Andererseits magst du recht haben. Vielleicht weist Lady Gwen seinen Antrag zurück, wenigstens so lange, bis die Sache vor Gericht erörtert werden kann.«

»Unwahrscheinlich«, murmelte Elliot.

»Wissen Sie Näheres?« fragte Tylara.

»Nun«, sagte Elliot. »Ich will keine Geschichten erzählen, aber bevor sie Caradoc heiratete –«

»Ja?« fragte Rick.

»Nun, eines Abends hörte ich Schüsse aus ihrem Zimmer«, sagte Elliot. »Ich ging hinein, und Gwen war sehr aufgeregt. Larry Warner hatte seine Pistole in der Hand, und Caradoc wedelte mit einem verdammt langen Messer. Sie haben sich zwar wieder vertragen, aber –«

»Aber sie ist keine treue Frau«, sagte Tylara.

»So einfach ist es nicht«, protestierte Rick. »Verschiedene Kulturen, verschiedene –«

»Mir geht es mehr um die Konsequenzen«, sagte Tylara kalt. »Wenn Lady Gwen keine bessere Einsicht hat, müssen wir sie eben vor ihrer eigenen Dummheit schützen. Und die Universität retten, die zu dem Wichtigsten gehört, was unsere Kinder einst erben werden.«

Zur Hölle mit den Dynasten von Tran, dachte Rick. Aber sie hat recht.

»Mein Lieber«, sagte Tylara. »Wir kennen Caradoc. Er war immer schnell bereit, sein Recht zu verteidigen, und nicht nur seins, auch unseres. Aber die tamaerthanischen Truppen kommen zurück, und Caradoc wird bald hier sein. Wenn seine Frau ihm Schande gemacht hat, muß er *handeln!* Er wird Les herausfordern.«

»Wahrscheinlich wird er verlieren«, sagte Elliot. »Ich weiß nicht, womit Les bewaffnet ist, aber es wird bestimmt so wirksam sein wie eine Pistole. Erinnern Sie sich an Art Masons Geschichte, Captain? Die Schiffswände schossen auf ihn, als er einen der *Shalnuksi* bedrohte.«

»Und Les und die anderen Menschen sind Krieger«, sagte Rick. »Janitscharen der Galaktischen Konföderation.« Er lachte. »Ich mag es gar nicht glauben.«

»Die Beweise sind ziemlich überzeugend«, sagte Elliot.

»Ich habe ja auch nur gesagt, daß ich es nicht glauben *mag*«, sagte Rick.

Elliot lachte.

Tylara wartete, bis er sich beruhigt hatte. »Es kommt nicht darauf an, ob Lord Caradoc gewinnt oder verliert. Er wird auf seinem Recht bestehen. Und er wird darauf bestehen, daß wir ihm helfen oder ihn rächen, wenn er getötet wird.«

»Die Armee ist auf seiner Seite«, sagte Elliot. »Verdammt, Captain, Sie wissen genau, was Sie tun müßten, wenn er getötet wird.«

»Ja.« Les töten. Oder ich bin ein Lord, der seinen Anhängern gegenüber die Treue gebrochen hat. Mein Name wird stinken vom Westcarp bis Rom. Caradocs Verwandte werden mein Blut verlangen – Padraic! Mein eigener Leibwächter.

»Siehst du Schwierigkeiten, die ich nicht sehe?« fragte Tylara. »Wir sind zwei. Wir haben jeder eine Pistole. Les ist nur einer. Ich habe nicht gesehen, daß er eine Waffe trägt, aber selbst wenn er eine hat. Man kann ihn töten. Zur Zeit ist er unser Gast, aber das muß nicht immer so sein. *Wir* haben ihm nichts geschworen.«

»Du weißt nicht, was du sagst. Du kannst nicht wissen, was sein Schiff dann unternehmen wird.«

»In dem Schiff ist niemand«, sagte Tylara. »Ich habe ihn gefragt. Er kann natürlich gelogen haben, aber das glaube ich nicht.«

»Ich auch nicht«, sagte Rick.

»Dann steuert er das Schiff mit diesem Kasten«, sagte Tylara. »Wenn wir ihn getötet haben, werden wir den Kasten nehmen und ihn selbst benutzen.

»Das wird nicht funktionieren«, sagte Rick. »Es gibt Codes. Eins ist klar – er wird nicht englisch sprechen, wenn er mit dem Schiff redet. Und es hat auch keinen Zweck, den Kasten zu zerstören, denn wir kennen die Befehle nicht, die er dem Schiff gab, als er es wieder aufsteigen ließ. Schließlich hatte er genug Zeit.«

»Aber was kann ein Schiff schon unternehmen?« fragte Tylara. »Ein Schiff ohne Kapitän?«

»Sehr viel«, sagte Rick. »Es wird dem nächsten Schiff darüber berichten. Gott weiß, was es ihm sagen wird, aber alles, was wir tun, kann es beobachten. Es bleibt dort am Himmel und beobachtet uns, und es wird Aufnahmen machen, und wenn die *Shalnuksi* kommen, wird es auch ihnen alles berichten.«

»Und dann kommt das Himmelsfeuer«, sagte Tylara nachdenklich.

»Wenn wir nicht mit Les zusammenarbeiten, um das zu verhindern«, sagte Rick. »Eins steht fest. Von anderen werden wir nichts erfahren. Les ist die *einzige* Chance, die wir haben, die *Shalnuksi* davon abzuhalten, diesen Planeten in die Steinzeit zurückzubomben. Und warum sollte er uns helfen, wenn nicht Gwen zuliebe? Mit seiner Hilfe könnte alles, was wir geschaffen haben und unseren Kindern hinterlassen wollen, vielleicht sogar das Himmelsfeuer überstehen. Vielleicht können die *Shalnuksi* dazu gebracht werden, die falsche Gegend zu bombardieren. Aber ohne Les geht das nicht.«

»Und doch, alle wissen, daß wir Caradoc verpflichtet sind«, sagte Tylara. »Seine Ehre ist auch unsere. Du sprichst von dem, was wir unseren Kindern hinterlassen wollen. Sollen sie Schande erben?«

Yatar, Jehova, Christus, sagt mir, wie ich das beantworten soll.

Tylara seufzte. »Darauf weißt du keine Antwort. Ich auch nicht. Es sieht aus, als seien wir gefordert, mehr zu tun, als wir können. Lord Elliot, wissen Sie einen Rat?«

»Nein, Lady«, sagte Elliot. »Wir brauchen Caradoc, und wir brauchen Les. Aber es sieht ganz so aus, als ob die beiden sich gegenseitig umbringen werden. Verdammt, es würde nicht einmal etwas nützen, wenn Gwen tot umfallen würde! Sie ist das einzige, an dem Les hängt –«

»Da ist immer noch sein Kind«, sagte Tylara nachdenklich. »Wenn Lady Gwen tot wäre, könnte es keinen Streit geben.«

»Ein Mann würde wohl eher etwas für seine Frau tun als für ein Kind, das er noch nie gesehen hat«, sagte Elliot.

»Und wir brauchen Gwen, wenn wir eine Universität haben wollen«, sagte Rick.

»Bist du sicher?« fragte Tylara.

»Ja, ich bin sicher, verdammt noch mal. Und glaubst du, ich sei Gwen weniger verpflichtet als Caradoc?«

»Ich verstehe.« Wieder seufzte Tylara, dann stand sie auf. »Ich werde keinen Eid darauf schwören, daß ich Hand an Les legen würde«, sagte sie. »Aber ich schwöre, daß er uns ohne Gefahr für ihn zur Universität begleiten darf und daß ich nicht dabei sein werde, wenn er Lady Gwen wiedersieht.« Sie lächelte. »Sonst würdest du Les wahrscheinlich Tag und Nacht mit dem Colt in der Hand bewachen. Selbst vor mir.«

Auch darauf gab Rick keine Antwort. »Das ist ein guter Anfang«, sagte er. Und – Gwen hat keine Botschaft von Les erhalten. Vielleicht ist ihr Gerät defekt. Oder vielleicht hat sie es nie eingeschaltet. Oder vielleicht hat sie wieder eine ihrer Launen – »Er hat mir Unrecht getan, und dann hat er mich verlassen.« Wenn sie doch nur ihre Wut auf Les pflegen könnte, bis Caradoc zurückkommt. Er wird sie schon zur Vernunft bringen.

Eine sehr vage Hoffnung.

Aber die einzige.

Diesmal neigte sich das Schiff leicht, als es auf weicherem Boden landete. Das jaulende Geräusch wurde lauter, und Les hantierte wie wild mit den Knöpfen an seinem Steuergerät. Das Schiff richtete sich aus.

Les inspizierte es kritisch und schien zufrieden. »Okay, warten Sie dort«, sagte er. Dann schien er sich zu besinnen. Er drehte sich zu Tylara um. »Mit Ihrer Erlaubnis, Mylady, werde ich jetzt eine Luke öffnen.«

Er verschwand hinter dem Heck.

Tylara sah Rick an und schaute dann zum Schiff hinüber. Sie standen nebeneinander auf dem Feld, und nur der Feuerdieb tauchte die Umgebung in trübes Licht. Tylara preßte die Lippen zusammen.

Sie hat Angst vor dem *Himmelsfeuer*, dachte Rick. Das habe ich auch. Interessant, daß Les so nervös ist. Diese Schiffe müssen anfällig sein.

Er hatte Söldner mit Ferngläsern in der Nähe von möglichen Landeplätzen postiert, und diesen beobachtete Elliot.

Nach etwa zehn Minuten öffnete sich eine Luke, und eine Treppe wurde ausgefahren.

»Willkommen an Bord«, sagte die Stimme des Schiffs, und sie klang nicht wie Les' Stimme.

Tylara nahm Ricks Hand. »Sollen wir gehen, mein Gatte?«

Er nickte, und dann küßte er sie. Als sie sich voneinander lösten, flüsterte er: »Vergiß nicht. Während wir an Bord sind, hört nicht nur Les alles, was wir sagen. Auch andere –«

Sie lächelte und nickte, und Rick wußte nicht, ob sie ihm glaubte. Schließlich hatte sie noch nie ein Aufnahmegerät gesehen, und eines zu beschreiben war nicht dasselbe, wie eines zu zeigen –

Aber daran konnte er nichts ändern.

Sie stiegen ein. Der Raum war fast leer. Rick schaute sich genauer um und bemerkte in einer Ecke Flecken auf dem Deck. Kein Zweifel, dies war das Schiff, das sie nach Tran gebracht hatte.

In einer anderen Ecke standen zwei japanische *futons*. Auf einem lag ein mit buntbedrucktem Papier gehülltes und mit einer roten Schleife versehenes Paket. Das Papier zeigte Abbildungen von berühmten Miniaturen.

»Wie hübsch«, sagte Tylara. »So etwas habe ich noch nie gesehen –«

»Mylady, das ist ein Geschenk für Sie.« Diesmal benutzte Les seine eigene und nicht die unpersönliche Computer-Stimme, mit der er vorher gesprochen hatte. »Nehmen Sie bitte Platz –«

Rick ließ sich in den Sitz fallen, und Tylara setzte sich vorsichtig neben ihn. Krampfhaft hielt sie das Paket fest.

»Wollen Sie es nicht öffnen?« fragte Les.

»Es – ist so schön –«

»Laß mich es tun, Liebling«, sagte Rick. Er nahm das Paket und löste das bedruckte Papier so vorsichtig, daß es nicht beschädigt wurde. Tylara schaute nervös zu.

»Ich habe auch noch einige Bilderbücher«, sagte Les. »Die können Sie haben.«

»Danke«, sagte Tylara.

In dem Päckchen waren ein Armband und eine Halskette aus Türkis und Silber. »Wunderbar«, rief Tylara. Sie legte das

Armband an und bewunderte es an ihrem Arm. »So etwas gibt es in ganz Tamaerthon nicht«, sagte sie. »Auch nicht in Drantos.«

Plötzlich leuchtete vorn im Raum ein Bildschirm auf. Er zeigte Les in seinem Pilotensitz auf der im Halbdunkel liegenden Brücke. »Ich habe auch etwas für Sie, Colonel«, sagte Les. »Dort unter dem Polster.«

Rick fand eine Kiste und in ihr, in Schaumstoff verpackt, eine Flasche Talisker Scotch und vier Kristallgläser.

»Trinken wir eine Kleinigkeit?« fragte Les. »Tut mir leid, daß ich Ihnen nicht die Brücke zeigen kann. ›Dieses Schiff fliegt nach Havanna. Meine Handgranaten werden Sie überzeugen . . .‹ Wissen Sie, dieser Gedanke gefällt mir nicht so recht.«

»Das kann ich mir denken«, sagte Rick, und die Handgranaten in seinen Taschen kamen ihm plötzlich doppelt so groß und schwer vor.

»Die Lady möchte vielleicht lieber Campari«, sagte Les.

»Sie trinkt Whisky«, sagte Rick. Er öffnete die Flasche Talisker und füllte zwei Gläser.

Les schaute sie aus dem Bildschirm an und hob sein Glas. »Cheers«, sagte er.

»Cheers«, sagte Rick. Tylara murmelte irgend etwas. Sie tranken.

Tylara verzog leicht das Gesicht, und Rick sah sie fragend an.

»Ich erinnere mich noch an das letzte Mal«, sagte sie. »Mir schmeckte dein starker – *Whisky*. Aber –«

Aber du warst gerade von Sarakos vergewaltigt worden, dachte Rick. Und daran denkst du jetzt. Ich hätte auf Campari bestehen sollen.

»Fertig?« fragte Les.

»Ja«, sagte Rick.

Sekunden später wurden sie in die Polster gedrückt. Das Bild auf dem Schirm lief auseinander, und dann zeigte es den Boden, der rasch unter ihnen wegsank. Tylara atmete schwer und drängte sich an ihn. Das Schiff stieg, und bald waren sie so hoch, daß sie Burg Armagh sehen konnten. Tylara zitterte.

»Du hast noch gar nichts gesehen«, flüsterte Rick. »Wir sind jetzt noch nicht höher – als die höchsten Berge«. Fast hätte er

Larry Warner und den Ballon erwähnt, aber das mußte man den Aufzeichnungsgeräten des Schiffes nicht unbedingt erzählen.

Das Schiff nahm Kurs, und Armagh glitt vom Rand des Schirms. Das Licht des Feuerdiebes war so hell, daß sie das Gelände in groben Umrissen erkennen konnten. Sie flogen nach Westen und folgten der Hauptstraße, die zu Burg Dravan führte.

Zufall oder Absicht? fragte sich Rick. Als sie nach Tran kamen, waren sie nicht weit von Dravan entfernt abgesetzt worden, und dies war die Hauptstraße nach Westen . . .

Tylara zeigte nach unten. »Die Kinder«, flüsterte sie.

Ja, dort unten sind unsere Kinder . . . – Er nickte. »Du hast recht«, sagte er. »Dort haben wir die Waisenhäuser eingerichtet. Und nicht weit von hier hat uns damals das Schiff abgesetzt. Les, machen wir eine Sightseeing-Tour?«

»Ein bißchen vielleicht«, sagte Les. »Macht es Ihnen etwas aus?«

»Durchaus nicht. Aber Sie sollten nicht weiter nach Westen fliegen. Es wäre mir lieb, wenn niemand das Schiff sieht. Unsere Armee ist irgendwo dort draußen. Sie hat gerade in einer großen Schlacht gegen die Westmänner gesiegt -- das sind Nomaden aus den Hochebenen. Die Westmänner glauben ohnehin, daß zuviel Zauberei im Spiel war, als daß es ein fairer Kampf hätte sein können.«

»Wenn sie das Schiff sehen, könnten sie denken, daß ein ehrenhafter Friede unmöglich ist, und würden vielleicht bis zum Untergang weiterkämpfen?«

»So ungefähr.«

»Kein Problem«, sagte Les.

Die Lichter unter ihnen wurden sehr schnell kleiner, und jetzt hatten sie Wolken unter sich. Das Bild auf dem Schirm änderte sich rasch, und es schien, als suchte die Kamera die Hochebenen ab. Dann kamen Lagerfeuer ins Bild.

Tylara wurde unruhig. »Das ist die Armee von Drantos«, sagte sie erstaunt, und in ihren Augen stand Entsetzen. Sie wollte etwas sagen, aber Rick zog sie an sich und küßte sie.

Ich weiß, Darling, dachte Rick. Dort unten steht unsere

Armee, die stärkste Streitmacht, die du je gesehen hast. Aber von hier aus wirkt sie wie eine Armee von Spielzeugsoldaten, die man leicht mit *Himmelsfeuer* zerstören könnte.

»Wie kann Yatar mit solcher Macht herrschen?« fragte Tylara. »Oder – *herrscht* er gar nicht über das Himmelsvolk?«

Rick schüttelte den Kopf. »Ich weiß es nicht«, sagte er leise. Nicht einmal, wenn man die Frage in moderne Theologie übersetzt. Gibt es einen Gott? Oder ist es dem Universum völlig gleichgültig, ob die Leute anständig oder brutal miteinander umgehen?

»Er beherrscht dein Herz, mein Liebling«, flüsterte Tylara. »Und das genügt mir.«

Der Bildschirm wurde hell, und dann war eine Karte des östlichen Teils der bewohnten Gebiete Trans zu sehen. Rick hatte noch nicht festgestellt, wie weit nach Westen hin dieser Kontinent bewohnt war und ob es auf dem anderen Kontinent überhaupt Menschen gab.

»Wir sollten mit dem Einladen der Fracht weitermachen«, sagte Les.

Das war für die Aufnahmegeräte gedacht. Rick war aufgefallen, daß Les es peinlich vermieden hatte, im Schiff Gwens Namen zu erwähnen . . .

Das Schiff landete in den Hügeln oberhalb der Universität. Les schickte Rick und Tylara nach draußen und kam wenig später nach. Er trug seinen Koffer und das Steuergerät. Das Schiff jaulte auf und erhob sich in den heller werdenden Himmel.

»Nun, da wären wir«, sagte Les. »Was ist das dort unten?«

»Das ist meine Universität«, sagte Rick. »Gwen ist die Rektorin.«

Les pfiff anerkennend. »Es scheint ein ziemlich langer Weg zu sein«, sagte er. »Ich hätte etwas näher am Gebäude aufsetzen sollen.«

Tylara lachte. »Captain«, sagte sie, »man könnte fast an Ihrer Liebe zu Lady Gwen zweifeln. Sie beklagen sich darüber, daß wir ein paar Stadien gehen müssen. Kennen Sie nicht die Geschichten von Liebenden, die durch die tobende See schwimmen oder tausend Meilen laufen, um zu ihren Damen zu gelangen?«

Les schwieg so lange, daß Rick schon unruhig wurde. Dann lachte er. »Sie mögen schwierigere Reisen gehabt haben«, sagte er. »Aber niemand hatte je eine längere.«

36

Die Boten der römischen Vorposten benachrichtigten Gwen Tremaine, als gerade die Wahre Sonne aufging. Ein Himmelsschiff war gesichtet worden.

Sie legte ihre Robe an, band sich ein Haarband um und ging in ihr Büro, bevor sie ihren Tee getrunken hatte.

»Wie Ihr befahlt, Lady«, sagte der Dekurion, »haben wir die Hügel beobachtet, und wir sahen es vom Himmel herabkommen. Nicht ganz so hell wie ein Stern. So etwas habe ich noch nie gesehen.«

»So etwas haben nur wenige je gesehen«, sagte Gwen.

»Die Kohorte sucht nun die Hügel nach Geschenken ab, die das Himmelsvolk vielleicht zurückgelassen hat. Wenn wir welche finden, werden wir sie zur Universität bringen. Habt Ihr weitere Befehle, Lady?«

»Nein. Danke, Dekurio.« Sie öffnete eine Schreibtischschublade und nahm einen Beutel voll Münzen heraus. Sie schüttelte einige in ihre Hand. »Kauft Wein für Eure Männer und sagt ihnen, sie haben gut gearbeitet.«

»Danke, Lady.«

Als der Römer gegangen war, brachte Marva Tee und Kekse.

»Setzen Sie sich zu mir«, sagte Gwen. Sie zeigte auf einen Stuhl. Marva setzte sich und schenkte Tee ein.

»Ist es eine gute Nachricht, Lady Gwen?«

»Ich weiß es nicht, Lady Marva. Ich weiß es wirklich nicht.«

Dies ist mein Leben, dachte Gwen. In diesem Büro zu sitzen und die Universität zu leiten. Die Menschen zu unterrichten und zu beobachten, wie sich ihr Lebensstandard verbessert. Das darf nicht enden. Ich muß etwas unternehmen. Ob das Schiff gelandet ist? Und wer ist gekommen?

Abrupt stand sie auf, stürzte den Tee herunter und rannte in ihre unten gelegene Wohnung. Was soll ich anziehen? Ich habe nichts –

Nach einiger Zeit hatte sie den Inhalt ihrer Schränke in ein Chaos verwandelt, und sie und Marva waren den Tränen nahe.

Reiß dich zusammen, Mädchen! Nimm einmal an, es *ist* Les. Soll er dich etwa in diesem Zustand sehen? Schick Marva los, sie soll einen starken Drink holen. Nein, zwei, denn sie hat auch einen verdient. Und zieh einfach deine normale Arbeitskleidung an –

Und die Kinder! Wenn es Les ist, wird er seinen Sohn sehen wollen.

Und wenn es die *Shalnuksi* sind?

Das kann nicht sein . . . »Lady Marva?«

»Ja, Lady Gwen?«

»Sagen Sie der Kinderschwester, sie soll die Kinder in die römische Festung bringen. Dort sollen sie bleiben, bis ich sie holen lassen. Sie gehen mit.«

»Sind da – haben Sie Angst vor dem Himmelsvolk?« fragte Marva. »Werden sie nicht wie – wie die anderen sein, die wir schon kennengelernt haben?«

»Ich weiß es nicht«, sagte Gwen. »Und ich habe Angst –«

»Ich kümmere mich um die Kinder, und dann komme ich zurück.«

»Nein! Bleiben Sie in der Festung –«

»Mylady, nicht einmal die Festung kann uns vor dem *Himmelsfeuer* schützen. Das hat mein Mann gesagt. Aber ich kann den Kommandanten bitten, sie in das Hügelland zu bringen –«

»Nein, das wäre albern«, sagte Gwen. »Es wird kein *Himmelsfeuer* geben. Dennoch – das Mädchen soll die Kinder in die Festung bringen.

Jemand klopfte an die Tür zum Büro.

»Herein«, rief Gwen.

Larry Warner trat ein. »Das erlebe ich zum erstenmal«, sagte er. »Niemand im Vorzimmer. Warum?«

»Ich habe Marva –«

»Lassen Sie, ich weiß schon«, sagte Warner. »Die Römer haben uns informiert. Sie sind schon unterwegs nach hier.«

»Wer?«

»Captain Galloway, Lady Tylara und ein Sternenmann.«

»Ein Sternen*mann*?«

»Ja. Ein richtiger Mensch. Ich habe dem Zenturio die *Shalnuksi* beschrieben, und er sagte, einer von denen sei es bestimmt nicht.«

»Larry, sie hätten die *Shalnuksi* nicht beschreiben dürfen –«

»Ach, zum Teufel mit der Geheimhaltung! Es ist ihr Planet, und sie haben ein Recht darauf zu wissen, was sie bedroht!« Er fuhr sich mit beiden Händen durchs Haar.

»Wenn Sie so weitermachen, werden Sie bald so kahl sein wie Telly Savalas«, sagte Gwen und mußte lachen.

»Gut, daß Sie wenigstens noch lachen«, sagte Warner. »Wir müssen einen klaren Kopf behalten.« Er zog ein Fernglas unter seiner Amtstracht hervor. »Sie müßten jetzt das Stadttor erreicht haben«, sagte er. »In ein paar Minuten müßten wir sie von Ihrem Balkon aus sehen können. Gwen – wahrscheinlich ist es Les.«

»Das weiß ich.«

»Was werden Sie tun?«

»Das eben weiß ich nicht.« Sie sah ihn mißtrauisch an. »Wollten Sie mir etwa einen Rat geben?«

»Nein, Madam.« Er blinzelte ihr zu. »Diese Karte müssen Sie allein spielen, und ich brauche Ihnen nicht zu sagen, wie wichtig die Sache ist. Nein, ich wollte Ihnen nur sagen, daß ich zur Verfügung stehe, falls Sie jemanden brauchen. Natürlich würde ich Ihretwegen nicht gegen den Captain blankziehen, aber alles andere –«

»Larry, das ist lieb von Ihnen.«

Er lachte. »Das hat einem zum Professor gewordenen hartgesottenen Söldner gerade noch gefehlt«, sagte er. »Lieb! Das ist ja nicht auszuhalten!«

Sie hatte Larry fortgeschickt und stand allein auf ihrem Balkon, als die Gruppe einritt: ein Dutzend Römer, Rick und Tylara und ein dritter, der in seinem Sattel hing wie ein Sack Kartoffeln.

Sie stiegen ab und betraten das Gebäude. Gwen ging in ihr Büro zurück und blieb neben dem Schreibtisch stehen. Was kann ich sagen? Was will ich überhaupt sagen? Warum –

Zu spät. Sie hörte draußen Geräusche, und dann öffnete sich die Tür.

Er kam allein. Über seinem Arm trug er –

»Oh, nein!«

Sie hatte sich zwei Jahre lang dieses Zusammentreffen vorgestellt. Sie hatte hochmütig auftreten wollen. Gebieterisch. Sexy und verführerisch. Tränen. Verachtung. Kalt. Die Rektorin der Universität.

Aber daß sie vor Lachen fast zusammenbrechen würde, hätte sie nie gedacht. Sie warf den Kopf zurück und brüllte vor Lachen. Sie mußte sich gegen den Schreibtisch lehnen.

Er wartete, bis sie sich wieder beruhigt hatte. »Nun, schließlich hast du mich gefragt, ob ich dir einen Bastrock kaufen kann«, sagte er. »Ich habe den besten genommen, den ich finden konnte.« Dann verlor auch er die Beherrschung, und sie brüllten beide vor Lachen . . .

Dann trat er auf sie zu. Er nahm sie in die Arme, und sie küßten sich.

»Les –«

Er antwortete nicht. Das war auch nicht nötig. Er hielt sie ganz fest, aber in seinen Augen standen Tränen, und plötzlich war alles so, wie sie es sich erträumt hatte.

Der Bastrock glitt zu Boden.

Ricks Wohnung lag im Obergeschoß des Gästehauses der Universität, und durch das Fenster konnte man über den quadratischen Hof hinweg die Stadt liegen sehen.

Nach alter römischer Tradition verbrachten die Universitätskohorten einen großen Teil ihrer Zeit mit Bauarbeiten. Das römische Lager war von Bädern umgeben, die mit Kohle beheizt wurden. Nicht weit davon entfernt wurden einige Gebäude aus Steinen errichtet, und auf dem Campus selbst hatten die Römer Kreidelinien gezogen, um ein neues Quadrat zu markieren.

Die Universität wuchs, aber der Anblick konnte Rick nicht erheitern. Die Axt würde fallen, und das nur allzu bald.

Einstweilen hatte er ein Königreich zu verwalten. Er nahm einen Stapel Berichte in die Hand, die die römischen Schreiber ihm gebracht hatten. Sie waren am Morgen mit der Expreßpost gekommen.

Der interessanteste Bericht war der von Art Mason.

»Die Westmänner bewegen sich vereinbarungsgemäß nach Norden. In Kürze werden sie aus unserem Territorium verschwunden sein, und die einzige Frage wird sein, ob sie sich gegen Margilos oder gegen die Fünf Königreiche wenden werden.«

Tylara schaute Rick über die Schulter und las mit. Sie lachte herablassend. »Wenn die Westmänner Margilos angreifen, werden noch weniger von ihnen zu den Fünf Königreichen gelangen. Die Krieger von Margilos sind genauso verrückt wie die Westmänner. Und ich glaube, das wissen die Westmänner auch.«

»Sie wissen es«, sagte Rick. »Sie werden also gleich in die

Fünf Königreiche ziehen. Damit wird der Hohe Rexja so lange zu tun haben, bis das Bündnis mit den Römern gefestigt ist. Und wenn Ganton erst Octavia heiratet –«

»Hmm«, sagte Tylara. »Hattest du die Römer veranlaßt, unseren Wanax als Imperator auszurufen?«

»Nein. Das haben sie spontan getan.«

»Ich glaubte, du hättest es arrangiert. Vielleicht wacht Yatar besser über uns, als wir denken.«

Rick wandte sich wieder Masons Brief zu und las laut: »Wanax Ganton will Murphy in Westrook als Bheromann einsetzen. Harkon hat ein sechsjähriges Kind hinterlassen, aber Reznicks Exfrau hat es schon so gut wie adoptiert. Murphy will sie heiraten, sobald er Ihre Genehmigung hat, und ich rate, ihm diese Genehmigung zu erteilen. Murphy kann von Westrook aus die Hochebene halten. Ihm gefällt es dort.«

Murphys erstes Zuhause, dachte Rick. Sehr weit von Belfast entfernt . . .

»Viele Kleinbauern sind von den Westmännern getötet worden«, las Rick weiter. »Viele landlose tamaerthanische Soldaten wollen die leerstehenden Höfe übernehmen und haben entsprechende Anträge gestellt. Murphy ist damit einverstanden, und auch ich halte das für vernünftig, aber natürlich brauchen wir Lady Tylaras Zustimmung.« Rick schaute Tylara an. »Nun?«

»Ich bin einverstanden«, sagte sie.

»Es ist auch eine gute Idee«, sagte Rick. Er las Masons Bericht zu Ende. »Die Westmänner stellen keine Bedrohung mehr dar. Wanax Ganton hat beschlossen, daß seine Bheromänner sie mit Hilfe der Römer eskortieren und daß wir nach Dravan zurückkehren. Die Tamaerthaner, die nicht hier oben bleiben, wollen nach Hause, und Caradoc ist mit ihnen schon vorausmarschiert. Sollten Sie andere Befehle haben, können Sie die Signalverbindung nach Dravan benutzen.«

»Sie werden nicht lange in Dravan bleiben«, sagte Tylara. »Caradoc wird keine Befehle abwarten. Er wird die tamaerthanischen Truppen nach Hause führen – hierhier! Außer wir verbieten ihm das. Aber mit welchem Grund?«

»Das weiß ich auch nicht.« Rick öffnete noch einen Beutel

und entnahm ihm weitere Berichte. »Hier ist einer für dich«, sagte er.

Tylara reagierte nicht, und Rick schaute von seiner Arbeit auf. Sie stand am Fenster und starrte finster auf das Universitätsgelände hinaus. »Er wird es bald erfahren, und all dies wird zerstört werden.«

»Vielleicht auch nicht«, sagte Rick. »Les hat versprochen, im Gästehaus zu bleiben –«

»Mein Gatte, sei doch kein Narr«, sagte Tylara. »Caradocs Stammesleute werden es erfahren. Wie denn nicht? Gestern waren sie gemeinsam lange genug in den Bädern, um Caradoc gleich drei Geweihe wachsen zu lassen. Du hast zwar die Stadttore versiegelt und die Signalanlage geschlossen, aber das nützt alles nichts. Er wird es erfahren.«

»Aber was soll ich denn tun?« fragte Rick.

»Ich weiß es nicht.« Tylara seufzte. »Wir brauchen ein Wunder. Vielleicht schickt Yatar uns eines. Sie blieb noch eine Weile am Fenster stehen. Sie hatte die Hände zu Fäusten geballt und trommelte auf das Fensterbrett. Dann war sie plötzlich wieder ganz ruhig und kam zum Schreibtisch zurück. »Zuerst müssen wir eine Nachricht nach Dravan schicken, und die Signalstation nimmt sie nur an, wenn du es genehmigst.« Ihre Stimme klang spröde.

»Sweetheart, diese Beschränkungen gelten doch nicht für dich«, sagte Rick.

Sie lächelte wieder. »Ich weiß, mein Schatz. Du hast dich um so vieles zu kümmern. Ich muß mich aber um unser Haus kümmern. Würdest du es mir also schriftlich geben?«

»Natürlich.« Er schrieb die Genehmigung. »Ich wollte verhindern, daß jemand Caradoc informiert«, sagte er. »Das ist natürlich dumm, aber es schiebt das Ganze noch etwas hinaus. Und vielleicht lernt das Pferd singen.«

»Das Pferd?«

»Eine alte Geschichte«, sagte Rick. »Sehr alt. Ein Dieb sollte hingerichtet werden. Bevor er weggebracht wurde, sagte er dem König, daß er dem Lieblingspferd des Königs beibringen könnte, Hymnen zu singen, wenn der König ihm ein Jahr Zeit ließe.

Der König willigte ein, und bald war der Dieb unten in den Ställen und pflegte das Pferd und sang ihm vor. Seine Kollegen hielten ihn für verrückt.

›Das mag sein‹, sagte der Dieb. ›Aber ich habe ein Jahr, und wer weiß, was in dieser Zeit geschieht? Der König könnte sterben. Das Pferd könnte sterben. Ich könnte sterben. Und vielleicht lernt das Pferd sogar singen . . .‹«

Tylara lachte. »Ja«, sagte sie. »Die Zeit ist immer wertvoll. Aber ich fürchte, daß die Zeit allein uns nicht retten wird.«

»Das fürchte ich auch«, sagte Rick. »Aber ich weiß nicht, was wir tun können.«

»Man tut immer, was man tun muß«, sagte Tylara. »Das habe ich mein ganzes Leben lang gewußt, und von dir habe ich es neu gelernt. Wir werden tun, was wir tun müssen.«

Sie saßen zu viert an Gwens Konferenztisch. Rick und Tylara, Gwen und Les.

»Es ist möglich«, sagte Les. »Ihr habt Stahlwerke. Koksöfen. Druckerpressen. Eine ganze Universität. Wenn die *Shalnuksi* das erfahren – Rick, ich weiß nicht, was sie dann unternehmen.«

»Aber du kannst uns helfen, das alles geheimzuhalten«, sagte Gwen.

»Ich kann es versuchen«, sagte Les. »Und wie gesagt, es ist möglich, wenn Inspektor Agzaral nicht die Fronten wechselt, und danach sieht es nicht aus. Ja, wir haben eine Chance –«

»*Wir*«, sagte Gwen. »Meinst du das ernst?«

»Yes, Madam«, sagte Les.

Rick schaute über den Tisch hinweg Tylara an. Sie hörte mit gespannter Aufmerksamkeit zu, aber sie wirkte kühl und fast gleichgültig. Aber sie war höflich, wenn sie Gwen anredete, und auch Les behandelte sie mit ausgesuchter Liebenswürdigkeit.

Plötzlich waren draußen Schreie zu hören, und sie rannten alle auf den Balkon hinaus. Gegenüber stieg eine schwarze Rauchsäule auf. »Haben die Römer eine Feuerwehr organisiert?« fragte Rick.

»Natürlich«, sagte Gwen. »Aber die wird dort nicht gebraucht. Das ist der Schornstein des Koksofens. Der fängt jeden Zehn-Tag Feuer.«

Die Tür ging auf, und Marva kam herein. »Ich wollte Sie nicht stören, Lady, aber diese Nachricht ist über die Signalanlage hereingekommen. Sie ist dringend, und Lord Warner sagte, ich solle sie sofort Lord Rick bringen.«

»Danke«, sagte Rick und nahm das Papier entgegen. Tylara stand neben ihm und las mit.

BEDAUERN, MITTEILEN ZU MÜSSEN, DASS LORD CARADOC DO THAMAERTHON EINEN TAGEMARSCH VON DRAVAN ENTFERNT BEI UNRUHEN GETÖTET WURDE. EIN VOM WANAX EINGESETZTES GERICHT BEFAND, DASS ES SICH UM EINEN UNFALL HANDELTE. LORD CARADOC STARB BEI EINEM STURZ. DER WANAX HAT DREI TAGE TRAUER ANGEORDNET UND WIRD DIE BEERDIGUNGSZEREMONIE PERSÖNLICH LEITEN. DER TITEL GEHT AUF CARADOCS KIND ÜBER.
ERWARTE WEITERE ANWEISUNGEN.
MASON.

Rick starrte verständnislos auf das Papier. Er spürte Tylaras Hand an seinem Arm.

»Was ist es?« fragte Gwen.

»Eine schlechte Nachricht«, sagte Rick. Als er es sagte, empfand er eine ungeheure Erleichterung und schämte sich dafür. Und doch – »Eine schlechte Nachricht«, wiederholte er. »Lord Caradoc ist tot.«

»Tot?«

»Ja«, sagte Tylara. »Ihr Gatte, Mylady. Er starb in unseren Diensten, und die Ehren, die der Wanax noch nicht gewährt hat, werde ich veranlassen. Komm, mein Gatte, überlassen wir Lady Gwen ihrer Trauer.« Sie verließ den Raum.

Gwen schaute zuerst Rick und dann Les an. Der Pilot hob fast unmerklich die Arme, und sie ging auf ihn zu.

Rick schloß leise die Tür, als auch er den Raum verließ. Wir sind wieder einmal gerettet, dachte er. Wenigstens für eine

Zeitlang. Ein guter Mann ist gestorben, aber mit seinem Tod hat Caradoc mehr bewirkt, als er je lebend hätte erreichen können. Wir haben Les für uns gewonnen, und mit seiner Hilfe kann verhindert werden, daß die *Shalnuksi* alles zerstören. Unser Wissen wird bleiben.

Als er den quadratischen Hof erreichte, war das Feuer im Koksofen schon gelöscht.

ENDE

Nachwort

Die Saga von der entführten Armee begann mit einer Frage, die Jerry Pournelle sich stellte. Wenn die UFOs, die seit Tausenden von Jahren immer wieder beobachtet wurden, wirklich extraterrestrische Raumschiffe sind, warum haben sie dann nie versucht, mit den Menschen Kontakt aufzunehmen? Er wollte sie also Menschen zu illegalen Geschäften kidnappen lassen. Damit standen die Anfangsszenen von *Die entführte Armee* fest: Die Söldner stiegen in die fliegende Untertasse ein, und Tylara hielt Kriegsrat auf Burg Dravan.

Ein paar Jahre später las Jim Baen, der SF-Redakteur von Ace Books, diese beiden Szenen, und sie gefielen ihm. Um ungefähr diese Zeit startete Baens Boß Tom Doherty bei Ace eine

Serie von SF-Romanen. Er wollte etwas von Pournelle. Die erste Geschichte, die sie auswählten, ließ sich leider nicht auf Romanformat bringen. Deshalb nahmen sie statt dessen die Geschichte von den Söldnern, die gekidnappt wurden, um auf Tran für die Fremden Drogen anzubauen.

Was die Länge der Geschichte anbetraf, gab es hier kein Problem. Im Gegenteil: bei 60 000 Worten schrie Ace: »Halt! Halt! Halt!«, und dabei war die Geschichte kaum halb erzählt. Es war von Anfang an klar, daß *Die entführte Armee* mindestens eine Fortsetzung brauchte.

Alle waren glücklicher (von reicher ganz zu schweigen), als *Janissaries* – so der amerikanische Originaltitel, nach den christlichen Janitscharen des frühen Osmanischen Reiches – sich besser verkaufte, als man erwartet hatte. Als Paperback ging es reißend weg, und sogar eine ursprünglich für Büchereien gedachte Hardcover-Ausgabe verkaufte sich ausgezeichnet! Ausländische Verlage standen Schlange, um das Buch in England und im ganzen Commonwealth herauszubringen, in Dänemark, Deutschland, den Niederlanden, Japan, Italien, Spanien, Frankreich . . .

Inzwischen lernte Pournelle bei den World Science Fiction Conventions 1974 in Washington und 1976 in Kansas City Roland Green näher kennen, einem jungen Mann aus Chicago, der Fantasy schrieb. Ihm gefielen die beiden Fantasy-Romane *Wandor's Ride* und *Wandor's Journey*. Sie unterhielten sich wiederholt miteinander; Pournelle und Green stellten manche gemeinsamen Interessen fest (Militärgeschichte, gute Getränke, Bücher von H. Beam Piper). Eine Freundschaft begann, und sie korrespondierten miteinander, und schließlich schlug Pournelle vor, gemeinsam einen Militärabenteuerroman zu schreiben. Green flog nach Kalifornien mit. Als er zehn Tage später nach Chicago zurückflog, nahm er einen Entwurf zu den neuen Abenteuern der entführten Armee mit, zusammen mit der Anweisung, eine Rohfassung herzustellen.

Das Zusammentreffen dieser beiden Geister schien vielversprechend. Normalerweise verteidigen Autoren ihr Revier wie die Grizzlybären, und für jede Zusammenarbeit muß dieser Zustand erst überwunden werden. Das war für Pournelle und Green kein großes Problem. Es gab allerdings ein paar andere.

– Die Logistik einer Zusammenarbeit über einen ganzen Kontinent hinweg. (Eilbriefe und Ferngespräche beschleunigen die Kommunikation und räumen die Bankkonten leer.)

– Technische Inkompatibilität. (Pournelle benutzt einen Computer, Green benutzte eine altersschwache Smith-Corona, die bei der Fertigstellung von *Clan und Krone* auch in der Tat den Geist aufgab. R. I. P.)

– Einer der schlimmsten Winter in Chicagos Geschichte. (Ein drei Tage lang eingefrorener Badewannenabfluß vertreibt jede Muse.)

– Ace Books wechselte zweimal den Besitzer, während das Buch in Arbeit war. (Aber ein guter Redakteur kann es sogar verkraften, wenn sein Verlag öffentlich verhökert wird wie eine koschere Gewürzgurke. Susan Allison und Beth Meacham sind gute Redakteure.)

– Vor allem aber die Tatsache, daß, wie beim ersten Buch, *Clan und Krone* immer noch an Umfang zunahm; die alten und die neuen Charaktere fingen an, ihre eigenen Zeilen, Szenen und ganzen Kapitel zu schreiben. (Green hat einmal etwas von »dem unendlichen Roman« gemurmelt. Aber er war erfahren genug, sich nicht mit seinen eigenen Charakteren zu streiten, besonders, wenn sie alle so gut bewaffnet sind.)

Genug Probleme, um das Leben interessant zu gestalten. Dennoch, wenn zwei Autoren vereinbaren, gemeinsam eine Geschichte zu schreiben, erreichen sie gewöhnlich ihr Ziel. Und wenn man es einmal getan hat, denkt man natürlich an ein nächstes Mal . . .

August 1982

Jerry Pournelle
Studio City, California

Roland Green
Chicago, Illinois